Intymny, zapierający dech obraz życia z chorobą Huntingtona.

Marie Claire

Ta powieść o rodzeństwie zdruzgotanym wiadomością o chorobie Huntingtona, którą mogą odziedziczyć po swoim ojcu, to totalny wyciskacz łez. Ale przede wszystkim to hołd dla miłości i siły rodziny.

Glamour

Sekret O'Brienów *ukazuje hart ludzkiego ducha.*

The San Francisco Chronicle

Jeśli zachwyciły Cię Motyl *i* Kochając syna *Lisy Genovy,*
Sekret O'Brienów *wskoczy na początek twojej listy, spełni, a nawet przekroczy Twoje oczekiwania!*

Judith Collins, JDC Must Read Books

SEKRET
O'BRIENÓW

Lisa GENOVA

SEKRET O'BRIENÓW

Przełożyła Joanna Dziubińska

FILIA

Dla Stelli
Ku pamięci Meghan

Tytuł oryginału: *Inside the O'Briens*
Copyright © 2015 by Lisa Genova
Copyright for the Polish edition © 2015 by Wydawnictwo FILIA
Originally published by Gallery Books, a division of Simon & Schuster, Inc.

First Gallery Books hardcover edition April 2015

Wydanie I, Poznań 2015

Projekt oryginalnej okładki: Julianna Lee
Zdjęcie na okładce: © Brent Darby/plainpicture

Przekład: Joanna Dziubińska
Redakcja, korekta, skład i łamanie:
SEITON, www.seiton.pl

ISBN: 978-83-7988-479-7

Wydawnictwo Filia
ul. Kleeberga 2
61-615 Poznań
www.wydawnictwofilia.pl

Wszelkie pytania prosimy kierować na adres:
czytelnicy@wydawnictwofilia.pl.

Dołącz do nas na Facebooku!

Druk i oprawa: Abedik SA

Gdy pozwolicie powstać tamtemu, co jest w was,
wtedy to, co macie, uratuje was.
Jeśli nie istnieje tamto, co jest w was,
wtedy to, czego nie macie w sobie, uśmierci was.
Ewangelia wg Tomasza 70*

Kiedy już coś sobie wyobrazisz, nie da się tego cofnąć.
Joe O'Brien

---

* Tłumaczenie powstało w Zakładzie Egiptologii Uniwersytetu Warszawskiego z koptyjskiego oryginału: *Evangelium nach Thomas*, wyd. A. Guillaumont, H. Ch. Puech, G. Quispel, W. Till, Yassah Abd al Masih, Leiden 1959 [w:] *Apokryfy Nowego Testamentu*, t. 1, red. M. Starowiejski, TN KUL Lublin 1986, s. 123-133.

CZĘŚĆ I

Choroba Huntingtona, pląsawica Huntingtona (z ang. Hun-tington's Disease – HD) to dziedziczna choroba neurodegene-racyjna, która charakteryzuje się stopniową utratą kontroli ru-chowej i wzmożeniem częstotliwości ruchów niekontrolowanych. Początkowe symptomy mogą obejmować utratę równowagi, ogra-niczoną sprawność, upadki, pląsawicę, niewyraźną mowę i trud-ności w połykaniu. Chorobę tę diagnozuje się poprzez badanie neurologiczne, na podstawie zaburzeń ruchu i testu genetycznego, jako że powoduje ją pojedyncza mutacja.

Mimo że do postawienia diagnozy niezbędne jest występowa-nie objawów fizycznych, istnieją podstępne „objawy zwiastunowe HD", które mogą się pojawić nawet piętnaście lat przed nastaniem problemów motorycznych. Objawy zwiastunowe HD mogą mieć charakter psychiatryczny i kognitywny, np. depresja, apatia, para-noja, zaburzenia obsesyjno-kompulsywne, wybuchy złości, ograni-czona szybkość i płynność poznawcza oraz pogorszenie pamięci.

Chorobę Huntingtona diagnozuje się pomiędzy trzydziestym piątym a czterdziestym piątym rokiem życia i prowadzi ona do śmierci w ciągu dziesięciu do dwudziestu lat. Nie istnieje metoda leczenia, która miałaby wpływ na postępowanie choroby, nie ma też na nią lekarstwa.

Nazywana jest najokrutniejszą chorobą znaną człowiekowi.

ROZDZIAŁ 1

Ta przeklęta kobieta bez przerwy przekładała jego rzeczy z miejsca na miejsce. Nie mógł zrzucić butów w salonie albo położyć okularów przeciwsłonecznych na stoliku kawowym, żeby nie odniosła ich „tam gdzie ich miejsce". Uważa, że jest tu Bogiem, czy co? Jeśli Joe miał ochotę zostawić swoje śmierdzące gówno na środku kuchennego stołu, to powinno tam leżeć, aż sam je stamtąd zabierze.

Gdzie, do kurwy nędzy, jest mój pistolet?

– Rosie! – krzyknął Joe z sypialni.

Spojrzał na zegarek: siódma pięć. Spóźni się na odprawę, jeśli za chwilę stąd nie wyjdzie, ale przecież nie może wyjść bez pistoletu.

Zastanów się. Ostatnio tak ciężko mu się myślało, gdy się spieszył. A na dodatek grzało jak w piekle. Jak na czerwiec pogoda była bezlitosna i cały tydzień temperatura sięgała powyżej trzydziestu stopni, tylko nieznacznie obniżając się w nocy. Okropna pogoda do spania. Powietrze w domu przypominało gęste bagno, a dzisiejsza temperatura i wilgotność powietrza – mimo wczesnej pory – były już takie jak wczoraj. Otwarcie okna w niczym nie pomagało. Biały t-shirt pod kamizelką lepił się Joemu do pleców, co doprowadzało go do szału. Ledwie się wykąpał, a już mógłby to zrobić ponownie.

Zastanów się. Wziął prysznic i umył się – spodnie, t-shirt, kamizelka kuloodporna, skarpetki, buty, pas do broni. Potem wyciągnął pistolet z sejfu, odbezpieczył go i co? Spojrzał na prawe biodro. Niczego tam nie było. Czuł ciężar jego braku, nawet nie spoglądając w dół. Miał magazynek, kajdanki, gaz łzawiący, nadajnik i pałkę, ale nie pistolet.

Nie było go w sejfie, na komodzie, w jej górnej szufladzie, nie było w niepościelonym łóżku. Spojrzał na sekretarzyk Rosie. Stała tam tylko figurka Matki Boskiej na serwetce w kolorze kości słoniowej. Na pewno mu nie pomoże.

Święty Antoni, Święty Antoni, gdzie jest, kurwa, mój pistolet?

Joe był zmęczony. Wczoraj wieczorem kierował ruchem pod Garden Park. Pieprzony koncert Justina Timberlake'a się przedłużył. Więc był zmęczony. I co z tego? Był zmęczony od lat. Nie mieściło mu się w głowie, że mógłby być na tyle zmęczony, by wykazać się taką lekkomyślnością i porzucić gdzieś naładowany pistolet. Wielu policjantów z wieloma latami służby na karku, podobnie jak Joe, lekkomyślnie obchodziło się z bronią, ale nie on.

Ciężkim krokiem przeszedł przez korytarz, mijając dwie pozostałe sypialnie, i wetknął głowę do ich jedynej łazienki. Nic. Wpadł do kuchni, trzymając dłonie na biodrach, z nawyku szukając pistoletu nasadą dłoni.

Czworo jego jeszcze nieumytych i rozczochranych nastoletnich dzieci siedziało przy stole w ich maleńkiej kuchni i jadło śniadanie – niedosmażony bekon, lejącą się jajecznicę i przypalone grzanki z białego pieczywa. To co zwykle. Rozglądając się po pomieszczeniu, Joe zauważył swój pistolet – swój naładowany pistolet! – na laminowanym blacie kuchennym w musztardowym kolorze, nieopodal zlewu.

– Dzień dobry, tato – powiedziała Katie, jego najmłodsze dziecko, uśmiechając się do ojca nieśmiało, jakby wyczuwała, że coś jest nie tak.

Zignorował ją. Wziął swojego glocka, zapiął go w kaburze i wymierzył celownik swojego gniewu w Rosie.

– Po co, do cholery, wzięłaś mój pistolet?

– O czym ty mówisz? – odpowiedziała Rosie, która stała przy kuchence w szortach i różowej koszulce, bez stanika i na bosaka.

– Bez przerwy przekładasz gdzieś moje rzeczy – warknął Joe.

– Ale nie twój pistolet – postawiła się Rosie.

Przy czterdziestu pięciu kilogramach i metrze pięćdziesięciu pięciu w kapeluszu Rosie była prawdziwą kruszyną. Joe też nie należał do olbrzymów. W butach patrolowych miał metr siedemdziesiąt pięć, ale wszystkim wydawał się wyższy niż w rzeczywistości, pewnie przez swój szeroki tors, muskularne ramiona i niski, gardłowy głos. Miał trzydzieści sześć lat i zrobił mu się już lekki brzuszek, ale to i tak nieźle jak na jego wiek, biorąc pod uwagę, ile czasu spędzał w radiowozie. Zwykle był zabawny i opanowany, przymilny jak kociak, ale nawet kiedy się uśmiechał i w jego niebieskich oczach pojawiał się błysk, wszyscy i tak wiedzieli, że jest klasycznym twardzielem. Nikt nie zadzierał z Joem. Nikt oprócz Rosie.

Miała rację. Rosie nigdy nie rusza jego broni. Nawet po tylu latach przepracowanych przez Joego w policji nigdy nie przyzwyczaiła się do tego, że w ich domu znajduje się pistolet, nawet jeśli zawsze leży zabezpieczony w sejfie, w jego górnej szufladzie albo na jego prawym biodrze. Aż do dziś.

– No to jak się, kurwa, znalazł tutaj? – zapytał, wskazując miejsce przy zlewie.

– Wyrażaj się – odpowiedziała.

Joe przerzucił wzrok na czwórkę swoich dzieci, które przestały jeść i obserwowały awanturę. Spojrzał na Patricka spod przymrużonych powiek. Był dobrym chłopakiem, ale miał szesnaście lat i pstro w głowie. Ta idiotyczna zagrywka idealnie do niego pasowała, nawet po wszystkich kazaniach na temat broni, jakich musiały wysłuchać te dzieciaki.

– W takim razie które z was to zrobiło?

Wszyscy wpatrywali się w niego bez słowa. Zmowa milczenia w Charlestown, tak?

– Kto wziął mój pistolet i zostawił go koło zlewu? – zapytał władczym tonem. Milczenie nie wchodziło tu w grę.

– To nie ja, tato – powiedziała Meghan.

– Ja też nie – odezwała się Katie.

– Ani ja – dołączył się JJ.

– Ja też tego nie zrobiłem – oznajmił Patrick.

Ćwierkał tak każdy przestępca, którego Joe aresztował w swoim życiu. Każdy udawał jakiegoś pierdolonego świętego. Wszyscy podnieśli na niego wzrok, mrugając i czekając. W końcu Patrick wepchnął do ust gumowaty kawałek bekonu i zaczął żuć.

– Zjedz coś przed wyjściem, Joe – powiedziała Rosie.

Był zbyt spóźniony, żeby mieć czas na śniadanie. Był spóźniony, bo szukał swojego pieprzonego pistoletu, który został przez kogoś zabrany i odłożony na kuchenny blat. Był spóźniony i miał wrażenie, że nad niczym nie panuje. I było mu gorąco, za gorąco. Powietrze w tym ciasnym pomieszczeniu było zbyt upalne, by nim oddychać i Joe czuł, że łączna temperatura kuchenki, sześciu ciał i pogody podsyca w nim coś, co za chwilę wykipi.

Spóźni się na odprawę i sierżant Rick McDonough, młodszy od Joego o pięć lat, znów będzie chciał z nim rozmawiać, a może nawet wpisze mu naganę. Nie mógł znieść myśli o takim upokorzeniu i nagle coś w nim wybuchło.

Chwycił za rączkę żeliwną patelnię, ściągnął ją z kuchenki i rzucił przez pokój. Patelnia wybiła porządnego rozmiaru dziurę w gipsowej ścianie tuż przy głowie Katie, po czym wylądowała z donośnym brzękiem na pokrytej linoleum podłodze. Rdzawobrązowy tłuszcz z bekonu ściekał po tapecie w stokrotki niczym krew sącząca się z rany.

Dzieci patrzyły na wszystko szeroko otwartymi oczami, w całkowitej ciszy. Rosie nie odezwała się słowem ani się nawet nie poruszyła.

Joe wypadł z kuchni i wąskim korytarzem poszedł do łazienki. Serce biło mu jak oszalałe i czuł, jak jego głowa robi się gorąca. Spryskał twarz i włosy zimną wodą, po czym wytarł je w ręcznik.

Powinien był natychmiast wyjść, ale coś w jego odbiciu trzymało go jak na haczyku i nie pozwalało odejść.

Jego oczy.

Źrenice miał rozszerzone, czarne i szerokie od adrenaliny, jak oczy rekina, ale to nie to. To wyraz jego oczu tak go hipnotyzował. Dziki, nieskupiony, pełen wściekłości. Jego matka.

To takie samo niezrównoważone spojrzenie, które wzbudzało w nim panikę, gdy był mały. Patrzył w lustro, spóźniony na odprawę, nie mogąc oderwać się od nieszczęsnego spojrzenia swojej matki, wpatrującej się w niego tym samym wzrokiem, kiedy nie była już w stanie robić niczego innego, jak leżeć w szpitalnym łóżku na oddziale psychiatrycznym. Niema, wynędzniała i opętana, czekająca na śmierć.

Diabeł ze spojrzenia jego matki, która umarła dwadzieścia pięć lat temu, wpatrywał się w niego z lustrzanego odbicia.

ROZDZIAŁ 2

Siedem lat później

Był chłodny niedzielny poranek i Joe wyprowadzał psa na spacer, podczas gdy Rosie była w kościele. Zwykle chodził razem z nią i dziećmi, kiedy tylko miał wolne, ale po bierzmowaniu Katie doszedł do wniosku, że wystarczy. Teraz Rosie chodziła sama i była zniesmaczona swoją żałosną, grzeszną gromadką. Joe lubił tradycję, co było dość niefortunną cechą dla człowieka, który miał całkowicie wolny weekend tylko raz na siedem i pół tygodnia, i od sześciu lat nie spędził z rodziną bożonarodzeniowego poranka, dlatego chodził na mszę w Wigilię i Wielkanoc, ale odpuszczał sobie cotygodniowe nabożeństwo.

Nie chodziło o to, że nie wierzył w Boga. W niebo i piekło. Dobro i zło. W to, co słuszne i niesłuszne. Wstyd miał nadal wpływ na wiele jego codziennych decyzji. Bóg cię widzi. Bóg słyszy twoje myśli. Bóg cię kocha, ale jeśli nawalisz, to będziesz się smażył w piekle. Zakonnice tłukły mu do głowy te paranoiczne hasła przez całe dzieciństwo, prosto w oczy. Te myśli nadal się w nim kotłowały, nie mogąc znaleźć ujścia.

Ale Bóg wiedział z pewnością, że Joe to dobry człowiek. A jeśli nie, to godzina tygodniowo spędzona na kolanach, na siedząco i na stojąco w kościele św. Franciszka na pewno nie ocali jego nieśmiertelnej duszy.

Nadal wierzył w Boga, ale całkowicie zwątpił w Kościół jako instytucję. Zbyt wielu księży ganiało za małymi chłopcami; zbyt wielu biskupów i kardynałów ukrywało ten haniebny proceder, nawet papież. Joe nie był też feministą, ale jego zdaniem Kościół niesprawiedliwie traktował kobiety. Na przykład zakaz antykoncepcji. Litości, czy Jezus naprawdę tak przykazał? Gdyby Rosie nie brała pigułek, mieliby pewnie już z tuzin dzieciaków, a ona byłaby zapewne jedną nogą w grobie. Boże, błogosław współczesną medycynę.

Dlatego mają psa. Po urodzeniu się Katie Joe powiedział Rosie: „dość". Czworo wystarczy. Rosie zaszła w ciążę z JJ'em latem po ukończeniu liceum (i tak mieli dużo szczęścia, że stosunek przerywany sprawdzał się tak długo), szybko się więc pobrali i przed dziewiętnastymi urodzinami zostali rodzicami. JJ i Patrick byli irlandzkimi bliźniętami, urodzonymi w odstępie jedenastu miesięcy. Meghan urodziła się piętnaście miesięcy po Patricku, a Katie z krzykiem pojawiła się na świecie osiemnaście miesięcy po Meghan.

Im dzieci robiły się starsze i zaczynały chodzić do szkoły, tym życie stawało się prostsze, ale te początkowe lata były bardzo ciężkie. Joe pamiętał, jak wiele razy dawał Rosie nieodwzajemnionego całusa na do widzenia i zostawiał ją samą w domu z czwórką dzieci, z których żadne nie skończyło jeszcze pięciu lat, a troje z nich było jeszcze w pieluchach, czując wdzięczność za to, że ma poważny powód, by stamtąd uciec, choć codziennie martwił się, czy Rosie dotrwa do końca służby. Wyobrażał sobie nawet, że jego żona robi coś strasznego, a doświadczenie zawodowe i opowieści kolegów funkcjonariuszy jeszcze podsycały kiełkujące w nim obawy. Nawet zwykłym ludziom zaczyna odbijać, kiedy stają u kresu sił. Rosie od dziesięciu lat porządnie się nie wyspała i miała pełne ręce roboty przy dzieciakach. To cud, że wszyscy przeżyli.

Na początku jego żona nie popierała ich nowej strategii. Z zupełnie niezrozumiałych powodów chciała jeszcze więcej dzieci – przynajmniej dwóch nowych zawodników do rodzinnej drużyny O'Brienów. Była najmłodszą z siódemki rodzeństwa i jedyną córką, i mimo że rzadko widywała swoich braci, szczyciła się faktem, że pochodzi z dużej rodziny.

Joe jednak podjął już decyzję i tyle. Nie miał zamiaru ustąpić i po raz pierwszy w życiu nie chciał uprawiać seksu z żoną, aż przyzna mu rację. Pogodził się z myślą, że do odwołania będzie musiał załatwiać sprawę pod prysznicem, aż pewnego dnia zauważył na poduszce płaskie, okrągłe pudełeczko. W środku znajdował się blister pigułek, z którego wybrano już tygodniową dawkę. Wbrew woli Boga Rosie zakończyła ich zimną wojnę. Joe zdzierał z niej wówczas ciuchy, jakby się paliły.

Jednak jeśli Rosie miała już nie mieć więcej dzieci, to chciała psa. Niech będzie. Wróciła ze schroniska dla zwierząt z niewielkim shih tzu. Joe nadal uważa, że chciała mu w ten sposób zrobić na złość, mieć ostatnie słowo. Na litość, Joe jest przecież bostońskim policjantem. Powinien przechadzać się z labradorem, berneńskim psem pasterskim albo akitą. Zgodził się na psa, ale prawdziwego, a nie małego, napuszonego szczura. Nie był zadowolony.

Rosie nazwała go Yaz, co przynajmniej uczyniło kundla możliwym do zniesienia. Były czasy, kiedy Joe nie znosił wyprowadzać Yaza, nie znosił, gdy go z nim widziano. Czuł się jak mięczak. Jednak w pewnym momencie mu przeszło. Yaz był dobrym psem, a Joe czuł się na tyle męski, by pokazać się w Charlestown z shih tzu. Oczywiście pod warunkiem, że Rosie nie ubrała go w jakiś porąbany sweterek.

Lubił spacerować po Town, kiedy nie był na służbie. Nawet jeśli wszyscy wiedzieli, że jest gliną i że ma pistolet zatknięty za pasek, pod niewciągniętą w spodnie koszulą. czuł się lżej, nie przywdziewając niezjednanej persony policjanta, razem z mundurem i odznaką, które czyniły z niego widoczny cel. Zawsze był policjantem, ale poza służbą był także zwykłym facetem, który szedł z psem na spacer po sąsiedztwie. Dobrze się z tym czuł.

Wszyscy zdrabniali nazwę Charlestown do Town, choć wcale nie było miastem ani nawet miasteczkiem. Była to dzielnica Bostonu i to w dodatku nieduża, o powierzchni jednej mili kwadratowej, wciśnięta pomiędzy rzeki Charles i Mystic. Ale jak każdy Irlandczyk wyraziłby się o swoim przyrodzeniu – może nie jest duże, ale nadrabia osobowością.

Charlestown, w którym dorastał Joe, było nieoficjalnie podzielone na dwa sąsiedztwa. Pod wzgórzem mieszkali biedni

Irlandczycy, a na wzgórzu, nieopodal kościoła św. Franciszka – ci zamożni. Nie szkodzi, że ludzie na wzgórzu mogli być tak samo biedni jak pozostali, i najprawdopodobniej byli, ale uważało się ich za lepiej sytuowanych. Przynajmniej tutejsi uważali, że nadal tak jest.

Mieszkało tu też kilka afroamerykańskich rodzin w budynkach socjalnych oraz kilku Włochów, którzy przenieśli się tu z dzielnicy North End, ale pomijając ich, Charlestown było jednorodnym wzgórzem pracowitych irlandzkich Micków i ich rodzin, mieszkających w ciasnych rzędach kolonialnych, dwupiętrowych domów. Mówili na siebie „tutejsi". A każdy „tutejszy" znał wszystkich swoich sąsiadów. Jeśli Joe nabroił jako dziecko, co zdarzało się często, od razu słyszał, jak ktoś krzyczy do niego z ganku albo okna: Josephie O'Brienie! Widzę cię i znam twoją matkę! W tamtych czasach ludzie nie musieli wzywać policji. Dzieci bały się rodziców bardziej niż służb porządkowych. A swojej matki Joe bał się najbardziej na świecie.

Dwadzieścia lat temu w Charlestown mieszkali sami tutejsi, ale w ostatnich latach okolica bardzo się zmieniła. Joe i Yaz szli pod górę po Cordis Street, ale równie dobrze mogliby się znajdować pod zupełnie innym kodem pocztowym. Wszystkie domy na tej ulicy zostały odnowione. Obecnie są z cegły albo pokrywa je farba w zaakceptowanym przez konserwatora kolorze. Wstawiono nowe drzwi, okna zostały wymienione, na parapetach rosną równe rzędy kwiatów w miedzianych donicach, a wzdłuż chodników stoją urocze gazowe lampy. Joe sprawdzał markę każdego auta, idąc pod górę – mercedes, bmw, volvo. Jak w jakimś pieprzonym Beacon Hill*.

Nadciągnęły japiszony. Joe nie dziwił się, że chcieli tu mieszkać. Charlestown ma idealną lokalizację – nad wodą, rzut beretem od Zakim Bridge i centrum Bostonu, Tobin Bridge, prowadzącego na południe miasta, tunelu prowadzącego na południowy brzeg i uroczą podróż promem do Faneuil Hall. Zaczęli się więc tu osiedlać, kupować domy, podwyższając tym samym standard dzielnicy.

Jednak japiszony nigdy nie zostawały na dłużej. Gdy się tu pojawiali, byli zwykle DPBD – Duża Pensja, Brak Dzieci. Po paru latach mieli może jedno dziecko, ewentualnie dwoje, dla równowagi. Kiedy najstarsze miało pójść do zerówki, wtedy zwykle wynosili się na przedmieścia.

Ich obecność jest więc od samego początku bardzo tymczasowa i to, gdzie mieszkają, nie obchodzi ich tak bardzo jak ludzi, którzy wiedzą, że zostaną w Charlestown, aż ktoś ich stąd wyniesie w drewnianej trumnie. Japiszony nie udzielają się jako wolontariusze w YMCA, nie trenują bejsbolowych drużyn Małej Ligi i większość z nich to prezbiterianie, unitarianie albo wegetarianie czy inne paskudztwo, więc nie wspierają też miejscowych katolickich kościołów, przez co trzeba było zamknąć św. Katarzynę. Nie stają się częścią społeczności.

---

* Beacon Hill – historyczna dzielnica Bostonu, znana z charakterystycznych gazowych latarni postawionych wzdłuż ulic. W tej okolicy znajdują się najdroższe mieszkania w mieście.

Większym problemem jest jednak to, że japiszony zrobiły z Charlestown miejsce atrakcyjne dla ludzi z zewnątrz. Dziadek Joego, Patrick Xavier O'Brien, przyjechał tu z Irlandii w 1936 roku i pracował w stoczni jako doker, utrzymując dziesięcioosobową rodzinę z czterdziestu dolarów tygodniowo. Ojciec Joego, Francis, także pracował w stoczni i ciężko zarabiał na godne życie, reperując statki. Przy policyjnej pensji Joe nie spał na pieniądzach, ale dawali sobie radę. Nigdy nie czuli się tu biedni. Jednak większość kolejnego pokolenia tutejszych bez względu na to, co będą robić, nie będzie w stanie sobie pozwolić na życie w Charlestown. To bardzo przykre.

Joe minął znak z napisem NA SPRZEDAŻ, umieszczony przed wolnostojącym domem w stylu kolonialnym, jednym z niewielu, który ma przed domem trawnik, i starał się odgadnąć jego szokująco wysoką cenę. Ojciec Joego kupił ich dwupiętrowy dom pod wzgórzem w 1963 roku za dziesięć tysięcy. Podobny dwupiętrowiec dwie ulice dalej sprzedał się w zeszłym tygodniu za okrągły milion. Za każdym razem, kiedy Joe o tym myślał, nie mógł uwierzyć. Czasem rozmawiali z Rosie o sprzedaży domu i puszczali wodze fantazji, jak gdyby wyobrażali sobie, co by było, gdyby wygrali na loterii.

Joe kupiłby sobie nowy samochód. Czarne porsche. Rosie nie ma prawa jazdy, ale kupiłaby sobie nowe ubrania, buty i prawdziwą biżuterię.

Tylko gdzie by zamieszkali? Nie przenieśliby się przecież go jakiegoś okropnego domu na przedmieściach na dużej działce. Joe musiałby sobie kupić kosiarkę. Wszyscy bracia Rosie mieszkali w mniejszych miasteczkach położonych przynajmniej czterdzieści pięć minut od Bostonu i zdawali się spędzać każdy weekend na wyrywaniu chwastów, pokrywaniu ziemi mulczem albo wykonywaniu innej, równie ciężkiej roboty związanej z trawnikiem. Kto by tego chciał? Musiałby też przestać pracować dla bostońskiej policji, gdyby przenieśli się na przedmieścia, a o tym nie ma mowy. I myśląc realistycznie, nie mógłby jeździć takim autem po okolicy. To się dopiero nazywa wystawić się na celownik. Więc tak naprawdę nie kupiłby samochodu, a i Rosie nie przeszkadzają jej sztuczne diamenty. Kto chciałby mieć na głowie kłopoty związane ze skradzioną biżuterią? Więc mimo że rozmowa zawsze zaczyna się z impetem, zawsze biegnie tym samym zapętlonym torem i w końcu Joe i Rosie wracają do punktu wyjścia. Podoba im się tam, gdzie są, i za żadne skarby świata nie chcieliby mieszkać gdziekolwiek indziej. Nawet w dzielnicy Southie.

Mieli szczęście, że w ogóle odziedziczyli ten dom. Kiedy dziewięć lat temu zmarł ojciec Joego, zostawił dom synowi i córce Maggie. Trzeba było opłacić dobrego detektywa, żeby ją wytropić. Maggie zawsze była przeciwieństwem Joego. Postanowiła wyjechać z Charlestown natychmiast po ukończeniu liceum i nigdy nie wróciła. Okazało się, że mieszka w Południowej Kalifornii, jest rozwiedziona, ma dwójkę dzieci i nie chce mieć z ich starym domem nic wspólnego. Joe to rozumiał.

Zatem Joe i Rosie mieszkali na parterze razem ze swoim dwudziestotrzyletnim synem Patrickiem. Ich drugi syn, JJ, i jego żona Colleen zajęli pierwsze piętro, a Katie i Meghan dzieliły mieszkanie na drugim.

Wszyscy prócz Patricka płacą czynsz Joemu i Rosie, ale jest niewielki, zupełnie niewspółmierny do realnych stawek. Służy tylko temu, by wszyscy czuli się odpowiedzialni, a dodatkowo pomaga spłacić hipotekę. Joe musiał kilka razy ją zastawić, żeby opłacić wszystkim dzieciom prywatną katolicką szkołę. Nie było to łatwe, ale nie widział możliwości, aby dzieci dojeżdżały autobusem do Dorchester albo Roxbury.

Joe skręcił za rogiem i ruszył na skróty przez Doherty Park. W niedzielny poranek Charlestown było ciche i senne. Basen Clougherty był zamknięty, boiska do koszykówki puste. Dzieciaki albo były na mszy, albo jeszcze spały. Poza przejeżdżającym od czasu do czasu samochodem słychać było tylko brzęczenie identyfikatorów przy obroży Yaza i drobnych monet w kieszeni Joego, które razem grały wspólną melodię.

Tak jak się spodziewał, na odległej ławce, w cieniu siedział osiemdziesięciotrzyletni Michael Murphy. Miał ze sobą laskę i brązową papierową torbę z czerstwym chlebem dla ptaków. Przesiadywał tu codziennie od rana do wieczora, no chyba że pogoda była pod psem, i wszystkiego pilnował. Wiedział właściwie wszystko.

– Jak leci, Burmistrzu? – zapytał Joe.

Wszyscy tutaj nazywali tak Murphy'ego.

– Lepiej niż na to zasługuje większość kobiet – powiedział Murphy.

– W samo sedno – zachichotał Joe, mimo że była to standardowa odpowiedź Murphy'ego na to pytanie, którą wygłaszał mniej więcej co trzecie spotkanie.

– Jak się miewa Pierwsza Dama? – zapytał w rewanżu Murphy.

Murphy mówił na Joego „Pan Prezydent". Przezwisko brzmiało na początku Joseph Kennedy, ale potem przekształciło się, przechodząc z ojca na syna. Tak więc bez poszanowania dla historii USA pan Joseph Kennedy stał się Panem Prezydentem. Co automatycznie uczyniło z Rosie Pierwszą Damę.

– Dobrze. Jest właśnie w kościele i się za mnie modli.

– No to długo jej zejdzie.

– O, tak. Miłego dnia, Burmistrzu.

Joe poszedł dalej ścieżką, spoglądając ze wzgórza na odległe widoki przemysłowych silosów i stoczni Everett na przeciwnym brzegu Mystic River. Większość ludzi powiedziałaby, że ten widok to nic szczególnego, a nawet że szpeci okolicę. Joe pewnie nigdy nie zastanie w tym miejscu malarza ze sztalugą, a mimo to dostrzegał tu pewne miejskie piękno.

Schodził ze stromego wzgórza, korzystając ze schodów, a nie krętej rampy dla wózków inwalidzkich, kiedy nagle potknął się. Przed oczami miał tylko niebo.

Zsunął się o trzy betonowe stopnie w dół, zanim na tyle wróciła mu przytomność umysłu, by zaprzeć się rękami.

Podciągnął się do pozycji siedzącej, od razu czując nieprzyjemną serię sińców kiełkujących mu na linii kręgosłupa. Obrócił się, żeby spojrzeć na schody, spodziewając się, że będzie mógł obarczyć winą jakąś przeszkodę typu patyk, kamień albo zniszczony stopień. Nic. Spojrzał na szczyt schodów i rozejrzał się po otaczającym go parku. Przynajmniej nikt go nie widział.

Yaz sapał i machał ogonem, gotów ruszyć dalej.

– Sekunda, Yaz.

Joe podniósł po kolei obie ręce i przyjrzał się swoim łokciom. Były otarte i krwawiły. Otrzepał się ze żwiru i otarł krew, po czym wstał.

Jak to możliwe, że się potknął? To pewnie przez jego słabe prawe kolano. Skręcił je kilka lat temu, kiedy gonił włamywacza po Warren Street. Chodniki z cegieł może i ładnie wyglądają, ale są wyboiste i zdradliwe, zwłaszcza w ciemności. Od tamtego czasu jego kolano nie było już takie jak kiedyś i czasami bez ostrzeżenia odmawiało Joemu posłuszeństwa. Pewnie trzeba je było przebadać, ale Joe nie przepadał za lekarzami.

Bardzo ostrożnie zszedł po pozostałych schodach i ruszył Medford Street. Postanowił trochę przyspieszyć i wyjść na wzgórze przy budynku liceum. Rosie miała niedługo wyjść z kościoła, a Joe z każdym krokiem czuł narastający kłujący ból u nasady pleców. Chciał już wrócić do domu.

Kiedy szedł Polk Street, zwolnił koło niego jakiś samochód. Donny Kelly, najlepszy przyjaciel Joego z dzieciństwa.

Donny nadal mieszkał w Town i pracował jako ratownik medyczny, Joe często więc spotykał go w pracy.

– Za dużo wczoraj wypiłeś czy co? – zapytał Donny, uśmiechając się życzliwie do niego przez opuszczoną szybę pontiaca.

– Hm? – zapytał Joe, odwzajemniając uśmiech.

– Kulejesz?

– A, tak, strzeliło mi w krzyżu.

– Podrzucić cię na drugą stronę wzgórza, staruszku?

– Nie, dam sobie radę.

– Daj spokój, wsiadaj.

– Przyda mi się trochę ruchu – odparł Joe, poklepując brzuch. – Jak tam Matty?

– Dobrze.

– A Laurie?

– Też. Wszyscy mają się dobrze. Hej, na pewno nigdzie cię nie podwieźć?

– Na pewno, dzięki.

– Niech ci będzie, w takim razie jadę dalej. Dobrze cię widzieć, OB.

– Ciebie też, Donny.

Joe starał się iść miarowym, równym krokiem, dopóki jeszcze miał w zasięgu wzroku auto Donny'ego. Kiedy jednak samochód zniknął za szczytem wzgórza, Joe przerwał tę maskaradę. Wlókł się z trudem, czując, jak z każdym krokiem coraz głębiej wkręca mu się w kręgosłup jakaś niewidzialna śruba, i pożałował, że nie dał się podwieźć.

Powtarzał sobie w głowie słowa Donny'ego o tym, że za dużo wypił. Wiedział, że to tylko niewinny żart, ale Joe zawsze był wrażliwy w kwestii swojej reputacji i picia. Nigdy nie wypijał więcej niż dwa piwa. Czasem może przypieczętował je kieliszkiem whiskey, ale tylko po to, żeby potwierdzić swoją męskość, i to wszystko.

Jego matka dużo piła. Przez alkohol skończyła w wariatkowie i wszyscy o tym wiedzieli. Upłynęło już wiele lat, ale taka historia może ciągnąć się za człowiekiem w nieskończoność. Ludzie nie zapominają niczego i to, od kogo się wywodzisz, było tak ważne, jak to, kim jesteś. Wszyscy zdawali się spodziewać, że zostaniesz pijaczyną, jeśli twoja matka zapiła się na śmierć.

A Ruth O'Brien zapiła się na śmierć.

Wszyscy tak mówili. To jego rodzinna legenda, jego dziedzictwo. Kiedy tylko ktoś o tym napomknął, do głosu dochodziły wspomnienia. Joe szybko zaczynał czuć się niezręcznie i zmieniał temat, żeby nie musieć „wchodzić w szczegóły". A jak tam gra Red Sox?

Ale dzisiaj, czując być może przypływ odwagi, dojrzałości albo ciekawości – sam nie był w stanie powiedzieć – pozwolił, by to zdanie towarzyszyło mu w drodze pod górę. Ruth O'Brien zapiła się na śmierć. Właściwie nie trzymało się to kupy. Tak, matka piła. Mówiąc krótko, piła tyle, że nie potrafiła sklecić składnego zdania ani przejść paru kroków. Mówiła i robiła szalone rzeczy. Brutalne rzeczy. Była zupełnie nie do opanowania i kiedy ojciec Joego nie potrafił jej już kontrolować, umieścił ją w szpitalu psychiatrycznym. Kiedy zmarła, Joe miał tylko dwanaście lat.

Może jej mózg i wątroba zbyt długo moczyły się w wódzie, przez co zrobiła się z nich papka. Może było dla niej za późno. Organy zostały zniszczone i nie dało się ich uratować. Jej przesączony alkoholem mózg i wątroba w końcu przestały jej słuchać. Przyczyna zgonu: przewlekłe nadużywanie alkoholu.

Joe wszedł na szczyt wzgórza, czując ulgę i radość, że wkroczy na łatwiejszą drogę i weźmie się za przyjemniejszy temat, ale śmierć jego matki nadal nie dawała mu spokoju. Coś w tej teorii wydawało się nieprawdziwe. Miał to samo niepokojące wrażenie, ten sam ucisk w dołku, który czuł za każdym razem, gdy przyjeżdżał na miejsce zgłoszenia i nie potrafił od nikogo wyciągnąć, co takiego zaszło. Umiał rozpoznać prawdę, i to nie było to. Jeśli nie zapiła się na śmierć ani nie zmarła z przyczyn związanych z alkoholizmem, to co takiego się stało?

Przez kolejne trzy przecznice szukał lepszej odpowiedzi, ale nic nie przychodziło mu do głowy. Zresztą, jakie to jeszcze miało znaczenie? Jego matka nie żyła, i to od dawna. Ruth O'Brien zapiła się na śmierć. Nie było co się nad tym rozwodzić.

Kiedy dotarł pod kościół św. Franciszka, dzwoniły dzwony. Od razu zauważył Rosie, która czekała na niego na szczycie schodów, i uśmiechnął się. Kiedy zaczęli się spotykać, gdy mieli po szesnaście lat, uważał, że jest powalająco piękna, ale z czasem zdawała się jeszcze nabierać urody. W wieku czterdziestu trzech lat miała aksamitną brzoskwiniową cerę obsypaną piegami, kasztanowe włosy (nawet jeśli ostatnimi czasy kolor ten pochodził z butelki) i zielone oczy, na widok których Joemu nadal miękły kolana. Była niesamowitą matką i chyba świętą, skoro wytrzymała z nim tyle lat. Miał wiele szczęścia.

– Pomodliłaś się za mnie? – chciał wiedzieć Joe.

– Żeby to raz – odparła, strzepując na niego z palców święconą wodę.

– I dobrze. Wiesz, że jeśli o mnie chodzi, przyda się każda pomoc.

– Czy ty krwawisz? – zapytała Rosie, spoglądając na jego rękę.

– Tak, przewróciłem się na schodach. Nic mi nie jest.

Wzięła go za drugą dłoń, podniosła ją i zobaczyła zakrwawione otarcie na łokciu.

– Na pewno? – zapytała, patrząc na niego zatroskanym wzrokiem.

– Na pewno – odparł, zaciskając jej dłoń w swojej. – Choć, moja żonko, idziemy do domu.

ROZDZIAŁ 3

Była prawie szesnasta trzydzieści i cała rodzina siedziała przy kuchennym stole, nakrytym pustymi szklankami ze słoiczków po dżemach, talerzami i sztućcami ułożonymi na wytartych, zielonych podkładkach, które Katie całe wieki temu uszyła na zajęciach praktyczno-technicznych. Wszyscy czekali na Patricka. Od wczorajszego popołudnia nikt go nie widział. Patrick był barmanem w barze Ironsides, więc można było założyć, że został tam do zamknięcia, ale potem nie wrócił do domu. Nie mieli pojęcia, gdzie się podziewał. Meghan cały czas wysyłała mu wiadomości, ale nie odpowiadał na nie, co zresztą nikogo nie dziwiło.

Dziś rano, kiedy Joe szedł do łazienki, zauważył idealnie zaścielony tapczan Patricka. Zatrzymał się na moment, zanim poszedł dalej, przenosząc wzrok z pustej poduszki, na której powinna leżeć głowa jego syna, na plakat Patrice'a Bergerona, środkowego zawodnika Bruins. Joe pokręcił głową do Bergy'ego i westchnął. Część niego chciała wejść do środka i zmiąć pościel, by wyglądało na to, że Patrick był w domu, ale zdążył już wyjść, tylko po to, by Rosie się nie martwiła. Ale nie byłoby to zbyt wiarygodne. Gdyby Patrick wrócił do domu, pewnie nadal nieprzytomny leżałby w łóżku i nie zwlekłby się aż do południa.

Najlepiej będzie, jeśli Rosie pozna prawdę i wyrazi swój niepokój, pomyślał. Joe będzie wtedy mógł kiwać głową w milczeniu, kryjąc pod tym gestem swoje własne mroczne teorie. A to, co Joe potrafił sobie wyobrazić, było o wiele gorsze niż wszystko, na co mogła wpaść Rosie. Chłopak za dużo pił, choć miał dwadzieścia trzy lata. Był młody. Joe i Rosie mieli to na uwadze, ale to nie nadużywanie alkoholu najbardziej ich martwiło.

Rosie panicznie bała się, że jakaś dziewczyna zajdzie z nim w ciążę. Ta niezwykle religijna kobieta wkładała nawet swojemu synowi prezerwatywy do portfela. Po jednej. Biedna Rosie była taka zażenowana, gdy czasem nawet kilka razy w ciągu jednego tygodnia znajdowała w portfelu syna tylko kilka dolarów i żadnego zabezpieczenia. Zawsze jednak uzupełniała mu zapasy i dorzucała trochę gotówki. Potem żegnała się, nic nie mówiąc.

Choć Joe chciałby, żeby Patrick miał dziewczynę na stałe – taką, która ma imię, miłą buzię i ładny uśmiech, i na której Patrickowi zależy na tyle, żeby przyprowadzić ją w niedzielę na obiad, Joe tolerował to uganianie się za kobietami. Cholera, część niego nawet podziwiała chłopaka. Joe mógł mu nawet wybaczyć to, że nie wraca do domu na noc, a raz „pożyczył" auto Donny'ego i całkowicie je skasował. Bardziej bał się o narkotyki.

Nigdy nie miał podobnych podejrzeń w stosunku do pozostałych swoich dzieci, nie posiadał też żadnych twardych dowodów na to, że jego syn bierze. Jeszcze. Nie potrafił

się powstrzymać od zakończenia tej myśli słowem „jeszcze"
i w nim właśnie kryły się ojcowskie obawy. Za każdym razem,
kiedy pracował na nocnej zmianie i był wzywany na przystań
Montego Bay albo odosobniony parking, żeby aresztować jakichś palantów za posiadanie narkotyków, zawsze najpierw
rozglądał się po ich twarzach, szukając wśród nich twarzy
Patricka. Miał szczerą nadzieję, że się myli i cała ta paranoja
jest zupełnie zbędna, ale zbyt wiele w tych dzieciakach przypominało mu Patricka – apatia i lekkomyślność większa niż
instynkt samozachowawczy. Joe martwił się tym bardziej,
niż chciałby przyznać.

Aresztowanie członka rodziny nie było dla niego żadną
nowością. Złapał swojego szwagra Shawna dosłownie na
gorącym uczynku, poplamionego od stóp do głów czerwonym barwnikiem, ze świeżutkim plikiem jednodolarowych
banknotów wciśniętych pomiędzy dwie pięćdziesiątki w kieszeni bluzy, kilka minut po tym, jak obrabowano bank na
City Square. Inny szwagier, Richie, nadal odsiadywał wyrok
za przemyt narkotyków w latach dziewięćdziesiątych. Joe
pamiętał, jak patrząc w lusterko wsteczne, mierzył wzrokiem
Richiego, zakutego w kajdanki i wyglądającego przez boczną
szybę radiowozu, i czuł się zawstydzony, jakby to on popełnił
przestępstwo. Rosie była załamana. Joe nie chciałby już nigdy
więcej wsadzić żadnego ze swoich bliskich na tył radiowozu,
zwłaszcza własnego syna.

– Meghan, napisz do niego – powiedziała Rosie, krzyżując ręce na piersi.

– Dopiero co wysłałam mu wiadomość, mamo – odpowiedziała córka.

– No to wyślij jeszcze raz.

Troska Rosie stopniowo zmieniała się w złość. Niedzielny obiad nie podlegał negocjacjom, zwłaszcza w te niedziele, kiedy Joe był w domu, i takie spóźnienie zaczynało się robić niewybaczalne. W międzyczasie Rosie podgrzewała jedzenie, które było rozgotowane już pół godziny temu. Pieczeń wołowa będzie jak suchy, pozbawiony smaku kawałek skóry, tłuczone ziemniaki staną się misą szarego kleju, a zielona fasolka z puszki rozgotuje się nie do poznania. Tak jak przez ostatnie dwadzieścia pięć lat, Joe miał zamiar przebrnąć przez obiad, nie skarżąc się, za to przy pomocy dużej ilości soli i kilku piw.

Dziewczynki gorzej znosiły te niedzielne posiłki. Katie była weganką. Co tydzień z zaangażowaniem pouczała ich, jakie okrucieństwa stosuje się wobec zwierząt oraz przypominała o haniebnych i obrzydliwych praktykach w przemyśle mięsnym, podczas gdy pozostali, prócz Meghan, zapychali się przypaloną kaszanką. Druga córka zazwyczaj rezygnowała z większości posiłku ze względu na zawartość tłuszczu i kaloryczność. Tańczyła w Balecie Bostońskim i z tego, co obserwował Joe, odżywiała się jedynie sałatkami. Zwykle skubała rozciapane warzywa z puszki, podczas gdy pozostali, wyłączając Katie, pałaszowali mięso i ziemniaki. Meghan nie była przesadnie chuda, ale jej oczy zawsze wydawały się głodne i podążały za ruchem ich widelców jak oczy lwa zamkniętego w klatce ze stadem malutkich gazeli. Jeśli chodziło o dziewczyny, trzeba było się doktoryzować, żeby poznać i zapamiętać wszystkie zasady, jakimi rządziły się ich diety.

JJ i jego żona Colleen grzecznie jedli wszystko, co postawiła przed nimi Rosie. Niech ich Bóg błogosławi. To wymagało nie lada manier i samozaparcia.

Zresztą Joe i JJ byli do siebie bardzo podobni. Mieli to samo imię, podobną, krępą budowę ciała i te same senne, niebieskie oczy. Obaj mieli także ziemistą, bladą cerę, która pod wpływem emocji (na przykład wygranej Red Sox) nabierała niezdrowego, różowego odcienia i która mogła się poparzyć nawet w cieniu późnego popołudnia. Łączyło ich też poczucie humoru, które Rosie uważała za zupełnie nieśmieszne, i obaj ożenili się z kobietami, które były dla nich za dobre.

Tylko że JJ został strażakiem i była to najbardziej uderzająca różnica między nimi. Zwykle bostońscy strażacy i policjanci uważali się za rodzinę, która chroni to wspaniałe miasto i służy jego mieszkańcom, co strasznie wkurzało Joego. Strażacy zawsze wychodzili na wielkich bohaterów. Pojawiają się tacy w czyimś domu i od razu ludzie ich witają, jednocześnie im dziękując. Niektórych nawet ściskają. Kiedy przyjeżdżają policjanci, wszyscy zawsze się chowają.

Na dodatek strażacy więcej zarabiają, choć robią mniej. Joe dostawał szału, kiedy przyjeżdżali do niegroźnych kolizji, gdzie w ogóle nie byli potrzebni, blokując ruch, zastawiając dojazd karetkom i radiowozom. Joe uważał, że strażacy się nudzą i próbują sobie znaleźć zajęcie. *Dajemy sobie radę, koledzy. Jedźcie do domu na kolejną drzemkę.*

Jeśli Joe miał być szczery, był wdzięczny losowi, że JJ nie został gliną. Sam był dumny z tego, że jest funkcjonariuszem patrolowym, ale nie życzyłby tego żadnemu ze swoich dzieci. Mimo to czasem czuł się dziwnie zdradzony zawodowym wyborem JJ'a, tak jak czułby się zawodnik Red Sox, gdyby jego syn wyrósł na zawodnika New York Yankee. Kiedy jedna część Joego pękała z dumy, druga zastanawiała się, gdzie popełnił błąd.

– Co się dzieje, tato? – zapytała Katie.

– Co? – zapytał Joe.

– Jesteś dziś bardzo cichy.

– Zamyśliłem się, skarbie.

– Czyli jest coś pod kopułką – zażartował JJ.

Joe uśmiechnął się do niego.

– A teraz myślę, że powinieneś przynieść mi piwo – powiedział do syna.

– Mnie też – dorzuciła Katie.

– Ja też się napiję – odezwała się Colleen.

– Żadnego piwa przed obiadem – skwitowała Rosie, zagradzając JJ'owi drogę do lodówki.

Rosie spojrzała na kuchenny zegar. Wybiła już piąta. Wpatrywała się w jego tarczę jeszcze przez pełną minutę, po czym niespodziewanie z hukiem odłożyła na blat drewnianą łyżkę.

Rozwiązała fartuch i odwiesiła go na haczyk. Wystarczy tego czekania. Zjedzą bez Patricka. JJ otworzył lodówkę i wyciągnął z niej sześciopak budweisera.

Rosie wyjęła z piekarnika to, co niedawno było jeszcze pieczenią wołową czy „ekstraktorem smaku" – jak nazywał potrawę Joe, a Meghan pomogła jej przenieść cały posiłek na mały, okrągły stół. Było tłoczno – wszyscy wzajemnie uderzali się łokciami, kopali pod stołem, a miski dotykały talerzy, zaś talerze szklanek.

Rosie usiadła i odmówiła modlitwę przed posiłkiem, po czym wszyscy powiedzieli „amen" i kobieta zaczęła podawać jedzenie.

– Aua, Joe, przestań mnie szturchać – pisnęła Rosie, masując się po ręce.

– Przepraszam, skarbie. Nie ma miejsca.

– Jest mnóstwo miejsca. Przestań się tyle wiercić.

Nie mógł nic na to poradzić. Dziś rano wypił trzy filiżanki kawy zamiast zwyczajowych dwóch i denerwował się, gdzie jest Patrick.

– Gdzie jest sól? – zapytał Joe.

– Ja mam – odparł JJ. Suto obsypał solą jedzenie na swoim talerzu, po czym podał solniczkę ojcu.

– Zjesz tylko tyle? – Rosie zapytała Katie, spoglądając na jej wielki biały talerz, na którym znajdowała się tylko niewielka ilość zwiędłej i poszarzałej fasolki.

– Wystarczy mi.

– A może trochę ziemniaków?

– Dodałaś do nich masło.

– Tylko trochę.

Katie przewróciła oczami.

– Mamo, nie jestem tylko trochę weganką. Jestem weganką. Nie jem nabiału.

– A ty jaką masz wymówkę? – zapytała Rosie, odnosząc się do równie pustego talerza drugiej córki.

– Mamy sałatkę? – odpowiedziała Meghan pytaniem na pytanie.

– Też bym zjadła – dołączyła do niej Katie.

– W lodówce jest trochę sałaty i ogórek. Weźcie sobie – westchnęła Rosie, machając na nie wierzchem dłoni. – Tak trudno was nakarmić, dziewczynki.

Meghan wstała, otworzyła lodówkę, wyciągnęła dwa składniki i nic więcej, po czym ustawiła się przy blacie.

– A może trochę krówki? – zaproponował JJ, podtykając półmisek pod nos siostry.

– Przestań, to ohydne – warknęła Katie, odpychając półmisek w jego stronę.

Meghan wróciła do stołu i przełożyła połowę sałatki na talerz Katie, połowę na swój, po czym odłożyła pustą miskę do zlewu.

W tym samym czasie Joe zmagał się z pokrojeniem kawałka pieczeni, jakby był drwalem, który próbuje przepiłować pień drzewa. W końcu udało mu się coś odkroić i patrzył, jak jego córki z radością chrupią kawałki sałaty, podczas gdy on wgryzał się w starą dachówkę.

– Wiesz, rolnicy, którzy hodowali tę sałatę i ogórka, pewnie używali nawozów – powiedział Joe, z najbardziej poważną miną, na jaką był w stanie się zdobyć.

Córki ignorowały go, ale JJ uśmiechnął się lekko, domyślając się, w którą stronę to zmierza.

– Nie jestem rolnikiem, ale wydaje mi się, że jako nawozu używają obornika, prawda JJ?

– Tak jest – odparł syn, choć w życiu nie postawił stopy w ogrodzie ani na farmie.

– Przestańcie – odezwała się Meghan.

– Nasiona sałaty i ogórka odżywiają się substancjami z krowiego nawozu. Więc właściwie, jeśli dobrze się nad tym zastanowić, ta sałatka składa się z krowiego łajna.

– Ohyda, tato. Naprawdę, ohyda – powiedziała Katie.

– Lepiej chyba jeść krowę niż krowie łajno, prawda, JJ?

JJ i Joe śmiali się do rozpuku. Z wielu powodów kobiety przy stole nie były równie rozbawione.

– Okej, dość już tego – powiedziała Rosie, która w zwyczajnych okolicznościach uznałaby droczenie się Joego za co najmniej nieszkodliwe. Ona też nie rozumiała całego tego weganizmu. Joe wiedział jednak, że Rosie nadal martwi się o to, gdzie jest Patrick, i jest zbyt rozproszona jego nieobecnością, żeby cokolwiek uznać za śmieszne. – Możemy porozmawiać o czymś innym niż odchody?

– Mam już daty wystawienia *Coppelii* – odezwała się Meghan. – Od dziesiątego do dwudziestego czwartego sierpnia.

– Ja i Colleen możemy wziąść bilety na pierwszy piątek – powiedział JJ.

– Wziąć – poprawiła go Rosie. – Mnie to pasuje. Katie?

– Yyy... Jeszcze nie wiem. Mogę mieć inne plany.

– Niby jakie? – Meghan zapytała lekceważącym tonem i Joe wiedział, że Katie uzna go za obraźliwy.

– Nie twoja sprawa – rzuciła Katie.

– Niech zgadnę: picie w Ironsides z Andreą i Micaelą.

– Moje piątkowe wieczory są tak samo istotne jak twoje. Świat nie kręci się wokół ciebie.

– Dziewczyny – ostrzegła je Rosie.

Kiedy były małe, Katie była posłusznym cieniem Meghan. Z tego, co pamiętał Joe, zawsze wychowywali je z Rosie, jakby były jednością. Pomijając kwestię tańca, rodzice tak często odnosili się do dziewczynek razem, że ich imiona zdawały się stopić w pojedyncze, trzecie przezwisko. Kat-i-Meghan, chodźcie. Kat-i-Meghan idą na paradę. Kat-i-Meghan, obiad.

Jednak od szkoły średniej drogi dziewczynek zaczęły się rozchodzić. Joe nie do końca wiedział, dlaczego. Meghan była pochłonięta rygorystycznym harmonogramem zajęć baletowych; chociaż dziewczyny mieszkały razem, niewiele przebywała w domu. Może Katie czuła się opuszczona. Albo zazdrosna. Wszyscy robili wokół Meg dużo zamieszania. Joe grzecznie słuchał za każdym razem, kiedy inni rodzice z okolicy chwalili się córką, która pracuje w bibliotece, w transporcie miejskim albo ostatnio wyszła za mąż. Uśmiechał się do ucha do ucha, kiedy kończyli i nastawała jego kolej. *Moja córka tańczy w Balecie Bostońskim*. Żaden z rodziców w Charlestown nie był w stanie tego przebić. Dopiero teraz Joe zdał sobie sprawę, że nigdy nie wspominał o drugiej z córek.

Katie uczyła jogi, o której Joe z ręką na sercu nie wiedział absolutnie nic poza tym, że to najnowszy trend w fitnessie, jak zumba, tae bo i crossfit, tyle że w nonsensownej oprawie kultu New Age. Uważał, że to wspaniałe, że Katie robi coś, co lubi, ale widział też, że jego córka nie jest szczęśliwa. Nie miał pewności, czy to z powodu jogi albo uwagi, jaką poświęcają Meghan, czy może chłopaka, o którym nie wiedział, ale w głosie Katie pobrzmiewało napięcie, i z tygodnia na tydzień jej gardło zaciskało się coraz ciaśniej, a ciężar na barkach nosiła jak ulubioną ozdobę. Kiedyś była takim wyluzowanym dzieckiem. Jego małą córeczką. Cokolwiek by się nie działo, Joe zakładał, że to przejściowe. Jakoś da sobie radę.

– Tato? – zapytała Meghan. – Przyjdziesz?

Joe uwielbiał patrzeć, jak Meghan tańczy i nie wstydził się przyznać, że zawsze doprowadzało go to do płaczu. Większość małych dziewczynek mówi, że chce tańczyć w balecie, ale to marzenie znajdowało się w tej samej kategorii co marzenie o byciu księżniczką. To kaprys i wymysł, a nie prawdziwy zawodowy cel. Ale kiedy Meghan w wieku czterech lat powiedziała, że chce zostać baletnicą, wszyscy jej uwierzyli.

Zaczęła od lekcji w miejscowym studiu baletowym, a w trzeciej klasie dołączyła do darmowego programu Citydance. Od samego początku była skoncentrowana i wytrwała. Otrzymała stypendium Bostońskiej Szkoły Baletowej, kiedy miała trzynaście lat, i zaproponowano jej pracę w *corps de balet* zaraz po ukończeniu liceum.

Meghan ciężko pracowała – pewnie ciężej niż którekolwiek z nich – ale dumny ojciec wierzył, że urodziła się po to, by tańczyć. Zachwycające piękno jej obrotów, jakkolwiek się je zwie, niewiarygodność tego, jak wysoko podnosi nogę, podczas gdy cała jej równowaga spoczywa na dużym palcu stopy. On nie potrafi się nawet porządnie schylić. Meghan miała oczy Joego, ale dzięki Bogu na tym się kończyło. Reszta jej wyglądu pochodziła od Rosie albo była darem od Boga.

W tym roku Joe opuścił *Dziadka do orzechów*. Widział w nim Meghan już wiele razy wcześniej, choć nie w tej roli co teraz, jak szybko uściśliłaby jego córka. Wezwano go też na służbę tego kwietniowego wieczoru, kiedy miał obejrzeć *Śpiącą królewnę*. Wiedział, że ją zawiódł. To jedna z najgorszych rzeczy dotyczących jego pracy – to, że omijały go bożonarodzeniowe poranki, urodziny, mistrzostwa Małej Ligi, w których brały udział jego dzieci w każde Święto Niepodległości i zbyt wiele tanecznych recitali Meghan.

– Przyjdę – powiedział Joe.

Coś wymyśli. Meghan uśmiechnęła się szeroko. Niech ją Bóg błogosławi za to, że nadal w niego wierzy.

– Gdzie woda? – zapytała Rosie.

Joe zauważył dzbanek na kuchennym blacie.

– Już podaję.

Dzbanek był ciężki, prawdziwy kryształ, na oko Joego jedna z najdroższych rzeczy, jakie mieli w domu. Był to prezent ślubny od rodziców Rosie i co niedzielę, w zależności od okazji, napełniało się go wodą, piwem albo mrożoną herbatą.

Joe nalał do dzbanka wody z kranu, wrócił do stołu i nadal stojąc, po kolei prosił każdego o szklankę, zaczynając od pań. Nalewał wody Katie, kiedy nagle puścił uchwyt. Dzbanek wypadł Joemu z ręki, wytrącając mu szklankę z drugiej dłoni i oba naczynia wylądowały na stole, momentalnie roztrzaskując się na milion drobniutkich kawałeczków. Meghan krzyknęła, a Rosie wydała z siebie jęk, zasłaniając usta dłonią.

– Nic się nie stało. Nikomu nic nie jest – powiedział JJ.

Joe oceniał zniszczenia, trzymając prawą rękę w tym samym miejscu, jakby nadal znajdował się w niej dzbanek. Naczynia nie dało się już w żaden sposób uratować. Wszystko na stole było mokre i obsypane szklanymi odłamkami. W końcu Joe wyrwał się z odrętwienia i potarł palcami wnętrze dłoni, spodziewając się, że będą tłuste albo mokre, ale były czyste i suche. Wpatrywał się w swoje ręce, jakby nie były jego i zastanawiał się, co się, do cholery, przed chwilą wydarzyło.

– Przepraszam, Rosie.

– Nic się nie stało – odpowiedziała, nieszczęśliwa, ale pogodzona ze stratą.

– Mam szkło w jedzeniu – oznajmiła Katie.

– Ja też – odezwała się Colleen.

Joe spojrzał na swój talerz. Miał szkło w ziemniakach. Co za katastrofa.

– Okej, niech nikt niczego nie je – powiedział JJ. – Nawet jeśli nie widać szkła, nie warto ryzykować.

Podczas gdy Katie zamiatała podłogę, a Rosie i Meghan zbierały talerze ze zrujnowanym niedzielnym obiadem, do kuchni wszedł Patrick ubrany we wczorajsze, zmięte ciuchy, które wisiały na jego wychudzonej posturze, cuchnący stęchłym piwem, papierosami i miętą, z paczką pączków od Dunkin'Donuts pod pachą.

– Spóźniłeś się – powiedziała Rosie. Jej oczy były jak dwa groźne strumienie laserów, które miały wypalić dziurę w głowie chłopaka.

– Wiem, mamo, przepraszam – powiedział Patrick.

Pocałował matkę w policzek i siadł przy stole.

– Nie chcę nawet wiedzieć, gdzie byłeś – dodała Rosie.

Patrick milczał.

– Nie ma żadnego usprawiedliwienia na opuszczenie niedzielnego obiadu.

– Wiem, mamo. Nie opuściłem go, przecież jestem.

– Nie, opuściłeś – odparł JJ.

Katie trąciła Patricka w ramię na znak, żeby podniósł łokcie ze stołu, by mogła wytrzeć go gąbką.

– Gdzie jedzenie? – zapytał Patrick.

– Tata uznał, że obiad potrzebuje trochę wody i szczyptę szkła – odpowiedziała Meghan.

– Ciesz się, że nie jesteś fajtłapą jak twój ojciec – dodał Joe.

Patrick z dumą położył na stole pudełko z pączkami. Dzisiejszy niedzielny obiad O'Brienów. JJ pierwszy zanurzył w nim rękę i wyciągnął pączka z kremem. Katie zajrzała do pudełka, spodziewając się rozczarowania, ale jej twarz nagle się rozchmurzyła.

– Kupiłeś mi tostowanego bajgla z masłem orzechowym.

– Oczywiście – odparł Patrick. – I pitę z białkiem jaja kurzego i warzywami, ale bez pity dla Meg.

– Dzięki, Pat.

Sylwetka Rosie złagodniała i Joe wiedział, że Patrickowi zostało wybaczone. Joe wziął sobie pączka z dżemem i faworka. Pączki i piwo. Poklepał się po swoim wystającym brzuchu i westchnął. Będzie musiał zacząć uważać na figurę, jeśli chce dożyć późnej starości.

Patrzył na tę zwykłą scenę przy skromnym stole, na swoje dorosłe dzieci i żonę, wszystkich razem – szczęśliwych i zdrowych – w niedzielne popołudnie i niespodziewanie urosła w nim fala wdzięczności, na którą nie miał czasu się przygotować. Czuł, jak jej ogrom napierał od środka na jego pierś i przez zaciśnięte zęby wypuścił z płuc stłoczone powietrze, by choć trochę zmniejszyć ciśnienie. Pod powierzchownością twardego gliny, wielkiego macho, był miękki jak pączek z dżemem. Odwracając głowę, by obetrzeć łzy z kącików oczu, zanim ktokolwiek zauważy, podziękował Bogu za wszystko, co ma. Wiedział, że prawdziwy z niego szczęściarz.

ROZDZIAŁ 4

Joe od kilku godzin patrolował strome ulice Charlestown, jeżdżąc samotnie radiowozem. Była to zwyczajna, codzienna trasa, co, jak doskonale wiedział, było w tym przypadku oksymoronem. Nie ma czegoś takiego jak zwyczajna trasa. To jedna z tych rzeczy, którą w jego zawodzie kocha się i nienawidzi zarazem.

Kocha, bo dzięki temu praca nigdy nie jest nudna. Nie chodziło o to, żeby każda minuta jego zmiany była fascynująca. Większość dyżurów to ciągnące się godziny otępiającej nudy, która codziennie zaczyna się od odprawy i żałośnie śmiesznej zabawy w wyszukiwanie czterocyfrowego numeru na przydzielonym aucie w morzu identycznych radiowozów, poprzez patrolowanie tych samych znanych mu ulic, podczas zupełnego marazmu. Aż w końcu zawsze coś się wydarzy.

Przychodzi zgłoszenie. Ktoś włamywał się do domu na Green Street, jakiś mąż okładał pięściami ukochaną żonę, na autostradzie biegnącej na północ zdarzył się karambol z udziałem cysterny przewożącej paliwo odrzutowe, kolejny napad na bank, kradzież kilku torebek z biura w Schrafft Center, bójka przed Warren Tavern, gangi wyrównywały porachunki przed jednym z liceów, znaleziono samochód w rzece z ludzkim ciałem w środku albo ktoś skoczył z mostu Tobin.

Wszystko może się zdarzyć i nigdy nie jest tak samo. Każde włamanie, każda napaść, każda domowa interwencja jest inna, a przez to – nigdy nudna. Z każdym wezwaniem istnieje szansa, że Joe będzie musiał wykazać się swoimi umiejętnościami i wiedzą ze szkoleń.

Odpowiadanie na zgłoszenie dawało mu też szansę doświadczyć tego, co najbardziej kochał w swojej pracy – kiedy naprawdę komuś pomagał, kiedy sprawna i stanowcza operacja działała na korzyść dobrych ludzi, kiedy ściągali z ulicy przestępcę, czyniąc ten skrawek planety odrobinę bezpieczniejszym. Jeśli brzmiało to jak morał z dobranocki, to niech będzie. To dlatego Joe przychodził na każdą odprawę i postawiłby najlepsze miejsce na meczu baseballu, tuż za stanowiskiem pałkarza na stadionie Fenway Park, że każdy szanujący się policjant uważał tak samo.

Była to jednak broń obusieczna, bo każde wezwanie niosło ryzyko, że Joe znajdzie się w centrum tego, czego w swojej pracy najbardziej nie znosił. Każdego dnia policjanci widzieli włochate i cuchnące podbrzusze ludzkości, najbardziej zepsute i niegodziwe rzeczy, do jakich zdolni są ludzie, rzeczy, których cywile na szczęście nie potrafili sobie wyobrazić. Kolejne zgłoszenie. Mężczyzna w Roxbury udusił żonę, schował jej ciało do worka na śmieci i zrzucił z dachu swojego budynku. Matka w Dorchester utopiła swoje trzyletnie bliźniaki w wannie. Dwie bomby podczas poniedziałkowego maratonu.

Dzięki szkoleniom i grupie reagowania mógł poradzić sobie z każdą sytuacją, ale tak jak wszyscy jego koledzy z pracy,

Joe stał się mistrzem w opowiadaniu prymitywnych żartów i dystansowaniu się od wszystkiego – był to standardowy i dość łatwy do przejrzenia arsenał samozachowawczych mechanizmów, który miał za zadanie powstrzymać te podłości od przeżarcia go na wylot. Ale i tak do tego dochodziło. I zmieniało go. Zmieniało ich wszystkich.

Sztuka polegała na tym, by nie dać temu wszystkiemu wpłynąć na Rosie i dzieci. Pamiętał ciało nastoletniej dziewczyny, dwukrotnie postrzelonej w głowę, pozostawionej, by zgniła w śmietniku w chińskiej dzielnicy. Nawet pozbawiona życia, szara i pokryta muchami, dziewczyna tak bardzo przypominała Meghan, że Joe nie mógł tego znieść. Wymagało to od niego ogromnej siły woli, by powstrzymać się od zwymiotowania na oczach wszystkich.

Próbując się nie rozsypać, zrobił, co do niego należało, dusząc w sobie wstręt i wypełniając swoje obowiązki w trybie autopilota. Wiele godzin później, kiedy był sam w radiowozie, zauważył, że ręce trzęsą mu się tak mocno, że całe auto się porusza.

Kiedy tego samego wieczoru wrócił do domu, Rosie zapytała:

– Jak ci minął dzień, skarbie?

Jedno z najbardziej niewinnych i banalnych pytań w większości małżeństw dla Joego było zawsze niczym puszka pełna żmij, której on nie miał zamiaru otwierać. Tego wieczoru, jak w wiele innych, pocałował Rosie, odpowiedział ogólnikowym „w porządku" i poszedł spać.

Przez wiele miesięcy miał koszmary o dziewczynie w śmietniku, ale nigdy nie powiedział o nich żonie ani słowa. Często narzekała na jego milczenie i chciała, by częściej opowiadał jej o pracy. Joe wiedział, że w zdrowym związku należy rozmawiać, zwłaszcza że wśród funkcjonariuszy panuje ponadprzeciętny wskaźnik rozwodów, ale nigdy nie obarczał Rosie okropieństwami, z jakimi miał styczność. Bo kiedy już człowiek sobie coś wyobrazi, nie da się tego cofnąć.

Żadna zmiana nie jest więc zwyczajna, a żadne wezwanie podobne do innych, ale dziś jeszcze nic nie zdążyło się wydarzyć. Joe zwolnił przed własnym domem na Cook Street. Ani śladu żywej duszy. Mimo że dochodziło południe, Patrick pewnie nadal spał. Meghan wstała i wyszła z domu jeszcze przed ojcem. Zerknął na zegarek. Katie miała za chwilę zacząć zajęcia z jogi w miejscowym klubie – „Godzinę mocy" w samo południe. Postanowił przejechać tamtędy w następnej kolejności. Nie pamiętał, czy JJ miał tego dnia służbę. Colleen była w pracy. Była zatrudniona jako fizjoterapeutka w centrum rehabilitacyjnym Spaulding. Rosie też miała zajęcie: pół etatu w gabinecie dermatologicznym w budynku Schrafft na stanowisku recepcjonistki. Joe uśmiechnął się, wyobrażając sobie, jak jego rodzina zabiera się do pracy. Wszystko toczyło się swoim torem.

Od wczesnego ranka nie minął się z innymi radiowozami. Teren Charlestown patrolowało tylko czterech funkcjonariuszy – dwóch w jednym radiowozie jako zespół interwencyjny i dwóch w pojedynczych patrolach. Joe był zadowolony, że jeździ sam i że nie został przyporządkowany do interwencyjnego radiowozu. Nie był w nastroju do rozmowy, a wielu kolegów, zwłaszcza żółtodziobów, gadało jak katarynki i nie potrafiło się zamknąć. Może po prostu w wieku czterdziestu trzech lat zmieniał się w zrzędliwego starego ramola, ale coraz częściej łapał się na tym, że woli samotność i ciszę zwykłego patrolu niż gadki-szmatki w radiowozach szybkiego reagowania.

Joe minął pomnik Bunker Hill i zwolnił nieco, by przyjrzeć się miejscu, gdzie tydzień temu zastrzelono dziewiętnastolatka, i w którym teraz ludzie chcieli go upamiętnić. Stał tam drewniany krzyż, ktoś przyniósł czerwone, białe i niebieskie baloniki, rękawicę baseballową, misia, jego szkolne zdjęcie. Joe głośno westchnął. Co za strata.

Charlestown było dość bezpieczną okolicą. Zwykle nie dochodziło tu do wielu brutalnych przestępstw, a co dopiero do morderstw. Znów to słowo. Zwykle. Nie ma czegoś takiego.

Przestępczy koktajl Charlestown składał się głównie z narkotyków, kradzieży, awantur domowych i bójek w barach. Choć w ostatnich latach Joe zauważał w swojej okolicy wiele napaści ulicznych. Takie rzeczy nie miały miejsca, kiedy był mały. Nie znaczy to, że wtedy ludzie nie posuwali się do kradzieży. Prawie każdy, kogo znał, był spokrewniony z kimś, kto popełnił prawdziwe przestępstwo i włamanie było chyba najpopularniejszym z nich. Ale złodzieje też mieli swój kodeks moralny, jeśli coś takiego w ogóle było możliwe. Napad na bank albo biurowiec był w porządku, bo uchodził za tak zwane „przestępstwo bez ofiar". Napad na człowieka albo czyjś dom nigdy nie był w porządku.

Joe pamiętał, jak Billy Ryan, najstraszniejszy zbir, jakiego kiedykolwiek widział, zganił Marka Sullivana za to, że zwędził pięćdziesiąt dolców z mieszkania na Belmont Street. Był to dom Kevina Gallaghera. *Okradłeś jego matkę? Odbiło ci, zasrańcu?* Jeśli Joego nie zawodziła pamięć, Billy zdołał na tyle zawstydzić Marka, że ten po raz drugi włamał się do domu Kevina i oddał pieniądze. Następnego dnia Billy obrabował bank.

Joe przejechał obok Doherty Park. Boiska były puste, ale basen pełen. Tego dnia kreska sięgnęła trzydziestu sześciu stopni. Parno, gorąco i wilgotno. Oddziały pogotowia będą pewnie pełne ofiar udarów cieplnych i zawałów. Joe pocił się nawet przy klimatyzacji włączonej na maksimum. Jego koszulka i bielizna były przemoczone do ostatniej nitki, a mokra bawełna lepiła mu się do skóry. Nieustępliwe promienie słońca, które atakowały go przez przednią szybę, razem z kamizelką kuloodporną i granatowym mundurem sprawiały, że czuł się jak pomidor w szklarni więdnący na gałązce. Mogło być gorzej. Mógł kierować ruchem na gorącym asfalcie.

Skręcił w Main Street i zatrzymał się przed klubem jogi. Nie było tam okien, przez które mógłby zerknąć, więc właściwie nie widział Katie. Nie miał pojęcia, co dzieje się w środku, ale gdyby kazano mu zgadywać, pomyślałby pewnie o kobietach ubranych w czarne getry, które próbują zwinąć się w precla. Katie od ponad roku próbowała namówić go na jedną z lekcji, zawsze jednak żartobliwie się wykręcał. *Chciałbym, kochanie, ale naciągnąłem sobie trzecią czakrę i lekarz powiedział, że zero jogi przez miesiąc. Co za feler!*

Odpakował kanapkę z tuńczykiem i zaczął pożerać ją łapczywie, prawie nie czując jej smaku. Ledwie wcisnął do ust ostatni kawałek, kiedy dostał zgłoszenie. Kradzież w toku na Bunker Hill Street pod numerem trzysta czterdzieści cztery. Lokal trzydzieści jeden. Joe wytarł majonez z ust wierzchem dłoni, włączył syrenę i odjechał. Znał ten adres, przed chwilą tam był. Kiedyś był to budynek szkolny, a teraz naszpikowany japiszonami elegancki apartamentowiec naprzeciwko basenu i parku. Lokal trzydzieści jeden. Trzecia kondygnacja.

Lokal wychodził na ulicę czy tył budynku? Jeśli na tył, to czy miał balkon? Schody przeciwpożarowe? Podejrzany spróbuje uciec tamtędy czy przez środek bloku? Schodami czy windą? Jeśli podejrzanym jest tutejszy, może okazać się na tyle bezczelny albo głupi, żeby przejść przed frontowe drzwi. Na tyłach budynku znajdował się parking. Idealne miejsce na zostawienie samochodu do ucieczki. W zależności od tego, co kradł, podejrzany mógł być zmotoryzowany albo będzie uciekał pieszo. Budynek miał podziemny garaż. Świetne miejsce na kryjówkę. Czy przestępców było więcej niż jeden? Czy to przypadkowy, pojedynczy skok, czy może planowane włamanie? Czy ktoś był w domu? Oby nie. Był środek dnia, a w tym budynku mieszkali głównie młodzi pracownicy biur. Trwało lato, więc może lokator wyjechał na wakacje. Ale osoba, która zgłosiła włamanie, była w domu, więc może właściciel mieszkania również. Rodzic w zaawansowanym wieku. Emeryt. Matka z dzieckiem. Ktoś, kto tego dnia się rozchorował. Czy podejrzany miał broń?

Joe wyłączył syrenę i zaparkował kilka budynków wcześniej. Był jedynym funkcjonariuszem na miejscu. Psia mać. Nie wiedział, z czym ma do czynienia. Najlepiej, jeśli w takich sytuacjach policjanci wkraczają w przewadze. Przy odpowiedniej demonstracji siły często nie musieli jej stosować. Ale Joe nie mógł tak po prostu siedzieć w samochodzie i czekać na innych funkcjonariuszy. Musi wysiąść i stawić czoło sytuacji, jakakolwiek by ona nie była. Poziom adrenaliny cały czas wzrastał.

Joe wyciągnął pistolet i trzymał go przy boku, kierując lufę w dół, jednocześnie wkraczając do budynku i następnie wchodząc po schodach na trzecie piętro. Skręcił w prawo: trzydzieści pięć, trzydzieści siedem. Zła strona. Odwrócił się i ruszył na lewo. Stanął przed drzwiami do mieszkania numer trzydzieści jeden i poczuł, jak zaczęły działać jego wyostrzone zmysły. Mieszkanie miało widok na tył budynku. Framuga obok wyłamanego zamka była zniszczona. Tu rzeczywiście coś się działo. Serce Joego przyspieszyło. Nasłuchiwał: jego własny ciężki oddech, powietrze dmące z szybów klimatyzacyjnych, męskie głosy, rozmowa.

Joe cofnął się nieco i niemal bezgłośnie, ale bardzo wyraźnie przekazał informacje przez radio.

– Przynajmniej dwóch intruzów. Mieszkanie ma widok na tyły budynku. Niech ktoś obstawi tamtą stronę.

Kilka sekund później stanął przy nim funkcjonariusz Tommy Vitale, najstarszy i najbliższy kolega Joego w policji. Partner Tommy'ego jest pewnie na zewnątrz i pilnuje tylnego wyjścia. Joe i Tommy porozumieli się wzrokiem i tamten skinął głową. Joe przekręcił klamkę w drzwiach i obaj cicho weszli do mieszkania.

Momentalnie przecięli pokój, podbiegając do ścian po przeciwnych stronach pokoju, Joe z lewej, Tommy z prawej. Joe stanął plecami do ściany graniczącej z jadalnią, a Tommy z kuchnią. Jak dotąd nikogo nie zauważyli.

Znajdowali się w jednym z nowoczesnych mieszkań o otwartym planie i ze swoich pozycji mieli widok na salon. Co za bałagan. Szuflady leżały wybebeszone, papiery i różne przedmioty zaścielały podłogę. Na końcu salonu znajdowały się otwarte przesuwne drzwi ze szkła, które prowadziły na balkon. Bingo – tam właśnie stali włamywacze. Dwaj nastoletni chłopcy. Mężczyźni podeszli bliżej, celując z broni w ich piersi.

– Policja! Rzućcie torby i ręce do góry! – krzyknął Joe.

Chłopcy byli ubrani w t-shirty, luźne bermudy, trampki, czapki z daszkiem i ciemne okulary. Obaj mieli ze sobą czarne plecaki. Joe próbował się zorientować, czy chłopak po lewej był uzbrojony, cały czas mierząc w środek jego piersi, kiedy nagle ten kretyn postanowił wiać i przeskoczył przez barierkę.

Mieszkanie na trzeciej kondygnacji znajdowało się prawie dziesięć metrów nad ziemią. Joe nie był pewien, co według tego geniusza miało się stać, kiedy wyląduje na ziemi, ale na pewno złamał sobie obie nogi i być może też kręgosłup. Leżał na chodniku, a jego wrzaski zamieniły się w żałosny jęk, kiedy funkcjonariusz Sean Wallace obrócił go i zaczął zakuwać w kajdanki.

– Teraz twoja kolej? – zapytał Tommy, przechylając głowę w stronę balustrady.

Drugi dzieciak upuścił torbę i podniósł w górę puste ręce.

– Przynajmniej jeden z nich ma mózg – powiedział Tommy, zakuwając chłopaka w kajdanki. – Rozmiaru groszku, ale zawsze coś.

Joe przeszukał resztę mieszkania, żeby mieć pewność, że w napadzie nie brał udziału ktoś jeszcze. Dwie sypialnie, dwie łazienki i domowe biuro były puste. Sypialnie nie wyglądały źle, ale biuro było zupełnie wypatroszone.

Joe wrócił na balkon.

– Reszta czysta.

Tommy rewidował więźnia, szukając broni, ale nic nie znalazł.

Często widywali coś takiego, zwłaszcza latem, kiedy nie było szkoły, a dzieciaki miały za dużo wolnego czasu. Nastolatki włamywali się do czyjegoś domu, kradli, co tylko się dało, i sprzedawali to w lombardach za gotówkę. Pieniądze zawsze szły na narkotyki. Jeśli Joe nie łapał złodziei na gorącym uczynku, to robił to przy zakupie towaru. Jeśli nie złapał ich przy zakupie, to udawało mu się to, kiedy brali albo robili coś głupiego, będąc pod wpływem. Zamknięte koło.

Joe zmierzył wzrokiem młodego chłopaka przed sobą, zgarbionego i skutego kajdankami. Trzymał głowę spuszczoną, więc Joe nie mógł dobrze przyjrzeć się jego twarzy, skrytej pod daszkiem baseballowej czapki, rozpoznał jednak rozległe tatuaże na jego ramionach – irlandzkie i amerykańskie flagi, statek marynarki i czterolistną koniczynkę. Był to Scotty O'Donnell, młodszy brat Robby'ego O'Donnella, który dorastał z Patrickiem. W liceum Robby był świetnym zawodnikiem baseballowym i trzymał się z dala od kłopotów. Wszystkie starsze siostry Scotty'ego skończyły szkołę z wyróżnieniem. Jego matka chodziła do kościoła z Rosie, a ojciec pracował na poczcie. Chłopak pochodził z dobrej rodziny.

– Scotty, co ty do cholery wyprawiasz? – zapytał Joe.

Scotty spuścił wzrok na trampki i wzruszył ramionami.

– Patrz na mnie, kiedy z tobą rozmawiam.

Scotty uniósł głowę. Tommy ściągnął mu okulary przeciwsłoneczne. Oczy chłopaka były krnąbrne, nie zdradzały poczucia winy, chłopak nie bał się tyle, ile powinien.

– Matka będzie się za ciebie wstydzić. Będzie musiała przyjechać na komisariat, żeby wpłacić za ciebie kaucję, pajacu. Nie zasługuje na to.

Na miejsce przyjechała karetka i sanitariusze załadowali skoczka olimpijskiego na nosze. Funkcjonariusz Wallace miał mu towarzyszyć do szpitala i pilnować go podczas prześwietleń, których pewnie potrzebował.

– Zajmiesz się nim? – zapytał Tommy, wskazując na drugiego przestępcę.

– Jasne, zabiorę go na posterunek – odparł Joe.

– Zaczekam na śledczego.

Joe spojrzał na czarny plecak i ponownie uderzył go niespodziewany przypływ adrenaliny, w każdym mięśniu i nerwie wzbudzając najwyższą czujność, powodując jednocześnie, że drgały, jakby zaraz miały pęknąć. Pomyślał, że minie pewnie wiele czasu, zanim jakikolwiek bostoński policjant będzie w stanie spojrzeć na młodego mężczyznę z plecakiem jak na dzieciaka z książkami, a nie potencjalnego terrorystę z bronią masowego rażenia.

To samo w przypadku nagłych, głośnych odgłosów. W Święto Niepodległości każdy policjant został wezwany na służbę. Niespełna trzy miesiące po ataku na maratonie sprawowanie ochrony na imprezie dla uczczenia niepodległości narodu, która przyciągnęła na błonia Esplanade trzy tysiące osób, graniczyło z szaleństwem. Joe nie widział czegoś takiego przez wszystkie lata swojej służby. Wieczór minął bez incydentów, ale na każdy wybuch fajerwerków czuł ucisk w sercu, a dłoń automatycznie wędrowała mu do biodra. Raz za razem, bez ustanku. Całą noc próbował walczyć ze swoją automatyczną reakcją, wyczekiwać na odruch i stłamsić go, ale był wobec niego frustrująco bezsilny. *Bum!* Chwyt. Cofnięcie dłoni. Wielki finał był torturą. Nadal pamiętał smak piwa, jakie wypili z Tommym i innymi funkcjonariuszami po skończonej zmianie. Najwspanialsze pieprzone piwo, jakie pił w życiu.

– Zajrzysz do środka? – zapytał Joe, skinieniem głowy wskazując na torbę.

– Sam zajrzyj – odparł Tommy.

– Dziewczynom się ustępuje.

– Tchórz.

– Jestem zajęty Scottym.

Tommy przykucnął i rozsunął plecak jednym nagłym ruchem, jakby zrywał bandaż. W torbie znajdowało się to, czego się spodziewali – iPad, biżuteria, aparat i kilka malowanych figurek – a nie ciśnieniowy garnek pełen gwoździ i łożysk kulkowych. Joe odetchnął, dopiero wtedy zdając sobie sprawę, że cały czas wstrzymywał oddech.

Tommy zasunął plecak z dowodami i podał go Joemu. Wymienili szybkie, porozumiewawcze spojrzenia przepełnione ulgą.

– Te perły to prezent dla twojej dziewczyny, Scotty? – zapytał Joe.

Scotty nadal milczał.

– Tak sądziłem. Idziemy.

Joe przerzucił sobie plecak przez lewe ramię i lewą ręką wskazał Scotty'emu drogę do drzwi. Prowadząc chłopaka do radiowozu, Joe poczuł satysfakcję, że on, Tommy i Sean zrobili wszystko jak trzeba i dokonali dwóch zgodnych z prawem aresztowań. Czuł ulgę na myśl, że chłopcy nie byli uzbrojeni i że on, Tommy i Sean odjeżdżali stąd w tym samym stanie, w jakim znajdowali się podczas zgłoszenia. Cieszył się ze względu na właściciela mieszkania, który będzie miał do posprzątania straszny bałagan, ale przynajmniej odzyska wszystkie swoje rzeczy. Martwił się o biedną matkę Scotty'ego, wyobrażając sobie, jaki czeka ją telefon. Najbardziej jednak wkurzony był na samego Scotty'ego za to, że do żywego przestraszył go tym plecakiem, zupełnie bez potrzeby. Osłaniając czubek głowy chłopaka dłonią, Joe chwycił go za ramię i ściskając je porządnie, pchnął do radiowozu mocniej niż potrzeba.

– Aua – jęknął Scotty.

Joe zatrzasnął drzwi i uśmiechnął się. Dobrze mu tak.

Joe wjechał ze swoim aresztantem na chroniony policyjny parking przy posterunku około trzynastej. Przeszukał Scotty'ego jeszcze dwa razy; kazał mu ściągnąć trampki, skarpetki, czapkę i kolczyk; wprowadził do kartoteki jego podstawowe dane, w tym jego nazwisko, wzrost i wagę; pobrał jego odciski palców; podał numer jego telefonu i wtrącił go do celi dla młodocianych przestępców. Nadeszła szesnasta, koniec zmiany, ale Joe nadal ślęczał przed komputerem, pisząc raport.

Raporty były prawdziwym przekleństwem, ale stanowiły konieczną i bardzo istotną część pracy. Joe wiedział, że żaden z niego pisarz, ale był dumny z tego, jak dokładne były jego sprawozdania. Relacjonował wszystko w sposób obszerny i szczegółowy. Traktował tę kwestię bardzo poważnie. Pozornie drobny, nic nieznaczący szczegół mógł się okazać kluczowym dowodem w sądzie, potrzebnym, by przyszpilić przestępcę nawet wiele lat później. Wystarczyło spojrzeć choćby na sprawę Whitney'a Bulgera. By skazać tę kanalię, podczas procesu prokuratorzy posługiwali się sformułowaniami z raportów wypełnionych dziesiątki lat wcześniej.

Spisanie wszystkich faktów było więc rzeczą nadrzędną. Wystarczyło coś pominąć, a być może ktoś taki jak Whitney mógłby się jakoś wywinąć i ujść wolno ze względu na tylko jeden szczegół. A wtedy cała praca, czas i pieniądze poszłyby na marne. Za każdym razem, kiedy szkolił młodych rekrutów, Joe podkreślał to bardzo mocno. Raporty muszą być dokładne jak diabli.

Ale nawet biorąc to pod uwagę, opisanie takiego banalnego włamania nie powinno zająć więcej niż godzinę. Mimo to Joe jeszcze nie skończył. Wiele razy przerywali mu koledzy chcący posłuchać o zdarzeniu, które Joe – gwoli swojego irlandzkiego gawędziarstwa – chętnie relacjonował. O'Brien uwielbiał opowiadać, zwłaszcza jeśli historia kończyła się dobrze, tak jak ta. Dopiero pół godziny temu dostał uwagi na temat drugiego aresztowanego spisane w szpitalu przez Seana Wallace'a. Ale pomijając wszystkie te momenty rozproszenia i niedogodności, trudno mu było się skupić i nie był ani trochę przekonany, czy odpowiednio przedstawił sekwencję zdarzeń oraz wszelkie szczegóły.

Powinien wpleść jakoś informacje od śledczego, zdjęcia pomieszczenia i wywiad z sąsiadem, który wezwał policję. Musiał też rozszyfrować cholerne bazgroły Seana Wallace'a na temat dzieciaka w szpitalu – nazwisko lekarza, wyniki badań, diagnozę i leczenie. Musiał uchwycić każdy element w odpowiednim porządku, tak aby podejrzanych można było łatwo zidentyfikować, a areszt uznać za zgodny z prawem.

Wpatrywał się w monitor komputera, w morze słów rozpoczynających się z wielkich liter bez akapitów, zupełnie rozkojarzony. Co się zdarzyło i co było dalej? Nie mógł do tego dojść. Był zmęczony. Dlaczego był taki zmęczony? Spojrzał na swój zegarek. Jego zmiana skończyła się pięć minut temu, ale nie było mowy, aby udało mu się szybko stąd wyjść.

Jakiś głos w jego głowie namawiał go, aby się poddał. *Tyle wystarczy. Skończ to pisanie i idź do domu.* Ale Joe był mądrzejszy. Uczono go ignorować ten głos, poskromić w zarodku. Joe nigdy się nie poddawał. W żadnej kwestii. A na dodatek wiedział, że jeśli raportu nie wykona się prawidłowo, jego przełożony go nie przyjmie.

Potarł oczy i skupił się na monitorze, prąc do przodu. Kwota skradzionych przedmiotów przekraczała wartość dwustu pięćdziesięciu dolarów, podwyższając rangę czynu do dużej kradzieży. Miał zdjęcia przedstawiające stan kuchni i salonu, sypialni, łazienek i domowego biura. Raport ze szpitala. We framudze drzwi było wyłamanie na wysokości zamka, więc to duża kradzież z włamaniem. Nakryli dwóch młodocianych na balkonie. Musiał dokładnie opisać, co mieli na sobie i co mieli przy sobie. Tatuaże na ramionach Scotty'ego. Jeden wyskoczył, jeden został. Ktoś wezwał policję, ktoś odpowiedział na wezwanie. Był też właściciel lokalu, którego nie zastano.

To proste włamanie. Joe wpatrywał się w ekran, uderzając palcami w klawiaturę, kiedy raz po raz czytał swój raport. Jego raport to bełkot.

To proste włamanie. Więc co w tym, do cholery, takiego trudnego?

Wybiła osiemnasta i Joe powinien być w domu z Rosie. Powinien siedzieć w ulubionym fotelu w salonie z piwem w ręku, trzymając swoje brzydkie stopy na kawowym stoliku przed klimatyzatorem, i czekać na mecz Red Sox. Zamiast tego stał na środku skrzyżowania ulic Beacon i Charles między parkami Common i Public Garden i kierował ruchem w godzinach szczytu. W końcu, w okolicach siedemnastej, całą godzinę po zakończeniu zmiany, udało mu się skończyć ten przeklęty raport. Potem, pewnie dlatego, że nadal kręcił się po budynku, a kierownik zmiany potrzebował ludzi, Joe dostał rozkaz kierowania ruchem w trakcie koncertu w parku Common od siedemnastej trzydzieści do północy.

Temperatura nadal trzymała się w okolicy dusznych trzydziestu dwóch stopni, a Joe stał na czarnym asfalcie, ubrany w granatowy mundur i dodatkowo w niezwykle twarzową, limonkową kamizelkę, otoczony gęstym pierścieniem aut, które emitowały cuchnące spaliny i jeszcze więcej ciepła. Jeszcze rano dziękował, że nie musi czegoś takiego robić. Cholerne prawo Murphy'ego. Powinien był odpukać w niemalowane.

O tej porze dnia skrzyżowanie ulic stawało się koszmarem nawet bez darmowego koncertu pod gołym niebem w okolicy.

Zbyt wiele samochodów próbowało naraz opuścić centrum, zbyt wielu pieszych wracało z pracy, a do tego było dwanaście miejsc, w których można było przejść na drugą stronę ulicy. Mężczyźni ubrani w garnitury i kobiety w szpilkach byli równie wkurzeni. Na to, że jest tak gorąco, że spoceni ludzie stoją zbyt blisko siebie w oczekiwaniu na pozwolenie przejścia przed jezdnię, że czas oczekiwania jest zbyt długi, a oni pracowali osiem godzin i chcą w końcu znaleźć się w domu. Szczęściarze. Przynajmniej byli już w drodze. Choć Joe był tam, by pomóc im osiągnąć ten cel, nikt nie doceniał jego obecności. Nawet kiedy ruchem ręki zaczął ich przeprowadzać przez jezdnię, piesi – jeśli w ogóle na niego spojrzeli – posyłali mu jadowite spojrzenia, jak gdyby był osobiście winien ich nieszczęściu. Co za niewdzięczne zajęcie.

I na dodatek Rosie miała spędzić dzisiejszy wieczór sama. Znowu. Zbyt dobrze znała ten schemat, bo tak właśnie wyglądało życie żony policjanta. Na myśl o tym, ile nocy z Rosie go ominęło – a gdyby chciał policzyć je dokładnie, potrzebowałby kalkulatora – mógłby się rozpłakać na środku ulicy. Postanowił się więc nad tym nie zastanawiać. Myślał jedynie o tym, by było już po wszystkim i by mógł pojechać do domu.

Przynajmniej nie mieli jakichś szczególnych planów. Powroty do domu po szesnastogodzinnej zmianie do osamotnionej i zawiedzionej żony były wystarczająco okropne, kiedy jednak przegapił ślub, chrzciny albo urlop, mierzył się z pogardą, a to dużo trudniej było wynagrodzić. Jeśli nie mieli konkretnych planów, Joe był w stanie wynagrodzić Rosie samotność, czule ją przytulając i całując. Czekolada i wino także się przydawały. Rosie wiedziała, że to nie jego wina, że dostaje nadgodziny. Wtulając się w jego ramiona, czuła wdzięczność, że cały i zdrowy wrócił do domu. Jeśli jednak przegapił planowaną uroczystość, tylko czas był w stanie skruszyć wrogość Rosie, nawet jeśli sam nie wybrałby stania po ciężkiej zmianie na środku ulicy przez kolejne siedem godzin, kierując wściekłymi pieszymi i kierowcami, którzy najchętniej by go przejechali w ponadtrzydziestostopniowym upale.

Była już niemal dwudziesta, ale koncert miał potrwać jeszcze dwie godziny. Setki ludzi miały wtedy opuścić Common i Joe znów będzie miał zajęcie, teraz jednak stał i czekał. Poza dwiema grupkami turystów, które pytały go, jak dojść do baru Cheers, nie miał zbyt wiele do roboty, odkąd minęły godziny szczytu. Stał bez przerwy od dwóch i pół godziny i czuł każdy gram swojego sześciokilogramowego pasa na broń. Był wycieńczony, bolały go plecy i stopy, i każda komórka jego ciała pragnęła usiąść na ławce pod wierzbą płaczącą w Public Garden. Równie dobrze mógłby być w Kalifornii.

Nadal jednak stał i próbował wsłuchać się w muzykę. Był to jazz, ale dobiegał ze zbyt daleka, by w pełni go dosłyszeć. Stąd i zowąd dobiegała do niego metaliczna nuta, ale Joe nie był w stanie na tyle wytężyć uszu, by rozpoznać melodię, do której mógłby pogwizdywać, co trochę go irytowało.

Wychwycił odgłosy perkusji, które przypominały potrząsanie marakasami, ale dźwięk był oddzielony od reszty,

niezsynchronizowany, bliższy. Wsłuchując się w niego, odkrył, że dobiega od niego samego. To garść monet – reszta,
którą dostał po zakupie czerstwej kanapki z szynką i serem
w 7-Eleven – brzęczy w kieszeni spodni. Nie miał zielonego
pojęcia, dlaczego monety brzęczą, aż w końcu uświadomił
sobie: przechylał się z boku na bok, jak gdyby stał na roz-
grzanych węglach.

Nie zdawał sobie nawet sprawy z tego, że się porusza. Wydawało mu się, że jest zupełnie nieruchomy.

Może chciało mu się siku. Zastanowił się. To nie to. Był
zbyt odwodniony przez pocenie się w tym nieznośnym upale.

To pewnie wpływ adrenaliny z wcześniejszej akcji. Był
oczywiście świadomy, że zagrożenie minęło, ale Joe z doświadczenia wiedział, że ta silna substancja potrafi pobu-
dzać jego wszystkie nerwy jeszcze wiele godzin później. Za
każdym razem, kiedy musiał wyciągnąć swój pistolet, jego
organizm zalewała adrenalina, instynktowny wewnętrzny
zastrzyk, przez który czuł się tak, jakby wypił duszkiem trzy
red bulle. Przez to mógł poruszać się i drżeć, a jego mięśnie
aż do końca dnia były gotowe do działania. To na pewno to.

Wyobrażał sobie ludzi w Common: pary pijące wino
z plastikowych kubków, dzieci tańczące boso na trawie i to,
jak wszyscy cieszą się, słuchając muzyki na żywo. Szkoda, że
on i Rosie nie mogli być pośród nich, nie siedzieli na kocu
i nie jedli kolacji przyniesionej w piknikowym koszu. Potem
wyobraził sobie Fenway, tylko kilka mil dalej, i zaczął się zastanawiać, jak grają Red Sox. Na piętach niespokojnych stóp

odwrócił się od koncertu, którego ani nie mógł usłyszeć, ani w nim uczestniczyć, od ławki, na której nie mógł usiąść, ku drużynie baseballowej, którą kochał, ku Bunker Hill, gdzie niedaleko czekała na niego Rosie, i zaczął sobie wyobrażać, że wraca do domu.

Jeszcze cztery godziny i będzie po wszystkim. Jeszcze cztery.

Znów odwrócił się w stronę Common, tyle że tym razem jego wzrok ominął jazzowy koncert i powędrował w kierunku miasta, aż w jego świadomość, niczym rozlany atrament roz-przestrzeniający się po papierze, zaczęła się wkradać pewna myśl.

Opera!

Joe zerknął na zegarek i jego serce zrobiło się ciężkie jak opadający w wodzie kamień. Bardzo prawdopodobne, że właśnie w tej chwili Meghan wykonuje swoje solo w *Coppelii*. JJ, Colleen i Rosie są na widowni, a obok jego żony znajduje się haniebnie puste miejsce, na którym powinien siedzieć Joe.

Kurwa. Joe stał na ulicy, jego stopy gotowe były do biegu, rozpaczliwie pragnąc rzucić się pędem przez park Common w stronę opery, która znajdowała się tuż za nim, ale równie dobrze mógłby być sparaliżowany. Nie mógł odejść. Był na służbie. Przegapił występ.

Tak, kazano mu zostać dłużej, ale mógł poprosić przeło-żonego o przysługę. Mógł spróbować umówić się z innym funkcjonariuszem, proponując, że weźmie za niego przyszłą zmianę za dziś. Ktoś na pewno by mu pomógł.

Sprawdzał dłońmi przednie kieszenie, szukając telefonu, ale na próżno. Zerknął w stronę zaparkowanego radiowozu. Pewnie zostawił go na siedzeniu. Był taki wykończony po dzisiejszym włamaniu, że zapomniał zadzwonić do Rosie, by dać jej znać o dodatkowej zmianie. Od sześciu godzin nie sprawdzał komórki. Chryste. Czekały na niego liczne, coraz to bardziej rozgniewane SMS-y od czekającej na niego Rosie.

Kiedy nie wrócił na czas ze swojej zmiany, pewnie zaczęła się o niego martwić. Ale Joe wiedział, że skoro nie zobaczyła niczego w wieczornych wiadomościach i nie odebrała żadnego telefonu, przestała się martwić. Najprawdopodobniej pomyślała, że zatrzymano go w pracy albo poszedł się napić z kolegami. Tak czy inaczej nie odpowiedział na wiadomości od Rosie i opuścił występ Meghan. Pewnie żona była na niego wściekła, i słusznie.

I Meghan. Obiecał jej, że przyjdzie. Zawiódł ją. Znowu. Ta ostatnia myśl była jak silny cios w podbrzusze.

Otarł pot z czoła, pokręcił głową i spuścił wzrok na buty, mając ochotę samemu skopać sobie tyłek za to, że zapomniał o dzisiejszym występie. Westchnął i podniósł wzrok, patrząc w stronę opery, wyobrażając sobie, jak jego piękna córka tańczy na scenie i modlił się o jej wybaczenie.

ROZDZIAŁ 5

Drużyna Red Sox grała w pucharze World Series i wszyscy w Nowej Anglii byli pełni nadziei. Wygrali już dziewięć razy z rzędu, a we wczorajszym, pierwszym meczu rozgrywek zwyciężyli nad St. Louis Cardinals 8 : 1. Zapowiadały się świetne rozgrywki – stwierdzenie, którego przed 2004 rokiem nie wypowiedziałby żaden bostończyk przy zdrowych zmysłach. Ale klątwa Bambino została odwrócona i fani Soxów to obecnie szalona banda zawianych optymistów.

Tego wieczoru na stadionie Fenway miał się odbyć mecz numer dwa i fani gorączkowo przygotowywali się do tego wydarzenia, robiąc wszystko, by zapewnić drużynie zwycięstwo – przywdziewali baseballowe czapki, kupowali hot-dogi w Stop&Shop i zgrzewki piwa w monopolowym, nie golili się i ubierali skarpetki nie do pary podciągnięte pod kolana lub też hołdowali innym przesądom o udowodnionej skuteczności. Joe miał pod kamizelką kuloodporną podkoszulek Dustina Pedroi. Byli też tacy szczęśliwcy, którzy mieli bilety na mecz. Joe nie chciał nawet o nich myśleć.

Joe kochał drużynę Red Sox, ale dla bostońskiego policjanta był to skomplikowany, słodko-gorzki związek. Jak każdy dzieciak w mieście Joe dorastał w kulcie drużyny. Zbierał karty z zawodnikami i przyklejał plakaty Jerry'ego Remy i Carltona Fiska na ścianę w sypialni. Grał w Małej Lidze na drugiej bazie, a jego rękawica była najcenniejszą rzeczą, jaką posiadał. Dbał o nią bardziej niż o rower albo zęby. Wciąż pamiętał jej niebiański zapach – skóry, oleju i ziemi. Nacierał rękawicę olejem lnianym, pokrywając nim każdy skrawek skóry, wkładał do środka piłkę, zawiązywał otwór i walił rękawicą o ziemię, aż była gładziutka jak pupa noworodka. Pamiętał, jak zakładał rękawicę na szczęście, kiedy oglądał transmisje meczów z tatą i Maggie, jak przynosił mu z lodówki puszki piwa marki Schlitz w czasie reklam i jak śpiewali na stojąco: *Zabierz mnie na mecz* w przerwie po siódmej zmianie. Często siedział przed telewizorem w pidżamie, choć była już pora snu, zwłaszcza jeśli Soxi dostali się do rozgrywek pozasezonowych.

Bez względu na to, czy wygrali, czy przegrali, Joe ciepło wspominał to jesienne oglądanie meczów w dzieciństwie. Nie miał takich wspomnień z dorosłego życia. A przynajmniej nie związanych z meczami rozgrywanymi w mieście. Każde spotkanie na własnym boisku po sezonie oznaczało opanowywanie tłumów i dodatkowe zmiany. Oznaczało szkolenia przed meczem w Dorchester na wypadek zamieszek oraz stanie przed Fenway w trakcie i po nim. Oznaczało brak piwa i szczęśliwej rękawicy. Oznaczało też to, że jego dzieci miały nie wspominać oglądania posezonowych meczy z ojcem w salonie.

Kiedy w październiku Red Sox grali na własnym boisku, wszyscy bostońscy policjanci byli wzywani na służbę. Urlopy anulowano. A to oznaczało, że nigdy nie można było obejrzeć meczu.

W swoich najbardziej samolubnych, wstydliwych momentach Joe życzył sobie nawet, żeby drużyna przegrała i puchar się zakończył, a wtedy Joe nie musiałby stać przed Fenway jak rycerz wygnany z zamku, torturowany każdym wybuchem wiwatów, wykluczony z emocjonujących zdarzeń po drugiej stronie zielonego muru. Oczywiście, naprawdę nie chciał, aby Red Sox przegrali i zawsze pukał w niemalowane, kiedy tylko przyłapywał się na kuszeniu losu takimi okropnymi, zdradzieckimi myślami.

Starał się patrzeć na dobre strony. Joe zawsze życzył sobie spokoju na drodze. To byłby idealny scenariusz. Soxi by wygrali, on zdążyłby obejrzeć retransmisję w telewizji i wszyscy byliby zadowoleni. Ale sprawy nigdy nie rozgrywały się w ten sposób: ani dla Joego, ani dla drużyny.

Dzisiejszy mecz miał się rozpocząć o dwudziestej, co oznaczało, że tego ranka Joe przebywał w Arsenale Gwardii Narodowej w Dorchester. Hangar był ogromny i grupę funkcjonariuszy zebranych na środku sali ćwiczeniowej otaczał rozległy pusty teren. Wysokość budynku była tak samo imponująca jak jego powierzchnia. Okna na całej długości hangaru znajdowały się zbyt wysoko, by można było dostrzec cokolwiek prócz błękitu nieba, a sufit wisiał przynajmniej dwanaście metrów nad nimi. Joe zauważył parę gołębi siedzących na jednej z krokwi.

Stał na środku sali razem z czterdziestoma dziewięcioma innymi policjantami z każdego komisariatu w mieście, których widywał jedynie na paradach i pogrzebach. Joe rozmawiał przez parę minut z Darrylem Jonesem i Ronniem Quaranto, dwoma swoimi najlepszymi kumplami z czasów akademii policyjnej. Córka Darryla niedługo wychodziła za mąż. Kosztowało go to fortunę i nie znosił swojego przyszłego zięcia. Poza tym nie miał na co narzekać. Ronnie czekał na upragniony urlop – rejs z żoną po Karaibach – który rozpoczynał się w następnym tygodniu.

Joe odnalazł też w tłumie znajomą twarz swojego najlepszego przyjaciela, Tommy'ego Vitale, ale nie poznał go od razu. Jego warga. W ciągu dwudziestu czterech lat ich znajomości Joe ani razu nie widział jego górnej wargi.

– Hej, Magnum, mamy zgłosić zaginięcie twojego włochatego przyjaciela? – zapytał Joe.

Tommy pogładził palcami nagą skórę pod nosem.

– Przyszedł czas na zmianę. Może być?

Tommy stanął bokiem, prezentując Joemu swój profil i uśmiechnął się.

– Uważam, że powinieneś był pójść w drugą stronę, zapuścić brodę i zakryć ten paskudny pysk.

– Amy się podoba. Mówi, że wyglądam jak młody Robert De Niro.

– To straszne, że ślepnie w tak młodym wieku.

Tommy parsknął śmiechem.

– Nie, wyglądasz świetnie. O dziesięć lat młodziej.

– Naprawdę?

– Nigdy nie byłeś dla mnie bardziej atrakcyjny.

– Czuję się dziwnie. Nie mogę przestać się dotykać.

Joe prychnął. Tommy'emu zajęło chwilę, zanim obaj zaczęli chichotać jak nastoletni chłopcy.

Sierżant gwałtownie zakończył ten radosny zjazd koleżeński. Skończyła się zabawa i przyjemności. Nadeszła pora na trzy godziny męczącej musztry w wojskowym stylu, przygotowującej do opanowywania tłumów w wypadku zamieszek po meczu.

Wszyscy ustawili się w szeregu, w pełnym rynsztunku – hełmach i rękawicach, z metrowymi pałkami w rękach i w maskach gazowych. Na zewnątrz był uroczy jesienny dzień, słoneczny, z łagodnym, rześkim wietrzykiem od Atlantyku, ale na sali było gorąco jak latem na Florydzie. Koszulka Pedroi, którą Joe miał na sobie, była już wilgotna, a metka drapała go po plecach. Zganił się w duchu za to, że zapomniał ją odciąć.

Stali oddaleni od siebie na długość ramion w szyku bojowym. Joe znajdował się w kolumnie numer dwa, jako szczęśliwy numer trzynasty – dwunastu wyższych policjantów przed nim, czterech niższych za nim. Sierżant Ferolito, były marines, wykrzykiwał do nich komendy, a jego zgrzytliwy głos niósł się echem po hangarze i dudnił w hełmie Joego.

– Kolumna numer dwa, formacja liniowa. WYKONAĆ!

Zwiadowca ruszył się pierwszy. Liczby nieparzyste robiły krok do przodu i przesuwały się na lewo, parzyste na prawo. Pałki i buty w zgodnym rytmie uderzały o podłogę. Krok, złączyć, krok, złączyć, krok. Było to jak zastraszające walenie bębnów, gromki tętent, który narastał, wraz z włączającymi się w niego kolejnymi funkcjonariuszami, jak stado dużych zwierząt w kontrolowanym dzikim pędzie. Mundury przed Joem przeplatały się jak pasma włosów w warkoczu, tworząc zupełnie nową konfigurację szeregów. Choreografia była precyzyjna, bez miejsca na błędy. Wymagała niesamowitej uwagi i koordynacji. Była to najbliższa tańcu rzecz, w jakiej brał udział Joe, co sprawiało, że miał dla Meghan jeszcze więcej podziwu.

Nadeszła jego kolej. Powinien zrobić krok prawą nogą i przesunąć się w lewo. Jak mantrę powtarzał w głowie zdanie: „Mężczyźni nie do pary nigdy nie są prawi", mając przed sobą przeplatające się morze krzyżujących się ze sobą mężczyzn. Ale teraz, kiedy nadeszła jego kolej, jego prawa noga wyskoczyła naprzód niczym nieposłuszny pies, który wywąchał trop wiewiórki i nie może mu się oprzeć, i Joe przesunął się na prawo. To burzy układ funkcjonariuszy stojących za nim, jako że wszyscy powtarzają jego błąd jak źle ustawione domino. Chrzani to także szyk kolumny trzeciej, w której policjanci prawidłowo ruszyli na lewo, tylko po to, aby zderzyć się z murem ciał, które nie powinny się były tam znaleźć.

– Klęska – powiedział Ferolito. – Wrócić do początkowego szyku. Zrobicie to jeszcze raz. O'Brien, trzeba ci wytłumaczyć, która noga jest prawa, a która lewa?

– Nie, sierżancie – odparł Joe.

– Dobrze. Więc przestań myśleć o pierdołach.

Wszyscy ustawili się w początkowym szyku. Sierżant Ferolito kazał im tak stać i przechadzał się z rękami złożonymi z tyłu, nic nie mówiąc, wstrzymując rozkaz. Kąciki ust miał uniesione w niecnym uśmieszku. W tym samym czasie Joe z trudem próbował ustać spokojnie. Jego ciało było jak puszka wstrząśniętej coli, gotowe wytrysnąć na wszystkie strony.

A na dodatek nie mógł przestać myśleć o tej przeklętej metce. Uczucie przypominało coś pomiędzy miłym łaskotaniem a intensywnym swędzeniem, choć biorąc pod uwagę, ile się nad tym zastanawiał, równie dobrze mogły być to pchnięcia nożem. Najchętniej od razu wyrwałby metkę z koszulki. Lepiej, żeby Pedroia zaliczył *home run*.

Musiał przestać myśleć o metce. Wpatrywał się uporczywie w głowę faceta przed sobą. Głowę Ronniego Quaranto. Skupił wzrok na fałdzie tłuszczu nad karkiem Ronniego i zaczął po cichu liczyć, koncentrując się na każdej z cyfr i grubej szyi Ronniego, próbując stać nieruchomo. Doliczył do trzydziestu sześciu, zaciskając pięści, zęby, nawet pośladki, kiedy sierżant Ferolito w końcu wykrzyknął komendę.

– Kolumna numer dwa, szyk liniowy, WYKONAĆ!

Ronnie ruszył na prawo, co było wskazówką dla Joego, ale ulga w jego ciele tak go obezwładniła, że rozkojarzył się. Miał być lustrzanym odbiciem Ronniego, więc powinien przejść na lewo i znaleźć się w zupełnie nowym szeregu, ale znów jego ciało zdało się mieć swój własny popędliwy rozum i Joe ruszył na prawo. Raz jeszcze funkcjonariusz stojący za Joem zmierzył się z dylematem, co zrobić – iść na prawo, jak wtedy, gdyby Joe przed nim zrobił to, co powinien, czy postąpić zgodnie z zasadami i ruszyć odwrotnie niż osoba przed nim – a nie mógł tego przemyśleć na spokojnie przy filiżance kawy. Musi zrobić coś teraz, w precyzji z pięćdziesięcioma parami butów i pałek uderzających o podłogę hangaru. Postanowił być odbiciem Joego. Formacja się sypie. Znowu.

– O'Brien – zawołał sierżant Ferolito. – Chcesz tu spędzić cały dzień?

– Nie, sierżancie.

– Bo ja na pewno nie mam takiego zamiaru. Jeszcze raz.

Wracając do początkowych kolumn Joe spotkał się wzrokiem z Tommym. Joe odpowiedział na jego uniesione brwi szybkim wzruszeniem ramion, po czym ustawił się na swoim miejscu. Wszyscy stali nieruchomo, czekając na komendę sierżanta. Wszyscy oprócz Joego.

Joe bezustannie wzruszał ramionami, jak gdyby miały czkawkę, poruszając pałką, którą po chwili uderzył w nogę stojącego obok funkcjonariusza. Próbował rozluźnić nadgarstki i ściągnąć łopatki, ale jego ramiona cały czas podskakiwały. Nie potrafił ich opanować.

Stój spokojnie, do cholery. Ale jego starania jedynie zachęciły stopy, więc teraz nie tylko wzruszał ramionami, ale bujał się z boku na bok, tańcząc na swoim miejscu. Wpadł na policjanta po swojej lewej, a potem po prawej stronie. Na litość boską, jeśli ktoś zaraz nie skopie mu tyłka, to sam to zrobi.

– O'Brien, nudzi mi się wywoływanie bez przerwy twojego nazwiska. Masz mrówki w gaciach?

– Nie, sierżancie – odparł Joe.

– No to poczekamy, aż wszyscy będą stali w bezruchu.

Joe zacisnął wszystkie mięśnie swojego ciała, chcąc je zmienić w nieożywiony przedmiot i wyobrażając sobie, że jest drewnianą deską. Wstrzymał oddech. Pot kapał mu z nosa jak z zepsutego kranu. Oparł się pokusie, by wytrzeć twarz ubraną w rękawiczkę dłonią. Metka nadal doprowadzała go do szału. Obiecywał sobie, że z satysfakcją unicestwi ją później. Strużka flegmy drapała go po gardle, błagając, by odkaszlnął. Przełknął kilka razy, aż zaschło mu w ustach, ale flegma nie spłynęła. Nie zakaszle. Znał dyscyplinę.

Największa była w nim jednak potrzeba, by się poruszyć, emanująca z nieuchwytnego, trudnego do określenia miejsca. Nie był deską. Był balonikiem nadmuchanym do granic możliwości, jeszcze niezwiązanym, którego wlotem bawił się ktoś z chorym poczuciem humoru i straszył, że zaraz puści.

Znów wzruszył ramionami. *Co jest, kurwa.* Sierżant Ferolito stał przed formacją, z szeroko rozstawionymi stopami i rękami złożonymi na piersi, mierząc Joego ciemnym spojrzeniem. Joe czuł się tak, jak gdyby spoczywały na nim spojrzenia wszystkich funkcjonariuszy, choć wiedział, że jedynymi osobami, które naprawdę na niego patrzyły, był sierżant Ferolito i policjant stojący bezpośrednio za nim.

Nie mógł pojąć, co powodowało w nim te przedziwne skurcze. Nie podnosił ciężarów, nie dźwigał mebli, nie wytężał się bardziej niż zwykle. Głównie stał, siedział w radiowozie albo spał.

Może nie zrobił niczego, aby to wywołać. Joe czasem miał skurcze w palcach u stóp, zwłaszcza w dwóch obok największego. Na kilka okrutnych minut bez ostrzeżenia ściskały się razem w nienaturalnie sztywną pozę, obojętne na wszelkie sposoby ich rozluźnienia. Ale te podrygiwania bardziej przypominały czkawkę niż skurcze palców. Nagłe, bezwarunkowe, wyraźne impulsy. Czkawka ramion. Nigdy o czymś takim nie słyszał. I o co chodziło z jego nogami?

Może robił się na to wszystko za stary. Był tu jednym z najstarszych funkcjonariuszy. Miał czterdzieści trzy lata i ostatnio czuł się adekwatnie do wieku. Nigdy nie był smukłym mężczyzną, a teraz nosił wokół pasa zbędne dziesięć kilo i to było powodem, że bez przerwy bolały go plecy. Wydawał z siebie nieatrakcyjne dźwięki staruszka, stękając i jęcząc, kiedy wstawał z łóżka rano i kiedy podnosił się po dłuższym siedzeniu. Lubił myśleć, że nadal jest w stanie dwadzieścia razy podciągnąć się na drążku i pobić JJ'a na rękę, ale już nie założyłby się o to.

Większość obecnych w hangarze mężczyzn była po dwudziestce albo po trzydziestce. Ta praca była dla młodych. Chociaż Tommy nie miał z tym problemu. Jonesie i Quaranto byli od niego starsi. Kogo on oszukiwał? Tu nie chodziło o wiek albo sprawność. Kazano mu stać prosto, a nie podciągać się na drążku. Więc o co chodziło?

Wzruszył ramionami.

– Jezu Chryste, OB... – mruknął ktoś.

Akustyka w przepastnym hangarze była okropna, zaburzająca ton i amplitudę, przez co wszystkie głosy miały pogłos, ale Joe był niemal pewien, że to Tommy. To się musiało skończyć.

Joe spróbował wziąć głęboki oddech przez usta, ale jego pierś była jak betonowa ściana, a płuca jak dwie cegły. Oddychał jak spanikowany myszoskoczek. Na nosie miał kropelki potu. Głowa gotowała mu się pod hełmem. I ta pieprzona metka.

Wzruszył ramionami. Ogłosił wojnę z samym sobą. Zacisnął dłonie tak mocno, że czuł, jak wzdłuż przedramion wyskakują mu żyły. Zacisnął szczękę, napiął pośladki, mięśnie ud i brzuch, wyobrażając sobie, jak na ramionach spoczywają mu dziesięciokilogramowe worki. Serce Joego biło jak oszalałe, głowa gotowała się w pocie, a on nie oddychał.

Jego ramiona znów się poruszyły i potrącił policjantów po obu swoich stronach.

Matko Boska! Joe zamknął oczy. Słyszał, jak krew pulsuje mu w czerwonych uszach. Facet za nim oddychał, na zewnątrz szumiały przejeżdżające auta. Gołębie gruchały na krokwi. Joe rozluźnił szczękę. Słuchał szalonego rytmu swojego serca w uszach i próbował je przekonać, by zwolniło. Rozluźnił twarz, brzuch, plecy, nogi. Powoli wciągnął powietrze, potem jeszcze trochę. Słuchał, oddychał i czekał. Ramiona pozostały na miejscu, stopy były tam, gdzie powinny. Słuchał, oddychał i czekał. Ramiona pozostały. Pozostały. *Proszę, pozostańcie. Pozostańcie.*

Sierżant Ferolito wydaje kolejną komendę.

ROZDZIAŁ 6

Od wózka z kiełbaskami na rogu zawiewał smakowity zapach smażonej papryki oraz cebulki i Joe chętnie zjadłby kolejną bułkę. Nie był szczególnie głodny, ale nudziło mu się, a ten cierpko-słodki aromat był niezaprzeczalnie kuszący. Zniewalający.

Wystarczył jeden wdech, żeby zaczęła ciekąć mu ślinka. Wdech, a każda myśl w jego głowie przesiąkła zapachem tłustej cebuli. Kobiety powinny zapomnieć o wykwintnych drogich perfumach, które pachną jak ogród babci. Powinny skropić nadgarstki i szyję tym, co skapywało ze słynnych kiełbasek od Artiego. Wówczas nie mogłyby się opędzić od mężczyzn.

Dochodziła dwudziesta druga. Joe, Tommy i Fitzie stali razem na wyznaczonym posterunku na Lansdowne Street w cieniu Fenway od szesnastej trzydzieści. Nie było gdzie usiąść, co poczytać, nie mieli nic do roboty – oprócz czekania, aż skończy się mecz, i wyobrażania sobie, co dzieje się na stadionie. To znacznie gorsze niż stanie w domu towarowym Macy's w dziale z bielizną damską, czekając na Rosie, podczas gdy ona przymierza stanik albo inny element odzieży, na myśl o którym Joe od razu robił się zażenowany. Trwało to w nieskończoność.

Korzystanie z komórek podczas służby nie było mile widziane, ale wszyscy zerkali na nie ukradkowo. Fitzie wyciągnął swoją z kieszeni na piersi i zaczął czytać SMS-a.

– Cholera.

– Co się stało? – zapytał Joe.

– Cardinals prowadzą jeden do zera.

– Która zmiana?

– Początek czwartej.

– Okej, okej – powiedział Tommy. – Nadal mnóstwo czasu.

Joe skinął głową i zaczął się modlić do swojej koszulki Pedroi. Bujał się na stopach z boku na bok, przerzucając masę ciała od jednego z kolegów do drugiego, a potem z palców na pięty i z powrotem. Stał bez przerwy od ponad pięciu godzin i jego stopy błagały o jakąkolwiek ulgę.

– Zachowujesz się jak wańka-wstańka – powiedział Tommy. – Staniesz w końcu spokojnie? Robię się przez to nerwowy.

– Wybacz, stary, strasznie bolą mnie stopy.

Fitzie pokiwał głową. Byli na służbie od siódmej trzydzieści.

– Jestem gotowy na spotkanie z moją kanapą – powiedział Fitzie.

– I zimnym piwem – dodał Joe.

Wszyscy pokiwali głowami. Joe wyobraził sobie pierwsze minuty po powrocie do domu, przyjemną ulgę, kiedy w końcu ściągnie ze zmęczonych stóp ciasne, ciężkie buty, rześki cytrusowy zapach limonki, której cząstkę wepchnie w szklaną szyjkę butelki piwa corona i jego słodki, zimny, wspaniały smak. Leżenie na kanapie. Miękka poduszka pod głową. Skrót meczu w telewizji.

Joego wyrwało z zadumy surowe spojrzenie Tommy'ego, który zdecydowanie nie wyobrażał sobie kanapy ani zimnego piwa. Tommy gładził nagą skórę nad wargą i przyglądał się Joemu.

– Jedziecie z Rosie na jakieś wakacje? – zapytał Tommy.

– Nieee, nic nie planujemy. A ty i Amy?

– Pojedziemy tylko do New Hampshire do rodziców.

Joe pokiwał głową.

– Słyszałeś, jak Ronnie opowiadał o tym swoim rejsie? – zapytał Tommy.

– Tak, brzmi świetnie.

– Mhm – odpowiedział Tommy, zastanawiając się nad czymś. – Wszystko u ciebie w porządku, stary?

– U mnie? Tak, chciałbym tylko siąść na tyłku.

Tommy zamilkł na chwilę, przyglądając się Joemu. Ten podnosił i opuszczał pięty, bujając się w prawo i w lewo. Wiedział, że doprowadza to Tommy'ego do szału, ale nic nie mógł na to poradzić.

Piwo. Kanapa. Niedługo.

– Co się z tobą działo na szkoleniu? – zapytał Tommy.

– Nie wiem – odparł Joe, kręcąc głową. – Robię się na to wszystko za stary.

Tommy zacisnął usta.

– No tak. Idę po kolejny zawał serca w bułce. Głodny?

– Nie, ale chętnie zjem.

Kiedy Tommy zniknął za rogiem, skręcając w Brooklyn Avenue, że stadionu rozległ się gigantyczny ryk.

– Tak jest! – powiedział Fitzie do telefonu.

– Co się dzieje? – zapytał Joe.

– Big Papi zaliczył podwójny *home run* z Pedroią. Soxi prowadzą dwa do jednego.

– O, tak! – powiedział Joe, dziękując swojej koszulce. – Która zmiana?

– Koniec szóstej.

Joe poczuł się jak dziecko, pohukując i przybijając Fitziemu piątki, mimo miażdżącego kości bólu, jaki czuł w plecach i stopach. Bardzo dobrze. Joe miał nadzieję, że nigdy nie straci tkwiącego w nim małego chłopca, naiwnej duszy, która zawsze będzie kibicowała drużynie Red Sox, i której wiwaty zawsze zagłuszać będą narzekania stóp Joego-staruszka. Kiedy wygrywali Soxi, zwyciężało dobro. To jakby Superman pokonał Lexa Luthora, a Rocky powalił na deski Apollo Creeda.

Wydawało się, że Tommy'ego nie ma całe wieki, aż w końcu wrócił z trzema podłużnymi bułkami, wypełnionymi parującą kiełbasą, papryką i cebulą, z których skapywał tłuszcz, i Fitzie powiedział mu o *home-runie*. Joe pochłonął swoją bułkę w czterech zwierzęcych kęsach i od razu pożałował, że nie zwolnił. Powinien był bardziej się delektować. Mocno pociągał nosem, jednocześnie pochłaniając wzrokiem kanapkę

Fitziego, zjedzoną tylko do połowy, i poczuł ostre ukłucie zazdrości wymieszanej ze szczyptą niestrawności.

Fitzie oblizał tłuszcz z palców i wyciągnął telefon.

– Kurwa.

– Co jest? – zapytał Joe, wycierając dłonie o spodnie.

– Kilka cholernych dzikich rzutów. Cardinals prowadzą cztery do dwóch.

– Która zmiana?

– Początek siódmej.

– Szlag – powiedział Tommy. – No, zdobądźcie jeszcze dwie bazy.

– Moje stopy nie wytrzymają dogrywki – powiedział Joe.

Pięć lat temu powiedziałby „serce" zamiast „stopy".

– Jeszcze nie przegraliśmy.

W tej zmianie nie doszło już do żadnych biegów na bazę. Do uszu Joego dobiegło odległe karaoke trzydziestu siedmiu tysięcy ludzi śpiewających *Sweet Caroline*. Słowa zanikały, by powrócić pospiesznie z refrenem. „Tak wspaniałe! Tak wspaniałe! Tak wspaniałe!". Joe podśpiewywał pod nosem razem z nimi, czując się dzięki temu szczęśliwszym i mniej wykluczonym.

Prawie koniec. Pomijając policjantów i ulicznych sprzedawców, na zewnątrz nie było nikogo. Wszyscy albo znajdowali się na stadionie, albo w barach, niemal przyklejeni do ekranów telewizorów. Gdyby Soxi przegrali, doszłoby do remisu w tabeli. Fani wylegliby z parku i barów ze spuszczonymi głowami, rozczarowani i nieco zrozpaczeni, ale pewnie nie zrobiliby niczego, co zapewniłoby im miejsce w wieczornym serwisie. Bostońscy fani sportu byli zaangażowani, lojalni i odrobinę szaleni, ale, co zaskakujące, zupełnie nieskorzy do przemocy. Boston nie doświadczał zamieszek, przez które przechodziły inne miasta, kiedy ich ukochana drużyna ponosiła klęskę. Najpewniej wszyscy będą chcieli przewietrzyć głowy, wrócić do domu i położyć się spać. Faza rozgrywek nadal była wczesna – to dopiero drugi mecz – więc było jeszcze dużo czasu. Fani Soxów chcieli żyć, żeby móc przekazać swoim wnukom historię o tym, jak wygrali, bo przecież chcieli wygrać, więc dzisiejsza porażka nie była końcem świata. Obejdzie się bez przewróconych na dachy aut, rozbijania szyb, plądrowania sklepów i wzbudzania chaosu.

No, chyba że wygrają. Podczas gdy bostończycy są zwykle cichymi, pokornymi przegranymi, zdarza się, że nie pokazują łaskawego oblicza, kiedy ich drużyna pokona przeciwnika. Joe dziękował Bogu, że tego dnia nie była sobota. W sobotnie mecze ludzie pili do oporu, zakładając, że odeśpią ból w niedzielę. Kiedy Soxi wygrywali w posezonowym meczu w sobotę, ogólnie mówiąc wszyscy bawili się w „pięćdziesiąt twarzy pijaka" i szukali imprezy albo awantury, a bostońską policję czekała długa noc opanowywania tłumów.

Był jednak czwartek. Wszyscy, którzy mieli pracę, następnego dnia musieli wcześnie wstać. Dzieci szły do szkoły. Bez względu na dzisiejszy wynik Soxi mieli zagrać w trzecim meczu w St. Louis. Kiedy mecz się skończy, wszyscy będą chcieli raczej jak najszybciej pojechać do domu. Taką Joe miał nadzieję.

Potrząsnął po kolei obolałymi stopami i zrobił kilka porządnych przysiadów. Jego ramiona poruszały się jak wcześniej, ale zamiast z tym walczyć, Joe rozprostował nad głową najpierw jedną, potem drugą rękę. Przekręcił tors z jednego boku na drugi, próbując choćby na chwilę zmniejszyć napięcie kręgosłupa spowodowane staniem i stęknął. Jego plecy nie były ani trochę szczęśliwsze od jego stóp.

– Hej, Jane Fonda – powiedział Fitzie, patrząc na telefon. – Końcówka dziewiątej. Nadal cztery do dwóch. Dwa auty.

Joe przymknął oczy i zaczął się modlić do Boga i szczęśliwej koszulki, stukając policyjną pałką i prosząc o wygraną Soxów. Ulica była niepokojąco cicha, jakby cały Boston wstrzymywał oddech.

– Właśnie wyeliminowali Navę – powiedział Fitzie. – Koniec gry.

Wszyscy spuścili głowy w milczeniu – uroczysta chwila ciszy, zanim będą musieli wrócić do pracy. Minie tylko kilka minut, zanim z pełnego stadionu zaczną wylewać się tłumy. Policja zablokowała wcześniej wszystkie boczne uliczki barykadami, tworząc wąski kanał, wzdłuż którego stali funkcjonariusze. Celem było rozproszenie tłumu i wyprowadzenie go z centrum. Nie minęła chwila, a przed Joem zaczęli przesuwać się ludzie, wszyscy zmierzający w tym samym kierunku. Byli jak wartka rzeka, w której ryby mogą płynąć tylko w jedną stronę.

Joe pochwycił wzrok sześcioletniego chłopca, który minął go, siedząc ojcu na barana. Joe skinął do niego i uśmiechnął się. Oczy chłopca zrobiły się wielkie z zaskoczenia, jakby zupełnie się nie spodziewał, że policjant się poruszy, jakby Joe był posągiem, który nagle ożył. Chłopiec przygarbił ramiona i odwrócił twarz od Joego, opierając ją na czubku głowy ojca. Ojciec przytrzymywał chłopca za nogę jedną ręką, drugą trzymał dłoń żony.

Rodzina za rodziną powoli przemieszczały się do przodu i Joe żałował, że nie spędził w taki sposób więcej czasu z Rosie i dziećmi, kiedy były małe. Za dwanaście lat przejdzie na emeryturę. Do tego czasu JJ i Colleen będą pewnie mieli kilkoro swoich dzieci. Joe trzykrotnie uderzył pałką. Miejmy nadzieję, że dziewczynki też będą miały mężów i dzieci. Uderzył raz jeszcze, dla Rosie.

Rossie martwiła się, że dziewczyny prowadziły takie nieustabilizowane życie, tańcząc i „lotosując", bez chłopaka na stałe, bez perspektywy na małżeństwo. Zarówno świat tańca, jak i jogi zdominowane były przez kobiety. Wyglądało na to, że nieliczni mężczyźni w trupie baletowej albo byli gejami, albo pochodzili ze wschodniej Europy i mieli nazwiska, których Rosie nawet nie była w stanie przeliterować, a uczniowie jogi, którzy nie byli kobietami, to japiszony. Nadzieja Rosie, którą żywiła od wielu lat, że pewnego dnia jej córki wyjdą za miłych irlandzkich chłopców z sąsiedztwa, z dnia na dzień stawała się coraz mniej prawdopodobna, wręcz nierealna. Byle w ogóle za kogoś wyszły. Tylko nie za protestanta.

Za dwanaście lat może nawet Patrick się ustatkuje i będzie mieszkał gdzieś indziej. Joe będzie miał pięćdziesiąt pięć lat i nadal mnóstwo czasu, by cieszyć się towarzystwem wnuków. Będzie je zabierał na Fenway i rozpieszczał do granic możliwości.

Lansdowne Street zrobiła się pusta, nie licząc garstki głupich ryb, które opierały się prądowi. Sześciu chłopców w wieku uczelnianym stało na środku ulicy. Po trzech koszulkach i dwóch czapkach, jakie mieli na sobie, Joe poznał, że chodzili do Boston College. Wszyscy byli pijani, śmiali się i spluwali na boki, zachowując się wyjątkowo głośno i głupkowato. Raczej nie należeli do intelektualnej elity uczelni.

Wzdłuż ulic w gęstym szyku stali policjanci, którzy od siedmiu godzin nie mieli okazji usiąść, i wszyscy pragnęli wrócić do domu, a tych sześciu pacanów stało temu na przeszkodzie. Joe westchnął, wiedząc, że ich minuty są policzone, i życząc sobie, by oszczędzili wszystkim kłopotu i sami uznali, że pora spadać. Joe i jego koledzy mieli dać tym chłopcom tylko chwilę dłużej na świętowanie i na wytrzeźwienie. Na ulicy nie można już było kupić piwa, toalety zniknęły. Nawet wózek z kiełbaskami Artiego zdążył się już zwinąć. Nie działo się nic ciekawego. Może sami sobie pójdą? Joe wiedział, że tego nie sposób przewidzieć.

W końcu z szyku wystąpił Jonesie i wyszedł na ulicę. Nadeszła pora, żeby przyspieszyć obrót sprawy. Wieczór skończy się na jeden z trzech sposobów: pełna współpraca, suka albo karetka.

Jonesie miał metr dziewięćdziesiąt pięć i był facetem o sylwetce niedźwiedzia grizzli, który wychował się w niebezpiecznej części Roxbury. Wyszedł na środek i zagadnął najwyższego z sześciu chłopców, na oko metr siedemdziesiąt siedem. Miał na sobie grzeczną koszulkę polo w pasy, dżinsy i mokasyny.

– Koniec meczu, chłopcy – powiedział Jonesie. – Trzeba się rozejść.

– Mamy prawo tu zostać, jeśli tylko mamy na to ochotę – odparł jeden z niższych chłopaków.

– Dajcie spokój – odparł Jonesie. – Wszyscy poszli do domu. Tutaj jest już koniec imprezy.

– To wolny kraj – powiedział rudzielec, wyraźnie najbardziej pijany w tej grupie.

Chłopak stojący z Jonesiem twarzą w twarz znieruchomiał i patrzył policjantowi prosto w oczy. Nie miał zamiaru się ruszyć. Jonesie stanął odrobinę szerzej i nachylił się bardzo blisko do twarzy chłopaka.

– Posłuchaj, Chester – powiedział policjant. – Ty i twoi kumple musicie iść do domu. Już.

Może to dlatego, że Jonesie naruszył osobistą przestrzeń chłopaka, może to kwestia dumy samca alfa, może to dlatego, że Jonesie splunął, wymawiając „iść", a może dlatego, że nazwał chłopaka Chester. Joe nigdy nie był pewien, co ostatecznie przepełniało czarę, ale on i każdy inny policjant przyglądający się tej scenie wiedzieli, że chłopak łyknie przynętę.

Chester zamachnął się na Jonesiego, a ten z łatwością uniknął ciosu. Dalej chwycił Chestera za ramię, wykręcił je i przycisnął młodego brzuchem do ziemi, po czym zakuł go w kajdanki.

Joe wraz z dziesięcioma innymi policjantami wkroczył na ulicę w formacji klina, kierując się w stronę pozostałych chłopaków.

– To nie ochrona campusu, dzieci – powiedział Tommy. – To policja bostońska. Jeśli nie chcecie skończyć z Chesterem na komisariacie, sugeruję, żebyście natychmiast poszli do domów.

Chłopcy wahali się tylko pół sekundy, po czym jak stado spłoszonych ptaków bez słowa opuścili Chestera i pobiegli Lansdowne jak najdalej od centrum. Żegnajcie chłopcy. Joe uśmiechnął się i spojrzał na zegarek. Czas wracać do domu.

Było tuż po północy, kiedy Joe zaparkował auto przy Cook Street. Jego nastrój nieco się poprawił po tym małym, ale istotnym zwycięstwie. Parkowanie w Charlestown bywało koszmarem. To właściwie codzienność – wrócić do domu, a potem spędzić kolejne pół godziny na szukaniu miejsca do parkowania, które znajdzie się sześć przecznic dalej, na dole wzgórza. A potem zacznie padać. Ale nie tego wieczoru. Tym razem Joe znalazł miejsce za pierwszym razem i to w pobliżu domu.

Wysiadł z samochodu, czując, jak buntuje się każdy jego mięsień. *Żadnego stania!* Podparł dłońmi nasadę pleców, próbując się wyprostować. Wymagało to niemałego wysiłku. Czuł się tak, jakby jednego wieczoru postarzał się o trzydzieści lat, jak gdyby był Cynowym Drwalem i każde jego ścięgno wymagało naoliwienia. Nic nie było też w stanie uratować jego biednych stóp.

Kiedy zbliżał się do drzwi, z zaskoczeniem zauważył za zasłonami bursztynową łunę. W salonie paliło się światło. Jeszcze raz spojrzał na zegarek, choć doskonale wiedział, która godzina. Patrick nadal rozlewał drinki w Ironsides. Rosie była rannym ptaszkiem i zwykle zasypiała tuż po dziesiątej, ale czasem męczyła ja bezsenność. Czasami Joe wracał wieczorem do domu i zastawał ją przy prasowaniu. Rosie prasowała wszystko – ubrania, bieliznę, prześcieradła, ręczniki, a od czasu do czasu nawet koronkowe zasłonki. Deska do prasowania była stałym elementem wystroju w salonie, tak jak ulubiony fotel Joego i posłanie Yaza. Jeśli nie prasowała, to leżała pod kocem na kanapie i oglądała QVC albo Oprah. Rosie miała przynajmniej dziesięć lat nagrań programu *The Oprah Winfrey Show* na kasetach wideo. Czasem spała przed telewizorem, a światło z ekranu mrugało na jej anielską buzię. Ale światło w oknie salonu nie mrugało. Zapalony był żyrandol.

Joe przekręcił zimną mosiężną klamkę we frontowych drzwiach i otworzył je. Lampa w korytarzu oświetlała początek schodów prowadzących na pierwsze i drugie piętro, ale poza tym wejście do domu było ciche i zaciemnione. Joe zamknął za sobą drzwi i przekręcił zamek, po czym rzucił klucze na mały drewniany stolik po lewej stronie drzwi. Wylądowały tuż pod stopami Matki Boskiej.

Nad Marią znajdowała się mała kropielnica pełna wody święconej. Rosie żegnała się i ochlapywała nią każdego, kto był akurat w pobliżu, za każdym razem, kiedy wchodziła i wychodziła z domu. Dolewała świeżej wody co niedzielę. Joe wyrzucał sobie, że nie namaścił nią koszulki Pedroi, zanim rano wyszedł z domu. Może dlatego Soxi przegrali. Na pewno skropi wodą koszulkę Ortiza przed trzecim meczem.

Znieruchomiał, przekraczając próg salonu. Rosie nie spała, ale też nie prasowała ani nie leżała na kanapie, oglądając QVC albo Oprah. Telewizor był wyłączony. Siedziała w dziecięcej pozie ze skrzyżowanymi kolanami, owinięta w robioną na drutach kremową chustę, z pustym kieliszkiem w dłoniach. Na stoliku kawowym stała pusta butelka chardonnay, tuż obok buteleczki czerwonego jak pomidory lakieru do paznokci. Zauważył błyszczące czerwone paznokcie wystające spod chusty.

Nadal miała na twarzy makijaż, a na szyi wisiorek z krzyżykiem. Nie była ubrana w pidżamę. Uśmiechnęła się na jego widok, ale Joe widział, że uśmiech nie jest szczery, a ciężar w jej spojrzeniu sprawił, że kości Joego zamieniły się w galaretę.

– Kto? – zapytał.

Rosie wzięła głęboki wdech.

– Dzwoniła Amy.

– Gdzie są dzieci?

– Dzieciom nic nie jest.

Dzieciom nic nie jest. Ale twarz Rosie nadal wyglądała obco, inaczej niż zwykle. Dzwoniła Amy. Żona Tommy'ego.

O Boże.

– Co się stało? Gdzie jest Tommy?

– Tommy jest w domu. Nic mu nie jest. Zadzwoniła z twojego powodu.

– A niby czemu?

Serce Joego zaczęło szybciej bić, choć nie wiedział, dlaczego. Jakby w panice przeszukiwał pokoje domu, w którym nigdy wcześniej nie był, nie wiedząc, czego szuka.

– Powiedziała, że Tommy się o ciebie martwi. Boi się, że coś jest nie tak.

– Ze mną? A o co niby się martwi?

Rosie zamilkła na chwilę i podniosła pusty kieliszek. Zatrzymała się, zanim sięgnął jej ust, gdy zdała sobie sprawę, że już go opróżniła, i opuściła go z powrotem do kolan.

– Boi się, że masz problemy z alkoholem.

– Chyba oszalał.

Rosie utkwiła w nim wzrok.

– Jezu, Rosie, nie mam. Wiesz, że nie mam. Nie jestem pijakiem. Nie jestem moją matką.

Przed Rosie stała pusta butelka po winie i Joe dostrzegał ironię tej sytuacji, ale oparł się pokusie zażartowania z niej, by odwrócić uwagę od niesprawiedliwych zarzutów pod swoim adresem. Jednocześnie nadal marzyła mu się butelka corony.

– Czyli to narkotyki?

– Co? – zapytał głosem zbyt wysokim i zbyt głośnym, przez który zabrzmiało to, jakby był winny, kiedy tak naprawdę czuł się zbulwersowany. – Co mu w ogóle strzeliło do głowy?

Czekał. Cokolwiek to było, Rosie się z tym zgadzała. Co się tutaj, kurwa, działo?

– Nie gniewaj się.

Zamiast się uspokoić, nadal zalewała go fala rozczarowania żoną i Tommym, która nie miała co ze sobą zrobić. W jego piersi zaczął wzbierać gniew, jedna burza zderzała się z drugą.

– Wracam do domu po szesnastogodzinnej zmianie i zostaję oskarżony o to, że jestem ćpunem. Jestem wściekły, Rosie.

– On się o ciebie martwi. Mówi, że ostatnio dziwnie się zachowujesz, jak nie ty.

– Czyli jak?

– Podobno niedokładnie wypełniasz procedury. Mówi, że kilka dni temu potknąłeś się, wysiadając z radiowozu.

– To przez to pieprzone kolano.

– Wszystkie twoje raporty wracają odrzucone i napisanie ich zajmuje ci wieczność.

To była prawda.

– On się martwi, Joe. Ja też.

– Przez to, co powiedziała ci Amy?

– Tak… – odparła Rosie, ale nie skończyła. Przyglądała się twarzy Joego, badała teren. Było coś jeszcze. Otworzył dłonie, starając się wyglądać łagodniej, by ośmieliła się powiedzieć, co myśli. Podszedł do kanapy i usiadł koło żony, żeby nie dominować nad nią sylwetką. Może chciała wypić jeszcze jeden kieliszek wina. On na pewno z chęcią napiłby się corony.

– Ja też zaczęłam zauważać różne rzeczy – powiedziała. – Też się martwię.

Najwyraźniej była i żoną, i detektywem.

– Na przykład?

– Nie wiem; jakbyś to nie był ty. Zawsze jesteś taki rozbiegany, cały czas się spóźniasz, a nigdy tak nie było. A twój temperament...

– Nic mi nie jest. Jestem tylko zmęczony, nie w humorze i dostaję ostatnio za dużo nadgodzin. Potrzebujemy urlopu, kochanie. Może wycieczka na Karaiby? Czy to by nie było wspaniałe?

Rosie pokiwała głowa, wpatrując się w stolik kawowy.

– Nie piję, Rosie. Przyrzekam. A już na pewno nie biorę narkotyków. Nie wolno ci w to wątpić.

– Wiem, wierzę ci.

– Więc w takim razie czym się martwisz?

Rosie trzymała swój złoty krzyżyk pomiędzy kciukiem a palcem wskazującym i pocierała go bezustannie, co stereotypowy Joe uznał za modlitwę.

– Uważam, że powinieneś iść do lekarza.

Rosie była twarda. W końcu to żona policjanta. Dobrze wiedziała, że za każdym razem, kiedy Joe wychodził do pracy, mógł już nie wrócić. Wiedziała, że Joe trzymał kopię swojego testamentu i napisany ręcznie list pożegnalny do Rosie przyklejony do drzwi swojej policyjnej szafki, tak na wszelki wypadek. Wiedziała, jak poradzić sobie z problemami, które dźwigała na barkach, a mimo to stać prosto. Ale oto wyglądała na drobną i kruchą, jak mała dziewczynka, która zbyt długo nie kładła się spać, a teraz boi się położyć do łóżka przez potwory, które pod nim siedzą. Musiał jej pokazać, że wcale ich tam nie ma.

– Nic mi nie jest, ale niech będzie, udowodnię ci. Pójdę do lekarza i dam się przebadać. Jeśli chcesz, zrobię sobie nawet test na obecność narkotyków.

Wziął ją w ramiona i kołysał, chroniąc przed tym zmyślonym, nieistniejącym zagrożeniem, które sobie stworzyła. Nie bój się kochanie. Nie ma tu żadnych potworów. Płakała w jego ramionach.

– O której zadzwoniła do ciebie Amy?

– Około dwudziestej.

Dobry Boże. Rosie katowała się tak od wielu godzin. Pokręcił głową, wkurzony na Tommy'ego za to, że ją na to naraził.

– Już wszystko dobrze. Wypłacz się. Nic mi nie jest, ale pójdę do lekarza, jeśli lepiej się przez to poczujesz. Może da się coś zrobić z moim kiepskim kolanem.

Joe ujął jej twarz w dłonie, otarł kciukami łzy i czarne smugi po tuszu do rzęs, i uśmiechnął się do niej z czułością. Odwzajemniła go, ale jej uśmiech nadal nie był szczery. Wiedziała, jak bardzo Joe nienawidzi lekarzy. Unikał ich od dwudziestu lat. Nie wierzyła mu.

– Zrobię to, Rosie. Nie chcę, żebyś tak się martwiła. Umówię się jutro. Obiecuję pójść do lekarza.

Pokiwała głową i odetchnęła, ale w jego ramionach nadal wydawała się sztywna. Przestraszona i nieprzekonana. Nie wierzyła, że naprawdę pójdzie do lekarza. Ale on zrobi to. Zrobi wszystko, by Rosie czuła się bezpieczna. Zajmie się tym.

– Nic mi nie jest, skarbie. Przyrzekam.

Pokiwała głową, nadal pełna wątpliwości.

ROZDZIAŁ 7

Kiedy czekali z Rosie, by przejść przez Fruit Street, do ucha szeptał Joemu zimny, podstępny lęk. Tuż przed nimi przejechała taksówka i ochlapała pośniegowym błotem dżinsy i trampki Joego. Spojrzał na Rosie. Ją też ochlapał taksówkarz. Joe złapał Rosie za rękę i oboje przebiegli na drugą stronę ulicy.

Szli do Ambulatorium im. Wanga przy Szpitalu Stanowym. Joe był tutaj niezliczoną ilość razy, ale zawsze reprezentując literę prawa: przed głównym budynkiem razem z sanitariuszami albo w karetce w zatoczce przed oddziałem ratunkowym, kilka razy pilnował też więźniów na oddziale psychiatrycznym. Był tutaj podczas bostońskiego maratonu i przekazywał ofiary zamachu – z nogami, w które powbijał się metal, poszarpanymi i krwawiącymi – w ręce chirurgów. Żadne szkolenie ani żadne wcześniejsze doświadczenie nie przygotowało go na rzeź, jakiej był świadkiem tamtego dnia. Nigdy nie przebywał w żadnej innej części szpitala, będąc na służbie, a tym bardziej jako cywil.

Miał na sobie trampki i dżinsy oraz cienką, czarną kurtkę, za lekką jak na tę pogodę, i wyglądał tak samo jak wszyscy inni ludzie idący do szpitala, potrzebujący operacji, chemioterapii, dializy albo innej poważnej interwencji medycznej.

Szedł do szpitala za chorymi i kontuzjowanymi i gardził swoimi zwykłymi dżinsami i tanią kurtką. Równie dobrze mógłby być nagi.

Nadal trzymał Rosie za rękę, ale teraz włókł się za nią jak krnąbrne dziecko prowadzone do gabinetu dyrektora albo do kościoła, zależny do jej miarowego kroku. Rosie, bezwstydny bakteriofob, wcisnęła guzik windy dłonią schowaną w rękawie. Czekali.

Wsiedli do windy sami. W milczeniu wpatrywali się w numery podświetlające się od lewej do prawej. Światełko zastygło na numerze siedem. *Ping*. Drzwi windy się rozsunęły. Dotarli na miejsce.

Oddział zaburzeń motorycznych.

Joe umówił się na wizytę ze swoim lekarzem rodzinnym jeszcze w listopadzie, prawie dwa miesiące wcześniej, ale ta szybka wizyta ograniczyła się właściwie do wypisania skierowania. Gdyby to zależało od Joego, olałby termin wizyty u specjalisty. Poszedł do lekarza, tak jak obiecał. Obowiązek spełniony. Ale Rosie się uparła i nie zamierzała ustąpić, a Joe zdążył się już nauczyć, że kiedy Rosie nie ustępuje, posłuszeństwo jest najlepszym rozwiązaniem. I tak oto znaleźli się w gabinecie jakiegoś wielkiego specjalisty od poruszania. Jak na zmęczonego faceta z kiepskim kolanem wydawało się to lekką przesadą.

Weszli do poczekalni i Rosie poinformowała recepcjonistkę, że Joe już jest, po czym usiedli. Joe przyjrzał się innym pacjentom i nieśmiały lęk, który lekko niepokoił go, gdy szli ulicą, teraz bez większego problemu przeszywał go na wylot, niczym chłodny płyn, który krążył w jego żyłach.

Na wózku inwalidzkim siedziała zgarbiona starsza kobieta o przezroczystej, sino-bladej cerze, wpatrująca się w podłogę mętnym wzrokiem. Młodsza kobieta, która jej towarzyszyła, być może jej córka, czytała gazetę. Mężczyzna, młodszy niż kobieta na wózku, ale starszy od Joego, może około sześćdziesiątki, z włosami przypruszonymi siwizną, w okularach i z obwisłą skórą twarzy jak u morsa, był przypięty pasami do wózka z odchylonym oparciem, jego głowa opadła na bok, a on patrzył w pustkę. Choć na pewno nie przyjechał tu sam, w pobliżu nie było nikogo, kto by mu towarzyszył. W poczekalni na krześle siedział jeszcze jeden mężczyzna, więc można było założyć, że chodził samodzielnie. Jego usta były rozchylone, jakby szczęka wypadła mu z zawiasów, niczym u ducha Jakuba Marleya, ale bez chustki zawiązanej wokół głowy. Jego żona albo siostra sumiennie ocierała kapiącą mu z ust ślinę wyciągniętą z torebki chusteczką. Strumień był nieprzerwany. Biały ręcznik, którym przykryty był tors mężczyzny, wchłaniał wszelkie krople, które uciekły kobiecie.

Wszyscy z wyjątkiem Joego i Rosie milczeli i Joe zastanawiał się, czy pozostali nie byli w stanie mówić, czy może woleli milczeć. Obserwował każdą z osób na tyle długo, by zauważyć te powierzchowne cechy, ale po chwili celowo odwrócił wzrok. Nie chciał, aby ktoś przyłapał go na gapieniu się. Zimny strach stał się teraz uporczywym mrowieniem, złowieszczą mantrą brzęczącą mu w kościach.

Ta poczekalnia jest pełna zombie-inwalidów, pomyślał. To czyściec, przeklęte miejsce nieskończonego, bezkresnego czekania pomiędzy niebem a piekłem. Choć jeśli miał być szczery, Joe nie potrafił sobie wyobrazić, by którąkolwiek z przebywających tu osób mogło czekać coś dobrego. Tu nikomu nie miało być dane niebo. To miejsce to areszt dla przeklętych i choć Joe współczuł tym biednym istotom, nie chciał uczestniczyć w ich nieszczęściu.

To była pomyłka. Kurtka nagle wydała się nieznośnie ciasna w piersiach i Joemu zrobiło się gorąco, zdecydowanie za gorąco. Powinien po prostu ściągnąć kurtkę, ale czuł, że to nie pomoże. Brzęcząca mu w kościach mantra stała się niemal ogłuszająca i krzyczała ile sił w płucach: *Jesteś w złym miejscu, w złym czasie, stary. Spieprzaj stąd natychmiast!*

– Joseph O'Brien – z drzwi prowadzących do piekła wywołała go młoda kobieta. Miała na sobie szary dwuczęściowy fartuch i czekała na niego z podkładką do pisania w dłoni. W jej twarzy i posturze nie było ani śladu radości.

Rosie, która robiła na drutach, w pośpiechu schowała robótkę i wstała pierwsza. Joe zrobił to, co ona, ale zamiast wziąć nogi za pas, poszedł za nią i za aniołem śmierci do gabinetu. Raz jeszcze usiedli z Rosie obok siebie. Joe starał się nie patrzeć na leżankę i skoncentrował uwagę na zamkniętych drzwiach, śledząc w myślach najkrótszą drogę ewakuacji – z tego gabinetu na lewo, drugie wyjście po prawej, przez czyściec, korytarz po lewej, windy po prawej. Wtedy otworzyły się drzwi.

– Dzień dobry, nazywam się doktor Cheryl Hagler.

Stanęła przed Joem, zupełnie zastawiając mu drogę jego zmyślonej ucieczki. Doktor Cheryl Hagler. Cheryl. To jego lekarz. Kobieta. Rosie nic o tym nie wspomniała. Pewnie celowo. Joe nie wątpił, że to świetna lekarka. I mądra. Bez zawahania mógł przyznać, że Rosie, Meghan i Katie są od niego mądrzejsze. Spojrzał na swoje dżinsy i trampki. Nie chciał tam być, nie chciał nikomu się taki pokazywać, a już z pewnością nie kobiecie.

Joe wstał i uścisnął dłoń doktor Hagler. Miała zdecydowany uścisk dłoni, co mu się spodobało. W czarnych butach na obcasie miała mniej więcej tyle samo wzrostu co Joe. Wydawało mu się również, że są w podobnym wieku. Kobieta ubrana była w biały kitel, który był na nią trochę za duży w ramionach i źle zapięty, przez co odsłaniał srebrne kółeczko zawieszone na srebrnym łańcuszku, spoczywające na jej mostku. Czarne włosy miała luźno związane w koczek, ale był niedbały i nie przypominał ciasnych, idealnie okrągłych supłów na głowie Meghan. Była atrakcyjna, ale Joe miał wrażenie, że wygląd to ostatnia rzecz, jaką się przejmowała.

Usiadła na krześle naprzeciw O'Brienów, zsunęła okulary w czarnych oprawkach z czubka głowy na środek szerokiego nosa i zaczęła przeglądać formularze przypięte do podkładki. Po chwili odłożyła podkładkę na kolana, z powrotem umiejscowiła okulary na głowie i złożyła dłonie, tworząc z palców trójkąt. Joe wyprostował się na krześle, próbując jednocześnie bardziej się rozsiąść.

– Proszę mi powiedzieć, co się dzieje – zaczęła, jakby byli starymi znajomymi rozmawiającymi przy obiedzie.

– Nic szczególnego.

Zaczęła stukać o siebie palcami wskazującymi, czekając, aż Joe zmieni zdanie, powie coś więcej albo się podda. Wybrał milczenie.

– Tu jest napisane, że zdarza się panu upaść, upuszczać różne rzeczy i ma pan problem z punktualnością i organizacją.

– No tak, to się zgadza.

– Jak pan myśli, co powoduje te upadki?

– Jakiś czas temu uszkodziłem sobie kolano.

Joe podniósł prawe kolano, żeby zademonstrować, o czym mówi, po czym zaczął trząść nogą. Doktor Hagler znów zerknęła na kartki przypięte do podkładki i spojrzała na Joego i jego trzęsącą się nogę.

– Ma pan zawroty głowy albo podwójne widzenie?

– Nie.

– Drętwienie rąk lub nóg?

– Nie.

– Drgawki?

Doktor Hagler wyciągnęła prawą rękę i zaczęła nią potrząsać dla przykładu.

– Nie.

– Bóle głowy?

– Nie.

– Kłopoty z tężyzną fizyczną?

– Nie. Jestem tylko trochę bardziej zmęczony niż zwykle.

– Wysypia się pan?

– Tak.

– Czym się pan zajmuje?

– Pracuję w policji.

Pokiwała głową i coś zanotowała.

– Jak panu idzie w pracy?

– Dobrze. To znaczy mam pewne problemy, których wcześniej nie miałem, jak spóźnienia i szczegółowe spisywanie raportów. Nie jestem już taki młody jak kiedyś.

Doktor Hagler pokiwała głową i zamilkła na chwilę, a Joe poczuł presję, by wypełnić ciszę, jakby to była jego kolej, żeby się odezwać.

– Czasem robi się też ze mnie niezdara. Upuszczę coś, potknę się. Myślę, że to przez to kolano.

Joe znów uniósł prawą nogę.

– Martwi się pan o utratę pracy?

– Nie.

Przynajmniej do tej pory o tym nie myślał.

– Zmiany osobowości?

Joe wzruszył ramionami. Nie spodziewał się takiego pytania.

– Bo ja wiem – odpowiedział, spoglądając na Rosie. – Jak ci się wydaje, skarbie? Jestem tym samym fiutem co zawsze?

To był żart, więc się uśmiechnął, ale Rosie nie. Nic nie odpowiedziała i złożyła dłonie na piersi, pewnie zażenowana faktem, że Joe użył słowa „fiut" przy kobiecie, w dodatku lekarce.

– A pani zauważyła zmiany w osobowości męża? – zapytała doktor Hagler, zwracając się do Rosie.

Rosie pokiwała głową.

– Jakie?

– Ma silny temperament. Nigdy nie wiadomo, co go wyprowadzi z równowagi i w mgnieniu oka potrafi przyspieszyć od zera do setki. Nie chodzi mi o to, żeby zrobić z niego kretyna. To dobry człowiek, ale ma napady dziwnego nastroju, zupełnie nie w jego stylu.

– Od jak dawna ma te dziwne nastroje?

Rosie zawahała się. Joe oczekiwał, że powie, że od kilku miesięcy.

– Sześć, siedem lat.

Jezu, naprawdę?

– Popada pan czasem w depresję, Joe? – zapytała doktor Hagler.

– Nie.

– A jakby pan ocenił teraz swój poziom stresu? Od jeden do dziesięciu, gdzie dziesiątka jest najwyższa.

Joe zastanowił się przez kilka sekund.

– Pięć.

– Dlaczego pięć, a nie jeden?

– Mój stres nigdy nie jest „jeden".

– Dlaczego?

– Jestem gliną. Uczą nas tego, żeby zawsze być czujnym.

– Nawet wtedy, kiedy nie jesteście na służbie?

– Tak, nie da się tego wyłączyć.

– Czyli stres zawsze jest na poziomie pięciu? – upewniała się lekarka.

– Zwykle powiedziałbym, że na poziomie trzech.

– Skąd więc dodatkowe dwa? – nie dawała za wygraną.

Czekanie w czyśćcu. Bycie przepytywanym przez lekarkę w cywilnych ubraniach. To wystarczyło. A jeśli nie, to okazuje się, że najwyraźniej przez ostatnie sześć lat był strasznym cymbałem.

– Ta wizyta nie wygląda jak dzień w spa – odparł Joe, siląc się na lekki ton.

– To zrozumiałe – przytaknęła doktor Hagler, uśmiechając się. – Rosie, czy zauważyła pani w Joem jeszcze jakąś zmianę?

– No, na przykład często zapomina, kiedy go o coś poproszę. Żeby kupił mleko po drodze do domu albo żeby naprawił szafki w kuchni.

– Skarbie, właśnie opisałaś każdego zdrowego faceta na świecie.

Doktor Hagler uśmiechnęła się. Joe zerknął na złotą obrączkę na jej palcu. Wiedziała, o co mu chodziło.

– Okej, coś jeszcze przychodzi pani do głowy, Rosie?

– Zawsze się wierci, ale nie w taki normalny sposób. To wygląda dziwnie. Cały czas coś potrąca albo upuszcza. Tydzień temu stłukł ostatni kieliszek do wina.

Nadal się o to gniewała. Aluzja była subtelna i Joe nie mógł wiedzieć, czy doktor Hagler to usłyszała, ale Joe wyczuł napięcie w głosie Rosie. Nie podobało się jej, że musi pić wino z plastikowego kubka albo szklanki. Powinien jej kupić nowy komplet kieliszków.

Joego trochę złościło, że lekarka zadaje Rosie pytania na jego temat, jakby była głównym świadkiem w śledztwie dotyczącym zorganizowanej grupy przestępczej. Rosie nad wyraz ceniła sobie prywatność. Nie opowiadała swoim braciom ani nawet księdzu o niecnych sprawkach Patricka. Nikomu nie mówiła, że JJ i Colleen mieli problem z zajściem w ciążę. Swoje sekrety i sprawy trzymała za zamkniętymi drzwiami i wolałaby chyba spalić wszystkie swoje kasety z Oprah, niż prać przed sąsiadami rodzinne brudy, a potem ich nie uprasować. Joe czuł się więc dość zaskoczony tym, z jaką otwartością Rosie opowiadała o jego „dziwnym" zachowaniu, zupełnie jakby miała dostać za to jakąś nagrodę.

– Jak teraz – dodała Rosie.

Doktor Hagler skinęła głową i zapisała coś. O co tu szło? Joe niczego nie robił, tylko siedział w idealnym bezruchu na tym przeklętym krześle, słuchając, jak jego żona oskarża go o to, że zdziwaczał. A teraz dobra lekarka przytakiwała. Ten wywiad to był jakiś spisek.

Rosie poklepała go po ramieniu. Spojrzał na nią. Dłonie trzymała zaciśnięte na kolanach, twarz miała skierowaną prosto przed siebie, skupioną na doktor Hagler. Zauważył wtedy, że jego lewy łokieć odskakuje i obija się o ramię Rosie. Zaczął się wiercić na krześle, próbując stworzyć między nimi więcej przestrzeni. Te cholerne krzesła były chyba dla karłów i stały zbyt blisko siebie. Joe spuścił wzrok i zauważył, że jego stopy po cichu wykonują na podłodze jakiś dziwny taniec.

Okej, więc zrobił się niespokojny. Zdenerwował się, do jasnej cholery. Nikt nie potrafi spokojnie usiedzieć, kiedy jest zdenerwowany.

– Pije pan, Joe? – zapytała doktor Hagler.

– Kilka piw, czasem odrobina whiskey, ale nic więcej.

Teraz chętnie by się napił.

– Narkotyki?

– Nie.

– Porozmawiajmy pańskiej rodzinie. Ma pan braci albo siostry?

– Jedną siostrę.

– Starszą, młodszą?

– Starszą o półtora roku.

– A jaki jest jej stan zdrowia?

– Chyba dobry. Właściwie to nie wiem. Nie utrzymujemy bliskich kontaktów.

– A pańscy rodzice?

– Ojciec zmarł na raka prostaty dziewięć lat temu. Matka na zapalenie płuc, kiedy miałem dwanaście lat.

– Może mi pan powiedzieć więcej o swojej matce? Czy wie pan, co doprowadziło do zapalenia płuc?

– Nie jestem pewien, przebywała wtedy w Stanowym Szpitalu Psychiatrycznym w Tewksbury.

– Z jakiego powodu się tam znalazła?

– Była alkoholiczką.

Wypowiadając te słowa na głos, Joe wiedział, że jego od-powiedź nie ma sensu. Alkoholików wysyła się do AA, a nie do psychiatryka. Nie na pięć lat.

– Czy zdiagnozowano u niej coś oprócz zapalenia płuc?

– Nic, o czym bym wiedział.

– Jak wyglądała, kiedy ją pan odwiedzał?

Joe zaczął się zastanawiać, próbując przywołać obraz mat-ki w szpitalu. Nie było to takie proste, bo poświęcił długie lata robieniu czegoś dokładnie odwrotnego – wymazywaniu z pamięci każdej sekundy, której był tam świadkiem. Teraz ją widział. Leżała w łóżku, a jej ręce i ramiona wykręcone były w niepokojące, nieludzkie kształty.

Jednak tym, co pamiętał najwyraźniej, były jej kości. Kości jego matki wystające spod skóry jej policzków i szczęki, sterczące na szczycie każdego ramienia, z klatki piersiowej, knykciów, kolan.

Pamiętał jej szkielet. W końcu wyobrażanie sobie jej białe-go szkieletu pod skórą stało się łatwiejsze niż przywoływanie obrazu okrągłej, miękkiej buzi, jaką kiedyś miała. Łatwiej było wierzyć, że jego matki już tam nie ma, że kobieta w tamtym łóżku to nawiedzony kościotrup.

– Była strasznie chuda.

– A pana ciotki albo wujkowie, kuzyni ze strony mamy? Mieli jakieś problemy ze zdrowiem?

– Rodzina matki została w Nowym Jorku, kiedy ona prze-prowadziła się do Bostonu i wyszła za mojego ojca. Nie roz-mawiała z nimi. Nigdy ich nie poznałem.

Dlaczego ta lekarka była aż tak zainteresowana śmiercią jego matki i jej rodziną? Co to miało wspólnego z jego kolanem? Joe spojrzał na ścianę za doktor Hagler, na jej oprawione w ramki dyplomy i certyfikaty wybitnych umiejętności. Akademia Medyczna Uniwersytetu Yale. Staż w szpitalu Johnsa Hopkinsa. Stypendystka Narodowego Instytutu Zdrowia. Może i doktor Hagler dużo siedziała w książkach, ale kiepski był z niej detektyw. Tracił tu czas.

Joe jeszcze raz przeczytał oprawione w ramy dyplomy doktor Hagler. Rezydentura na neurologii. Stypendium neurologiczne. Zaraz, to ona jest neurologiem? Joe myślał, że idzie do specjalisty od kończyn. Ortopedy. Dlaczego, do kurwy nędzy, rozmawia z jakimś lekarzem od mózgu?

– Proszę posłuchać – powiedział Joe, chcąc jej pomóc. – Parę lat temu skręciłem sobie kolano i od tamtej pory nie wróciło do pełnej sprawności. Myślę, że to jest powodem moich problemów z równowagą i upadków.

– Dobrze, ale przyjrzyjmy się kilku rzeczom.

W końcu, pomyślał, ale nadal nie wiedział, jakie ta kobieta ma kwalifikacje, by badać jego kolano. Doktor Hagler wstała, odłożyła podkładkę na blat i stanęła przed Joem. Wyciągnęła przed siebie zaciśnięte w pięści dłonie, jakby miała zamiar zagrać z nim w „ence-pence w której ręce".

– Proszę spojrzeć na moje dłonie i na palec, który wystawię.

Doktor Hagler wystawiła prawy palec wskazujący, potem lewy, potem znów lewy, prawy, lewy, prawy, prawy. Joe śledził jej ruchy oczami. Bez problemu. To jak gra w „zbij kreta" przy pomocy oczu i palców zamiast młotka i kretów.

– Świetnie. Jest pan lewo- czy praworęczny?

– Praworęczny.

– Proszę zatem wyciągnąć lewą rękę otwartą dłonią do góry, o tak.

Doktor Hagler zademonstrowała.

– A teraz prawą dłonią niech pan dotknie lewej dłoni pięścią, potem rozprostowaną, jak cięciem w karate, a na koniec proszę klasnąć. O tak.

Kilka razy pokazała mu sekwencję, a on raz powtórzył.

– Świetnie, a teraz proszę powtarzać. Gotowy? Start.

Pięść, cięcie, pac. Pięść, cięcie, pac. Pięść, pac. Zaraz. Pięść. Zaraz. Cięcie. Zaraz. Pac. Pięść. Pięść. Nie. Pięść. Zaraz. Pięść, cięcie, pięść.

Cholera, to trudniejsze niż się wydawało. Doktor Hagler wykonała te ruchy jeden za drugim, nie przerywając sekwencji, zachowując rytm i bez pomyłek. Ale pewnie całymi dniami robiła to z pacjentami. Miała to przetrenowane. Chętnie by zobaczył, jak sobie radzi z ładowaniem i rozładowywaniem pistoletu. I co ta bzdura ma wspólnego z jego kolanem?

– Teraz chciałabym, żeby pan przeszedł się po pokoju tam i z powrotem, stawiając jedną stopę za drugą.

Joe wykonał tę kwestię więcej razy, niż był w stanie zliczyć. Ciekawe, czy następnie zostanie poproszony o wyrecytowanie alfabetu od początku i od końca?

– A co to? Test trzeźwości? – zapytał.

Joe rozłożył szeroko ramiona jak skrzydła samolotu i przeszedł przez pokój, stawiając stopę za stopą po linii prostej. Bez problemu. Zaczął się spieszyć i w drodze powrotnej szedł nieco niestarannie, ale nikogo by za taki krok nie zaaresztował.

– Świetnie. A teraz poproszę, żeby pan dotknął kciuka każdym z palców, rozpoczynając od palca wskazującego po mały palec i z powrotem. O tak.

Joe dotykał kciuka każdym z palców. Powoli, uważnie i z rozmysłem poruszał każdym palcem, chcąc mieć pewność, że zrobi wszystko bezbłędnie.

– Doskonale. A teraz proszę spróbować zrobić to nieco szybciej i nie przerywać powtarzania.

Pokazała mu jak. Gdy nadeszła kolej Joego, pomylił się i nie potrafił wrócić do rytmu. Jego palce albo poruszały się nie po kolei, albo w ogóle.

– Nie jestem Beethovenem – powiedział buńczucznie.

Spojrzał na Rosie, jej twarz była blada, oczy zasmucone.

Doktor Hagler z powrotem wzięła do rąk podkładkę, nałożyła okulary na nos i zaczęła pisać coś w karcie Joego. Potem usiadła, odłożyła podkładkę na blat, ściągnęła okulary i westchnęła.

– Okej, ma pan pewne symptomy. Pańskie reakcje ruchowe nie wydają się zupełnie normalne. Możliwe, że ma pan chorobę Huntingtona, ale chciałabym przeprowadzić kilka badań krwi i zrobić rezonans magnetyczny.

– Rezonans magnetyczny mojego kolana? – zapytał Joe.

– Nie, nie kolana. Głowy.

– Głowy? A co z moim kolanem?

– Pańskie kolano sprawdził doktor Levine i stwierdził, że jest w stabilnym stanie. Kolano wygląda w porządku, panie O'Brien.

– Ale moja głowa nie?

– Zrobimy rezonans i badania krwi, i wtedy będziemy rozmawiać.

– Chwileczkę – odezwała się Rosie. – Co to jest ta choroba Hunningtina?

– Hun-ting-tona – poprawiła ją doktor Hagler. – To dziedziczna choroba neurologiczna, ale nie wyprzedzajmy faktów. Zrobimy rezonans i testy. Wykonamy test genetyczny dla potwierdzenia, czy to Huntington czy nie, a jeśli tak, zajmiemy się symptomami. Ale będziemy o tym rozmawiać podczas kolejnej wizyty, jeśli oczywiście z tym właśnie mamy do czynienia.

Chwilę później Joe i Rosie zostali zaprowadzeni z powrotem do czyśćca, gdzie w ciszy czekała nowa grupa straceńców, a Rosie ustaliła z recepcjonistką termin kolejnej wizyty. Następne spotkanie z doktor Hagler miało mieć miejsce w marcu, dwa miesiące później. Rosie koniecznie chciała wiedzieć, czy nie ma żadnego wcześniejszego terminu, ale recepcjonistka lakonicznie poinformowała ją, że to pierwszy wolny.

Wyszli z budynku przez automatyczne drzwi i poczuli zimny podmuch wiatru. Joe wziął głęboki oddech. Nawet zanieczyszczone spalinami, zimne powietrze w jego płucach wydawało się świeże i zdrowe. Stanął na chodniku, a chłód wnikał mu w twarz i kłębił się w płucach i znów poczuł się jak ktoś prawdziwy. Cokolwiek wydarzyło się w tamtym budynku, nie było prawdziwe.

Szedł za Rosie do samochodu, który zostawili na czwartym poziomie parkingu. Joe był wdzięczny, że przyjechała razem z nim, bo – jak przyznał w duchu, nie na głos – bez niej nie pamiętałby, gdzie zaparkowali. Wsiedli do auta i Rosie podała mu bilet do parkometru.

– Wiemy przynajmniej, że mam sprawne kolano – powiedział Joe.

Rosie nie skomentowała. Zmarszczyła brwi, stukając w wyświetlacz iPhone'a.

– Co robisz, skarbie? – zapytał Joe.

– Googluję chorobę Hun-ting-tona.

– Aha.

Joe wyjechał z garażu przyprawiającą o zawroty głowy serpentyną. Szybko pokonali niczym niewyróżniającą się drogę do Charlestown, gdzie dużo dłużej szukali miejsca do parkowania. Podczas gdy Joe krążył w górę i w dół po stromych ulicach w sąsiedztwie, co chwilę spoglądał na Rosie, której cała uwaga skupiała się na telefonie. Nie podobał mu się wyraz jej twarzy, która jeszcze bardziej spochmurniała, szpecąc jej ładną buzię. Nie podobało mu się to, że nie dzieliła się tym, co przeczytała. Nie powiedziała nic, żeby go uspokoić. Nie odezwała się słowem. Stukała w ekran, marszczyła brwi i milczała.

Joe natrafił na dwa miejsca do parkowania „zarezerwowane" koszami na śmieci, ale zostawił je w spokoju, aż w końcu znalazł miejsce jedynie jeden kwartał od domu. Szli w milczeniu. Zrzucili kurtki i buty w korytarzu. Joe poszedł prosto do kuchni. Wyciągnął z szafki największą szklankę po słoiku i napełnił ją winem. Z lodówki wziął puszkę budweisera i spojrzał na Rosie.

Zasłony w salonie były zaciągnięte, przez co wydawało się, że jest wczesny wieczór, a nie samo południe. Joe nie włączył światła. Rosie zawinęła się na kanapie w kremową chustę i nadal czytała coś w telefonie. Joe postawił przed nią na stoliku kawowym słoiczek wina i usiadł w swoim fotelu. Rosie nie podniosła wzroku.

Joe czekał. Na ścianie nad kanapą wisiały zdjęcia dzieci z ceremonii ukończenia liceum i ze ślubu JJ'a. W całym pokoju znajdowały się fotografie – zdjęcia niemowląt na gzymsie kominka, kolejne, na których dzieci były nieco większe, na stolikach pod ścianą, ślubne zdjęcie Joego i Rosie na kredensie. Lubił te fotografie. Bez innych innych bibelotów łatwo by się obył, ale nie bez zdjęć.

Pomiędzy stojącymi ramkami znajdowały się wszelkiego rodzaju figurki – aniołki, dzieci, Snoopy i Woodstock, Jezus i Maria, święty Patryk, Panna Piggy i Kermit, zbyt wiele żab. Rosie miała obsesję na punkcie żab. Byli jeszcze kolędnicy, którzy stali tam cały rok, i teraz, w styczniu, nie wydawali się tacy nie na miejscu, ale w sierpniu wyglądali niedorzecznie. Rosie uwielbiała wszystkie te ozdóbki.

Lata temu Joe rozważał, czy nie upozorować włamania i nie pozbyć się tych wszystkich drobiazgów, a tajemnicze przestępstwo nigdy nie zostałoby rozwiązane. Ale Rosie pewnie zastąpiłaby każdą straconą figurkę kilkoma podobnymi, więc ostatecznie Joe znalazłby się w punkcie wyjścia, za to zdecydowanie z mniejszą kwotą pieniędzy na koncie.

Jak na jego gust przez wszystkie te figurki pokój wydawał się przepełniony i tandetny, ale nikt nigdy nie pytał go o zdanie, a Rosie to uszczęśliwiało, więc Joe postanowił się z tym pogodzić. Jeśli tylko miał swój fotel, telewizor i swoją połowę łóżka, nie miał na co narzekać. Reszta domu należała do Rosie.

Kiedy Joe mieszkał tu jako dziecko, ten salon wyglądał inaczej i robił zupełnie inne wrażenie. Kanapa i fotele składały się z drewnianych ram wyłożonych poduszkami i były dużo mniej wygodne niż te, które mają teraz. Pamiętał niezbyt udane zdjęcia z zakończenia roku szkolnego, które wisiały po obu stronach Jezusa na krzyżu: Joe po lewej, Maggie po prawej. I nie było żadnych figurek.

Jego rodzice nałogowo palili i na każdej drewnianej powierzchni znajdowała się przynajmniej jedna popielniczka, z których wiele Joe i Maggie zrobili w szkole jako prezenty świąteczne (ach, lata siedemdziesiąte). Mieli też telewizor kineskopowy z dwoma pokrętłami i dwiema antenami, tace do jedzenia przed telewizorem i aktualny program „TV Guide" oraz zwykłą gazetę na stoliku kawowym, która była zawsze poplamiona kółkami po mokrych szklankach i w dotyku wydawała się niemal jak gąbka. Jedna z wielu blizn pozostawionych przez alkoholizm matki.

Joe wziął do ręki pilota, ale nie włączył telewizora. Na stoliku leżał nieruszony jeszcze lokalny magazyn „Patriot Bridge", ale Joe nie miał ochoty na czytanie. Wypił piwo i patrzył na Rosie. Nadal nic nie mówiła i marszczyła brew. On też nic nie mówił i czekał. Czekał.

Zimny lęk w żyłach.

Złowroga mantra w kościach.

Czyściec podążył za nimi do domu.

ROZDZIAŁ 8

Joe stał w kuchni ze śrubokrętem w dłoni, obarczony zadaniem wymiany zawiasów w szafkach kuchennych, które były już tak zniszczone, że nie dało się ich naprawić. Zaczął od dokręcenia tych, które tylko się obluzowały. Szafki, tak jak wszystko w tym domu, były stare i wysłużone, ale za zawiasy Rosie obwiniała Joego, twierdząc, że za mocno za nie szarpał, otwierając drzwiczki, i zbyt gwałtownie ciągnął za uchwyty. Joe nie zgadzał się z tym, ale też nie przywiązywał do tego zbyt wielkiej wagi. Nie była to rzecz, o którą warto się kłócić.

Właściwie to cieszył się z tej roboty, bo miał się czym zająć i nie wchodził Rosie w drogę. Odkąd żona przekazała Joemu, czego dowiedziała się z internetu o chorobie Huntingtona, starał się wydrzeć z pamięci każde jej słowo. Żadne z nich nie wydawało się prawdziwe. Nie miał jakiejś pieprzonej, rzadkiej i śmiertelnej choroby. Nie ma, kurwa, mowy.

Choroba Huntingtona. Czyste brednie, w które Joe nie miał zamiaru uwierzyć. Policjanci zajmowali się faktami, a nie spekulacjami, a faktem było to, że ta lekarka rzuciła w nich strasznym medycznym terminem, nie wykonawszy żadnych medycznych badań, kompletnie nic nie wiedząc. To była bezpodstawna, nieodpowiedzialna uwaga. Tak lekko rzuconą diagnozę, podaną niewinnym ludziom, którzy nie mają żadnej wiedzy na ten temat, uznałby nawet za błąd w sztuce. Kompletne brednie i tyle.

Podczas gdy Joe nie myślał o Huntingtonie więcej niż tylko po to, by uznać, że to jakaś bujda, Rosie nie robiła właściwie nic innego, tylko myślała o chorobie. Nie przyznała się Joemu do swojej nowej obsesji, ale równie dobrze mogłaby mieć to wytatuowane na czole. Choć całe życie chodziła do kościoła raz w tygodniu, od wizyty u lekarza była na mszy codziennie. Jej dwa kieliszki wina do obiadu zamieniły się w całą butelkę pitą od szesnastej. Szalik, który robiła na drutach, zamienił się w narzutę na dwuosobowe łóżko i nadal rósł. Nie spała wieczorami, grubo po północy oglądając stare odcinki Oprah, jednocześnie prasując wszystko, co miało szew. I zwykle gadatliwa Rosie ostatnio cały czas milczała.

Całą ideą pójścia do tego przeklętego lekarza było to, by Rosie przestała się martwić, a teraz? Martwiła się sto razy bardziej. Joe przekręcił śrubkę, nad którą pracował z dodatkową siłą, wyładowując swoją wściekłość na jej małej główce, ale końcówka śrubokręta wyślizgnęła się z otworu i przyrząd wypadł mu z rąk na ziemię. Zacisnął zęby. Zszedł z taboretu, podniósł krzyżaka, po czym z całej siły cisnął nim o podłogę. Jeszcze raz go podniósł, westchnął i wrócił do pracy nad zawiasem.

Chciał jakoś pomóc Rosie, uspokoić ją i ochronić przed niepotrzebnym zamartwianiem się, ale mała część Joego bała się tego, o czym myślała jego żona, więc nie nawiązywał rozmowy. Może wiedziała coś, czego on nie wiedział. Nie chciał słyszeć niczego więcej aż do kolejnej wizyty, kiedy lekarka przyzna, że wyniki badań są w porządku i wszystko jest w normie. I przeprosi ich. Lepiej dla niej, żeby nie zapomniała o pieprzonych przeprosinach.

Ale mimo że bardzo się starał nie wpaść w ciemną dziurę choroby Huntingtona, dużo myślał o swojej matce. Joe przestał obracać śrubokręt i przejechał palcem wskazującym po bliźnie tuż przy kąciku lewego oka. Sześć szwów, kiedy miał pięć lat. Teraz była to cienka biała linia, widoczna tylko wtedy, kiedy Joego poparzyło słońce albo kiedy zarumienił się z emocji.

Matka rzuciła w niego tłuczkiem do ziemniaków. Joe nie pamiętał, co robił przed tym rzutem, czy go sprowokował, czy z jakiegoś powodu matka była zła albo sfrustrowana. To był szok i nagły ból uderzenia czymś twardym i ciężkim. A potem krzyk Maggie. I jaskrawoczerwona krew na jego palcach, i ta ciemniejsza, która wsiąkła w mokry ręcznik przyciskany do twarzy, podczas gdy ojciec wiózł go do szpitala. Pamiętał, jak siedział sam na tylnym siedzeniu. Jego matka pewnie została w domu z Maggie. Nie pamiętał szwów. Pamiętał, że ojciec powiedział, że miał szczęście. Centymetr w prawo i Joe straciłby oko.

Joe lubił wierzyć, że blizna przy oku była jedyną rzeczą, jaką miał po matce, pojedynczą pamiątką jej szaleństwa. Poza sennymi niebieskimi oczami Joe wyglądał jak wykapany ojciec i dorastał, zakładając, że w pełni wywodzi się od O'Brienów. Miał orzechowe włosy ojca i dziadka, które latem jaśniały do blondu, ten sam cienki uśmiech, szeroki tors i takież ramiona, brzydkie stopy i nieszczęsną cerę wahającą się między bladością a różem. Miał nawet ten sam głos. Przez telefon ludzie cały czas mylili Joego z jego ojcem. Miał etykę pracy Joego O'Briena, jego upór i poczucie humoru, dzięki któremu śmiało się całe towarzystwo.

A jeśli odziedziczył po matce coś więcej niż niebieskie oczy i bliznę? Alkoholizm zawsze był prawdziwym zmartwieniem, dlatego trzymał swoje picie pod stałą kontrolą. Jeśli matka przekazała mu genetyczną skłonność do uzależnienia, jeśli ta bestia w nim tkwiła, to nie miał zamiaru jej karmić. Choć czasem zastanawiał się, jak by to było upić się do nieprzytomności, to nigdy nie zechciał się o tym przekonać. Nie chciał być pijakiem jak jego matka. A jeśli pod blizną przy oku, pod białą zgrubiałą skórą nosił brzydsze, zdradliwe dziedzictwo?

Czy jego matka miała Huntingtona? Czy to dlatego mieszkała w szpitalu w Tewksbury?

Joe pamiętał, jak co tydzień po niedzielnej mszy jeździli odwiedzać matkę w szpitalu. Na początku były to dość przyjemne przejażdżki samochodem. Joe i Maggie uwielbiali wycieczki – do Stowe jesienią na zbieranie jabłek, do Good Harbour Beach w Gloucester każdego lata, od czasu do czasu na przedmieścia, żeby odwiedzić kuzynów ze strony ojca. Wiedzieli, że nie jadą zbierać jabłek ani pływać w oceanie, ale na początku te przejażdżki do Tewksbury nie wydawały się takie złe. W szpitalach ludziom powinno się poprawiać.

Joe miał wtedy siedem lat i wierzył, że mama wróci do domu. Nadal pamiętał ją taką jak kiedyś – jak kupowała mu lody z furgonetki w Good Harbour, dźwięk jej głosu, kiedy śpiewała w kościele, zmarszczki w kącikach jej oczu wyglądające jak kocie wąsy, kiedy śmiała się z czegoś, co powiedział.

Mamie się jednak nie poprawiało. Była w coraz gorszym stanie i z każdymi odwiedzinami, gdy leżała w tym samym łóżku, stawała się coraz bardziej odległa, aż te ciepłe wspomnienia szczęśliwej, czułej i trzeźwej matki zaczęły się wydawać lekko zmyślone, jak marzenie albo sen.

Nie minęło wiele czasu, jak pamiętał już tylko pijackie awantury, a potem to, jak wyglądała, leżąc w łóżku. Była wychudzona, wykrzywiona, stękająca lub cicha. Groteskowa. Kobieta w tym łóżku miała już nigdy mu nie czytać, śpiewać ani się do niego uśmiechnąć. Kobieta w tym łóżku nie była niczyją matką.

Atmosfera w samochodzie się zmieniła. Zwykle Joe i Maggie grali w zgadywanki i wygłupiali się. Ich zabawy w końcu stawały się zbyt głośne albo zbyt brutalne i nagle między nimi pojawiała się ręka ojca, który klepał nią na oślep w którąkolwiek część ciała udało mu się trafić. Teraz jednak Joe nie chciał już niczego zgadywać. Maggie musiała pewnie czuć się podobnie, bo nie rozmawiali ani nie bawili się, ani nawet nie kłócili. Joe patrzył przez okno na drzewa, które rozmywały się w ciszy. Radio było pewnie nastawione na National Public Radio albo Magic 106.07, ale nie pamiętał tego. Pamiętał tylko rozmytą ciszę.

Powrót do domu zawsze był gorszy. W drodze do Tewksbury zawsze mieli nadzieję, jakkolwiek nie byłaby zwodniczą, że być może w tym tygodniu mama ma się lepiej, a wspomnienie, jaka była koścista i apatyczna, jakoś się zacierało. Joe był wyjątkowo łatwowiernym dzieckiem, więc umiał sobie wmówić, że danej niedzieli mama wyzdrowieje.

Podczas powrotnej podróży do Charlestown okrutna prawda dosłownie go miażdżyła. Jeśli zapinając pas, Joe nie był całkowicie odarty z nadziei, ojciec pozbawiał go złudzeń. Nawet jeśli Joe celowo odwracał głowę i nie widział twarzy ojca w lusterku wstecznym, nawet jeśli nie widział, jak najsilniejszy mężczyzna na świecie płacze, zawsze wiedział, że to się dzieje. Nawet czując wiatr na twarzy i ryk silnika w uszach, słyszał, jak nierówno oddycha i wiedział. Joe pamiętał, jak spoglądał na Maggie, czekając na jej przyzwolenie, by się rozpłakać, ale ona patrzyła tylko przez okno ze skamieniałą twarzą. Jeśli Maggie nie płakała, to on też nie miał zamiaru.

Matka Joego była pijaczką w wariatkowie, jego ojciec płakał w samochodzie jak mała dziewczynka, a Joe i Maggie patrzyli przez szyby.

Trwało to latami.

Joe nie pamiętał dokładnie, kiedy po raz ostatni widział matkę. Pamiętał, jak przyglądał się, gdy karmiła ją pielęgniarka, jej opadającą głowę, rozdziawione usta, ziemniaki i sos ściekające jej po brodzie, spadające na śliniak i podłogę. To mógł być ten ostatni raz. Czuł obrzydzenie i wstyd.

Joe uznał, że jego ojciec także czuł wstyd, bo przestali jeździć do matki. Przynajmniej Joe i Maggie przestali. Joe nie zapamiętał, co zrobił jego ojciec. Pamiętał, że po kościele jeździł do ciotki Mary Pat i wujka Dave'a zamiast do szpitala. Pamiętał, jak zajadał się pączkami z Dunkin'Donuts i grał w koszykówkę w parku z kuzynami. Pamiętał uczucie ulgi, że nie musi już odwiedzać chorej kobiety w łóżku.

Nie pamiętał, jak wyglądała, kiedy umarła.

Myśli Joego przerwała Rosie, która weszła do kuchni. Miała na sobie koszulkę z logo miejscowego klubu jogi, luźne, szare spodnie dresowe i kosmate różowe skarpetki, które nosiła po domu w zimowe miesiące. Wyciągnęła z lodówki butelkę chardonnay i stanęła przy blacie obok Joego. Myślał, że podeszła, żeby mu coś powiedzieć. Podziękuje za naprawienie szafek albo zada mu jakieś pytanie, albo przynajmniej miło się przywita, a może nawet go przytuli.

Mylił się. Otworzyła szafkę, przed którą stała (bez słowa o idealnie działających zawiasach), wyciągnęła kieliszek do wina (żadnego podziękowania za nowy komplet), wzięła korkociąg z szuflady i wyszła. Joe westchnął i zerknął na zegar na ścianie. Szesnasta.

Nie zniesie kolejnego takiego miesiąca. Rosie zadręczała się bez powodu. Dotknij palców, klaśnij. Zrób pajacyka. Ta lekarka gówno wiedziała. Żałował, że nie potrafił przekonać o tym Rosie. Już miał pójść za nią, usiąść obok i bez owijania w bawełnę porozmawiać z nią o tym bezpodstawnym zadręczaniu się, ale nagle się rozmyślił.

Choć mógłby postawić milion dolców na to, że ta lekarka plotła bzdury, nadal nie był pewien, co wie Rosie. Czego takiego się dowiedziała, że tak ją to przeraziło?

Joe wyjrzał przez kuchenne okno i nic nie powiedział.

ROZDZIAŁ 9

Tego dnia wypadał Dzień Ewakuacji, publiczne święto w Bostonie upamiętniające wycofanie brytyjskich sił wojskowych z miasta w 1776 roku, co było pierwszym militarnym zwycięstwem George'a Washingtona w wojnie o niepodległość Stanów Zjednoczonych. Święto wydawało się ważne w sensie historycznym: była to dobra okazja, by przejść się Szlakiem Wolności* i pomachać amerykańską flagą, ale w praktyce był to świetny kamuflaż, skrzętna i politycznie akceptowalna wymówka dla prawdziwych wydarzeń tego dnia. Dzień Ewakuacji wypadał akurat w Dzień Świętego Patryka i bostońscy Irlandczycy wykorzystywali ustawowe wolne, aby celebrować swoje wspaniałe dziedzictwo. W tym roku dodatkowo święto wypadało w poniedziałek, co oznaczało, że cały Boston od trzech dni upijał się do nieprzytomności. Jakimś cudem Joe nie miał tego dnia służby. W przeszłości, jeśli był w domu w Dzień Świętego Patryka, już przed południem siedział w pobliskim pubie u Sullivana, trzymając w dłoni szklaneczkę glenfiddicha lub kufel gładkiego guinnessa. Normalnie ograniczał się do jednej porcji mocnego alkoholu

---

* Szlak Wolności (*Freedom Trail*) – czterokilometrowa ścieżka zbudowana głównie z cegieł, biegnąca przez centrum Bostonu, która łączy ze sobą szesnaście lokalizacji w mieście o historycznym znaczeniu.

i paru piw, ale tego jednego dnia z przyjemnością pozwalał sobie na co tylko miał ochotę. Przesiadywał w barze w towarzystwie Donny'ego i kilku innych tutejszych – których ostatnimi czasy, odkąd ich dzieci dorosły, Joe nie widywał już tak często – karmiąc się historiami o starych dobrych czasach. Sully puszczał irlandzką muzykę w grającej szafie: *Pieśń dla Irlandii, Dziki chłopak z kolonii, Na Raglan Road.* Ulubione piosenki Joego. Wczesnym przedpołudniem Donny i Joe śpiewali ramię w ramię, fałszując okrutnie, ale za to najszczerzej jak umieli.

Zawsze wracał do domu w porze kolacji, zanim towarzystwo za bardzo się upiło i rozwydrzyło – na peklowaną wołowinę i kapustę rozgotowaną do tego stopnia, że każda molekuła rozluźniła się i oddzieliła od reszty, tworząc jeszcze nienazwaną, pozbawioną smaku maź, pochodną kleju. Kapustę i peklowaną wołowinę Rosie powinna badać NASA.

Pech chciał, że oprócz Dnia Świętego Patryka w ten poniedziałek wypadała także kolejna wizyta u doktor Hagler. Joe nie był więc w barze u Sullivana, popijając guinessa i śpiewając z Donnym. Zamiast tego siedział znowu na małym krzesełku w szpitalu na Oddziale Zaburzeń Motorycznych, gdzie nikt nie świętował wygnania Brytyjczyków z Bostonu ani węży z Irlandii. Nikt się tu z niczego nie cieszył.

Joe czuł się tak, jakby w ciągu dwóch miesięcy postarzał się o dziesięć lat, za to doktor Hagler wyglądała dokładnie tak samo jak poprzednim razem. Te same okulary na szerokim nosie, ten sam luźny koczek i kitel, to samo srebrne kółeczko na łańcuszku. Jakby odwiedzili z Rosie szpital-muzeum, gdzie doktor Hagler od poniedziałku do piątku od dziewiątej do piątej, a w soboty i niedziele od południa do osiemnastej była częścią żywej ekspozycji.

Doktor Hagler pobieżnie streściła, co zdarzyło się na poprzedniej wizycie i zapytała Joego i Rosie, czy mają jakieś pytania. Nie mieli. Była bardzo rzeczowa, sztywna, nie uśmiechała się, co bardzo odróżniało jej zachowanie od wizyty sprzed dwóch miesięcy. Joe poczuł, jak skręca mu się żołądek. Próbował uśmiechnąć się do lekarki, chcąc wyłudzić od niej choćby jeden serdeczny gest, ale jej usta pozostały zaciśnięte w prostą linię. Niedobrze. Po karku Joego przebiegły ciarki. Potarł szyję, próbując pozbyć się tego uczucia, ale nie ustępowało. Doktor Hagler odłożyła na biurko wyniki badań, złożyła dłonie i popatrzyła na Joego.

– Mam wyniki pana testu krwi. Genetyczne badanie przesiewowe pod kątem choroby Huntingtona okazało się pozytywne. Badanie neurologiczne i umiarkowane zmiany na pana rezonansie są spójne z tą diagnozą.

Gabinet wypełniła cisza jak nagła fala powodzi, w której wszyscy byli zanurzeni, nie mogąc oddychać. Trwało to dokładnie jedną sekundę i całą wieczność. Rosie zaczęła płakać, histerycznie wyjąc, czego Joe nigdy u niej nie słyszał. Doktor Hagler podała Rosie pudełko chusteczek. Rosie wytarła twarz, próbując się opanować. Joe pogładził Rosie po plecach, starając się jej pomóc i nie wiedząc, czy bardziej zaskoczony jest pełnymi udręki jękami, jakie wydobywały się z ciała jego żony, czy słowami doktor Hagler. Co ona powiedziała? Jego głowa była otępiała, obojętna. Gładził Rosie po plecach, nie potrafiąc zebrać myśli. W głowie uruchomił się w końcu policyjny mechanizm. *Zadawaj pytania.*

– Czyli mam chorobę Huntingtona?

– Tak.

– Proszę mi jeszcze raz powiedzieć, co to jest.

– To dziedziczna choroba neurodegeneratywna, przez którą traci pan kontrolę nad zdolnością poruszania się. Wpływa także na myślenie i zachowanie. To dlatego zaczął pan drżeć i miewać mimowolne odruchy, przewracać się, upuszczać różne przedmioty, mieć problemy ze skomponowaniem raportów i pamięcią. To także powód, dlaczego łatwo się pan irytuje i dlaczego miewa pan wybuchy złości.

– Dziedziczna? Czyli to oznacza, że mam ją w swoim DNA?

– Tak.

Joe ostatni raz był na lekcji biologii w pierwszej klasie liceum, czyli milion lat temu. Chyba miał z niej tróję, choć nie pamiętał dokładnie. Ale pamiętał na tyle, by wiedzieć, ile jest dwa plus dwa.

– Mam to po matce, prawda?

– Tak.

– Więc ona umarła na Huntingtona?

– Tak.

No i proszę – usłyszał to od lekarza specjalisty. *Ruth O'Brien zapiła się na śmierć.* Żadne z tych słów nigdy nie było prawdziwe. Ruth O'Brien, cichy, powykręcany szkielet w łóżku należącym do stanowego szpitala, umarła w samotności, podczas gdy jej dzieci jadły pączki i bawiły się z kuzynami w parku. Umarła na chorobę Huntingtona.

A teraz przyszła jego kolej.

Joemu zdawało się, że jego płuca są czymś spętane i sztywne, jak gdyby dostał kulą w pierś i właśnie się wykrwawiał, tylko że zamiast krwi płynęła z niego zimna rtęć. Z braku tlenu przed jego oczami pojawiły się mroczki. Odgłosy płaczu Rosie zrobiły się niewyraźne i odległe. Musiał wygrać ze strachem. *Zadawaj więcej pytań.*

– Czy ta choroba zawsze prowadzi do śmierci?

– Tak. Ale to nie stanie się z dnia na dzień. Symptomy będą się nasilać i z wieloma z nich będziemy próbować sobie jakoś radzić.

– Ile czasu mi zostało? – usłyszał swój głos.

– Nie da się tego dokładnie określić, ale zazwyczaj od dziesięciu do dwudziestu lat.

Za dziesięć lat Joe będzie miał pięćdziesiąt cztery lata. Pięćdziesiąt cztery. Rok do emerytury i dobrego, godnego życia z Rosie.

Z jakiegoś powodu spojrzał na zegarek. Cofnął się myślami. Przypomniał sobie, jak upadł mu kryształowy dzbanek, przez co w całym niedzielnym obiedzie znalazło się szkło. Rosie twierdziła, że zachowuje się dziwnie od przynajmniej sześciu, może siedmiu lat. Czy przez cały czas był już chory na Huntingtona? Ile lat zdołał już wykorzystać?

Dziedziczna choroba. Przekazana z matki na syna. Który szybko został ojcem.

– Mamy czwórkę dzieci – powiedział Joe. – Czy... – Wiedział, o co chce zapytać, ale nie miał w płucach tyle powietrza, by wypowiedzieć słowa. Utknęły mu w gardle wraz z nowym lękiem, wielkim i niecierpliwym, który bezczelnie pchał się na pierwszy plan. – Czy one wszystkie to po mnie dostaną?

– Huntingtona powoduje mutacja autosomalna dominująca. Jeśli ktoś odziedziczy kopię złego genu, dziedziczy też chorobę. To oznacza, że każde z państwa dzieci ma pięćdziesiąt procent szans na nosicielstwo choroby.

– Czyli dwoje z naszych dzieci też to ma? – zapytała Rosie.

– Nie, to jak rzucenie monety. Nie ma znaczenia, jaki był wynik poprzednich rzutów. Za każdym razem ma się pięćdziesiąt procent szans, że wypadnie orzeł. Może się równie dobrze okazać, że żadne z waszych dzieci nie będzie chore.

– O nie, Boże, nie – powiedziała Rosie. – Nie!

Nie miała już powodu, by tłumić swój płacz, który trochę przycichł, podczas gdy Joe zadawał pytania doktor Hagler. Teraz Rosie straciła nad sobą kontrolę. Joe wiedział dokładnie, o czym myślała. Wszystkie jej dzieci mogą być chore. Tę możliwość traktowała teraz jak proroctwo. Siedziała obok Joego, zakopana pod stertą przemoczonych chusteczek, i traciła wszystkich, których kocha.

Joe wziął ją za rękę, splótł swoje palce z jej palcami i mocno ścisnął. Rosie też uścisnęła jego dłoń, ale nie spojrzała mu w twarz.

– W jakim są wieku? – zapytała doktor Hagler.

– Najstarsze dwadzieścia pięć, najmłodsze dwadzieścia jeden lat – odpowiedział Joe.

– Wnuki?

– Jeszcze nie. Najstarszy syn jest żonaty.

JJ i Colleen starali się o dziecko.

Tę chorobę matka przekazała synowi. Ten syn został ojcem. I tak dalej. I tak dalej.

– Trzeba będzie z nimi porozmawiać, poinformować ich, z czym mają do czynienia, zwłaszcza jeśli w perspektywie jest planowanie rodziny. Są pewne rzeczy, które można zrobić, zabiegi, które dadzą pewność, że dziecko nie odziedziczy genu. Można też skorzystać z konsultacji genetycznych i testów przesiewowych, jeśli chcą wiedzieć, jaki mają status ryzyka.

– Co to jest status ryzyka?

– Mogą zrobić to samo badanie krwi co pan, ale w ich przypadku będzie to prognostyczny test presymptomatyczny dotyczący tego, czy posiadają gen, czy też nie.

– Czyli mogą się już teraz dowiedzieć, czy zachorują w przyszłości?

– Tak.

– Czy test wykaże, kiedy zachorują?

– Nie. Średnia wieku to trzydzieści pięć lat, ale pan jesteś trochę starszy. Jeśli którekolwiek z nich ma gen chorobowy, pewnie zacznie chorować w podobnym wieku, ale proszę się na mnie nie powoływać.

– Jeśli którekolwiek z nich dowie się, że to ma, jeśli zrobią test i okaże się pozytywny, to czy mogą cokolwiek zrobić, żeby zapobiec rozwojowi choroby?

– Nie. Niestety obecnie nie ma takiej możliwości.

Genetyczna kryształowa kula. Wybawienie albo kara śmierci dla każdego z dzieci.

– To co mamy teraz robić? – zapytał Joe.

– Przepiszę panu środek neuroleptyczny na wybuchy gniewu. To niska dawka, bardzo delikatna. Nie chcę pana otępić. Rosie, jeśli nie zauważy pani żadnej zmiany, proszę dać mi znać; wtedy zwiększymy dawkę.

Joe wzdrygnął się na myśl o przyjmowaniu jakichkolwiek leków. Nie brał nawet witamin.

– Chciałabym też, aby zaczął pan chodzić na fizjoterapię, żeby poprawić siłę i równowagę, oraz do logopedy, ze względu na niewyraźną mowę i połykanie.

– Nie mam problemu ani z jednym, ani z drugim.

Doktor Hagler spojrzała Joemu w oczy i zamilkła, przekazując swoją odpowiedź bez słów. Jeszcze. Jeszcze nie miał problemów z niewyraźną mową i połykaniem. Ale to nadejdzie.

– Lepiej, żebyśmy byli do przodu. Proszę to traktować, jak przygotowywanie się do bitwy. Jak szkolenie, żeby zostać policjantem.

Podczas nauki w akademii policyjnej Joe nauczył się, jak strzelać z broni palnej, jakie są procedury radzenia sobie z interwencjami domowymi, napadami z bronią w ręku, wypadkami i strzelaninami, jak myśleć sześć kroków naprzód w każdym możliwym scenariuszu zdarzeń; jak wyobrazić sobie każdy możliwy rozwój wypadków. Teraz będzie szkolony w tym, jak się połyka.

– Są też badania kliniczne. Mamy to szczęście, że jesteśmy tu, w Bostonie, gdzie przeprowadza się wiele obiecujących testów. Jest wiele potencjalnych leków, które obecnie sprawdzane są na zwierzętach, i staramy się dostosować je do podawania ludziom. Elementem kluczowym jest uczestnictwo. Obecnie toczy się pewne badanie w fazie drugiej, w które chciałabym pana włączyć, jeśli jest pan chętny.

– Co to znaczy „w fazie drugiej"?

– To znaczy, że sprawdzamy bezpieczeństwo.

– Czyli to może być niebezpieczne?

– Okazało się bezpieczne w stosowaniu u myszy. Następny konieczny krok polega na określeniu, czy lek jest bezpieczny dla ludzi.

– Nie podoba mi się to, Joe – powiedziała Rosie. – Lekarze sami nie wiedzą, jak to działa. A jeśli stanie ci się coś złego?

Joe nie miał pojęcia o naukach ścisłych. Wyobraził sobie potwora doktora Frankensteina i grupę potarganych siwowłosych lekarzy, którzy wbijają w niego igły. Potem wyobraził sobie swoją matkę. Swoją przyszłość. Pomyślał o JJ'u, Patricku, Meghan i Katie. O ich przyszłości. Dałby sobie uciąć głowę i oddać ją do badania, gdyby to miało ocalić jego dzieci.

– Zgadzam się. Nieważne, co to. Proszę mnie zapisać.

– Ale Joe...

– Na tę chorobę nie ma lekarstwa. Jak mają je znaleźć, skoro brak im szczurów doświadczalnych?

– O takie nastawienie właśnie chodzi, Joe – powiedziała doktor Hagler. – Istnieje prawdziwa nadzieja dla pacjentów z Huntingtonem, ale potrzebujemy ludzi, którzy wzięliby udział w projekcie badawczym. Mam tutaj informacje dotyczące badania, żebyście oboje mogli się z nimi zapoznać i spokojnie zdecydować. Bardzo to polecam. A tu są również informacje o grupach wsparcia. Oboje was zachęcam, żebyście porozmawiali z innymi ludźmi w społeczności mierzącej się z chorobą.

– To jak szybko będzie to wszystko postępować? – zapytał Joe. Wiem, to potrwa dziesięć, dwadzieścia lat, ale ile minie czasu, zanim... No, wie pani.

Myślał o chronologii zdarzeń w przypadku matki i wykonywał w głowie obliczenia z wyższej matematyki.

Była w Tewksbury przez pięć lat. Joe miał jedenaście lat do emerytury. Zmarła, kiedy on miał dwanaście lat, więc miała trzydzieści pięć lat, kiedy została oddana pod pełną opiekę.

Miał teraz czterdzieści cztery lata. Liczby wirowały mu w głowie.

– Ta choroba postępuje powoli. To nie tak, jakby włączyć pstryczek albo złapać grypę i bum, nagle jest pan chory. Ma pan czas.

– Jezu – powiedział Joe, przejeżdżając dłońmi po udzie. – Naprawdę uważałem, że mam tylko słabe kolano i jestem ostatnio zmęczony i spięty.

– Bardzo mi przykro. Wiem, że to dla państwa szok, zwłaszcza jeśli nie wiedział pan o Huntingtonie matki, Joe.

Mimo że lekarka powiedziała mu, że jego kolano jest sprawne, nadal wyobrażał sobie operację kolana jako najgorszy możliwy scenariusz dalszego leczenia. Kilka tygodni zwolnienia, dużo odpoczynku, a potem powrót do pracy w znakomitej formie. Nawet nie wiedział o istnieniu takiej choroby jak Huntington, a co dopiero brał ją pod uwagę. A teraz była to jego rzeczywistość. Nie potrafił sobie wyobrazić jednego, a co dopiero sześciu kroków w tym scenariuszu zdarzeń. Ile kroków dzieliło go od szpitala w Tewksbury?

Mrowienie, które ogarnęło umysł Joego, rozeszło się po całym jego ciele. Był zupełnie odrętwiały. Wiedział, co by zobaczył, gdyby doktor Hagler postawiła przed nim lustro – płaską, pozbawioną wyrazu maskę człowieka w stanie całkowitego szoku. Widział ciężkie przeżycia malujące się na zbyt wielu twarzach ofiar przestępstw i wypadków oraz opanowane, działające na autopilocie ciało, antytezę nieokiełznanego wewnętrznego przerażenia.

– Co mam zrobić z pracą?

– Uważam, że należy być w tej kwestii optymistą, ale należy myśleć rozsądnie. Na tym etapie nie trzeba jeszcze wszystkich informować i radziłabym, aby pan tego nie robił. Nie chce pan, żeby pana zwolniono albo odmówiono świadczeń z powodu choroby. Istnieje prawo, które pana chroni, ale zapewne nie chce pan spędzić lat, które panu zostały, na chodzeniu po sądach. Zwierzyłabym się jednemu zaufanemu koledze, komuś wartemu zaufania, kto pana nie zdradzi, żeby był pana lustrem. Ta osoba pomoże panu zadecydować, czy i kiedy wykonywanie zawodu przestanie już być bezpieczne.

Pokiwał głową. Scenariusz już się rozgrywał i Joe widział wszystkie niepożądane następstwa ujawnienia swojej diagnozy. Powie Tommy'emu i Donny'emu. Nikomu więcej. Tommy umiał dochować tajemnicy i potraktuje Joego uczciwie, bez owijania w bawełnę. Joe miał do niego bezgraniczne zaufanie. To samo w przypadku Donny'ego. Nikt inny z policji się nie dowie, aż do czasu, kiedy wszystko sobie poukłada. Musiał zapewnić sobie przynajmniej częściową emeryturę, żeby zabezpieczyć Rosie po swoim odejściu. Dziesięć lat, może więcej. Może mniej.

Ale wszystko tylko się pogorszy. Upadki, upuszczanie różnych rzeczy, chrzanienie raportów, spóźnienia, dziwny temperament. Niewyraźna mowa. Wszyscy będą myśleć, że jest pijakiem. Pieprzyć to. Niech sobie myślą, co chcą. Do czasu, aż będzie miał pewność, że Rosie jest zabezpieczona, choroba pozostanie sekretem.

Ruth O'Brien zapiła się na śmierć.
Jaka matka, taki syn.

Joe i Rosie wrócili ze szpitala na tyle wcześnie, że Joe mógł dołączyć do Donny'ego i przyjaciół u Sullivana, ale czuł się zbyt słaby, zbyt przejrzysty. Bał się, że wystarczyłby tylko jeden guinnes, by się złamał i zaczął opowiadać o swojej diagnozie Donny'emu i wszystkim zebranym w knajpie. Nie, w tym roku nie pójdzie do Sullivana. Ale nie mógł też zostać w domu.

Rosie stała przy zlewie i obierała ziemniaki. Przestała płakać, ale jej oczy nadal były czerwone i spuchnięte. Starała się z całych sił robić dobrą minę do złej gry i zachowywać jak zwykle, kiedy dzieci przyjdą na obiad. Joe i Rosie uzgodnili, że oboje potrzebują trochę czasu, zanim spuszczą na nich huntingtonową bombę. A Joe w szczególności nie chciałby im zepsuć Dnia Świętego Patryka.

– Przejdę się, dobrze? – powiedział Joe.

– Gdzie idziesz? – Rosie odwróciła się, z w pół obranym ziemniakiem w jednej dłoni i obieraczką w drugiej.

– Na spacer. Nie martw się.

– Jak długo cię nie będzie? Obiad jest o czwartej.

– Wrócę na czas. Muszę się przewietrzyć. Trzymasz się?

– Nic mi nie jest – odparła i odwróciła się do męża plecami. Słyszał tylko szuranie obieraczki do ziemniaków.

– Chodź tu – powiedział.

Joe położył jej dłonie na ramionach, odwrócił do siebie i objął mocno swoimi potężnymi rękami. Wtuliła twarz w jego tors.

– Kocham cię, Joe.

– Ja też cię kocham, skarbie. Niedługo wrócę, dobrze?

Uniosła ku niemu spuchniętą buzię i zrozpaczone oczy.

– Okej. Będę czekać.

Joe wziął kurtkę i wyszedł, ale zanim zdołał wyjść na chodnik, zatrzymał się i pobiegł z powrotem do domu. Zanurzył palce w święconej wodzie i spojrzał w namalowane oczy Maryi Dziewicy, czyniąc jednocześnie znak krzyża. Potrzebna mu będzie każda pomoc.

Po drodze do stoczni wstąpił do sklepu i kupił sobie butelkę whiskey Gentleman Jack. To co prawda nie glenfiddich, ale nada się. Tak, jak przewidywał, stocznia była cicha i pusta. Nie było tu żadnego baru od czasu, kiedy zamknięto Tawernę na Wodzie. Wszystkie japiszony siedziały u Warrena, a tutejsi u Sullivana albo w Ironsides. Wszystkie jego dzieci siedziały w Ironsides, a Patrick polewał im za barem. A Joe był samotnym Irlandczykiem w stoczni, który siedział na przystani z nogami spuszczonymi nad wodę, patrzącym na piękne miasto, które kochał i chronił przez ponad połowę swojego życia.

Dziś rano obudził się tak samo jak co dzień, a teraz, jedynie kilka godzin później, miał chorobę Huntingtona. Oczywiście miał tę chorobę, zanim poszedł na wizytę do doktor Hagler. Nadal był tym samym facetem co rano, jedyną różnicą była świadomość. Woal początkowego zaskoczenia opadł i świadomość choroby zaczynała mącić mu w głowie. Joe odkręcił butelkę schowaną w papierowej torbie i pociągnął duży łyk, a po chwili kolejny. Był surowy, szary, marcowy dzień, niewiele powyżej dziesięciu stopni, ale kiedy słońce chowało się za chmurami, robiło się dużo chłodnej, a znad wody wiał zimny wietrzyk. Joe miał wrażenie, że w jego żołądku whiskey zamieniła się w rozżarzony węgiel.

Dziesięć lat. Będzie miał wtedy pięćdziesiąt cztery. To nie tak źle. Mogło być gorzej. Do diabła, to nawet więcej niż można by się spodziewać od życia, zwłaszcza gdy jest się policjantem. Każdego dnia, kiedy ubrany był w mundur, wiedział, że może nie wrócić do domu. Nie było to jedynie sentymentalne stwierdzenie – Joe był bity i kopany, strzelano do niego. Gonili go i grozili mu pijani, naćpani i wkurzeni ludzie, uzbrojeni w noże i pistolety. Był na pogrzebach wielu swoich kolegów. Wszyscy byli młodzi. Już jako dwudziesto-kilkuletni mężczyzna szykował się na to, że może zginąć na służbie. Pięćdziesiąt cztery to dużo. To cholerny luksus.

Pociągnął kolejny potężny łyk i wziął głęboki wdech, delektując się miłym pieczeniem w gardle. Nie znosi tej całej pewności. Świadomość, że ma tylko dziesięć lat, maksymalnie dwadzieścia, że ta choroba jest w stu procentach nieuleczalna, czyniła jego sytuację beznadziejną. Pewność skutecznie patroszy nadzieję z wnętrzności.

Mógł liczyć na wynalezienie lekarstwa. Może lekarze odkryją je w ciągu nadchodzących dziesięciu lat. Doktor Hagler powiedziała, że toczą się prace nad kilkoma obiecującymi środkami. Użyła takich sformułowań, jak „terapia" i „badania", ale nie wspomniała o całkowitym wyleczeniu. Nie, Joe nie miał zamiaru czekać z zapartym tchem na lekarstwo dla siebie, ale co dzień będzie się modlił o lekarstwo dla swoich dzieci.

Jego dzieci. Upił jeszcze kilka łyków. Wszystkie dopiero co skończyły dwadzieścia lat. Ledwie wkroczyły w dorosłość. Za dziesięć lat jego najstarszy syn będzie miał trzydzieści pięć lat. Średnia wieku dla ujawnienia się choroby. Ten pieprzony Huntington ledwie zdoła go wykończyć, a już zabierze się za kolejne pokolenie. Może, dzięki Bożej łasce, wszyscy mają szczęście i żadne z nich nie odziedziczyło choroby? Trzy razy zapukał w pomost.

Albo wszystkie jego dzieci są chore, a Huntington jest zahibernowany w ich ciałach, czekając na dobry moment, by wychylić łeb. JJ próbował założyć własną rodzinę. Meghan była tancerką. Tancerką z chorobą Huntingtona. Po twarzy spłynęła mu łza, która wydała się gorąca na jego zimnym od wiatru policzku. Pomyślał, że to najbardziej niesprawiedliwa rzecz na świecie. Katie marzyła o założeniu własnej szkoły jogi. Marzyła. Jeśli ma w sobie gen chorobowy, czy nadal będzie marzyć? Patrick nie miał jeszcze pojęcia, co zrobić ze swoim życiem. Możliwe, że będzie na to potrzebował porządnej części najbliższych dziesięciu lat. Jak, na miłość boską, mieli im z Rosie o tym powiedzieć?

Nie mógł też przestać myśleć o tym, jak to się stanie – jak umrze. Widział dokładnie, co ta choroba robi z człowiekiem, co zrobiła z jego matką. Była jak nieustępliwy demon. Obedrze go z całego jego człowieczeństwa, aż będzie stertą powykręcanych kości z bijącym sercem leżącą na łóżku. A potem demon go zabije. Nieuchylanie się od kuli wymagało odwagi. Wkroczenie w miejsce, gdzie miała miejsce domowa awantura, próba powstrzymania starcia gangów, ściganie podejrzanego w skradzionym samochodzie wymagało odwagi. Nie był pewien, czy jest na tyle odważny, by zmierzyć się z Huntingtonem. Ze śmiercią na służbie wiązał się też pewien honor. Jaki zaszczyt towarzyszył śmierci spowodowanej chorobą Huntingtona?

Nie mógł znieść myśli o tym, że przez niego Rosie i dzieci przejdą bezsilni przez tak niewyobrażalną mękę, przez to, czego świadkiem był on sam, Maggie, a w największym stopniu ich ojciec. Cholera. Maggie. Czy ona w ogóle o tym wiedziała? Czy jego ojciec wiedział? Czy pozwolenie, by wszyscy myśleli, że matka była pijaczką, niosło ze sobą mniejszy wstyd, niż naznaczenie jej imienia Huntingtonem? Jeśli jego ojciec o tym wiedział, to kogo próbował chronić?

Obwiniali ją wszyscy w Charlestown. Tragiczny stan jego matki był jej własną winą. Była wrakiem człowieka. Była złą matką. Grzesznicą. Należało jej się za to piekło.

Ale wszyscy się mylili. Miała chorobę Huntingtona. Przez Huntingtona nie potrafiła sama chodzić ani jeść. Ta choroba upośledziła jej dobre usposobienie, jej cierpliwość, jej logiczne myślenie. Udusiła jej głos i uśmiech. Ukradła jej rodzinę i godność, a potem ją zabiła.

– Przepraszam, mamo. Nie wiedziałem. Nie wiedziałem.

Zapłakał cicho i otarł łzy rękawem kurtki. Odetchnął i wypił jeszcze jeden łyk whiskey, zanim zakręcił butelkę. Stojąc na brzegu przystani, spojrzał w dół, za czubki butów, na czarną wodę wokół. Sięgnął do przedniej kieszeni kurtki i wyciągnął trochę drobnych. Wydłubał spośród nich ćwierćdolarówki, które w jego chłodnej, różowej dłoni były ciepłe i błyszczące. Każde dziecko miało pięćdziesiąt procent szans.

Rzucił pierwszą monetą, złapał ją lewą dłonią i odwrócił na wewnętrzną część prawej dłoni. Odsunął lewą rękę, odsłaniając monetę.

Orzeł.

Joe rzucił ją najdalej jak umiał. Podążył za nią wzrokiem i widział, w którym miejscu wpadła do wody i znikła. Rzucił kolejną monetą, złapał, odwrócił, odsłonił.

Znowu orzeł.

Tę też wrzucił do wody. Trzecia moneta.

Orzeł.

Kurwa. Zdenerwował się i rzucił monetę wysoko w powietrze, stracił ją z pola widzenia i nie zauważył, gdzie upadła. Joe trzymał w dłoni ostatnią ćwierćdolarówkę, myśląc o Katie. Nie mógł nią rzucić. Cholera, po prostu nie mógł. Usiadł na brzegu pomostu i rozpłakał się, chowając twarz w dłoniach, wydając z siebie pełne bólu, bezbronne, chłopięce łkania. Słyszał głosy ludzi przechodzących nieopodal statku Old Ironsides. Jeśli jego dobiegał ich śmiech, oni z pewnością słyszeli jego płacz. Ale nic go to nie obchodziło.

Szybko zabrakło mu łez. Otarł powieki i westchnął głęboko. Rosie powiedziałaby, że dobrze się wypłakał. Joe zawsze uważał, że to niedorzeczne powiedzenie. Co może być dobrego w płaczu? Ale czuł się teraz lepiej, zdecydowanie lepiej.

Wstał, otworzył prawą dłoń i jeszcze raz zaczął się zastanawiać nad leżącą w niej czwartą monetą. Schował ją do pustej kieszeni, aż na samo dno, gdzie będzie bezpieczna, złapał butelkę za szyjkę i popatrzył na zegarek. Pora na obiad.

Przeszedł się po przystani, czując szumiącą mu w głowie i w nogach whiskey, policzki czerwone od zimna i łez, z każdym krokiem modląc się do Boga, Matki Boskiej, świętego Patryka i każdego, kto będzie słuchał, o dużo szczęścia dla całego dolara.

CZĘŚĆ II

Mutacja związana z chorobą Huntingtona (HD) została wyizolowana w 1993 roku, zlokalizowana na krótkim ramieniu chromosomu czwartego. To historyczne odkrycie zostało dokonane dzięki współpracy międzynarodowego zespołu neurobiologów w laboratoriach zlokalizowanych na terenie stoczni w Charlestown (Charlestown Navy Yard). Zazwyczaj trinukleotyd cytozyna-adeina-guaina (CAG) powtarzany jest w pierwszym eksonie jednego genu huntingtyny trzydzieści pięć razy lub mniej. Zmutowany gen ma trzydzieści sześć lub więcej powtórzeń genu CAG. To wyjaśniło, że genetyczne jąkanie się wynika z obecności zbyt wielu glutamin w białku zwanym huntingtyną i powoduje tę chorobę.

Każde dziecko pacjenta chorego na HD ma pięćdziesiąt procent szans na odziedziczenie zmutowanego genu. Odkrycie tej mutacji umożliwiło przebadanie osób zagrożonych chorobą. Test definitywnie stwierdza stan genetyczny. Wynik pozytywny oznacza, że osoba posiada mutację i rozwinie się u niej HD. Po dziś dzień dziewięćdziesiąt osiem procent osób z ryzykiem choroby postanawia nie wykonać testu.

ROZDZIAŁ 10

Było niedzielne popołudnie i Katie nie poszła ani na jogę, ani do kościoła. Kościół właściwie się dla niej nie liczył. Od lat nie była na niedzielnej mszy, ale myśl o tym, że mogłaby pójść, zanim ostatecznie stwierdzi, że nie pójdzie, nadal stanowiła u niej nawyk, a może nawet grzeszną przyjemność. Dorastała w irlandzkiej rodzinie radykalnych katolików, co łączyło się z wyznawaniem zmyślonej listy niewinnych grzeszków w soboty, przyjmowaniem Ciała Chrystusa w niedziele (nic dziwnego, że została weganką) i znoszeniem tony wstydu każdego dnia tygodnia w katolickiej szkole, gdzie dowiedziała się, że siedzenie chłopcu na kolanach w pełnym ubraniu może prowadzić do zajścia w ciążę i że codziennie przed obiadem trzeba odmawiać Anioł Pański. Protestanci byli złymi, potwornymi ludźmi, którzy na dodatek roznosili choroby, i jako dziecko Katie strasznie się ich bała i modliła się do Boga, żeby nigdy żadnego nie spotkała, choć właściwie nie za bardzo wiedziała, jak wygląda prawdziwy protestant.

Umiała na pamięć *Ojcze nasz* i *Zdrowaś Mario*, zanim nauczyła się literować własne imię. Nigdy nie rozumiała, jakim sposobem śmierć Jezusa na krzyżu w Wielki Piątek powodowała, że wielkanocny zajączek przynosił jej cukierki w Wielką Niedzielę, ale bała się zapytać. Pozostawało to dla niej zagadką. I każdy dzień pachniał kadzidłem, modlitwami, które wraz z dymem unosiły się ku niebu i płynęły do ucha Boga. Lubiła kadzidło.

Religią Katie była joga. Odkryła ją przypadkiem. Było to trzy lata temu, pierwszy rok po ukończeniu liceum, kiedy pracowała w restauracji Figs jako kelnerka. Codziennie przechodziła obok klubu jogi w okolicy i pewnego popołudnia z ciekawości wstąpiła do środka i wzięła rozkład zajęć. Zanim pierwsze zajęcia dobiegły końca, połknęła haczyk. Jej tata lubił mówić, że jeśli piła oranżadę w proszku, to od razu cały dzbanek. Zaoszczędziła pieniądze z napiwków, żeby zapłacić za dwustugodzinne szkolenie dla instruktorów ostatniej zimy i od tamtej pory jest instruktorką.

Lubiła wysiłek fizyczny, figury, które uczyły gracji, wytrzymałości i równowagi. A na dodatek jej mięśnie brzucha i rąk wyglądały niebiańsko. Uwielbiała świadome oddychanie, przepływ prany, który umacniał w niej poczucie ugruntowanego spokoju, górującego nad wszechobecnym chaosem. Uwielbiała medytację, która, kiedy udało się jej osiągnąć odpowiedni stan, oczyszczała jej umysł ze sterty kosmicznych śmieci i wyciszała niszczącą samokrytykę – ten przebiegły, przekonujący głos, który upierał się, że nie jest wystarczająco mądra, ładna albo dobra – jak również plotki (te nigdy nie okazywały się prawdziwe), nieustanne powątpiewanie, hałaśliwe martwienie się i cudze osądy. Uwielbiała poczucie jedności ze wszystkimi ludźmi na sali zawarte w wibrowaniu każdego wspólnego *om*. I każdy dzień nadal pachniał kadzidłem.

Nie pamiętała nawet, kiedy po raz ostatni ominęła niedzielną vinyasę Andrei. Wiedziała, że będzie później żałować, że ją przespała, ale teraz, grubo po południu, nadal wylegując się w łóżku – swoim łóżku – z Felixem, nie żałowała niczego.

Spotykała się z nim od półtora miesiąca i dziś po raz pierwszy spędzili noc u niej. Poznali się w pierwszy wtorek kwietnia. Był to pierwszy tydzień „Jogi na Dachu", zajęć prowadzonych na zewnątrz, na ogrodzonym drewnianym patio za szkołą jogi. Katie lubiła uczyć na świeżym powietrzu, kiedy jej mięśnie rozgrzewało słońce, a lekki wietrzyk muskał gołą skórę, nawet jeśli czasem pachniał spalinami i czosnkowym kurczakiem z tajskiej restauracji.

Nigdy wcześniej nie widziała Felixa. Nie znała go z liceum, z barów ani z czasów, gdy pracowała jako kelnerka. Większość jej uczniów stanowiły kobiety i japiszony, więc przystojni mężczyźni zawsze się wyróżniali. A Felix wyróżniał się bardziej niż wszyscy.

Ćwiczył jogę w szortach i bez koszulki. Chwała mu za to. Był wysoki i smukły, miał wąską talię i wyraźnie zarysowane, ale nieprzesadnie rozbudowane mięśnie. Głowa i tors były ogolone na gładko i Katie pamiętała, jak podczas pierwszych zajęć błyszczały w słońcu od potu. Gdy stała tak jedną nogą na jego macie, pomagając mu przy „psie" z głową w dół, dotykając jego kości krzyżowej i drugą dłonią przejeżdżając po kręgosłupie, uświadomiła sobie, że pragnęła prześledzić palcami etniczny wzór tatuażu na jego ramieniu. Zaczerwieniła się, zanim zrobiła krok w tył i kazała przejść do pozycji „wojownik jeden".

Oboje wpadli jak śliwki w kompot. Jak większość japiszonów Felix miał samochód, co oznaczało, że nie musieli cały czas chodzić do Ironsides albo baru Sullivana, i ich związek pozostał tajemnicą, rozkwitając poza wzrokiem tutejszych. Chodzili na obiady w Cambridge i South End. Pojechali do Cape Cod i New Hampshire i wybrali się nawet do centrum jogi Kripalu na relaksacyjny weekend. Felix przychodził do niej na zajęcia we wtorki i czwartki, a w niedzielne ranki chodzili razem na zajęcia Andrei. Jedynym miejscem, do którego nigdy nie poszli, było jej mieszkanie. Mówiła mu, że to dlatego, że jego lokum jest dużo przyjemniejsze. Zresztą zgodnie z prawdą. W dodatku jej siostra Meghan tak wcześnie kładła się spać. Przeszkadzaliby jej, a ona musiała odpocząć.

Jednak prawdziwym powodem, dla którego Katie nie ryzykowała dotąd przyprowadzania Felixa do domu, byli jej rodzice, mieszkający na parterze trzykondygnacyjnego domu. Felix Martin nie był irlandzkim katolikiem i nie pochodził z Charlestown. Felix Martin pochodził z Bronxu i chodził do kościoła baptystów.

Katie chciałaby wierzyć, że to religii, a nie pięknemu kolorowi jego skóry sprzeciwiłaby się jej mama. Nigdy nie zostało to oficjalnie powiedziane, ale Katie wiedziała, że jej rodzicielka chciałaby, by wyszła za jakiegoś Murphiego albo Fitzpatricka, kogoś podobnie bladego i piegowatego, ochrzczonego jako dziecko w katolickim kościele, i najlepiej, żeby jego rodzina pochodziła z Charlestown, a może nawet wywodziła się z tej samej wioski w Irlandii. Czy to nie byłby wspaniały zbieg okoliczności? Katie nigdy nie rozumiała, co byłoby w tym takiego cudownego. To, że wraz z mężem mogliby powiesić na ścianie takie same rodzinne herby? Że mogliby prześledzić swoje genealogiczne drzewa i odkryć, że mają wspólny pień? Że mogłaby poślubić swojego kuzyna? Miłego Irlandczyka z sąsiedztwa, z dobrej katolickiej rodziny? Taką przyszłość wyobrażała sobie dla niej mama. Z pewnością nie wyobrażała sobie Felixa.

Tata pewnie nie miałby problemu z rasą i religią jej nowego chłopaka. To jego nowojorskie pochodzenie wywołałoby zgrzyt. Felix był zagorzałym fanem New York Yankees. Równie dobrze mógłby być wyznawcą szatana.

Katie z powodzeniem odwlekała więc swoje noclegi na Cook Street, aż do poprzedniego wieczoru. Wraz z Felixem poszli do nowej wegańskiej restauracji przy Central Square. Zjadła przepyszny wegański pad thai i wypiła zbyt wiele kieliszków bazyliowo-limonkowego martini. Kiedy wrócili do Charlestown, było już późno. Felix znalazł miejsce do parkowania na Cook Street, więc to, że pójdą do niej, było oczywiste. Nawet tego nie przedyskutowali. Felix po prostu poszedł za nią na ganek i na górę po schodach.

Meghan zdążyła się już obudzić i wyjść. Dużo wcześniej Katie słyszała płynącą starymi rurami wodę i skrzypiącą podłogę pod stopami siostry. Otworzyła oczy jedynie po to, by stwierdzić, że w sypialni nadal jest ciemno. Meghan miała tego dnia wczesny występ w samo południe, a wcześniej próbę, potem fryzjera, makijaż, przymiarkę kostiumu i czasochłonny proces przygotowania nowej pary puent.

Meghan była kolejnym powodem, że Katie nie spieszyło się, by zaprosić Felixa na noc, i Katie czuła ogromną ulgę, że jej siostry nie ma teraz w domu.

Po pierwsze istniała możliwość, że będzie ją osądzać albo jej dokuczać, a jako starsza siostra Meghan zawsze zachowywała się tak, jakby miała pełne prawo do jednego i drugiego. Ale bardziej podświadomy i niepochlebny powód wynikał z zazdrości i braku pewności siebie, które były tak głęboko zakorzenione w Katie, że równie dobrze mogłyby ujść za wrodzone cechy.

Meghan zawsze miała wszystko. Dostała naturalnie chude ciało, ładniejsze włosy, ładniejszą cerę, lepsze stopnie, talent do tańca i powodzenie u chłopaków. Meghan zawsze miała ich wokół siebie na pęczki.

Wszystkie szkolne miłostki Katie pozostawały nieodwzajemnione, bo każdy chłopak, który się jej spodobał, szalał za Meghan. Zresztą wszyscy w Charlestown nadal się nią zachwycali. Katie nie mogła spokojnie pójść na pocztę, do fryzjera czy do Dunkin'Donuts, żeby ktoś nie zaczął jej mówić, jakie to musi być wspaniałe mieć taką cudowną, utalentowaną siostrę.

Balet Bostoński! Czyż to nie wspaniałe? Tak, wspaniałe. A czy teraz możemy porozmawiać o czymś innym?

Jej rodzice i bracia nieustannie rozpływali się w zachwytach nad Meghan i nigdy nie opuszczali jej występów. Mama dawała Meghan różową różę po każdym recitalu, odkąd skończyła trzy lata. To ich tradycja: matki i córki. Meghan trzymała różane płatki w szklanych misach rozstawionych po całym mieszkaniu. Potpourri domowej roboty. Za to Katie nikt nigdy nie dawał kwiatów, nie miała wspólnej tradycji z mamą i ani jeden członek rodziny nie wziął udziału w jej zajęciach jogi.

Ale przynajmniej teraz Katie miała chłopaka. Nie jej siostra. Ale biorąc pod uwagę to, czego Katie nauczyło życie, wystarczy, że Felix raz spojrzy na Meghan, a rzuci Katie dla lepszej z sióstr O'Brien. Leżąc w łóżku obok Felixa, Katie była w stanie przyznać, że ten urojony dramat sięga absurdu, ale mimo to wciąż czuła ulgę, że Meghan nie ma w domu.

– Czyli tak mieszkasz – powiedział Felix, leżąc na plecach i rozglądając się wokoło.

Katie ziewnęła, próbując spojrzeć na swoje rzeczy świeżym okiem, jak gdyby były dla niej nowe tak, jak dla niego. Jak mu się widziała jej fioletowa narzuta i pościel w kwiaty, jej komoda z dzieciństwa i kolekcja figurek Hello Kitty, włochaty dywanik ze sklepu Pier 1 Imports, pęknięcia w gipsowych ścianach, które rozchodziły się jak dopływy rzeki od podłogi do sufitu, jej tanie, białe kiedyś żaluzje, które pożółkły jak stare zęby, i tandetne zielone zasłony, które uszyła i niedawno wyprasowała jej mama.

– Podobają mi się te wszystkie cytaty – powiedział.

– Dzięki.

Na ścianach Katie wpisała czarnym markerem dwadzieścia jeden inspirujących mott. Większość z nich pochodziła od mistrzów jogi, takich jak Baron Baptiste, Shiva Rea i Ana Forrest. Były tam też cytaty z wierszy Rumiego, nauczań Buddy, Ram Dassa i Eckharta Tolle'a.

Kiedy Katie była mała, mama próbowała karmić ją duchowymi mądrościami z Ewangelii według św. Mateusza, Marka, Łukasza i Jana, ale słowa apostołów jej nie syciły. Zbyt wiele katolickich psalmów przeszło Katie koło uszu – nieprzyswojonych, przestarzałych, niezrozumiałych, nieistotnych. Nie potrafiła się do nich odnieść. Przez duchowe nauczanie jogi, buddyzmu, a nawet poezji Katie znalazła słowa, które żywiły jej duszę.

Nie wspominając o tym, że wszyscy nauczyciele jogi kochali cytaty – afirmacje, intencje, mądrości. W jodze chodziło o stworzenie równowagi w umyśle, ciele i duchu, tak by można było wieść życie w spokoju, zdrowiu i harmonii z innymi. Cytaty były szybkimi ściągami przypominającymi jej, by skupiła się na tym, co ważne. Kiedy tylko w głowie Katie zacinała się płyta z pozytywnym przekazem, przypominała sobie cytat na swojej ścianie, świadomie zastępując czarne myśli przygotowanymi wcześniej, sprawdzonymi i podnoszącymi na duchu słowami mądrości.

Albo jesteś tu i teraz, albo nigdzie.

Baron Baptiste

– A najbardziej podoba mi się twoje łóżko – powiedział Felix z szelmowskim uśmieszkiem i pocałował ją.

Jej łóżko należało kiedyś do kobiety o imieniu Mildred, siostry ich sąsiadki, pani Murphy. Mildred zmarła w tym właśnie łóżku. Katie wzdrygała się na myśl o odziedziczeniu mebla po Mildred, ale spała wtedy na materacu, a pani Murphy chciała oddać to łóżko za darmo. „Masz zamiar odmówić, choć łóżko jest dobre i całkiem za darmo?" – nie mogła się nadziwić mama Katie. Katie chciała powiedzieć, że dopiero co zmarła w nim jakaś kobieta, więc nie było takie dobre, ale była spłukana, a darowanemu koniowi nie zagląda się w zęby. Przez wiele tygodni smarowała je kadzidłami i co noc modliła się do Mildred, dziękując jej za wygodne miejsce do spania i mając nadzieję, że jest szczęśliwa w niebie i nie ma zamiaru wpaść na drzemkę albo pidżama party. Z pewnością przewracała się w grobie na widok gołego, czarnego protestanta na swoim dawnym miejscu.

Katie pocałowała Felixa, postanawiając nic nie mówić mu o Mildred.

– Mam poczucie winy, że opuściliśmy dzisiaj jogę – powiedziała Katie.

Poczucia winy nauczyła się razem z manierami. Proszę. *Chcę czegoś*. Poczucie winy. *Mam coś*. Poczucie winy. *Całuję pięknego nagiego mężczyznę w łóżku Mildred, podczas gdy moi niczego nieświadomi rodzice oglądają telewizję dwa piętra niżej*. Poczucie winy. Umiejętność, by obciążyć poczuciem winy każde pozytywne uczucie, to umiejętność kultywowana przez Irlandczyków, sztuka być może zasługująca na większy podziw niż piruety Meghan. Katie nie spała od jakichś pięciu minut, a poczucie winy już siedziało przy stole z szeroko otwartymi oczami, szczerzące zęby, z błyszczącą koroną na głowie.

– Mieliśmy pewne duchowo oświecające ćwiczenia wczoraj wieczorem – powiedział, uśmiechając się i przelotnie pokazując uwielbiany przez Katie dołeczek w lewym policzku, który wskazywał, że Felix ma ochotę na seks.

– Umieram z głodu. A ty? – zapytała.

– I to jak.

– Chcesz śniadanie czy lunch?

– Wszystko jedno. Co masz.

Aha. Miała na myśli, że się razem gdzieś wybiorą, na przykład do Sorelle. Wczoraj wieczorem, pod osłoną późnej ciemnej nocy i z kilkoma drinkami za sterem jej zwykle ostrożnie nawigowanego statku, szansa, że wpadną na jej rodziców, wydawała się jak odległy kontynent. Teraz jednak był środek dnia i jej mama mogła bez przeszkód zajrzeć tu, by się przywitać, napić się herbaty z córką albo przypomnieć jej, że tak jak zawsze niedzielny obiad jest o szesnastej. Jej tata mógł być na ganku z Yazem. Cholera.

Katie zerknęła na budzik. Jej mama pewnie nie przyjdzie na górę. Zdusiła w sobie chęć, by wygonić Felixa z łóżka i kazać mu się ubierać, zanim zostaną przyłapani, ale zamiast tego włożyła bieliznę i koszulkę Red Sox. Felix ubrał się w bokserki i poszedł za nią wąskim korytarzem do kuchni.

Mieszkanie dziewczyn miało ten sam rozkład co mieszkanie rodziców, w którym się wychowywała, i wyglądało tak samo nędznie. Wytarte podłogi z linoleum, które wyglądały na brudne nawet po umyciu, ekspres przelewowy na laminowanym blacie w kolorze awokado, kuchenny stół z odzysku i dwa niepasujące do siebie krzesła. Żadnej stali nierdzewnej, żadnego steatytu, żadnej maszyny do espresso. Nie jak u Felixa. Jego sypialnia, kuchnia i salon sprawiały wrażenie takich dojrzałych, niezależnych, takich prawdziwych.

Felix był nieco od niej starszy – miał dwadzieścia pięć lat, jak JJ. Był absolwentem uniwersytetu Sloana i zajmował się rozwojem biznesowym kiełkującej firmy, która zamieniała śmieci w paliwo. Zarabiał dużo więcej niż ona.

Stanęła przed dwiema otwartymi szafkami, w których nie znalazła zbyt wiele, i żałowała, że nie zrobiła wczoraj zakupów.

– Co powiesz na granolę i banany?

– Chętnie – odparł Felix, siadając przy stole i spoglądając na zdjęcia przyczepione magnesami do drzwi lodówki.

– Ziołowa herbata albo kawa. Kawa nie będzie dobra.

– Może być herbata. Te chłopaki to twoi bracia?

– Tak, ten po lewej to JJ, a po prawej Patrick.

Żałowała, że nie ma pieniędzy, aby odremontować to mieszkanie. Odkryła, że w zawodzie instruktora jogi zawsze jest się na minusie. Uczyła pięć razy w tygodniu i zarabiała sześć dolarów od uczestnika zajęć, co dawało mniej więcej siedemdziesiąt dolarów od lekcji. Nawet jeśli trafiło jej się kilka indywidualnych spotkań z japiszonami, a od czasu do czasu wieczór panieński, ledwie zarabiała na czynsz i wyżywienie. Nadal na boku dorabiała jako kelnerka, ale niewiele to zmieniało. Były też wydatki: stroje do jogi, muzyka na zajęcia, książki, warsztaty i wyjazdy. Mogło się to nie wydawać wiele, ale wystarczało, by mocno nadszarpnąć jej budżet, zwłaszcza jeśli zarabiała czterysta dolarów tygodniowo. Nigdy nie będzie w stanie pozwolić sobie na ubezpieczenie zdrowotne. Dzięki Bogu nic jej nie dolegało.

– Który z nich jest strażakiem?

– JJ.

Jedynym sposobem na to, by wydostać się z tej finansowo trudnej sytuacji, było założenie własnego studia. Tylko że przyjaźniła się z Andreą, właścicielką pobliskiego klubu, a w Charlestown były już dwie szkoły jogi. W tym niewielkim sąsiedztwie nie mieszkało wystarczająco dużo ludzi, by mogła się tu utrzymać i trzecia. A poza tym Andrea nieźle by się wkurzyła. Katie uznawała to jednak jako znak, nie przeszkodę, bo dzięki temu miała idealny powód, by połączyć marzenie prowadzenia własnego studia z innym, większym marzeniem.

Wyprowadzką z Charlestown.

Doceniała miejsce, w którym się wychowała, i podobało jej się wiele aspektów związanych z mieszkaniem tutaj. Była dumna z tego, że jest Irlandką. Była dumna z tego, że jest uparta, twarda i zaradna. Jej kuzyni z przedmieść zawsze wydawali się tacy rozpuszczeni i trzymani pod kloszem z ich umawianymi spotkaniami na zabawy i letnimi obozami z wyższej półki. W Charlestown toczyło się prawdziwe życie w prawdziwym świecie. Żadnego owijania w bawełnę, za co Katie była wdzięczna.

Ten świat istniał w izolacji. Wszyscy znali się tu ze wszystkimi i załatwiali swoje sprawy na przestrzeni kilku kwartałów. Poważnie.

Zanim Katie poznała Felixa, w każdy weekend siedziała w Tawernie Warrena, u Sullivana albo w Ironsides, choć tak naprawdę to zawsze było Ironsides. Poza gronem najbliższych przyjaciół była znana jako młodsza siostra JJ'a albo córka funkcjonariusza Joego O'Briena, siostra tancerki albo nawet wnuczka świętej pamięci Franka O'Briena. Tydzień w tydzień byli tam ci sami ludzie i narzekali na te same rzeczy – miejsca do parkowania, drużynę Jankesów, pogodę – plotkowali o tym, kto się z kim spotyka i kto z kim zrywa, i zawsze rozmawiali o tych samych ludziach, których znała, odkąd była dzieckiem. Wiedziała, że jeśli nie zrobi czegoś radykalnego, skończy tak, jak wszyscy inni – wyjdzie za tutejszego Irlandczyka i ustatkuje się z gromadką piegowatych dzieciaków o rudych czuprynach, nadal mieszkając w lokalu nad rodzicami.

Joga otworzyła jej oczy na idee i możliwości sięgające dalej niż kościół świętego Franciszka i to małe irlandzkie sąsiedztwo – buddyzm, Tybet, Dalajlamę, hinduizm, Indie, bhakti, sanskryt, Sziwę, Ganeshę. Filozofie diety wegańskiej i ajurwedy dały jej nowy sposób pojmowania zdrowia i odżywiania, wybory inne niż kiełbasa, ziemniaczane puree i kaszanka. Wychowała się na dziesięciu przykazaniach – liście zakazów, która wymagała posłuszeństwa motywowanego strachem przed piekłem i gniewem Boga. Osiem kończyn jogi dawało jej łagodniejszy zestaw zasad, by prowadzić uduchowione życie. W przeciwieństwie do gromkich „nie będziesz miał", jamy i nijamy przypominały jej, by połączyć się z najprawdziwszą ludzką naturą, by żyć w spokoju, zdrowiu i pełnej miłości harmonii ze wszystkim i ze wszystkimi. Jako dziewczynka mruczała pod nosem słowa pieśni, bo znała je, a matka nalegała. Teraz brała udział w sankirtanie, podczas którego śpiewała jej dusza.

A ludzie w społeczności jogi, pochodzący z najróżniejszych stron świata, byli dla Katie tacy egzotyczni: Azjaci, Hindusi, Afrykańczycy. Kurczę, nawet Kalifornia była dla niej tajemniczym miejscem. Zamiast różańca były sznury modlitewne mala, zamiast Mumford and Sons – Krishna Das, zamiast hamburgerów – tofu, zamiast guinnessa – kombucza. Intuicyjnie przyciągało ją to, co było jej przeciwieństwem.

Wiedziała, że na razie prześlizgnęła się dopiero po powierzchni. Posmakowała małej próbki myśli, tradycji i życia innego niż to, w którym pokolenie po pokoleniu wychowali się wszyscy mieszkający tu ludzie, i jej ciekawa świata dusza miała apetyt na więcej.

Pamiętała, jak dawno temu, kiedy miała siedem, może osiem lat, stała na Szlaku Wolności, obiema nogami w trampkach na cegłach, śledząc wzrokiem czerwoną linię ciągnącą się po chodniku poza granice Charlestown. Ku wolności! Nie wiedziała wtedy, że szlak prowadził przez most do North End, kolejnej małej etnicznej dzielnicy w tym samym mieście. W jej wyobraźni ta linia z czerwonawej cegły powstała rękami tego samego wolnomularza, który zbudował dróżkę z żółtej kostki w *Czarnoksiężniku z Oz*, więc na pewno prowadziła w jakieś magiczne miejsce. Kiedy była mała, w tym magicznym miejscu znajdowały się domy z dużymi werandami, garaże na dwa samochody i trawniki ze stojącymi na nich huśtawkami. Była to kraina pełna drzew, jeziorek, łąk i ludzi, którzy nie byli Irlandczykami i nie znali jej od urodzenia.

Nadal marzyła o tym, by mieszkać gdzieś po drugiej stronie tęczy, pod innym kodem pocztowym, w miejscu, w którym można oddychać pełną piersią i gdzie mogłaby stworzyć sobie życie, o którym marzy; życie, którego nie wybrano za nią, w którym to, gdzie i jak żyli jej rodzice, a nawet jej dziadkowie, nie miało znaczenia. Życie, które wybrała, i które sama swobodnie zdefiniowała, a nie odziedziczyła po rodzicach. Kiedyś.

Katie mogłaby od „kiedyś" zaczynać każde zdanie. *Kiedyś będę miała własne studio jogi. Kiedyś będę mieszkać na Hawajach albo w Indiach, albo na Kostaryce. Kiedyś będę mieć własny dom z podwórkiem i podjazdem. Kiedyś się stąd wyprowadzę. Kiedyś przydarzy mi się coś wielkiego.*

– Poznam ich kiedyś? – zapytał Felix.

– Kogo?

– Twoich braci, twoją rodzinę.

– Tak, jasne, kiedyś.

– A może dziś?

– Dziś? Nie wiem, czy są w domu.

– A na tym obiedzie, na który chodzisz co niedzielę? Kiedy mnie na to zaprosisz?

– Skarbie, uwierz mi, nie chcesz przyjść na niedzielny obiad. To obowiązek, a nie przyjemność. Jedzenie jest okropne.

– Nie chodzi o jedzenie. Chcę poznać twoją rodzinę.

– I poznasz.

– O co chodzi? Wstydzisz się mnie czy co?

– Nie, zdecydowanie nie. Nie chodzi o ciebie.

Już miała zrzucić winę na zatwardziały katolicyzm matki, obsesję ojca na punkcie drużyn z Bostonu i na nieodparty kobiecy urok Meghan, ale prawdziwy powód okazał się jasny i nie do podważenia. To ona była powodem. Stała w starej koszulce i bieliźnie, boso w swojej maleńkiej kuchni, czując, jak stopy marzną jej na obskurnym linoleum, i nie czuła się warta bycia z nim. Niemal drżała ze skrępowania, że tak wiele ujawniła mu o sobie, jak gdyby im więcej miał zobaczyć, tym mniej miałby ją cenić. Kuchnia ujawniała jej brak gustu, sypialnia – brak dojrzałości, salon – brak elegancji. Myśl o dodaniu do tego swoich rodziców, braci i tego, gdzie dorastała – prawdziwego Charlestown, a nie jego japiszońskiej, katalogowej wersji – tego, że zobaczyłby jej brak wykształcenia i obycia, figurki Maryi i Jezusa i Kermita Żaby w każdym pokoju i słoiczki po dżemach, których jej rodzice używali jako szklanek, sprawiła, że poczuła się jeszcze bardziej naga niż jeszcze dziesięć minut temu.

A jeśli zobaczy ją całą, to może nie będzie jej kochał? *Bum.* Tu tkwił problem. Niczego sobie jeszcze nie wyznali i ona na pewno nie miała zamiaru powiedzieć tego pierwsza. Mimo wielu szkoleń jogi o wrażliwości i życiu w zgodzie ze sobą nadal była strasznym tchórzem. Co będzie, jeśli Felix pozna jej rodzinę, która nie będzie w stanie zaakceptować kochającego Jankesów czarnego baptysty, więc on weźmie to pod uwagę razem z pokaźną listą innych dalekich od ideału cech Katie i zdecyduje, że nie może jej kochać? Że nie jest warta jego miłości?

Stała przy blacie, odwrócona do niego plecami, sypiąc granolę do niepasujących do siebie misek i myśląc o tym, jak Felix ją odrzuca, a jej ciało nie czuło różnicy pomiędzy tym, co prawdziwe, a tym, co urojone. Wiedziała dobrze, że to bezsens inwestować czas w swoje wymysły, ale nie mogła się powstrzymać. Przynajmniej raz w tygodniu i już trzy razy, odkąd się obudziła, krok po kroku wyobrażała sobie ich zerwanie w najmniejszych bolesnych szczegółach, zawsze inicjowane przez niego. Każde takie rozstanie było jak nić wyciągnięta z jej serca, która tworzyła coraz większy i ciaśniejszy supeł w jej piersi.

Tchórz. Powinna akceptować to, kim jest, skąd pochodzi i co do niego czuje. Kochała Felixa. Powinna mu o tym powiedzieć i przedstawić go swojej rodzinie, ale ryzyko wydawało się zbyt duże, klif zbyt wysoki, przepaść pomiędzy tym, co mają, a co mogliby mieć – zbyt szeroka. Jakby skok mógł ją zabić.

– Innym razem. Naprawdę, nie wiem nawet, czy mój tata i JJ dzisiaj będą.

Felix zacisnął usta i pochylił głowę, jakby szukał sensu w ohydnym wzorze podłogowej wykładziny.

– Wiesz co, nie jestem głodny. Powinienem się zbierać.

Wyszedł z kuchni i wrócił po chwili w pełni ubrany.

– To na razie – powiedział, ledwie całując ją w policzek.

– Pa.

Powinna była go zatrzymać, zaprosić na kolację, przeprosić. Zamiast tego nic nie powiedziała i pozwoliła mu odejść. Cholera.

Usiadła przy swoim nędznym stoliku, zaskoczona tym, jak nagle została sama, i nie tknęła nawet płatków ani banana. Żałowała, że nie poszła na zajęcia Andrei, że Felix nie został, że była takim głupim tchórzem, że nie umiała zastosować swojej jogowej wiedzy w życiu. Czajnik zaczął gwizdać, na co aż podskoczyła na swoim miejscu. Nalała wrzątku do jednego kubka, drugi pozostał pusty. Popijając zieloną herbatę małymi łyczkami, odtworzyła w myślach to, co się przed chwilą wydarzyło i zaczęła ćwiczyć, co mogłaby powiedzieć Felixowi. Miała nadzieję, że jej wybaczy i zadzwoni później. Miała nadzieję, że nie zakończyła właśnie ich związku, że go nie straciła. Najbardziej jednak liczyła na to, że nie wpadł na jej rodziców, schodząc na dół.

ROZDZIAŁ 11

Katie siedziała na kanapie w salonie rodziców pomiędzy Patrickiem i Meghan, zastanawiając się, co robi Felix. Prawie zaprosiła go na niedzielny obiad, miała te słowa na końcu języka, ale w ostatniej chwili stchórzyła i zamiast je wypowiedzieć, przełknęła je.

Felix nie domagał się poznania jej rodziny, odkąd pokłócili się o to tydzień wcześniej, więc sprawa na razie przycichła. Ale której(ś) niedzieli będzie musiała go przyprowadzić. Nie mogła ukrywać go w nieskończoność.

JJ i Colleen siedzieli na dwuosobowej sofie naprzeciwko; ich nogi i ciała stykały się ze sobą. JJ obejmował Colleen ramieniem. Wyglądali na takich szczęśliwych. Katie żałowała, że nie ma z nią Felixa.

Jej mama zakradła się do pokoju, praktycznie stąpając na palcach, bez słowa położyła na stoliku sześciopak piwa i schłodzoną butelkę chardonnay, i na nikogo nie patrząc, wróciła do kuchni. Chwilę później pojawiła się znowu z korkociągiem i trzema szklankami w ręce i znów zniknęła. Wszyscy spojrzeli po sobie. To było dziwne.

Nie wolno im było pić do czasu, aż obiad był gotowy. Od tej zasady nie było wyjątków. Patrick wzruszył ramionami, wziął puszkę piwa i otworzył ją. Katie wkręciła korkociąg w korek i wyciągnęła go z wąskiej szyjki. JJ podobnie jak brat sięgnął po piwo, a Katie nalała wina dla siebie i Meghan.

– Wina? – Katie zapytała Colleen.

– Nie, na razie dziękuję.

– Gdzie jest pilot? – zapytał Patrick.

– Nie wiem. To ty tu mieszkasz – odpowiedział JJ.

Chłopcy rozglądali się po pokoju, nie podnosząc tyłków.

– Pat, idź go włączyć – powiedział JJ.

– Nie, ty to zrób.

– Siedzę z Colleen. Wstań i sprawdź, czy ktoś gra.

– Bostończycy grają dopiero wieczorem.

– To zobacz, co jest innego.

– Nadal szukam pilota.

Patrick rozsiadł się wygodnie na kanapie, stopy razem, kolana rozchylone, i upił piwa. Katie pokręciła głową. Jej bracia byli żałośni. W salonie rzeczywiście panowała dziwna, a nawet przytłaczająca atmosfera, kiedy telewizor był wyłączony. Właściwie to Katie nie była w stanie przypomnieć sobie, by choć raz była w tym pokoju, kiedy telewizor nie chodził. Jak gdyby nie było z nimi ich piątego brata lub siostry, tego, które nigdy się nie zamyka i wymaga pełnej uwagi.

Colleen wstała z sofy, podeszła do stolika, na którym stały aniołki i żaby, i wróciła z pilotem.

– Dzięki, skarbie – powiedział JJ, włączając telewizor, i szeroko uśmiechnął się do Patricka.

Przerzucał kanały, na nic się nie decydując, ale światło i hałas dochodzące z ekranu dawały im wszystkim wspólny cel i pomieszczenie od razu wydało się jaśniejsze, bardziej znajome. Katie westchnęła i poczuła zapach płynu do szyb. To dziwne. Zawsze pachniało zwierzęciem, które mama gotowała na obiad w danym tygodniu. Pomijając obsesję na punkcie prasowania, mama nie słynęła z domowej czystości. Wycieranie wszystkich zakurzonych figurek i powierzchni płynem do szyb zazwyczaj miało miejsce tylko wtedy, kiedy spodziewali się gości. Katie jeszcze raz pociągnęła nosem. Tylko płyn do szyb.

Z wyjątkiem bekonu, który jakimś sposobem omijał wszystko, co wiedziała i w co wierzyła, i nadal sprawiał, że ślinka ciekła jej do ust, trudno jej było znieść zapach niedzielnego obiadu. Dom nie pachniał jednak bekonem, kurczakiem ani jagnięciną. Czyżby jej mama w końcu znalazła sposób na to, jak pozbawić jedzenie nie tylko smaku, ale i zapachu?

Otworzyły się frontowe drzwi i do salonu wszedł ich tata, niosąc ze sobą reklamówkę i trzy pudełka z pizzą, uśmiechnięty od ucha do ucha, jakby był świętym, który przyszedł z prezentami.

– Mam pepperoni, margheritę i z wegańskim serem i warzywami dla Katie, a dla ciebie, Meghan, mój króliczku, sałatkę.

– Gdzie ją kupiłeś? – zapytała zaskoczona Katie. W Papa Gino nie serwowali niczego wegańskiego.

– W North End.

– Wow, naprawdę?

Mama przyniosła papierowe talerze i serwetki, więc zabrali się do odrywania gorących kawałków pizzy.

– Zaraz, jemy tutaj? – zapytała Meghan.

– Tak, a czemu nie? – odpowiedziała mama.

– Jest jakiś mecz? – odezwała się Katie.

– Dopiero wieczorem – powtórzył Patrick.

Pizza i piwo w salonie na niedzielny obiad wydawały się niemal jak nierealne święto, ale Katie się zaniepokoiła. Robili tak tylko wtedy, kiedy w telewizji był jakiś ważny mecz. Coś było nie tak.

Tata usiadł w swoim fotelu, mama na krześle bujanym. On pił piwo, a ona trzymała na kolanach Yaza, ale żadne z nich nie miało talerza z pizzą. Twarz matki była blada i nieskupiona. Patrzyła w stronę telewizora, ale nie śledziła tego, co dzieje się na ekranie, głaskając Yaza jedną ręką, a drugą gładząc krzyżyk, który miała na szyi. Tata wiercił się na krześle. Sprawiał wrażenie zdenerwowanego.

Nagle salon wydał się jeszcze dziwniejszy, niż kiedy telewizor był wyłączony. W pokoju panowała napięta atmosfera i Katie znieruchomiała, czując, jak przeszywa ją chłód. Włączyła się jej zwierzęca intuicja, instynktowne szarpnięcie nerwów. Zbierające się burzowe chmury. Lew czekający w gąszczu. Milczenie ptaków tuż przed nagłym odlotem. Coś nadciągało w ich stronę. Coś złego.

Patrick napychał usta pizzą pepperoni, przeżuwając z otwartymi ustami. To na pewno przez niego. Zawsze coś zmalował. Złamał prawo i albo miał się przyznać, albo tata miał go aresztować. Ale Patrick wyglądał na zupełnie wyluzowanego.

Może chodziło o nią. Wiedzieli o Felixie. No tak! Zaraz zacznie się wykład. Nie pozwolą jej zostać pod swoim dachem praktycznie za darmo, jeśli nie będzie się porządnie prowadzić. Chodzić do łóżka z czarnym mężczyzną, który nie jest katolikiem, Irlandczykiem ani tutejszym? Co sobie pomyślą sąsiedzi? Czy nie zależy jej na reputacji, dobrym imieniu rodziny i własnej duszy?

Będzie musiała wybrać pomiędzy rodziną a Felixem. Może. Może takie ultimatum będzie błogosławieństwem. Wyświadczą jej przysługę. *Świetnie. No to spadam.* Kopniak w tyłek, jakiego potrzebowała. Mogła zamieszkać z Felixem do czasu, aż nie znajdzie czegoś swojego. Tylko gdzie? Nie była gotowa. Nie zaoszczędziła jeszcze wystarczającej ilości pieniędzy, żeby opuścić Charlestown, i nie stać jej było na to, by zamieszkała sama. Cholera.

Mama wstała, wzięła do ręki pilota z oparcia sofy i wyłączyła telewizor. JJ spojrzał na nią, chcąc zaprotestować, ale na widok jej miny natychmiast przestał narzekać. Nikt nie zareagował. Nikt nic nie powiedział. Mama usiadła z powrotem w bujanym fotelu i ściskała dłoń na krzyżyku.

– Skoro jesteśmy tu wszyscy, to mamy wam z mamą coś ważnego do powiedzenia – rzekł tata.

Próbował mówić dalej, ale nie wydobywały się z niego żadne słowa. Jego twarz zrobiła się różowa i drżała, jakby walczyła z samą sobą. Powietrze w pokoju zrobiło się ciężkie i Katie poczuła, jak jej żołądek zamienia się w przepaść i dwa kęsy pizzy znikają gdzieś w otchłani jej ciała. Nie chodziło o Felixa. Tata odchrząknął.

– Zrobiłem badanie i okazało się, że mam coś, co nazywa się chorobą Huntingtona. Oznacza to, że z czasem będę miał kłopoty z chodzeniem, mówieniem i jeszcze kilkoma innymi rzeczami. Ale dobra wiadomość jest taka, że zajmie to przynajmniej dziesięć lat.

Choroba Huntingtona. Nigdy o niej nie słyszała. Spojrzała na mamę, żeby ocenić, na ile to poważne. Mama jedną dłonią ściskała krzyżyk, a drugą obejmowała się, jakby próbowała się przed czymś obronić. Musiało być naprawdę źle.

– Czyli za dziesięć lat będziesz miał problem z chodzeniem? – zapytała Meghan.

– Nie, źle się wyraziłem. Już teraz mam pewne objawy. To się dzieje już teraz.

– Więc co zajmie dziesięć lat? – odezwał się Patrick.

– Tyle czasu minie, zanim umrze – powiedziała Colleen.

– Jezu, Col – powiedział JJ.

– Nie, ona ma rację. Widziałaś to pewnie w pracy – powiedział tata, spoglądając na synową.

Colleen skinęła głową. Była fizjoterapeutką. Co widziała? Co ona widziała?

– Czyli wiesz, jaka będzie kolejna część tej przemowy, co?

Colleen jeszcze raz skinęła głową, z twarzą białą jak ściana, boleśnie wykręconą, co przestraszyło Katie do żywego.

– Jaka jest następna część, tato? Mamo? – zapytał JJ.

Tata spojrzał na mamę.

– Nie mogę – szepnęła. Wyciągnęła chusteczkę z pudełka na stoliczku. Otarła łzy z kącików oczu i nos. Ojciec głośno wypuścił powietrze, jak gdyby zdmuchiwał świeczki z urodzinowego tortu i pomyślał życzenie.

– Ten Huntington jest dziedziczny. Mam go po mojej mamie. I wy też, dzieci. Wy też. Każde z was ma pięćdziesiąt procent szans, że zachorujecie.

Nikt się nie poruszył, nikt nic nie powiedział. Katie zapomniała oddychać. Ich mama zaczęła płakać w chusteczkę.

– Czekajcie, pięćdziesiąt procent szans, że będziemy mieć co? Jeszcze raz, co to jest? – zapytała Meghan.

Jej tata, ich opoka, obrońca, zawsze taki pewny wszystkiego, wyglądał tak krucho. Trzęsły mu się dłonie. Jego mokre oczy szybko od nowa napełniały się łzami. Twarz wykręcała mu się, jakby przed chwilą zjadł cytrynę, z trudem powstrzymując płacz, a Katie na ten widok pękało serce. Nigdy nie widziała, żeby płakał. Nawet wtedy, kiedy zmarł dziadek, kiedy zastrzelono jego przyjaciela z policji ani nawet gdy w końcu wrócił do domu po maratonie.

Proszę, tato, nie płacz.

– Macie. – Wyciągnął z kieszeni kurtki plik ulotek i położył je na stoliku kawowym obok pudełek z pizzą. – Przepraszam, nie mogę mówić.

Wszyscy wzięli po jednej i zaczęli czytać.

– Kurwa – powiedział Patrick.

– Jak ty mówisz! – zareagowała mama.

– Mamo, przepraszam, ale w tej sytuacji pieprzyć to, jak mówię – odparł Patrick.

– Boże, tato – powiedziała Meghan, zaciskając dłonie na różowym szaliku, który miała wokół szyi.

– Przepraszam. Cały czas modlę się do Boga, żeby żadne z was tego nie miało – oznajmił tata.

– Można to jakoś leczyć? – dopytywała się Meghan.

– Są różne leki na złagodzenie symptomów, będę też chodził na fizjoterapię i do logopedy.

– Ale nie ma na to lekarstwa? – zapytał Patrick.

– Nie ma.

Katie zaczęła czytać.

Choroba Huntingtona objawia się poprzez symptomy o podłożu motorycznym, kognitywnym i psychiatrycznym, które zwykle rozpoczynają się pomiędzy trzydziestym piątym a czterdziestym piątym rokiem życia i w nieubłagany sposób postępują aż do śmierci. Obecnie nie ma lekarstwa ani metody leczenia, która powstrzymałaby, spowolniła albo odwróciła postępowanie choroby.

Jej ojciec miał chorobę Huntingtona. Jej ojciec umierał. Dziesięć lat. To nie mogło się dziać naprawdę.

Każde dziecko dotkniętego chorobą rodzica ma pięćdziesiąt procent szans, że choroba rozwinie się i u niego.

Symptomy typowo rozpoczynały się około trzydziestego piątego roku życia. Za czternaście lat. A wtedy może zacząć umierać na Huntingtona. Niemożliwe, to jakiś koszmarny sen.

– Czyli jeśli ma się ten gen, to na pewno będzie się chorym? – zapytał JJ.

Tata pokiwał głową, a po jego różowym policzku spłynęła łza.

Katie zawzięcie przeglądała ulotkę, szukając drobnego druku, wyjątku, drogi ucieczki. To nie mogła być prawda. Jej tacie nic nie było. Był silnym, twardym bostońskim policjantem, a nie chorym na nieuleczalną chorobę człowiekiem.

Jeszcze raz przeczytała listę symptomów. *Depresja*. Nie dotyczy. *Paranoja*. Zupełnie nie. *Niewyraźna mowa*. Mówił jasno i wyraźnie.

Musieli się pomylić. Test dał zły wynik. Musiała nastąpić jakaś pomyłka albo tata dostał fałszywy pozytyw. Śmierć za dziesięć lat. Pierdolić tych wszystkich kretynów, którzy nie umieli zrobić zwykłego badania, za to, że przez nich płakał jej tata.

Czytała dalej. *Ograniczona zręczność*. Czasem, ale co z tego. *Nerwowe wybuchy*. Okej, ale zdarzały się każdemu. *Pląsawica*.

Od greckiego słowa „chorea" oznaczającego taniec, pląsawica charakteryzuje się nagłymi, mimowolnymi ruchami.

Spojrzała na ojca. Jego stopy wykonywały irlandzki jig, jego ramiona podskakiwały, brwi unosiły się, a twarz wykrzywiała, jakby zjadł cytrynę. Cholera.

– Możemy się jakoś dowiedzieć, czy mamy ten gen? – zapytała Meghan, czytając ulotkę.

– Tak, możecie zrobić to samo badanie krwi co ja.

– Ale jeśli go mamy, to nie możemy już nic z tym zrobić? Możemy tylko żyć w świadomości, że zachorujemy? – dopytywała się najstarsza córka.

– Zgadza się.

– Czy test wykazuje, kiedy to się stanie? – zapytała Katie.

– Nie.

– Do kurwy nędzy – powiedział Patrick.

– Od jak dawna o tym wiecie? – zapytał JJ.

– Od jakiegoś czasu miałem pewne symptomy, ale o Huntingtonie dowiedzieliśmy się dopiero w marcu – odpowiedział tata.

– Wiecie o tym od marca? – zapytał JJ, zaciskając szczękę i pięści, jak gdyby opierał się zniewalającej pokusie, żeby rozwalić każdą ceramiczną żabę i aniołka w salonie. – Dlaczego dopiero teraz nam o tym mówicie? Kurwa, mamy już maj!

– Potrzebowaliśmy trochę czasu, żeby sami sobie to wszystko przyswoić – odparł tata.

– I trudno nam było was wszystkich zebrać – dodała mama, broniąc go.

– Co za brednie! Przecież wszyscy tu mieszkamy – krzyknął JJ.

– Ale Meghan ma swój harmonogram i albo ty, albo tata pracujecie w niedziele – wyjaśniła mama trzęsącym się głosem, trzymając Yaza schowanego pod stertą mokrych chusteczek na swoich kolanach. – Musieliśmy powiedzieć wam wszystkim jednocześnie. Nie mogliśmy spuścić psów tylko na połowę z was, a na połowę nie.

– Dlaczego mama chce nas szczuć psami? – zapytał Patrick.

Katie zaśmiała się, wiedząc, że to nie na miejscu, ale była wdzięczna Patrickowi, że choć na chwilę ulżył ogromnemu napięciu. Ale Colleen nagle wybuchła płaczem, chowając twarz w dłoniach.

– Wszystko dobrze, kochanie, wszystko będzie dobrze – powiedział JJ.

Zamiast ją pocieszyć, jego słowa tylko nasiliły jej płacz, aż nie dało się już zamknąć go w dłoniach.

Colleen nagle podniosła głowę. Wyglądała jak ona i nie ona jednocześnie. Nie przypominała kochanej, życzliwej bratowej, którą Katie znała od czasów podstawówki. W jej oczach były rozpacz i szaleństwo, usta miała otwarte i wykrzywione, jakby w jej dłoniach doszło do jakiegoś przeistoczenia jak w hollywoodzkim horrorze z efektami specjalnymi. JJ próbował ją przytulić, ale nie pozwoliła mu na to. Nagle wstała i wybiegła z salonu. Reszta rodziny siedziała zaniepokojona w zupełnej ciszy, słuchając uderzeń jej stóp o stopnie schodów. Drzwi do ich mieszkania trzasnęły i Colleen zaczęła głośno zawodzić w którymś z pokojów nad nimi.

– Co to było do cholery? – zapytał Patrick.

– Jest przestraszona, kretynie – odpowiedziała Meghan.

– JJ, wiemy, że staracie się powiększyć rodzinę – powiedział tata. – Nawet jeśli, broń Boże, masz w sobie to coś – zrobił pauzę i trzy razy odpukał w drewniany stoliczek – są pewne metody, jak np. *in-vitro*, żeby mieć pewność, że dziecko nigdy tego nie dostanie.

Dla Katie brzmiało to zachęcająco, jak koło ratunkowe na tym wzburzonym morzu gówna, ale z jakiegoś powodu JJ nie chciał się go chwycić, jakby wolał utonąć.

– Za późno, tato – w końcu odezwał się JJ. – Colleen jest w ciąży. Dziesiąty tydzień. Dopiero co usłyszeliśmy bijące serduszko.

Szlag. Od trzech lat Katie czekała, aż jej brat wypowie te słowa. Tyle razy wyobrażała sobie pełne zachwytu krzyki i uściski, gratulacje i toasty za pierwszego wnuka O'Brienów. W szczególności jej mama czekała z niecierpliwością na tę wiadomość. Dziecko miało już całą szafę ślicznych żółtych i zielonych zrobionych na drutach kocyków, bucików i przesłodkich czapeczek. Przyszła babcia zaczęła płakać i raz za razem czyniła na sobie znak krzyża.

– Więc jest, kurwa, za późno na cuda medycyny – dokończył JJ.

– Nie będą wam potrzebne – powiedziała mama łamiącym się głosem, który bardziej pobrzmiewał rozpaczą niż pewnością. – Tobie i dziecku nic nie będzie.

– Właśnie, zawsze miałeś dużo szczęścia – przyłączył się Patrick. – Mogę się założyć, że na pewno tego nie masz. Szansa jedna na milion.

– Tak, JJ, musisz myśleć pozytywnie – dodała Katie. – Tak się cieszę.

JJ uśmiechnął się sztucznie.

– Lepiej pójdę – powiedział.

– Powiedz Colleen, że ją przepraszam – powiedział tata, wstając.

Podszedł do JJ'a. Ich uściski były zwykle zdawkowe i polegały głównie na klepaniu się po plecach, ale ten był uściskiem z prawdziwego zdarzenia. Tata i JJ przytulili się do siebie, nie pozostawiając między sobą ani odrobiny miejsca i Katie zaczęła płakać.

– Nic ci nie będzie – powiedział tata, w końcu puszczając swoje najstarsze dziecko.

– Tobie też, tato – powiedział JJ, ocierając łzy. – Będziemy walczyć, prawda?

– Tak.

JJ skinął głową. Będzie miał szczęście, wszyscy będą mieli szczęście. Albo będą walczyć. Katie śledziła wzrokiem stronę ulotki. Tylko jak? Jak mogą walczyć z czymś, czemu nie można zapobiec. Nie można tego wyleczyć, a nawet złagodzić? W przypadku tej choroby nie istniały cuda medycyny. Wzięła głęboki oddech i otarła łzy. Modliła się do Jezusa na ścianie i ceramicznych aniołków na stołach, nawet do Kermita Żaby. Jeśli nie istniały medyczne cuda, będzie musiała prosić o te najzwyklejsze.

ROZDZIAŁ 12

Katie, Meghan, JJ i Patrick siedzieli obok siebie na trawniku na Bunker Hill, przekazując sobie skrytą w brązowej torebce butelkę Jacka Danielsa i obserwowali turystów, japiszonów oraz aktorów pocących się do granic wytrzymałości w kostiumach z wojny o niepodległość, grając w swoją ulubioną grę. Niektóre rodziny grają w parchesi, tryktraka albo w makao. Oni grali w „Zgadnij, jak on umrze".

– Tamten gość. – JJ wskazał przysadzistego, łysiejącego mężczyznę w średnim wieku, który dysząc, wspinał się po schodach. Jego kostki były grubsze niż uda Meghan. – Od zawału serca dzielą go trzy hamburgery Big Mac. Umrze, zanim karetka zdoła dowieźć go do szpitala.

– Samobójstwo XXL – powiedział Patrick. Razem z JJ'em przybili sobie piątki. JJ podał butelkę Katie.

Katie zauważyła kobietę w swoim wieku na dole wzgórza, która leżała na plażowym ręczniku. Piersi sterczały jej pod czerwonym bikini, brązowa skóra błyszczała od olejku. Nawet w cieniu pomnika i wysmarowana filtrem SPF 50 Katie paranoicznie bała się poparzenia.

– Ona – powiedziała, pokazując na kobietę palcem. – Rak skóry. Dwadzieścia sześć lat.

– Dobre – powiedziała Meghan.

– Ej, nie uśmiercajcie lasek – oburzył Patrick.

– Szkoda, że marnuje ostatnie lata, jakie jej zostały, z tamtym pajacem – zauważył JJ, skinieniem głowy wskazując na chłopaka, który leżał na ręczniku koło dziewczyny. Miał na sobie kraciaste szorty i ściągnął koszulkę, a jego sflaczały jasny tors od pępka po szyję przykrywał czarny, kudłaty dywan włosów.

– Eee, ale on umrze w ciągu tygodnia. Kretyn wjedzie swoim priusem w półciężarówkę. Pisał do kogoś „LOL" – powiedział Patrick, odbierając Katie butelkę.

Meghan roześmiała się. Była to okropna, makabryczna gra i powinni przestać albo przynajmniej nie myśleć, że to takie zabawne. Wszyscy pójdą pewnie za to do piekła.

Ta gra była jednak w dziwny sposób pocieszająca. Wszyscy mieli umrzeć. Wszyscy na tym wzgórzu. Turyści, japiszony, grubas, dziewczyna w bikini i jej owłosiony chłopak, młoda matka pchająca przed sobą wózek, jej śliczne dzieciątko. Nawet O'Brienowie.

Więc wszyscy mogli umrzeć na chorobę Huntingtona. I co z tego? Naprawdę uważali, że są nieśmiertelni, że śmierć ich nie dosięgnie? Wszyscy umierają. A mimo to Katie tkwiła w błędzie, nie dostrzegając tego niezmiennego faktu, jak gdyby omijanie go wzrokiem miało jej zapewnić ucieczkę od nieuniknionego końca. A może myślała, że umrze, ale dopiero, gdy dosięgnie osiemdziesiątki czy dziewięćdziesiątki i będzie mieć za sobą pełne, niesamowite życie? Przez ostatni miesiąc czuła się przytłoczona i rozkojarzona, bojąc się, że może dostać Huntingtona, kiedy będzie miała trzydzieści pięć lat i umrze, zanim dobrnie do pięćdziesiątki. Umrze przedwcześnie. Patrick podał butelkę Meghan.

– Paul Revere, o tam – pokazała Meghan, odnosząc się do jednego z aktorów. – Będzie stał na wzgórzu podczas burzy, za wysoko podniesie muszkiet i porazi go piorun.

Na spoconej twarzy aktora malował się groźny grymas. Oparł się o atrapę muszkietu, spluwając na ziemię. Rodziny przechodzące obok omijały go szerokim łukiem. Dzisiaj nie zdobędzie swojego Oscara.

– Przynajmniej umrze, robiąc to, co kocha – powiedziała Katie, śmiejąc się.

Ostatnio dla zabawy sprawdziła statystyki. Człowiek ma jedną szansę na sto dwadzieścia sześć tysięcy, żeby zostać rażonym piorunem. Szansa na utonięcie jest jedna na tysiąc. Śmierć w wypadku samochodowym – jedna na sto. Śmierć na raka – jedna na siedem. Prawdopodobieństwo śmierci na Huntingtona – jedna szansa na dwie.

– Widzicie tamtego gościa? – powiedział JJ, wskazując brodą na staruszka, który powłóczył nogami po chodniku i palił papierosa: ramiona przygarbione, głowa spuszczona, jakby jego kark rzucił swoją pracę, za długie, siwe i tłuste włosy wystawały mu spod sfatygowanego kaszkietu Red Sox, zmierzwiona broda. – Umrze we śnie we własnym łóżku, kiedy będzie miał dziewięćdziesiąt pięć lat, otoczony kochającą rodziną.

– Na pewno – parsknęła Meghan, podając butelkę JJ'owi.

Katie pokręciła głową.

– To takie niesprawiedliwe.

– Wkurwia mnie – powiedział Patrick. – Bóg zesłał na naszego ojca Huntingtona, ale da pożyć tamtemu dupkowi.

Wszyscy zamilkli. JJ upił ogromny łyk i wetknął butelkę w ręce brata.

– Zacząłem się interesować tym całym testem – powiedział JJ. – To wcale nie takie proste oddanie krwi. To cała cholerna telenowela. Każą ci chodzić na jakieś głupie, ckliwe psycho-pogadanki z konsultantem co dwa tygodnie, zanim pobiorą ci krew, a potem trzeba czekać kolejne cztery, zanim podadzą ci wynik.

– To znaczy, że trzeba się kłaść u jakiegoś mądrali na kozetce? – zapytał Patrick.

– Wychodzi na to, że tak.

– W jakiej sprawie?

– Żeby pogadać o pogodzie! W sprawie Huntingtona, pajacu.

– A konkretnie?

– Chcą się upewnić, że wiesz, z czym masz do czynienia, na czym polega test, dlaczego chcesz wiedzieć i jak sobie dasz radę z tą wiedzą, żebyś nie skoczył z mostu, kiedy dostaniesz pozytywny wynik.

– Nie wydaje mi się to takie głupie – powiedziała wolno Meghan.

– No i co? – dopytywał Patrick. – Jeśli powiem: „Tak, chcę skoczyć z pieprzonego mostu", to odmówią mi wykonania testu? To moje życie. Mam prawo wiedzieć. Nie mam zamiaru słuchać bzdetów od jakiegoś mądrali.

– No to nie zrobią ci testu – powiedział JJ.

– Niech się chrzanią. I tak nie chcę wiedzieć – powiedział Patrick.

Może świadomość, czy dostanie Huntingtona, czy nie, będzie czymś pozytywnym, pomyślała Katie. Zamiast monotonnych lat upływających na tym samym i odwlekaniu listy rzeczy do zrobienia przed śmiercią, bo będzie myśleć, że ma mnóstwo czasu, wręcz wieczność, żeby wszystko zrobić, będzie wiedziała na pewno, że tak nie jest. *Zrób to teraz. Wszystko.* I dzięki temu jej kolejne czternaście lat będzie fantastyczne, lepsze niż pięćdziesiąt u innych ludzi.

A może nie byłaby to wcale taka dobra rzecz? Może nie wyprowadziłaby się wtedy z Charlestown i nie otworzyła własnego studia ani nie wyszła za mąż i nie miała dzieci, bo ktoś zasługiwałby na lepszą żonę i matkę – taką, która żyłaby, żeby kochać i uczyć. Po co w ogóle się za to brać, skoro wkrótce miała umrzeć? Zamiast żyć, przez kolejne czternaście lat każdego dnia umierałaby w środku.

Katie wyobraziła sobie bombę tykającą w jej głowie, nastawioną już na konkretny rok, miesiąc, dzień, godzinę. A potem bum! Huntington eksploduje w jej czaszce, niszcząc części jej mózgu odpowiedzialne za poruszanie, myślenie, czucie. Poruszanie. Myślenie. Czucie. Było coś jeszcze? Jej jogowa wiedza podpowiadała bycie. Jest jeszcze bycie. Kiedy medytowała, celem było nie ruszać się, nie myśleć, nie czuć. Tylko być. To właśnie ten ulotny stan, którego pragnął doświadczyć każdy jogin. Przestać myśleć. Wyciszyć myśli i ruchy. Zauważać swoje uczucia, ale nie przywiązywać się do nich. Pozwolić im przeminąć.

Tylko że Huntington nie był brakiem ruchu, myślenia i czucia. Ta choroba nie była transcendentalnym błogostanem, tylko upiornym cyrkiem brzydkich, nieustających, bezcelowych ruchów, niekontrolowanej agresji, nieprzewidywalnej paranoi, obsesyjnego myślenia. Wybuch nie unicestwi ruchu, myślenia i czucia, tylko je spieprzy. Wyobraziła sobie, jak detonacja uwalnia jakiś trujący płyn, a stopniowo wydzielające się z niego toksyny ostatecznie przenikną do każdej komórki jej ciała, zanieczyszczając myśli, uczucia, każdy ruch, aż zacznie gnić od środka.

Może to już miała? W ulotce było napisane, że symptomy mogą się pojawić nawet piętnaście lat przed diagnozą, czyli chociażby teraz. Zachwiała się wczoraj w Ardha Chandrasanie w pozycji półksiężyca. Jej wyciągnięta ręka i noga drgały i ruszały się jak gałęzie podczas huraganu. Zatoczyła się w lewo, a potem w prawo, po czym niezgrabnie wyszła z pozycji na oczach całej sali uczniów. Czy to był Huntington?

A może w ogóle go nie miała? Może wszystko było z nią w porządku i tylko na chwilę straciła równowagę, co zdarza się każdemu, a całe to zamartwianie się było zupełnie bez sensu? Czyżby naprawdę była chora?

Przez wiele ostatnich miesięcy Katie czuła narastającą w niej niecierpliwość, jak gdyby sunęła po fali ku białej, spienionej krawędzi. Wszystko, co do tej pory zrobiła, miało ją przygotować do prawdziwego życia i nie mogła się doczekać, kiedy ono się w końcu rozpocznie. I kiedy wreszcie nadszedł czas, aby rozpocząć to życie, dowiedziała się, że umiera. Oczywiście, wszyscy kiedyś mieli umrzeć. Na tym właśnie polegała ta chora gra. Miała świadomość śmierci. Ale śmierć zawsze była dla niej abstrakcyjnym pomysłem, niewidzialnym duchem, który nie ma ani kształtu, ani zapachu. Huntington był prawdziwy. To była prawdziwa śmierć, którą mogła sobie wyobrazić dzięki YouTube'owi – przypominała horror i cuchnęła strachem.

JJ wyglądał dokładnie jak ich ojciec. Kropka w kropkę. Nie było po nim widać, że w ogóle jest spokrewniony z ich mamą. Miał jego senne, niebieskie oczy, jego krępą budowę, temperament, jego różowo-bladą piegowatą cerę. Czy oznaczało to, że posiadał również uszkodzony gen Huntingtona? Katie była niezwykle podobna do ich babki, którą widziała jedynie na zdjęciach. Ruth. Tej, która umarła na Huntingtona. Katie miała irlandzkie policzki i piegi, te same cienkie miedziane włosy i tępo zakończony, szeroki nos. Podobnie jak ona miała grube kości, szerokie biodra i ramiona pływaczki. Obie na pewno przetrwałyby irlandzki wielki głód.

Meghan wyglądała i zachowywała się bardziej jak mama. Miała węższy i ostrzej zakończony nos, jej buzia była mniej okrągła, włosy ciemniejsze i gęstsze, budowa drobniejsza. Meghan miała skrytą osobowość ich mamy, jej cierpliwość i upór, jej miłość do muzyki z musicali i oczywiście tańca.

Patrick za to wyglądał jak oboje rodziców i żadne z nich jednocześnie. Nie wiedzieli, skąd do diabła się wziął.

Biorąc pod uwagę cechy fizyczne i osobowość, Katie i JJ pochodzili od taty. Czy to oznaczało, że mieli też Huntingtona? Bez tytułu naukowego z genetyki i wiedzy, na której mogłaby polegać, Katie wierzyła, że tak właśnie było. Odziedziczyła po tacie brzydkie stopy, więc na pewno ma Huntingtona. Tik tak. Tik tak. *Bum*.

– Ktoś jeszcze ma zamiar się dowiedzieć? – zapytał JJ.

– A ty na pewno to zrobisz? – zapytała Meghan.

– Tak, muszę wiedzieć. Mam wizytę w środę. A ze względu na naszą sytuację, na dziecko, obiecali przyspieszyć proces. Będę miał wyniki już za tydzień.

– Jezu, stary – powiedział Patrick.

Delikatnie otępiający szum wywołany Jackiem Danielsem nagle przekształcił się w splątaną kulę przyprawiającego o mdłości strachu. Katie czuła w ustach kwaśny posmak. Ich zabawna gra dobiegła końca. Nikt nie wygrał. To było prawdziwe. Zbyt prawdziwe.

– Nie chcę tego mówić – zaczęła Meghan, pukając się w głowę piąstką prawej dłoni. – Ale jeśli ty to masz, to czy dziecko też?

– Jeśli ja tego nie mam, to na mnie sprawa się kończy i dziecku nic nie jest. Jeśli to mam, to dziecko ma szansę pół na pół – tak jak my. Kiedy się dowiemy, Colleen będzie w piętnastym tygodniu. Możemy zrobić amniopunkcję, żeby się dowiedzieć, czy też to ma.

– A wtedy co? – zapytała Katie. – Jeśli dziecko jest chore, to Colleen będzie miała aborcję?

Joe zwiesił głowę nad kolana i potarł oczy dłonią.

– Nie wiem – powiedział pustym tonem. – Może. Nie. Nie wiem.

– Mama dostałaby zawału – odezwał się Patrick.

– Wiem – odparł JJ.

– Nawet nie żartuję.

– Wiem – powtórzył JJ.

– A co mówi Colleen? – zapytała Katie.

– Jest kłębkiem nerwów. Nie chce nawet o tym myśleć. Nie chce nawet, żebym się badał.

– Wynik będzie ujemny, stary – powiedział Patrick. – Kiedy dokładnie się dowiesz?

– Za tydzień, licząc od środy.

– Okej. Nic ci nie będzie, i dziecku też, a mama nie dostanie zawału – skwitował młodszy z braci.

Katie i Meghan pokiwały głowami. Patrick upił kilka łyków i przekazał butelkę JJ'owi.

– Oczywiście, może się okazać, że maleństwo okaże się podobne do ciebie, i to dopiero będzie tragedia – dorzucił.

JJ szturchnął brata w ramię i prawie się uśmiechnął.

– Jest jeszcze jedno – powiedział JJ. – Konsultant mówił trochę o młodzieńczej postaci HD. Można tego dostać w pełnej wersji już w naszym wieku. To rzadkie, ale chorobę we wczesnym stadium najczęściej przekazuje ojciec.

Oczy Meghan zaszły łzami.

– Uczymy się nowej choreografii i mam z nią kłopot. Cały czas mylę kroki – wypaliła Meghan, jak gdyby do czegoś się przyznawała. – To się nigdy wcześniej nie zdarzyło. Nigdy. I często nie mogę ustać na puentach.

– Stresujesz się – pocieszyła ją Katie.

– A jeśli teraz to mam?

– Nie masz.

– Zauważyliście coś?

– Nie – odpowiedział Patrick.

– Nic a nic – odparł JJ.

– Przyrzekacie?

– Z ręką na sercu – powiedziała Katie.

– Nie martw się, Meg. Jeśli ktoś dostanie tę młodocianą wersję HD, to będę to ja, prawda? – wtrącił się Patrick.

– Nie masz młodzieńczego HD, tylko jesteś zwykłym kretynem – powiedział JJ.

– Mogłabyś zrobić test i wiedzieć na pewno – zwrócił się do siostry.

– Nie sądzę – odparła Meghan, kręcąc głową. – Pewnie skoczyłabym z mostu.

– Patrzcie na tatę – powiedział JJ. – Ma czterdzieści cztery lata i dobrze sobie radzi. Jeśli zrobicie test i dowiecie się, że tego nie macie, to nie musicie się dłużej martwić. Jesteście wolni, a jeżeli to macie, to nic nie poradzicie. Będziecie się tym martwić za dziesięć – piętnaście lat. Do tego czasu może znajdzie się już na to lekarstwo.

Meghan pokiwała głową.

– Nie wiem, czy jestem w stanie to zrobić.

– A ty, Katie? – zapytał Patrick.

Westchnęła. Czy chciała wiedzieć? Tak i nie. Oczywiście, gdyby dowiedziała się, że nie ma genu, poczułaby ogromną ulgę. Ale w głębi duszy była przekonana, że ma Huntingtona. A mimo to bez absolutnego, medycznego dowodu nadal mogła mieć nadzieję, że jest zdrowa. Stuprocentowa pewność pewnie doprowadziłaby mamę i tatę do rozpaczy. Musiałaby zerwać z Felixem. Spojrzała na zielone dźwigary mostu Tobin.

Może nadal będzie żyć w stanie „ryzyka"? Ustawi to sobie na Facebooku. Ale kto nie żyje w stanie zagrożenia? Jej codzienność pełna była niebezpieczeństw: ryzyka porażki, jeśli otworzy własne studio; ryzyka, że tego nie zrobi; ryzyka, że nigdy się nie dopasuje, jeśli przeprowadzi się w miejsce, gdzie wszyscy mieszkańcy nie są irlandzkimi katolikami; ryzyka, że Felix jej nie pokocha, że nikt jej nie pokocha; ryzyka poparzenia się słońcem; ryzyka, że zostanie trafiona piorunem; ryzyka, że dostanie HD. Każdy oddech wiązał się z ryzykiem.

A może pójdzie na dwa pierwsze spotkania i załatwi wszystko raz na zawsze? Jeśli postanowi, że naprawdę chce wiedzieć, może znów przyjść i sprawdzić wynik badania. Głupiego badania.

Na samą myśl, że musiałaby sobie zrobić test genetyczny bez względu na wynik, jej skóra robiła się chłodna i lepka. Katie nie znosiła testów. Nigdy nie szły jej dobrze. W szkole średniej uczyła się, przejmowała i znała materiał na pamięć, ale kompletnie głupiała na widok ponumerowanych pytań wypisanych maszynową czcionką. Była straszną panikarą.

Pamiętała, jak cieszyła się, kiedy oddała nauczycielowi wypełniony test z matematyki na końcowym egzaminie w maturalnej klasie, oznajmiając wszystkim, że to ostatni sprawdzian, jaki napisze w życiu. Tak jak O'Brienowie, Bóg miał chore poczucie humoru.

Ten ostatni test dotyczył statystyki. Dostała trójkę.

– Nie wiem – powiedziała. – Może.

ROZDZIAŁ 13

Patrick wyszedł przed chwilą. Zrobił to niechętnie, ale gdyby znów wziął wolne, szef mógłby go zwolnić, więc nie miał wyboru. Kilka godzin temu Meghan poszła na próbę w operze. Katie pomyślała, że z pewnością poczuła ulgę, wydostając się z klaustrofobicznego salonu, i że musiała się cieszyć, mając sprawę nie do odwołania, a przez wyjście na scenę mogła dać się pochłonąć czemuś naprawdę pięknemu.

Więc zostało ich troje. W oczekiwaniu na wieści Katie i tata oglądali wieczorny serwis informacyjny. Mama robiła na drutach zielono-biały kocyk. Może słuchała głosu z telewizora, ale ani razu nie spojrzała w jego stronę. Też czekała. Wszyscy myśleli, że do tej pory JJ i Colleen wrócą już do domu. Katie trzymała komórkę w dłoni, spodziewając się, że w każdej chwili może zadzwonić. Nie dzwoniła, a sama bała się wykonać telefon do brata.

Wieczorne wiadomości nie były pewnie najlepszą formą rozrywki ani sposobem odwrócenia uwagi dla żadnego z nich. Z ekranu, jeden za drugim, bombardował ich przygnębiający, przerażający, katastroficzny reportaż. Nieokiełznane pożary w Kalifornii, miliony zniszczonych domów, przynajmniej dwanaście osób zaginionych lub martwych. Ojciec z Dedham postawiony przed sądem za morderstwo żony i dwójki dzieci. Bomby samochodowe w Pakistanie zabijają trzydziestu dwóch cywilów. Na Wall Street gwałtowny spadek. Politycy w szale.

– Tato, możemy przełączyć na coś innego? – zapytała Katie.

– Red Sox gra dopiero o wpół do ósmej.

Koniec dyskusji. Jej rodzice mieli ponad sto kanałów, ale wiadomości i Red Sox najwyraźniej były jedynymi możliwościami. Nie naciskała. Ale wiadomości były dla Katie zbyt stresujące, jak gdyby każda tragedia potęgowała zbiorowy niepokój panujący w salonie. Dla odmiany postanowiła obserwować tatę.

Bez przerwy się poruszał, więcej niż zwykle. Zauważyła, jak stara się sprawić, żeby wszystko wyglądało normalnie. Którakolwiek część niego by się nie poruszyła, podskoczyła czy zadrżała, przypisywał jej jakieś celowe działanie. Stał się całkiem niezłym improwizacyjnym choreografem. Katie nigdy nie widziała tak przedziwnego tańca.

Prawa noga taty odskoczyła, jakby próbował odgonić jakiegoś niewidzialnego, natrętnego psa. Podążył więc za stopą i wstał. Skoro wstał, to musiał gdzieś pójść, podszedł więc do okna. Rozsunął żaluzje, wcisnął między nie nos i wyjrzał na ulicę. Stał tam przez kilka minut, coś do siebie mamrocząc. To, że wstał, by wyjrzeć na ulicę za Colleen i JJ'em, było sensowne, ale Katie nie dała się nabrać. Impuls, aby wstać z fotela, zaczął się od niezamierzonego wykopu nogą, a nie zamiaru wyjrzenia przez okno.

Gdy szedł z powrotem do fotela, w jego kroku było dodatkowe podrygiwanie. Słuchała pobrzękiwania drobnych w jego kieszeni, kiedy szedł. Dźwięk HD.

Nadal się mu przyglądała i jakimś sposobem był dla niej bardziej hipnotyzujący niż cokolwiek w wiadomościach. Jak przy katastrofie kolejowej, wypadku samochodowym czy pożarze była świadkiem, gapiem, który nie potrafił odwrócić wzroku.

Potem zaczęło mu podskakiwać lewe ramię, jakby był kujonem, który bez przerwy wyrywał się do odpowiedzi. Wtedy zgiął rękę w łokciu i podrapał się w głowę, jakby nagle coś go zaswędziało. Jedno z popisowych zagrań. Jeśli ktoś nie wiedział, że tata ma Huntingtona, mógł uznać, że miał uporczywy łupież albo wszy, albo po prostu był dziwakiem. Zdawał się nie być cały czas świadomy swoich tików ani improwizacji. Nie zerkał na Katie, żeby się zorientować, czy zauważyła. Nie wydawał się tym zakłopotany ani speszony. Zwyczajnie oglądał dalej wiadomości, jakby nie zdarzyło się nic wartego uwagi. Nie było się na co gapić. A już z pewnością nie na symptomy dziedzicznej, postępującej i śmiertelnej neurodegeneratywnej choroby, na którą nie ma lekarstwa.

Tata tańczył swój szalony taniec w fotelu i oglądał wiadomości z żoną i córką, jakby to było normalne środowe popołudnie i Katie zaczynało to straszliwie wkurzać. Jak gdyby cokolwiek mogłoby jeszcze kiedyś być normalne.

Wtedy nagle otworzyły się drzwi wejściowe i serce Katie zamarło. Może zatrzymała się cała ziemia. Czas z pewnością wydawał się stać w miejscu. Dźwięki wiadomości w telewizorze zamieniły się w przytłumiony szum. Mama przestała robić na drutach i podniosła głowę. Nawet tata znieruchomiał.

JJ i Colleen weszli do salonu, trzymając się za ręce, dwa osobniki zombie o pustych spojrzeniach, które wróciły z wizyty w piekle. Ich twarze były spuchnięte i całe w plamach. Nikt nie odezwał się słowem.

Katie bała się cokolwiek powiedzieć, bała się wydać z siebie najmniejszy dźwięk, który sprawiłby, że czas upłynie ponad tę sekundę. Może to, co widziała, nie było prawdziwe. Może to, co miało się zdarzyć, nie zdarzy się. W salonie panowały niepokojąca cisza i bezruch, jak w niewstrząśniętej śnieżnej kuli na półce.

Wtedy mama zaczęła wyć, a JJ rzucił się przed nią na kolana, objął ją i wtulił głowę w robótkę spoczywającą na jej udach.

– Przepraszam, mamo. Przepraszam – powiedział.

Wtedy tata rzucił pilotem, który uderzył o ścianę za telewizorem i roztrzaskał się na kawałki. Baterie zakręciły się na drewnianej podłodze. Tata ukrył twarz w dłoniach. Colleen stała sama, blada i wątła, niczym papierowa laleczka, a Patrick i Meghan w ogóle nie wiedzieli, że to się działo. To się naprawdę działo.

Katie siedziała na kanapie i patrzyła, jak na jej oczach rozgrywają się najtragiczniejsze wydarzenia dnia, a głos małej, przerażonej dziewczynki nieustannie wykrzykiwał w jej głowie słowo „nie".

ROZDZIAŁ 14

Katie siedziała ze skrzyżowanymi nogami na kanapie w swoim mieszkaniu i piła gorącą zieloną herbatę, patrząc, jak Meghan wszywa wstążkę w łuk błyszczącej, satynowej baletki w kolorze pastelowego różu.

– Jak możesz pić gorącą herbatę? Na zewnątrz jest chyba z milion stopni – powiedziała Meghan, która siedziała z plecami prostymi jak struna w szpagacie tureckim, twarzą zwrócona do Katie.

– Tu jest strasznie zimno – odpowiedziała.

Miały tylko jeden klimatyzator okienny, który był zainstalowany w salonie. Nawet kiedy przez cały czas był ustawiony na maksimum, a drzwi do sypialni i przejście do kuchni były otwarte, w pozostałych pomieszczeniach nigdy nie robiło się zimno. Salon był jedynym miejscem, w którym dało się jakoś wytrzymać, kiedy temperatura na zewnątrz sięgała powyżej dwudziestu sześciu stopni.

– Przyjdziesz dzisiaj? – zapytała Meghan.

Sądząc po wyczekiwaniu w jej głosie, to pytanie nie było właściwie pytaniem, tylko założeniem, że Katie będzie na widowni, by zobaczyć, jak Meghan tańczy w *Jeziorze łabędzim*, jeśli nie dziś, to przynajmniej zanim skończą je grać. Meghan za to nigdy nie była na zajęciach siostry. Nikt z jej rodziny na nich nie był. Wszyscy gimnastykowali się jak umieli i wydawali miesięczne pensje, żeby zobaczyć Meghan w każdym przedstawieniu, ale dla niej nikt nie zrobił nawet marnego psa z głową w dół.

– Tak.

– Ale założysz coś innego, prawda?

Katie ubrana była w czarne getry do jogi wpół łydki i bokserkę w neonowo żółtym kolorze.

Kurtynę podnoszą o siódmej. Teraz była piętnasta. W ciągu najbliższych trzydziestu minut Meghan pójdzie pewnie na próbę, zrobić makijaż i fryzurę, i przebrać się w kostium, ale Katie miała do wyjścia z domu jeszcze przynajmniej trzy godziny.

– Nie, pójdę do opery w dresach.

– Mogłabyś.

– Ale nie zrobiłabym tego, okej?

– Tylko sprawdzam.

Kiedy Meghan skończyła doszywać wstążki do jednego buta, wzięła zapalniczkę, która leżała niedaleko jej obciągniętej bosej stopy, i opaliła brzegi. Zapach palonego materiału skojarzył się Katie z niedzielnymi obiadami i pikowanymi rękawicami kuchennymi, które mama przez nieuwagę zostawiała na gorących palnikach.

– Powinnaś założyć tę czarną sukienkę bez rękawów, którą kupiła ci mama – powiedziała Meghan.

– Nie mów mi, w co mam się ubierać.

– Ładnie w niej wyglądasz, a nigdy jej nie zakładasz.

– Zachowujesz się tak, jakbym nie miała własnego rozumu.

– Rany, nieważne. Załóż, co chcesz.

– Dzięki za pozwolenie.

Katie słyszała znajomy ostry ton w swoim głosie, który zawsze sygnalizował jej, że czas uciekać do swojego pokoju, i już miała zerwać się z kanapy, kiedy przypomniała sobie, jak nieznośnie gorąco jest w pozostałych pomieszczeniach. To nie fair, że musiała tu siedzieć, skazana na krytykę swojego sposobu ubierania i ogólną apodyktyczność siostry, ale nie miała zamiaru dać się wygonić z jedynego komfortowego pomieszczenia w mieszkaniu. Katie westchnęła, decydując się zostać na kanapie. Chciała włączyć telewizor albo poczytać jakąś książkę, zrobić coś innego niż obserwowanie siostry, która teraz haratała czubek puenty nożyczkami, ale nie chciało jej się nigdzie ruszać. Katie popijała więc herbatę i patrzyła na Meghan. Nawet kiedy właściwie nic nie robiła, była gwiazdą przedstawienia.

Telefon Katie zawibrował, sygnalizując nową wiadomość. To Felix.

„Co dziś robimy?"

Ona: „Zaj. Pryw. O 7. Widzimy się o 10?"

On: „3h zaj?"

Ona: „Muszę się umyć i wystroić dla Ciebie".

On: „I bez tego jesteś śliczna. Umyj się u mnie. Pomogę ci :)"

Zarumieniła się.

„:) Ok".

Czuła się winna, że okłamała Felixa, ale było to małe kłamstewko, zupełnie nieszkodliwe. Gdyby wiedział, że idzie dziś obejrzeć balet, na pewno chciałby pójść razem z nią. Byli razem na spektaklu Amerykańskiego Teatru Tańca Alvina Aileya, kiedy w kwietniu występował w Bostonie, i oboje z Felixem byli zachwyceni pełną gracji siłą, surową, prymitywną jakością ruchu, soczystą energią drugiej i trzeciej czakry, tak inną od słodkiego uroku układów w balecie Meghan. W pewnym momencie w trakcie przedstawienia Katie spojrzała na Felixa i jego oczy były mokre od łez. Była to jedna z rzeczy, którą Katie w nim kochała: taniec potrafił doprowadzić go do płaczu. Ten spec od liczb po prestiżowej politechnice MIT chętnie zobaczyłby *Jezioro łabędzie*. Tylko że dziś wieczorem do opery wybierała się cała jej rodzina, a ona nadal nie była gotowa przedstawić wszystkim Felixa, zwłaszcza biorąc pod uwagę to, co działo się teraz z JJ'em i Colleen.

– Poznam kiedyś tego chłopaka, z którym się spotykasz? – spytała znienacka Meghan.

Zaskoczona Katie uniosła głowę, skłonna uwierzyć, że siostra była w stanie jakoś odgadnąć jej myśli.

– Jakiego chłopaka?

– Tego, do którego właśnie napisałaś.

Katie spojrzała na swój telefon i z powrotem na Meghan, wiedząc, że jej siostra nie mogła w żaden sposób zerknąć na wyświetlacz z drugiego końca pokoju.

– Pisałam do Andrei.

– Niech ci będzie – powiedziała Meghan, ewidentnie jej nie wierząc. – Chłopaka, z którym sypiasz.

– Co?

– Nie jestem głupia. Wiem, że nie śpisz tutaj przynajmniej trzy noce na tydzień.

Fizycznie wyczerpana długimi godzinami intensywnych ćwiczeń, prób i występów, Meghan chodziła spać wcześnie, około dwudziestej pierwszej trzydzieści i wstawała bladym świtem, ubierała się i wychodziła, zanim Katie zdołała przewrócić się na drugi bok. Nawet kiedy Katie była w domu, Meghan nie widziała, jak jej siostra kładzie się spać albo wstaje rano. Jedyne co widziała, to zamknięte drzwi sypialni. Katie była przekonana, że jej nieobecność pozostawała przez Meghan niezauważona, jak właściwie wszystko inne, co dotyczyło jej osoby.

– I wiem, że ten Człowiek-Zagadka nocował tu przynajmniej dwa razy.

– Ale...

– Podniesiona deska.

– Aha.

– No to mów. Kto to taki? Po co te sekrety?

Katie piła herbatę, wiedząc, że jest już po zawodach, ale nie spieszyła się z odpowiedzią. Meghan męczyła się nad gumkami w cielistym kolorze i przyszywała je blisko pięty. Nawet w zwykłej białej koszulce i szarych szortach, bez grama makijażu wyglądała elegancko i pięknie. Łatwo się z nią mieszkało, lubiła czystość, zawsze po sobie zmywała i odkładała naczynia do szafek, a kiedy była już w domu, pod warunkiem że w ich mieszkaniu nie było gorąco jak w piekarniku i nie siedziały odizolowane w salonie, spędzała większość czasu w swojej sypialni. Niewiele się widywały, a jeśli już, to było to w przelocie i rozmowa ograniczała się do bieżących spraw i powtarzania wiadomości zostawionych na kredowej tablicy w kuchni. *Skończył się papier toaletowy. Masz ćwierćdolarówki? Mama cię szukała.*

– Więc?

To ta przeklęta fala ciepła uwięziła je razem w klimatyzowanym salonie, wymuszając na nich tę osobistą, siostrzaną rozmowę. Katie nie była z tego zadowolona.

– Nie wiem.

– Nie martw się. Nie jestem mamą. Jak ma na imię?

– Felix.

– Felix jak?

– Martin.

– Hmm.

– Co?

– Nie O'Martin ani McMartin? Rozumiem, że nie pochodzi stąd.

– Nie.

– Japiszon?

Katie skinęła głową.

– Jak wygląda?

– Nie wiem, co powiedzieć. Jest przystojny.

– Okej. Co jeszcze?

– Nie wiem.

– Czym się zajmuje?

– Rozwojem biznesowym firmy, która przerabia śmieci na paliwo.

– Czyli mózg. Jak się poznaliście?

– Na jodze.

Meghan uśmiechnęła się do Katie, wyginając podeszwę baletki, łącząc palce i pięty. But głośno chrzęścił z każdym ruchem, a jego sztywna konstrukcja poddawała się i miękła. Katie zadziwiało, że te puenty zostaną założone tylko raz. Tyle szycia, cięcia i wyginania, żeby stały się miękkie, ciche i idealnie dopasowane do stóp Meghan, ale jutro będą nadawały się do kosza. Stopy Meghan były tak silne, że struktura puent rozpadała się po jednym występie, a czasem nawet po jednym akcie. Założenie ich po raz drugi mogłoby być niebezpieczne.

W szerokim uśmiechu siostry, w powtarzającym się chrzęście buta i w drażniącej ciszy było coś prowokującego. Meghan przebierała pokrytymi odciskami, kształtnymi palcami stóp.

– Ja cię nie wypytuję o to, z kim się spotykasz – powiedziała Katie.

– Bo ja się z nikim nie spotykam.

Meghan powiedziała to tak, jak gdyby niespotykanie się z nikim było czymś właściwym w tych okolicznościach, co oczywiście sugerowało, że Katie robiła coś złego i widywała się z chłopakiem z czystej lekkomyślności, mimo że mogła mieć Huntingtona.

– Nie naśmiewam się też z ciebie z tego powodu.

– Przecież się z ciebie nie śmieję. Rany, jesteś taka wrażliwa. Po prostu chciałam wiedzieć, co u ciebie słychać.

– No to teraz już wiesz.

– Poznam kiedyś tego niewidzialnego pana Martina?

Katie wzruszyła ramionami.

– Mogłabyś przyprowadzić go dziś wieczorem.

– Nie, dzięki.

– Co? Nie jesteśmy wystarczająco dobrzy dla wspaniałego pana japiszona?

– Wiesz co, Meg?

– Oj, wyluzuj.

– Daj mi spokój.

Meghan zabrała się za drugi but.

Położyła sobie na udzie dwie wstążki i krótki pasek szerokiej gumki, odcięła kawałek nitki i próbowała przewlec ją przez igłę. Końcówka nie mogła trafić w igielne oko. Bardzo się starała, ale koniuszek uparcie nie chciał wejść do otworu. Dłonie zaczęły się jej trząść. Meghan odłożyła igłę i nitkę na podłogę, zacisnęła dłonie w pięści, kilka razy poruszała ramionami, po czym spojrzała na Katie. Na czole Meghan pojawiły się kropelki potu, choć w pokoju było zimno jak w zamrażalniku.

– Posłuchaj, musisz wyświadczyć mi przysługę – powiedziała Meghan.

Katie uniosła brwi i czekała, nieco oburzona, że Meghan ma jeszcze czelność w ogóle ją o coś prosić.

– Będziesz mnie dziś obserwować, ale tak porządnie, żeby sprawdzić, czy... No wiesz, nie dzieje się z mną nic dziwnego. Nawet bardzo drobnego i trudnego do wychwycenia.

– Meg, nic ci nie jest.

– Wiem, ale naprawdę się boję – odparła siostra, skinieniem głowy wskazując na igłę i nieprzewleczoną nitkę na podłodze.

– Pierwszy but zszyłaś bez problemu. Obserwowałam cię. I ja też nie przewlekłabym nitki przez taką małą dziurkę. Spróbuj jeszcze raz.

– Ale widzisz, jak tata przez większość czasu w ogóle nie wie, że się rusza, a prawie rzuca nim na boki?

– Tak.

– Bardzo się tego boję.

– Ja też. Nie masz HD, Meg.

– Wiem, ale teraz JJ...

– Nawet jeśli mamy wadliwy gen, to jest jeszcze za wcześnie na symptomy – powiedziała Katie, próbując przekonać siostrę tak samo jak siebie samą.

– Racja. Ale mimo to nie mogę przestać się martwić, że to coś może we mnie siedzieć, że się rozwija, a ja nawet o tym nie wiem. Jakbym miała szpinak między zębami, ale wszyscy byli zbyt grzeczni, żeby mi o tym powiedzieć. Chcę, żebyś się odezwała.

– Okej.

– Jeśli zauważysz jakiekolwiek drżenie albo ruch, który wydaje się choć trochę dziwny, to masz mi powiedzieć.

– Okej.

– Obiecujesz?

– Tak.

– Pójdę chyba na to spotkanie z konsultantem genetycznym.

– Naprawdę?

– Tak. Ten stres wynikający z niewiedzy doprowadza mnie do szału.

Katie pokiwała głową.

– Rozumiem, ale co, jeśli masz gen HD? – zapytała Katie. – Nie oszalejesz przez to jeszcze bardziej?

– Na początku tak mi się właśnie wydawało, ale teraz sama nie wiem. Myślę, że świadomość, dobra czy zła, da mi jakieś poczucie kontroli. Teraz wszystko wydaje mi się tak strasznie nieokiełznane, że nie mogę tego znieść.

– Racja, lubisz wszystkimi dyrygować.

– Mam to po tacie.

Kiedy tylko Meghan wypowiedziała te słowa, krew odpłynęła jej z twarzy. Katie też to poczuła – zimne przerażenie tym, co innego mogły jeszcze dostać od taty.

– A ty? Zastanawiasz się nad badaniem? – zapytała Meghan.

– Nie wiem. Może.

– Powiedziałaś Felixowi?

– Nie.

– Wcale ci się nie dziwię. Nie mogę sobie wyobrazić, żebym wciągnęła kogoś w takie gówno. JJ i Colleen.

– Nie mogę uwierzyć...

– Wiesz co? Nie mogę teraz mówić, bo zacznę płakać, a muszę się szykować.

– W porządku, ale sama zaczęłaś ten temat.

Katie chciałaby o tym porozmawiać. Chciałaby pomówić o tym, że JJ ma gen chorobowy i że inaczej teraz o nim myśli, jakby był już chory albo okaleczony, a może nawet zarażał chorobą; o tym, że trochę się go boi, co jest kompletnie niedorzeczne, ale nic nie może na to poradzić. Chciałaby porozmawiać o Colleen i jej ciąży, a także o tym, jak martwi się o dziecko i że nie może uwierzyć, że postanowili je zatrzymać, mimo że nie zrobili amniopunkcji, żeby sprawdzić, czy ma mutację. Chciała też pomówić o tym, jak bardzo się boi, że ma w sobie gen chorobowy i że wyobraża sobie, że Huntington tkwi w niej jak głęboko zakopane nasionko, które zaczyna kiełkować, a na pnącej się latorośli, która ogarnia całe jej ciało, pojawiają się pierwsze pąki.

Chciałaby porozmawiać o Huntingtonie z Meghan, zanim będzie musiała wyjść z tego małego, chłodnego salonu. Ale Meghan powróciła do igły i nitki, i Katie nie ośmieliłaby się jej przeszkodzić. Jak zawsze jej starsza siostra kierowała każdą ich rozmową, a Katie nadal była niewystarczająco dorosła, by przejąć pałeczkę.

Tym razem Meghan udało się przewlec nitkę za drugim podejściem. Głośno odetchnęła. Katie patrzyła, jak przyszywa różową wstążkę po wewnętrznej stronie łuku. Nadal siedząc w szpagacie, Meghan to obciągała, to prostowała palce prawej stopy. Pozycja point i flex, point i flex, góra, dół, góra, dół, cały czas szyjąc. Katie była pewna, że robi to celowo, że wiele razy widziała już Meghan, jak wykonuje takie ćwiczenia na siedząco, ale jeśli nie? Skoro to ma być ćwiczenie, to dlaczego nie trenuje też lewej nogi? A jeśli poruszanie prawą stopą jest wolicjonalne i nie była go świadoma? A jeżeli to Huntington? Niemożliwe.

Stopa Meghan nadal obciągała się i prostowała, a Katie patrzyła na nią w ciszy niczym osłupiała. Niespełna dwie minuty temu Katie obiecała siostrze powiedzieć jej, jeśli zauważy coś podejrzanego. Nie miałaby problemu, gdyby chodziło o szpinak, który utknął jej między zębami, ale nie mogła się zmusić do tego, by powiedzieć jej o zwiastującej Huntingtona stopie. Wszyscy będą tak teraz mieli? Wyobraziła sobie niedzielne obiady, podczas których każdy krzywi się i podryguje, potrącając się nawzajem i przewracając różne rzeczy, pięć ogromnych różowych słoni wciśniętych do maleńkiej kuchni, o których nikt nie piśnie słówkiem.

Meghan opaliła brzeg wstążki, a jej stopa zatrzymała się. Katie wstrzymała oddech, czekając, aż stopa Meghan znów zacznie się poruszać, ale pozostała nieruchoma. Patrzyła, jak Meghan wykonuje pozostałe czynności bez żadnych wątpliwych ruchów, przerw ani komentarzy.

– Która godzina? – zapytała Meghan, przyglądając się baletkom, zadowolona z rezultatu swojej pracy.

Katie zerknęła na telefon.

– Piętnasta dwadzieścia.

– Okej, muszę lecieć. Do zobaczenia wieczorem.

– Powodze...

– Nie kończ.

– Przepraszam. *Merde.*

– Dzięki.

Meghan zebrała igłę, nici, nożyczki i zapalniczkę, i po chwili już jej nie było. *Merde.* Wszyscy myśleli, że to joga jest dziwna. Jogini powiedzieliby *namaste*, co oznacza „pokłon tobie". Aktorzy mówili „połamania nóg", co Katie musiała przyznać, byłoby dość niefortunnym życzeniem dla tancerza. Katie rozumiała też, że mówienie „powodzenia" było kuszeniem losu. Dlatego zawsze pukała w niemalowane. Ale *merde* nie miało sensu. *Merde* po francusku oznaczało „gówno".

Katie została sama w zimnym salonie, bezcelowo przewijając posty na Facebooku w telefonie. Andrea zamieściła wideo Kriszny Dasa śpiewającego w Indiach. Katie wcisnęła PLAY i mimo że jej oczy koncentrowały się na ekranie, widziała jedynie stopę swojej siostry, która obciąga się i prostuje. Point, flex, point, flex. Herbata przelewała się jej w żołądku, stającym się zbiornikiem gorących pomyj.

Merde.

Felix otworzył jej drzwi mieszkania, ubrany w koszulkę Jankesów, białe, płócienne spodenki i zadowolony z niespodzianki uśmiech.

– Hej, jesteś wcześniej. Dopiero wpół do ósmej. Co się stało z zajęciami?

– Odwołała w ostatniej chwili – powiedziała Katie.

– Mam nadzieję, że i tak policzyłaś jej za zajęcia.

– Nie, nic się nie stało.

– Wejdź.

Zrzuciła japonki, położyła torbę przy drzwiach i poszła za Felixem do kuchni. Jego mieszkanie było centralnie klimatyzowane i Katie poczuła pod stopami ożywczy chłód ceramicznej podłogi. Usiadła na jednym z barowych stołków, podczas gdy Felix wyciągnął z lodówki butelkę białego wina.

– Może być? – zapytał.

Katie skinęła głową. Z jego iPoda płynął Ziggy Marley. Bujała się na krześle i bawiła jednym z czerwonych jabłek w białej porcelanowej misie na blacie ze steatytu, patrząc, jak Felix wkręca korkociąg w korek i podziwiając jego silne dłonie. Nalał im po kieliszku i podał jeden Katie.

– Zdrowie – powiedział, po czym stuknęli się kieliszkami. Wino było zimne, świeże, cierpkie. Katie przyglądała się mu i eleganckiemu, wysokiemu kieliszkowi, myśląc sobie, że pewnie trzyma w dłoni więcej, niż zdołałaby zarobić, gdyby rzeczywiście miała dziś prywatne zajęcia.

– Jest jeszcze dość wcześnie. Może wspólna kolacja? – zapytał.

– Jest tak gorąco. Zostańmy w domu.

– Dobrze – powiedział, siadając koło niej. – To był długi tydzień i właściwie nie mam ochoty nigdzie wychodzić. Mogę nam zrobić sałatkę albo coś zamówić.

– Okej.

– Chociaż wyglądasz tak, jakbyś była gotowa na noc na mieście.

Miała na sobie sukienkę bez rękawów, o której mówiła Meghan.

– Cała się spociłam, idąc tutaj.

– Wygląda na to, że przydałby ci się prysznic – powiedział z uśmiechem, po czym nachylił się do niej i pocałował ją. Jego oczy były jak płynny brąz, w którym mogłaby się wykąpać.

Ujęła w dłoń tył jego gładkiej, nagiej głowy i przyciągnęła go do siebie, wymuszając głęboki pocałunek. Felix sięgnął dłońmi pod jej sukienkę, w górę ud, i pocałował ją namiętnie, a ona ściągnęła mu koszulkę Jankesów, po czym zrzuciła ją na podłogę. On zrobił to samo z jej sukienką.

Oboje wstali, ona całowała jego kark, smakując jego mydło o zapachu bergamotki i słony pot, gładząc dłońmi jego ramiona, bicepsy, gładkie, umięśnione plecy. Całowała, dotykała i smakowała każdego skrawka jego ciała, a mimo to każdy dołeczek i zmarszczka, każda blizna i tatuaż nadal wydawały się odurzająco nowe. Zsunęła jego szorty, które spadły z jego wąskich bioder na kostki. Nie miał na sobie bielizny. Katie ściągnęła czarne stringi, a on rozpiął jej stanik.

Całowali się i obejmowali, i Katie zatraciła się w nim – w smaku białego wina w jego ustach, jego gorących dłoniach, podczas gdy w jej ciele rezonował bas muzyki dobiegającej z iPoda. Felix poprowadził ją za rękę do łazienki. Gdy puścił jej dłoń, by odkręcić wodę pod prysznicem, w świadomości

Katie pojawiła się Meghan i przez ułamek sekundy jej libido przerwało lodowate ukłucie winy, powodując w niej mdłości.

Nie mogła pójść. Już i tak miała zbyt wiele sekretów – ukrywała przed Felixem Huntingtona i swoją rodzinę, a przed rodziną Felixa. Nie mogła znieść odpowiedzialności wynikającej z zobaczenia, jak Meghan myli się na scenie, wykonuje fałszywy krok tą prawą nogą obciągającą się i prostującą, kiedy nie powinna. Wiedziała, że nie ma w sobie na tyle odwagi, aby powiedzieć o tym Meghan. A wtedy miałaby kolejny przerażający sekret, a i tak nie mogła już wszystkiego udźwignąć.

Szklane drzwi zaparowały. Katie weszła pod prysznic, Felix za nią. Gorąca woda lała się jej na głowę. Ciemne dłonie Feliksa mydliły jej mlecznobiałe piersi. Wciągnęła nosem słodki zapach cytrusów, podczas gdy Felix przywarł do niej od tyłu. Fakt, że nie była w operze z resztą rodziny, zbladł do nic nieznaczącej uwagi.

ROZDZIAŁ 15

Katie i konsultant genetyczny próbowali czymś się zająć, czekając na neurologa. Wyciągnęła telefon, licząc na to, że znajdzie jakąś niewymagającą rozrywkę. Bateria padła. No cóż. Włożyła telefon z powrotem do torebki i zaczęła się rozglądać po gabinecie, starając się unikać kontaktu wzrokowego i kolejnej bezsensownej gadki-szmatki, ale nie było tam zbyt wielu rzeczy, na których można by zawiesić oko. Pomieszczenie robiło wrażenie małego i bezosobowego, zupełnie innego, niż się spodziewała. Z jakiegoś powodu wyobrażała sobie gabinet swojego licealnego doradcy do spraw kariery – przesadnie pogodny i nachalnie młodzieżowy. Pamiętała akwarium na złotą rybkę pełne m&m's-ów, plakaty przeciw znęcaniu się nad kolegami i promujące ducha szkoły. *Każde dziecko się liczy! Szkoło do boju!* Jego kolekcja figurek zawodników drużyny Boston Bruins. Cały gabinet był jak wymuszony emotikon uśmiechniętej buźki z wykrzyknikami na każdej płaskiej powierzchni.

To miejsce nie kipiało aż takim optymizmem. Doradca genetyczny miał na ścianie swój oprawiony w ramę dyplom. *Eric Clarkson, magister opieki społecznej Boston College.* Obok dyplomu znajdował się plakat Amerykańskiego Stowarzyszenia Choroby Huntingtona z napisem NADZIEJA. Na parapecie stała wysoka, różowa orchidea, a na biurku zdjęcie żółtego labradora. Katie zerknęła na jego prawą rękę. Bez obrączki. Żadnej żony ani dzieci, ani nawet poważnej dziewczyny, która zasłużyłaby na miejsce w ramce w jego gabinecie. Tylko mężczyzna, jego pies i ładny kwiatek. Żadnych m&m's-ów. Żadnego „Hip, hip, hura!".

Był nawet przystojny. Katie założyła włosy za ucho i zaczęła się zastanawiać, jak wygląda. Spiesząc się tutaj, co najwyraźniej nie było konieczne, nie nałożyła ani krzty makijażu. Teraz tego żałowała. Dobry Boże. Jak mogła siedzieć tu i martwić się o to, jak wygląda? Po pierwsze, miała chłopaka. Po drugie, była tu, żeby się dowiedzieć, czy ma w sobie gen nieuleczalnej choroby. To konsultant genetyczny w szpitalu, a nie ciacho w Ironsides.

Drzwi otworzyły się. Do gabinetu weszła kobieta i przywitała się z konsultantem. Miała na sobie biały kitel, okulary i buty na obcasach. Włosy upięła w luźny koczek. Przeczytała coś w karcie przypiętej do podkładki, po czym przerzuciła wzrok na Katie.

– Kathryn O'Brien? – powiedziała, wyciągając rękę do Katie. – Jestem doktor Hagler. Przeprowadzę szybki test neurologiczny, zanim zaczniesz rozmowę z konsultantem genetycznym, dobrze?

Katie spokojnie pokiwała głową, ale jej opanowanie było udawane. Że co? To jest test przed testem? Poczuła ucisk w sercu.

– Okej. Proszę wystawić język.

Katie zrobiła to, o co ją poproszono. Obserwowała oczy doktor Hagler, które przyglądały się jej językowi. Co robił jej język? Coś nie tak?

– Dobrze, a teraz proszę podążać oczami za moim palcem.

Wykonała polecenie. A przynajmniej tak jej się zdawało. Cholera. To się naprawdę działo. Była badana pod kątem tego, czy wykazuje już jakieś symptomy. Czuła się zaskoczona, oszukana. Pamiętała teraz, że konsultant napomknął coś przez telefon o szybkim badaniu neurologicznym, ale jego słowa wpadły jej jednym uchem i wypadły drugim, wcale do niej nie docierając. Dla własnej wygody zignorowała je, cokolwiek oznaczały. Myślała, że dziś odbędzie się tylko wizyta wstępna, rozmowa na temat tego, czy chce się dowiedzieć, czy ma gen chorobowy i za około czternaście lat stanie się ofiarą Huntingtona. To było spotkanie z konsultantem genetycznym, nie z neurologiem. Nawet kiedy oboje na niego czekali, nie przyszło jej do głowy, że lekarz zacznie sprawdzać, czy nie ma Huntingtona już teraz.

– Proszę wyciągnąć lewą rękę płasko przed siebie, o tak. Następnie proszę, aby dotknęła pani lewej ręki pięścią, potem cięciem, jak w karate, a na koniec przyklasnęła. Proszę popatrzeć.

Doktor Hagler pokazała Katie sekwencję trzy razy. Katie powtórzyła sekwencję dokładnie jak neurolożka, może odrobinę wolniej. Czy to miało znaczenie? Czy to źle?

– A teraz proszę przejść po prostej linii stopa za stopą.

Katie wstała i poczuła, jak krew odpływa jej z twarzy. Głowę miała lekką, chłodną, półprzytomną. Spanikowane serce biło zbyt szybko. Potrzebowała tlenu. Nie oddychała. *Oddychaj!*

Potrafisz przejść stopa za stopą, na litość boską. Mogłabyś przejść się nawet na rękach, jeśli tylko cię o to poproszą.

Katie przeszła przez gabinet, rozstawiając ramiona, jak gdyby szła po linie albo została przyłapana na prowadzeniu pod wpływem. Doktor Hagler coś zapisała. Nie zrobiła tego jak trzeba? Powinna była opuścić ramiona? Doktor Hagler dalej prowadziła badanie i z każdym kolejnym zadaniem Katie czuła się, jakby była w coraz większych tarapatach, o krok od kary śmierci.

– A teraz proszę wymienić tyle słów, ile pani zdoła, zaczynających się na literę G. Ma pani minutę. Start – powiedziała doktor Hagler, zerkając na zegarek.

G jak, G jak... Nic. Ani jednego słowa. Miała całkowitą pustkę w głowie.

– Głowa. Gra. Guinness. Guz.

Myśl. Do głowy nie przychodziło jej żadne inne słowo zaczynające się na G. Co to oznaczało? Dlaczego JJ jej przed tym nie ostrzegł? Mogłaby się wtedy przygotować, poćwiczyć. Rany, jak ona nie znosiła sprawdzianów. Co za gówno.

– Gówno.

– Okej, koniec czasu – powiedziała doktor Hagler.

Do bani. Twarz Katie była cała gorąca, a jej serce biło tak szybko, jak gdyby biegła sprintem. Gorąca. G. Szlag.

Nie ma pani Huntingtona, ale zdiagnozowaliśmy u pani głu-
potę. Przykro nam, na to nie ma lekarstwa.

– W porządku, zostawię was teraz samych. Miło było panią poznać. Jakieś pytania, zanim wyjdę?

– Proszę poczekać, tak, mam pytania. Co tu się przed chwilą stało?

– Przeszła pani test neurologiczny.

– Żeby sprawdzić, czy wykazuję symptomy Huntingtona?

– Tak.

Katie rozglądała się po twarzy doktor Hagler, starając się dostrzec w niej odpowiedź na przerażające pytanie, które mrugało w jej głowie jak neonowy szyld, nawet jeśli nie powiedziała go na głos. Doktor Hagler z tą jej irytującą, beznamiętną twarzą stała przy drzwiach. Katie nie mogła jej pozwolić wyjść bez odpowiedzi. Zdała czy nie? Zamknęła oczy.

– Wykazuję?

– Nie. Wszystko wygląda prawidłowo.

Katie otworzyła oczy i zobaczyła uśmiechniętą twarz lekarki. Był to najbardziej uspokajający i najszczerszy uśmiech, jaki Katie widziała w życiu.

– No to mamy jasność. Miłego dnia – powiedziała doktor Hagler, po czym zniknęła w drzwiach. *Namaste.*

Konsultant uniósł brwi i przyklasnął.

– Zaczynamy?

Katie nie była pewna. Jeśli miała być szczera, najbardziej chciałaby się położyć. Nie wykazywała objawów HD. Cały ten czas spędzała na obserwowaniu siebie w lustrze, zamęczając się z powodu najmniejszego drgnięcia albo porządnego szarpnięcia, jakie czuła czasem tuż przed zaśnięciem, polując na Huntingtona. Teraz mogła przestać. Nie była chora. Na razie. To były naprawdę dobre wiadomości. Ale ten neurologiczny test był jak piętnaście rund na ringu bokserskim. Zwyciężyła, ale i tak była nieźle pokiereszowana. Nie była na nic gotowa, chyba że na drzemkę.

Pokiwała głową.

– Czyli pani ojciec ma HD, a u starszego brata występuje gen dodatni. Mam pani historię rodzinną zebraną od brata, więc nie musimy robić tego jeszcze raz. Porozmawiajmy o tym, dlaczego tu pani jest. Dlaczego chce pani wiedzieć?

– Nie jestem pewna, czy chcę.

– Okej.

– Chcę przez to powiedzieć, że czasem życie w niewiedzy jest gorsze niż świadomość, że zachoruję.

Pokiwał głową.

– A jak sobie pani radzi z tą niepewnością?

– Nie najlepiej.

Wątpliwości, stres, niepokój zawsze towarzyszyły jej, niczym irytująca stacja radiowa zbyt głośno grająca w tle, której nie była w stanie całkowicie wyłączyć ani zagłuszyć. Wiele razy dziennie dławiła ją panika – jeśli straciła równowagę w stojącej pozycji na zajęciach, jeśli upuściła klucze, jeśli zapomniała telefonu, jeśli przyłapała się na podrygiwaniu nogą. A czasem zupełnie bez powodu. Może miała zbyt wiele czasu i okazji do zastanowienia – czekanie na rozpoczęcie zajęć, czekanie, aż zaparzy się herbata, patrzenie na jakąś bezmyślną reklamę w telewizji podczas medytacji i słuchania mamy. Jej myśli biegły ku Huntingtonowi. Była jak nastolatka zakochana do szaleństwa w niegrzecznym chłopcu albo jak ćpunka fantazjująca o kolejnej działce metamfetaminy. Nie potrafiła się oprzeć swojemu ulubionemu tematowi, nieważne jaki był wyniszczający, i myślała o nim obsesyjnie przy każdej okazji. HD. HD. HD.

A jeśli miała go już teraz? A jeśli dostanie go później? A jeśli wszyscy będą go mieli?

– Popada pani w depresję?

– To trochę głupie pytanie.

– Dlaczego?

Westchnęła, poirytowana, że naprawdę musi mu to tłumaczyć.

– Mój ojciec i brat mają śmiertelną chorobę, którą ja też mogę mieć. To nie jest najszczęśliwszy okres w moim życiu.

– Pani brat ma gen, nie ma jeszcze choroby.

– Bez różnicy.

– Wręcz przeciwnie. To ten sam facet, którym był, zanim dowiedział się o swoim genotypie. To ten sam dwudziesto-pięcioletni mężczyzna, któremu nic nie dolega.

Katie pokiwała głową. Bardzo trudno było jej teraz patrzeć na JJ i nie postrzegać go inaczej. Jak kogoś przegranego. Chorego. Umierającego młodo.

HD. HD. HD.

– I ma pani rację, to zupełnie normalne czuć się trochę przygnębionym z powodu tego, co się wokół pani dzieje. Czy już kiedyś czuła się pani podobnie?

– Nie.

– Była pani kiedykolwiek u psychiatry albo psychologa?

– Nie.

– Przyjmuje pani jakieś leki?

– Nie.

Jednym z symptomów Huntingtona jest depresja. U niektórych ludzi z HD wszystko rozpoczyna się od symptomów fizycznych, zmian motorycznych, na obecność których Katie została przed chwilą przebadana przez neurologa, ale u innych początkiem są psychologiczne symptomy, występujące lata przed pojawieniem się pląsawicy. Obsesje, paranoja, depresja. Katie nie mogła przestać myśleć o Huntingtonie, była przekonana, że Bóg przeklął za pośrednictwem tej choroby całą jej rodzinę i była z tego powodu bardzo przygnębiona. Czy jej ponury nastrój był pierwszym objawem Huntingtona prześlizgującego się przez szczeliny, czy może każda normalna osoba czułaby się podobnie w tych nienormalnych okolicznościach? Co było pierwsze, kura czy jajko? Porypane zamknięte koło.

– Jestem przekonana, że mam w sobie gen – powiedziała Katie.

– A dlaczego?

– JJ wygląda dokładnie jak mój tata i on go ma. Ja wyglądam jak matka ojca, a ona zmarła na Huntingtona.

– To dość typowe założenie, ale nie ma w nim nawet ziarna prawdy. Można wyglądać jak swój ojciec czy babcia, a nie mieć genu Huntingtona.

Skinęła głową, nie wierząc w ani jedno słowo.

– To chyba dobry moment, aby omówić podstawowe zasady genetyki.

Konsultant podszedł do białej tablicy i wziął do ręki czarny marker.

– Mam to sobie zapisać? – Katie nie miała ze sobą ani długopisu, ani kartki. JJ nie uprzedził jej o żadnej z tych rzeczy. Szkoda, że Meghan nie poszła pierwsza. Ona powiedziałaby jej wszystko.

– Nie, nie będzie z tego żadnego sprawdzianu. Chcę tylko pomóc pani zrozumieć, jak działa dziedziczenie w przypadku choroby Huntingtona.

Na tablicy wypisał listę słów.

Chromosomy. Geny. DNA. ATCG. CAG.

– Geny, które dziedziczymy po rodzicach, znajdują się w strukturach zwanych chromosomami. Wszyscy mamy dwadzieścia trzy pary chromosomów. Każda para składa się z chromosomu pochodzącego od matki i ojca. Nasze geny są umieszczone na chromosomach jak korale na sznurku.

Narysował te sznurki i korale na tablicy. Wyglądały jak naszyjniki.

– O genach można myśleć jak o przepisie. Są instrukcją dla ciała, by stworzyło białka i wszystkie pani cechy, począwszy od koloru oczu po podatności na choroby. Litery i słowa, które tworzą przepis, to DNA. Zamiast A, B i C literami w alfabecie DNA są ATCG.

Obrysował litery kółkami na tablicy.

– Zmiana będąca podłożem choroby Huntingtona dotyczy tych liter DNA. Gen choroby znajduje się na chromosomie czwartym.

Wskazał kropkę na jednym z naszyjników.

– W genie HD znajduje się sekwencja CAG, która powtarza się wiele razy. Zwykle w tym genie ludzie mają średnio siedemnaście powtórzeń CAG. Przy Huntingtonie powtórzeń jest trzydzieści sześć i więcej. Rozszerzenie genu jest jak zmiana w przepisie, który w zmodyfikowanej wersji powoduje chorobę. Jak dotąd wszystko pani rozumie?

Skinęła głową. Chyba tak.

– Przyjrzyjmy się drzewu genealogicznemu pani rodziny. Proszę pamiętać, że dziedziczymy dwie kopie każdego genu: jedną od matki, drugą od ojca. Pani ojciec odziedziczył normalną wersję genu od swojego ojca, ale od matki dostał tę zmutowaną, która miała HD. Huntington jest tak zwaną chorobą dominującą. Potrzebny jest tylko jeden egzemplarz zmienionego genu, by odziedziczyć chorobę.

Obok kółka na tablicy narysował kwadrat i łączącą obie figury linię. Nad kwadratem napisał „dziadek" i „babcia" nad kółkiem. Następnie zakolorował kółko na czarno. Od dziadków narysował przypominającą gałązkę linię do zamazanego pisakiem kwadratu, który podpisał „ojciec" i połączył go z niepokolorowanym kółkiem podpisanym „matka".

– A teraz pani pokolenie. – Narysował kwadraciki dla JJ'a i Patricka oraz kółka dla Meghan i Katie. Zakolorował kwadrat jej najstarszego brata i na ten widok Katie poczuła, jak jej żołądek też wypełnia czarna masa. Przeniosła wzrok na swoje kółko, które na razie było puste. Na chwilę przymknęła oczy, nadal mając przed oczami białe kółko. Symbol nadziei.

– Każde z was odziedziczyło kopię normalnego genu od mamy. Proszę pamiętać, że pani tata ma jedną normalną kopię genu po ojcu i jedną zmutowaną po matce. Więc każde z was mogło dostać albo tę normalną wersję, albo zmutowaną. Jeśli odziedziczyła pani po ojcu zdrowy gen, nie będzie pani miała Huntingtona. Jeśli dostała pani zmutowaną wersję, za kilkanaście lat rozwinie się u pani ta sama choroba.

– Czyli dlatego każde z nas ma pięćdziesiąt procent szans zachorowania.

– Dokładnie – powiedział z uśmiechem, wyglądając na zadowolonego, że Katie zrozumiała jego biologiczny wykład.

Wszystkim więc rządził przypadek. Głupie szczęście. Nic, co zrobiła albo zrobi, nie będzie miało na to wpływu. Mogła odżywiać się według wegańskiej diety, uprawiać codziennie jogę, zabezpieczać się podczas stosunku, trzymać się z dala od narkotyków, brać witaminy i spać osiem godzin dziennie. Mogła się modlić, mieć nadzieję, wypisywać pozytywne hasła na ścianach swojej sypialni, palić świeczki. Mogła medytować nad pustym białym kółkiem. Nic z tego i tak nie będzie mieć znaczenia. Widziała to przed sobą na tablicy. Albo miała już w sobie gen, albo nie.

– Kurwa – wyrwało się jej. Zrobiła wielkie oczy i zacisnęła wargi, słysząc w głowie ostry głos matki: *Wyrażaj się!* – Przepraszam.

– Nie szkodzi. Może tu pani kląć. Może tu pani mówić, co tylko chce.

Katie lekko rozchyliła usta i wydęła powietrze z płuc. Ostatnio czuła, że musi bardzo uważać, zwłaszcza przy swojej rodzinie, w kwestii tego, czego nie powinna mówić, czego nie powinna zauważać. Niedzielne obiady w tej ciasnej kuchni były szczególnie trudne do zniesienia. Każde wypowiedziane i wstrzymane słowo było jak krok w głąb pola minowego pełnego jajek, który miażdżył skorupy na ostre odłamki wbijające się jej w płuca, przez co każdy oddech sprawiał jej ból. Nastała wyraźna przerwa w rozmowie. Powietrze w gabinecie czymś się wypełniło. Zaproszeniem. Obietnicą. Wyzwaniem.

– Mogę mówić panu po imieniu? – Konsultant przytaknął. – Kiedy byliśmy mali, często graliśmy w „prawda czy wyzwanie". Zawsze wybierałam wyzwanie.

– Czyli byłaś ryzykantką.

– Nie, ani trochę. To było tylko mniejsze zło, lepszy wybór, niż gdybym musiała wyjawić jakąś żenującą prawdę na swój temat.

– A co jest w tobie takiego żenującego?

– Nie wiem, normalne rzeczy.

Jako najmłodsza w rodzinie zawsze starała się dorównać swojemu starszemu rodzeństwu. JJ, Patrick i Meghan wiedzieli o seksie, piciu, trawce i wielu innych rzeczach na długo przed nią i przez swoją nieświadomość czuła się głupia. A szczególnie trudno było jej naśladować Meghan. Większość swojego dzieciństwa Katie spędziła, udając, że wie więcej niż naprawdę, i ukrywając to, czego nie wiedziała.

– Czuję się, jakbym grała z tobą w „prawdę albo wyzwanie" – odparła.

Prawda: dowiedzieć się, czy będzie miała Huntingtona, czy nie.

Wyzwanie: żyć w nieświadomości i zastanawiać się co chwilę, czy jest już chora, czy nie.

Nigdy nie lubiła tej gry. Do tej pory nie chciała już więcej w nią grać. Konsultant Eric pokiwał głową, zastanawiając się nad jej słowami, jak gdyby to porównanie nigdy wcześniej nie przyszło mu do głowy.

– Powiedz, Katie – odezwał się. – Co by to dla ciebie oznaczało, gdyby okazało się, że twój wynik jest negatywny?

– No, byłoby wspaniale. Największa ulga w moim życiu.

To chyba jasne, co?

– Jak twoim zdaniem wpłynęłoby to na relacje z najstarszym bratem?

Aha. Jej wyobrażona, lekka i oczywista ulga wylądowała jej z impetem na kolanach, zbyt ciężka, by ją podnieść.

– I co, jeśli dziecko jest chore?

– On nie chce wiedzieć.

– Za osiemnaście lat jego dziecko samo może się przebadać. Co będzie, jeśli twój bratanek lub bratanica ma w sobie zły gen? Jak się będziesz z tym czuła?

– Źle – powiedziała, opuszczając głowę.

– A jeśli Meghan i Patrick też okażą się posiadaczami tego genu, a ty nie?

– Jezu – powiedziała, nachylając się, by trzykrotnie odpukać w biurko Erica. – Czemu malujesz mi w głowie taki obraz?

– Powiedziałaś, że negatywny wynik byłby największą ulgą w twoim życiu. Widzisz teraz, że to nie takie proste?

– Tak, widzę.

Wielkie, kurwa, dzięki.

– Jak byś się czuła przy pozytywnym wyniku?

– W siódmym niebie – rzuciła ironicznie.

– Jak byś to przyjęła?

– Nie skoczyłabym z mostu, jeśli o to pytasz.

Robiło się zbyt nerwowo. Katie wierciła się na swoim miejscu, co nie umknęło uwadze Erica. Pieprzyć to. To nie było obowiązkowe. Mogła wstać i wyjść, kiedy tylko będzie jej się podobało. Nie musiała być grzeczna wobec tego człowieka. Nie musiała się przejmować tym, co myśli, nie musiała już nigdy się z nim widzieć.

– To co byś zrobiła? Coś by się w twoim życiu zmieniło? – zapytał ponownie.

– Nie wiem, może.

– A w twoim związku?

Przesunęła się na brzeg krzesła i patrzyła na drzwi.

– Tak.

– Jak on ma na imię?

– Felix.

– Czy Felix wie o tym wszystkim?

– Nie. Nie chcę go tym obarczać, dopóki nie będę wiedziała, na czym stoję.

– Okej.

– Proszę mnie nie oceniać.

– Nie śmiałbym. Porozmawiajmy o rzeczach bardziej ogólnych. Chcesz kiedyś wyjść za mąż?

– Tak.

– A mieć dzieci?

Wzruszyła ramionami.

– Tak, pewnie też.

– A jeśli masz gen?

Pomyślała o JJ'u i Colleen. Nie wiedziała, czy byłaby w stanie podjąć taką decyzję jak oni, i czy zatrzymałaby dziecko. Ale Katie mogła się tego dowiedzieć, zanim zajdzie w ciążę. Mogłaby skorzystać z *in vitro* i wcześniej sprawdzić embriony pod kątem HD, a potem skorzystać tylko z tych zdrowych. Mogła mieć Huntingtona i mieć dzieci. To nie do końca idealne rozwiązanie, ale miała szansę jakoś pokonać problem.

Albo i nie.

Felix nie zasługiwał na żonę, która była skazana na tę straszną chorobę. Nie zasługiwał na żonę, którą będzie musiał się zajmować – karmić i pchać na wózku. Zmieniać jej pieluchy i pochować ją przed pięćdziesiątką. Pomyślała o swoich rodzicach i zaczęła wyobrażać sobie ich najbliższą przyszłość. Na chwilę zacisnęła powieki, próbując odgonić od siebie ten obraz.

Dlaczego Felix miałby decydować się na taką przyszłość, gdyby wiedział o wszystkim od samego początku? Jej rodzicie przynajmniej spędzili razem dwadzieścia pięć lat, o niczym nie wiedząc. Żaden mężczyzna nie powinien decydować się na taki ciężar, zanim jeszcze wszystko się zacznie.

Ta świadomość uderzyła ją mocno i poczuła, jak narasta w niej obezwładniająca chęć, by się rozpłakać. Przełknęła kilka razy ślinę, zaciskając zęby trzonowe i próbując się opanować. Może posiadanie pozytywnego genu byłoby idealną wymówką, niemożliwym do obalenia dowodem, że nie zasługuje na miłość?

– Nie wiem. Te pytania wybiegają bardzo daleko w przyszłość w stosunku do tego, gdzie teraz jestem. Ty nie jesteś żonaty – powiedziała, jak gdyby próbowała go o coś oskarżyć. – Masz zamiar?

– Pewnego dnia, tak – odparł.

– Ile masz lat?

– Trzydzieści dwa.

– Okej, więc kiedy będziesz miał trzydzieści pięć lat może cię przejechać autobus. I koniec. Nadal chcesz robić plany? Nadal chcesz się kiedyś ożenić?

Eric pokiwał głową.

– Rozumiem ten przykład i masz rację. Wszyscy kiedyś umrzemy. I kto wie, może kiedy będę miał trzydzieści pięć lat, przejedzie mnie autobus. Różnica polega na tym, że nie siedzę w czyimś gabinecie i nie pytam konsultanta, lekarza ani nawet jasnowidza, żeby mi powiedział, kiedy i jak dokładnie umrę.

Katie przyszedł do głowy ostatni duch z *Opowieści wigilijnej*, ponura zjawa, która wskazała przyszły nagrobek Scrooge'a. Nigdy nie przeczytała tego opowiadana na zajęcia w szkole, ale co roku w święta widziała jego liczne adaptacje filmowe i telewizyjne. Scrooge trzęsie się w swojej koszuli nocnej i szlafmycy, błagając o inne zakończenie.

Ta scena zawsze ją przerażała i powodowała, że kiedy była mała, śniły się jej bardzo realistyczne koszmary. Teraz koszmar był prawdziwy, a upiór nazywał się Eric Clarkson. Miał na sobie nawet czarną koszulę. Brakowało mu tylko kaptura i kosy.

– Nie rozumiem, po co w ogóle mam odpowiadać na wszystkie te pytania. To moja sprawa, co zrobię z tą informacją i jak będę dalej żyć. Jeśli powiem coś nie tak, to zabronisz mi, bym poznała prawdę?

– Tu nie ma złych odpowiedzi. Nikt nie odmówi ci wykonania testu. Chcemy jedynie, abyś rozumiała, na co się decydujesz, i byś miała narzędzia, by sobie z tym poradzić. Czujemy pewną odpowiedzialność za to, jak zareagujesz.

Czekała. Eric milczał.

– Więc co się stanie dalej? – zapytała Katie.

– Jeśli nadal będziesz chciała się dowiedzieć, możesz wrócić za dwa tygodnie albo w innym dowolnym momencie. Znowu porozmawiamy, zobaczymy, jak sobie radzisz i czy nadal chcesz wiedzieć, a potem zaprowadzę cię do laboratorium i tam pobiorą ci krew.

Katie przełknęła ślinę.

– A potem się dowiem?

– Jeśli wrócisz cztery tygodnie później, podam ci wyniki.

Przeliczyła to szybko w głowie. Sześć tygodni. Jeśli się nie złamie, będzie wiedzieć, czy ma Huntingtona, czy nie, jeszcze przed końcem lata.

– Nie możesz mi powiedzieć przez telefon?

– Nie, to musi się odbyć tutaj. A właściwie to chcielibyśmy, aby ktoś tu z tobą przyszedł „dla wsparcia", ale nie twoje rodzeństwo, ponieważ twój wynik, jakikolwiek by nie był, może być dla nich trudny do przyjęcia, biorąc pod uwagę, że też są w grupie ryzyka. Nie proponowałbym też JJ'a ani twojego ojca. Najlepiej przyjdź z matką albo z przyjacielem.

Nie przyprowadziłaby matki. Jeśli wieści będą złe, byłaby w większej rozsypce niż Katie. Skończyłoby się na tym, że to ona wspierałaby matkę, a nie na odwrót. Inne możliwości były równie niezachęcające. Felix. Andrea. Inny instruktor ze studia.

– Ale nikt spoza mojej rodziny nic o tym wszystkim nie wie. Nie mogę przyjść sama?

– Nie zachęcam do tego.

– Ale to nie jest wymóg?

– Nie.

Nie przychodziło jej do głowy, kogo mogłaby przyprowadzić, ale to dopiero za dwie wizyty. Może do tego czasu powie

Felixowi. Może nie będzie chciała wiedzieć. Może w ogóle poprzestanie na tej wizycie. W ciągu sześciu tygodni wiele może się zdarzyć. Jeśli dobrnie do ostatniego spotkania, do dnia sądu ostatecznego, to albo wymyśli, kogo wziąć ze sobą, albo przyjdzie sama. Przekroczy ten most, kiedy już do niego dotrze.

Prawda albo wyzwanie, dziewczynko. Co wybierasz?

ROZDZIAŁ 16

Za oknem sypialni Katie dzień był monotonny, pozbawiony kolorów i ponury, i idealne odzwierciedlał jej nastrój. Zerknęła na kalendarz w telefonie. Był trzydziesty września. Katie mogła pójść na drugie spotkanie z konsultantem genetycznym dwa miesiące temu, ale je olała. Przed chwilą dzwonił do niej Eric Clarkson. Wiadomość, którą zostawił jej na poczcie głosowej, brzmiała niezobowiązująco – jak gdyby nakłaniał do wyjścia nieśmiałe dziecko, chowające się za nogami matki – i tylko przypominał Katie, że nadal może przyjść z nim porozmawiać, jeśli zmaga się z pytaniami o badanie genetyczne. Nie musiał do niej dzwonić. Myślała o Ericu Clarksonie częściej niż o Felixie, co z wielu powodów nie było niczym dobrym. Wiedziała, jak się z nim skontaktować. Usunęła wiadomość.

Ostatnio unikała właściwie wszystkich: Erica Clarksona i drugiej wizyty, taty, JJ'a i Colleen, Meghan, innych instruktorów, a nawet Felixa. Prowadziła trzy zajęcia dziennie, ale była bardzo skoncentrowana, wchodziła i wychodziła ze studia, do minimum ograniczając kontakt wzrokowy i kurtuazyjne pogawędki z innymi joginami. Od wszystkich tych ćwiczeń jej ciało było w nieziemskiej kondycji, ale jej umysł zupełnie się od nich odłączył. Jej głowa była wrakiem.

Nie miała żadnej samodyscypliny ani kontroli nad swoimi myślami. Były jak wielkie, nadpobudliwe i rozwydrzone psy, które gnają za lisami do ciemnego lasu, a ona trzyma je na smyczy, uzależniona od ich lekkomyślnych decyzji, i daje się ciągnąć, gdzie by nie pognały. Medytacja powinna jej pomóc pozbyć się tego problemu. Powinna okiełznać dzikie psy. *Do nogi. Siad. Nie ruszać się, do cholery. Dobre psy.* Ale jakoś nie potrafiła się skoncentrować.

Sama w swojej sypialni usiadła na poduszce medytacyjnej i zaczęła czytać dziwne, piękne graffiti na ścianach. Przez całe lato dopisała wiele nowych, inspirujących cytatów, licząc, że jej otoczenie przesiąknie do jej świadomości i trochę uda się tam posprzątać.

Jej mama nie była zachwycona, że jej córka bazgrze po ścianach, ale Katie nie widziała w tym nic złego. Nigdy nie była manualnie uzdolniona, a nie chciała marnować pieniędzy, których i tak nie miała, na plakaty czy malowane tablice. Marker za dwa dolary i jej ściany to wszystko, czego potrzebowała. A jeśli kiedykolwiek się stąd wyprowadzi, jej rodzice będą mogli wszystko zamalować. Kiedy się wyprowadzi. Kiedy. Kiedyś.

Przeczytała trzy cytaty bezpośrednio przed jej oczami:

Ból, którego teraz doświadczasz, zawsze jest formą braku akceptacji, formą nieświadomego oporu wobec tego, co jest.

Eckhart Tolle

Życie to doświadczenie bliskie śmierci. Krocz po ziemi
z wdzięcznością, póki jeszcze możesz.

Jean Sincero

Stajemy się tym, o czym myślimy.

Budda

Myślała o Huntingtonie. Cały czas. Bez ustanku. W lesie aż się od niego roiło. HD. HD. HD. Była jak zacinająca się winylowa płyta i chciała, żeby ktoś nią potrząsnął.

Stajemy się tym, o czym myślimy.

Stawała się Huntingtonem. Ten obsesyjny nawyk musiał się skończyć.

Usiadła wygodnie, krzyżując nogi, i zamknęła oczy. Rozpoczęła przez nos oddechy ujjayi, tworząc rytm oceanu, wdech – wydech, wdech – wydech. Z kolejnym wdechem w myślach wypowiedziała słowo *so*. Wraz z wydechem w jej głowie zabrzmiało słowo *ham*. Wdech – *so*, wydech – *ham*. *Soham* tak naprawdę było skrótem od *So aham*, które oznaczało w sanskrycie „jestem tym". Oddychała w rytm tych słów. Jestem tym, jestem tym.

Soham. Soham.

Umysł kocha słowa. Karmienie go ograniczoną kwestią *soham* sprawiało, że był skoncentrowany, zajęty właściwie niczym, spokojny. Kiedy narastały myśli i emocje, kiedy psy zaczynały szczekać, powinna je była zauważyć, pozwolić im przepłynąć obok niczym lekkim chmurom pchanym delikatnym wietrzykiem, po czym powrócić do *so* z wdechem i *ham* z wydechem.

Z początku to działało. *Soham. Soham.* Jej umysł był jak szklanka czystej wody, przejrzysty i rześki. A jeśli ma gen dodatni? Jeśli ma Huntingtona jak tata i JJ?

Tak rozpoczynała się historia, halucynacyjna wersja fikcyjnej przyszłości, w której występowała Katie, rodzina O'Brienów, a jej umysł był nagrodzonym Oscarem scenarzystą, reżyserem i aktorem w jednym. Ta historia nie była romantyczną komedią i nie miała hollywoodzkiego zakończenia. Zawsze opowiadana z epickim rozmachem była niezwykle mroczna i bez wyjątków przedstawiała najgorszą z możliwych wersji zdarzeń. A jej chory, uzależniony umysł kochał każdą makabryczną sekundę. Jej myśli podróżowały w czasie i przymierzały się do przyszłego życia Katie, w którym nic nie było jak trzeba. Jej tata i JJ nie żyli. Mama sprzedała dom, bo nie mogła sobie pozwolić na mieszkanie w nim w pojedynkę i przeniosła się do jednego ze swoich braci, tuż przed tym, zanim dostała załamania nerwowego. Patrick uzależnił się od heroiny, Meghan się zabiła. Katie miała Huntingtona.

Zerwała z Felixem, żeby go oszczędzić. Ożenił się z idealną kobietą, która urodziła mu dwoje idealnych dzieci i mieszkali razem w apartamencie w jednym z ekskluzywnych budynków na terenie stoczni. Katie wyobrażała sobie, jak siedzi sama na ławce i patrzy, jak razem śmieją się i bawią w parku.

Nigdy nie otworzyła własnej szkoły jogi, bo zbyt długo zwlekała, a potem choroba wychyliła swój łeb. Najszybciej zawiodła ją równowaga, więc została zwolniona. Skończyła na ulicy.

Ludzie na sam jej widok z obrzydzeniem odwracają głowę. Wygląda na pijaną, więc zatrzymuje ją policja. Tommy Vitale, najlepszy przyjaciel taty, zamiast jej pomóc, zamyka ją w więzieniu. Mówi, że gdyby jej ojciec nadal żył, to skopałby jej tyłek za to, że nie walczyła o swoje życie, za to, że się poddała i pozwoliła Huntingtonowi się zniszczyć. Mówi, że powinna się za siebie wstydzić. I wstydzi się. Jest przegrana i zawstydzona.

Jest trzydziestopięcioletnią bezdomną, niekochaną kobietą z Huntingtonem.

Jest czterdziestopięcioletnią bezdomną, niekochaną kobietą z Huntingtonem.

Umiera w samotności, skończona i zawstydzona, chora na HD.

Zaraz, przestała oddychać. *Soham* zniknęło. Katie zapomniała o oddechu, spociła się, a jej serce biło jak szalone, topiąc się w adrenalinie. *Cholera*. Działo się tak za każdym razem. Właśnie dlatego nie mogła się pozbierać.

Musiała wziąć się w garść, skoncentrować. *Puścić smycz*. Nie mogła dawać się ciągnąć przez straszny ciemny las, zwabiona do niego przyszłością, która może nigdy nie mieć miejsca. Przyszłość, dobra czy zła, była ułudą. Istniała tylko ta chwila, tylko TERAZ.

Teraz była dwudziestojednoletnią instruktorką jogi, która siedzi w swojej sypialni i nie ma HD. Ma cudownego chłopaka i przyzwoite mieszkanie, a jej ojciec i JJ nadal żyją, Patrick nie jest ćpunem, a Meghan ma się dobrze i żaden z dramatów, który wydarzył się w jej głowie, nie jest prawdziwy.

To była tylko jej wyobraźnia. Wzięła głęboki wdech i wypuściła go, rozluźniając ściśnięte paniką żebra, uspokajając swoje zlęknione serce. Wyprostowała plecy, położyła dłonie na kolanach i spróbowała jeszcze raz. Koniec z psami. Koniec z szaleństwem. Tym razem rozpoczęła od wymyślenia sobie mantry.

– Jestem tu i teraz. Jestem zdrowa i niczego mi nie brak – powiedziała na głos, żeby dodać sobie siły.

Zamiast *soham*, w kółko powtarzała w myślach swoją intencję. Wdech. *Jestem tu i teraz.* Wydech. *Jestem zdrowa i niczego mi nie brak.* Łąka rozjaśniła się, aż w końcu widziała tylko białe światło. Białe światło, wdech i wydech. Poza tym nie było nic i w tej nieruchomej przestrzeni nicości znalazła swój spokój.

Spokój. Spokój. Spokój.

Udało mi się, pomyślała. I dokładnie z tą myślą momentalnie katapultowała się z tego błogiego, pustego miejsca. Ale nic się nie stało. Katie uśmiechnęła się do siebie. Była tam. To miejsce istniało naprawdę.

Przestrzeń, w której Huntington nie istniał.

Kiedy otworzyła oczy, zobaczyła siedzącego przed sobą Felixa, który uśmiechał się do niej szeroko.

– Jesteś prawdziwy? – zapytała.

– Prawdziwszy być nie mogę, skarbie.

– Jak długo tu jesteś?

– Jakieś dziesięć minut. Twoja siostra mnie wpuściła.

A więc w końcu Tajemniczy Nieznajomy został zdemaskowany. Zastanawiała się, co myślała sobie teraz Meghan i czy była tak zaskoczona, jak spodziewała się tego Katie. Na pewno nieźle się nasłucha od siostry, kiedy tylko zostaną same. Czuła podenerwowanie, a jej żołądek był niespokojny.

– Co sądzisz o Meghan?

– Jest chyba w porządku. Wydaje się miła. Zresztą widzieliśmy się tylko przez chwilę. Ale dobrze wiedzieć, że naprawdę istnieje.

– Dziesięć minut. Naprawdę?

– Tak.

Nie miała pojęcia, że przy niej był, choć jego kolana znajdowały się jedynie kilka cali od niej. Nie czuła też upływającego czasu. Gdyby miała zgadywać, powiedziałaby, że medytuje tylko od kilku chwil.

– Mam wieści – powiedział. – Projekt biopaliw tak dobrze poradził sobie w Bostonie, że zlecono nam wprowadzenie tego samego modelu w Portland w Oregonie. Prezes chce, żebym tam pojechał i nadzorował cały proces.

Katie zrzedła mina.

– Nie, nie smuć się. Chcę, żebyś pojechała ze mną. – Spojrzała mu w oczy, próbując go zrozumieć i czekając na więcej.

– Kocham cię, Katie. Tyle mówisz o tym, że chciałabyś stąd wyjechać i otworzyć własne studio. Zróbmy to. Portland to świetne miasto. Co o tym sądzisz?

Jego słowa leżały między nimi jak nieodpakowany prezent, a jego twarz kipiała ekscytacją i oczekiwaniem.

– Zaczekaj – powiedziała. – Kochasz mnie?

– Tak – odparł, ściskając jej obie ręce i patrząc na nią błyszczącymi oczami. – Kocham.

– Ja ciebie też. I nie mówię tego tylko dlatego, że ty to powiedziałeś. Kocham cię już od jakiegoś czasu, tylko bałam się powiedzieć to pierwsza.

– Tchórz.

– Wiem. Pracuję nad tym.

– To co o tym wszystkim myślisz? Gotowa na wspólną przygodę?

Portland w Oregonie. Niczego nie wiedziała o tym mieście. Może Portland było miejscem, o którym marzyła, gdzie mogłaby rozwijać się bez ograniczeń; gdzie mogłaby żyć, nie czując się osądzana za to, że umawia się z czarnym mężczyzną; gdzie ludzie nie patrzyliby na nią z ukosa przez to, że jest weganką; gdzie nie czułaby się niewidzialna w cieniu swojej starszej siostry; gdzie nie ciążyłyby na niej zupełnie nieskrywane oczekiwania, by wyszła za miłego Irlandczyka z Charlestown i wychowała po katolicku swoje liczne potomstwo; gdzie ludzie mieli ambicje sięgające ponad pracę w służbach publicznych, uniknięcie więzienia, posiadanie rodziny i opijanie się w każdy weekend w miejscowym barze; gdzie nie czułaby się nic niewarta, dlatego że nie jest baletnicą, dziwna, bo nie obchodzi jej Tom Brady i Bruins, ani zarozumiała, bo jej największą życiową aspiracją nie było zostanie panią Flannagan albo panią O-apostrof-Cokolwiek; gdzie nie wstydziłaby się tego, kim jest.

Portland w stanie Oregon. Druga strona kraju. Inny świat. Jej własne studio. Mężczyzna, którego kocha. To mogło być jej marzenie, które miała w zasięgu ręki.

Powiedz tak.

A jeśli miała Huntingtona i zaczną się symptomy, a Felix nie będzie w stanie dać sobie z tym rady, porzuci ją i Katie zostanie całkiem sama? A jeśli Portland jest takie samo jak Charlestown i nie ma tam miejsca na kolejną szkołę jogi? Co będzie, jeśli otworzy swoje studio, a ono upadnie? Pora nie wydawała się najlepsza. Huntington u jej taty tylko się pogorszy, u JJ'a też. Będą jej potrzebować. Wyjechanie stąd teraz byłoby samolubne. Co, jeśli Meghan i Patrick mają gen pozytywny? Co, jeśli ona go ma?

Puść smycz, dziewczyno. Nie niszcz sobie życia myślami, które nie są prawdziwe.

Okej, oto co było prawdziwe. Była nauczycielką jogi, córką i siostrą. Siedziała naprzeciw cudownego, pięknego mężczyzny, którego kocha i który kocha ją. Właśnie poprosił ją, by z nim wyjechała na drugi koniec kraju. Chciała powiedzieć „tak". Była tu i teraz. Była zdrowa i niczego jej nie brakowało.

Miała też drugie spotkanie z Erickiem Clarksonem.

Patrzyła w brązowe, pełne nadziei oczy Felixa, wyjątkowe i naiwne, i była przerażona zmianą, jaką za chwilę w nich zobaczy. Wzięła głęboki wdech i wypuściła go. Znów wciągnęła w płuca powietrze i wydychając je, uścisnęła jego dłonie w swoich i spojrzała mu w oczy, odsłaniając przed nim swoje bezbronne serce i mówiąc mu, jaka jest prawda.

ROZDZIAŁ 17

Katie dała Ericowi prezent opakowany w niebieski papier i przewiązany białą wstążką. Kiedy zaczął go rozpakowywać, nagle pożałowała swojego gestu. Gdy była w domu, podarowanie czegoś swojemu konsultantowi genetycznemu wydawało się dobrym pomysłem, ale w jego gabinecie poczuła, że to niestosownie.

Eric zdarł papier, odsłaniając fiszkę oprawioną w ramkę. Widniały na niej słowa wypisane starannym pismem Katie:

> *Nadzieja jest tym upierzonym*
> *Stworzeniem na gałązce*
> *Duszy – co śpiewa melodie*
> *Bez słów i nie milknące*.*

> *Emily Dickinson*

Eric uśmiechnął się, czytając wiersz.

– O rany, dziękuję. To naprawdę wspaniałe.

– Pomyślałam, że to będzie pasować do twojego gabinetu.

– Idealnie – powiedział, stawiając ramkę na swoim biurku, przodem do Katie. – A na dodatek w zeszłym tygodniu miałem urodziny.

---

* Fragment w przekładzie Stanisława Barańczaka.

– Fajnie.

– A więc – powiedział, przyglądając się twarzy Katie przez zbyt wiele niezręcznych sekund, zaczynając rozmowę nieśmiało, jakby byli na mało udanej drugiej randce, a trzecia była mało prawdopodobna. – Cieszę się, że wróciłaś.

Katie zaśmiała się.

– Co cię tak śmieszy? – zapytał Eric.

– W sumie to potrzebujesz, żeby ludzie tacy jak ja tu wracali, bo inaczej zostałbyś bez pracy.

– Nie martwię się o moją pracę. Martwiłem się o ciebie.

Na początku Katie to schlebiło, poczuła się wyjątkowa jako obiekt jego troski, ale szybko się z tego otrząsnęła. Troska to młodsza siostra politowania.

– Jak ci minęło lato? – zapytał Eric.

– Dobrze – odpowiedziała uprzejmie.

– Jak się czuje twój tata?

– Dobrze. Definitywnie widać objawy. Te nagłe, szarpane ruchy – jak to się nazywa?

– Pląsawica.

– Tak, jego pląsawica robi się coraz bardziej widoczna. Jest zdezorganizowany i zapomina o różnych rzeczach, po czym wścieka się za to na siebie, aż w końcu musi się na kimś wyładować, zwykle na mojej mamie.

– Jak radzi sobie z tym twoja mama?

Katie wzruszyła ramionami.

– W porządku, daje radę.

– Twój tata nadal pracuje?

– Tak.

– Ktoś z komisariatu wie o jego chorobie?

– Tylko jego najlepszy kolega z pracy. Ma jeszcze jednego bliskiego przyjaciela, ratownika medycznego, który wie, ale na nich koniec. To tajemnica.

Tommy Vitale i Donny Kelly mieli tatę na oku. Jak na razie obaj twierdzili, że może jeszcze pracować i nikt więcej nie musi o niczym wiedzieć. Szczerze mówiąc, Katie nie sądziła, by tata był w stanie jeszcze długo być czynny zawodowo. A jednocześnie nie potrafiła sobie wyobrazić, że nie jest policjantem. Wyobrażanie go sobie było coraz trudniejsze, nawet wówczas, kiedy siedział przed nią w swoim fotelu.

W maju całą rodziną postanowili, że nie powiedzą o niczym tutejszym. Takie wiadomości rozprzestrzeniały się prędzej niż zaraza. Gdyby to się wydało, wystarczyłby tydzień, a może nawet jeden dzień, by wszyscy w Charlestown wiedzieli.

Tata miał w nosie, co ludzie powiedzą, ale JJ nie. Gdyby koledzy z remizy usłyszeli o Huntingtonie Joego O'Briena, to nie trzeba byłoby geniusza, by po małym szperaniu w internecie domyślić się, że JJ też może być chory. Wtedy zaczęliby go obserwować, traktować inaczej, może nawet pomijać przy awansach. To by nie było fair wobec JJ'a. Wszyscy w rodzinie przyrzekli więc sobie, że będą to trzymać w tajemnicy.

No i powiedziała Felixowi.

– A ty? Jak ty się czujesz? – zapytał Eric.

– Okej.

Ugryzła się w język, nie chciała ujawnić zbyt wiele. Założyła nogę na nogę i kiwała stopą to w górę, to w dół, czytając cytat Emily Dickinson.

– Kiedy nie odezwałaś się po dwóch tygodniach, a potem po miesiącu i po dwóch, pomyślałem, że pewnie już cię więcej nie zobaczę.

– No tak, przez jakiś czas taki właśnie był plan – powiedziała. – Nie bierz tego do siebie.

Nie zgrywała niedostępnej celowo. Eric uniósł dłonie, jakby ktoś trzymał go na muszce.

– Hej, rozumiem. To nic prostego.

– Często to widzisz? Ludzi, którzy przychodzą raz, a potem znikają?

Pokiwał głową.

– Jasne, ponad połowa już więcej nie przychodzi. W kwestii umawiania się na drugą randkę mam lepsze statystyki – dodał filuternie.

Katie zaśmiała się na ten żart.

– Poza tym było lato – dodał Eric. – Latem nikt nie chce się dowiedzieć, że ma Huntingtona.

– Ale teraz jest już październik – powiedziała Katie.

– Zgadza się.

– I oto jestem.

– Na naszej drugiej randce.

Eric uśmiechnął się, uderzając palcami o blat biurka. Katie poczuła iskrzenie między nimi i zarumieniła się.

– Więc co sprawiło, że wróciłaś?

Katie przełożyła nogę z jednej na drugą, próbując odwlec odpowiedź.

– Powiedziałam Felixowi.

– Chłopakowi, z którym spotykałaś się w lipcu?

– Tak.

– Jak to przyjął?

– Lepiej niż sądziłam. Całe szczęście nie zerwał ze mną natychmiast.

– To chyba porządny gość.

– Tak. Powiedział mi, że mnie kocha.

Znów się zarumieniła i spuściła wzrok na swój pierścień Claddagh, czując się trochę głupio.

– Ale nie sadzę, żeby w pełni to rozumiał – powiedziała Katie. – Przeczytał ulotkę o chorobie, którą mu dałam, ale nie chciał się dowiedzieć niczego więcej z internetu. Powiedział, że tyle mu wystarczy. Wydaje mi się, że tak naprawdę nie przyjmuje tego do wiadomości.

– A może to ty tego nie przyjmujesz?

– Chyba przyjmuję, skoro tu jestem.

Chciała mu też przypomnieć, że powrót tutaj wymagał naprawę wielkich jaj, ale postanowiła nie używać słowa „jaja" w rozmowie z konsultantem.

– Nie przyjmujesz do wiadomości tego, co Felix do ciebie czuje.

Katie przewróciła oczami.

– On mnie kocha, a ja jego, i świetnie się składa, bo naprawdę jestem z nim szczęśliwa. Ale jeśli mam tę chorobę, to się zmienię. I to bardzo. Nie będę już tą samą dziewczyną, którą on teraz kocha i nie winiłabym go, gdyby jego uczucia się zmieniły, kiedy już będę mieć Huntingtona.

– Czy twoja mama nadal kocha twojego tatę?

– Tak, ale ona jest zatwardziałą katoliczką. Musi go kochać.

– Oddanie i wierność słowom przysięgi małżeńskiej to coś innego niż miłość. Czy twoja mama przestała kochać twojego tatę?

Kiedy razem wyprowadzali Yaza na spacer, trzymali się za ręce. Katie zauważyła, że całowali się częściej niż kiedyś. Jej mama chciała mu przybliżyć nieba. Nie krzyczała na niego, gdy się na niej wyładowywał i nie robiła mu z tego powodu wyrzutów.

Mówiła do niego „kotku" i „kochanie". On nazywał ją „skarbem" i „złotkiem".

– Nie, ale ojciec nie ma się jeszcze aż tak źle.

– Zgoda. Posłuchaj, widziałem wiele rodzin z Huntingtonem i w oparciu o moje doświadczenia mogę powiedzieć, że twoja matka będzie nienawidzić tę chorobę, a nie twojego ojca.

– Szef Felixa chce, żeby przeniósł się do nowego oddziału firmy w Portland w Oregonie. Zaproponował, żebym pojechała razem z nim.

– A ty tego chcesz?

– Nie wiem. Próbuję to ustalić.

– I uważasz, że twoje geny wpłyną na tę decyzję?

– Chyba tak. Ale nawet jeśli nie mam Huntingtona – a właściwie zwłaszcza, jeśli go nie mam – wydaje mi się, że nie powinnam wyjeżdżać z Charlestown. Na samą myśl o wyprowadzce i porzuceniu taty i JJ'a, kiedy mnie potrzebują, czuję się straszną egoistką.

– JJ jest w pełni zdrowy. Może nie mieć żadnych symptomów choroby nawet przez kolejne dziesięć lat. Twój tata nadal pracuje. Nie jeździ na wózku ani nie potrzebuje zewnętrznej pomocy. Wygląda na to, że twoja mama i przyjaciele Joego panują nad sytuacją. Jak długo zostałabyś w Portland?

Projekt biopaliw trwał w Bostonie trzy lata. Felix uważał, że rozkręcenie siedziby potrwałoby przynajmniej tyle samo.

– Nie wiem, na pewno kilka lat.

– Co cię więc powstrzymuje?

Eric uniósł brwi, widząc jej rozdrażnione spojrzenie, którego nauczyła się od mamy.

Nie rozmawiaj ze mną jak z idiotką, smarkaczu.

– Twoje nieznane geny – odpowiedział sam sobie.

Pokiwała głową.

– Okej, więc co się stanie, jeśli dostaniesz wynik negatywny? Pojedziesz?

Zastanowiła się nad tym.

Nie musiałaby wyjeżdżać na zawsze. Jeśli mama i tata potrzebowaliby jej pomocy, to wtedy wprowadziłaby w swoje życie konkretne zmiany. Jeśli nie jest chora, to nie ma też powodu, aby nie jechała. Kochała Felixa. Nie chciała sobie nawet wyobrażać, że mogłaby go stracić.

– Tak, chyba bym pojechała.

Słysząc, jak na głos mówi, czego naprawdę chce, prze-szył ją dreszcz ekscytacji, a na twarzy pojawił się głupawy uśmiech.

– Okej, a teraz druga opcja. Co zrobisz, jeśli się okaże, że masz w sobie gen?

W jednej chwili jej uśmiech zniknął. Dreszcz ekscytacji odszedł tak samo nagle, jak się pojawił.

– Nie wiem. Chyba powinnam wtedy zostać na miejscu i zerwać z Felixem.

Eric pokiwał głową, na co Katie zapytała:

– Czyli uważasz, że to dobre wyjście?

– Nie, nie, tylko słucham i próbuję zrozumieć twój tok myślenia.

– A ty? Co byś zrobił?

– Nie mogę na to odpowiedzieć. Nie jestem na twoim miejscu.

Katie spuściła wzrok.

– A poza tym nie sądzę, żeby Felix chciał ze mną miesz-kać – dorzucił.

– Bardzo zabawne.

– Nie musisz robić z siebie męczennicy, Katie. Jeśli masz w sobie gen HD, to nadal masz przed sobą piętnaście, a na-wet dwadzieścia lat bez żadnych objawów. To dużo czasu. Wiele rzeczy może się w tym czasie zmienić. Prowadzone obecnie badania są naprawdę obiecujące. Może za kilka lat znajdziemy skuteczne lekarstwo.

Piętnaście do dwudziestu lat. Nadzieja dla JJ'a, dla niej samej, Meghan i Patricka, jeśli mają gen HD. Za późno dla jej taty.

– Szkoda by było zakończyć ważny związek i wyrzucić ze swojego życia mężczyznę, którego kochasz, z powodu choroby, która – jeśli się u ciebie rozwinie – nie będzie miała wpływu na twoje życie przez najbliższą dekadę, a nawet dłużej. Może za dziesięć lat znajdzie się lekarstwo i HD w niczym ci nie przeszkodzi. A wtedy okaże się, że zrezygnowałaś z Felixa i Portland zupełnie bez powodu.

– Mam wrażenie, że próbujesz mnie przekonać, żebym się przebadała.

– Nie, to nie tak miało zabrzmieć. Moim zadaniem nie jest próbować wpłynąć na twoje działania. Mam ci pomóc przemyśleć możliwy rezultat każdej z decyzji. Staram się zobrazować ci sytuację, pokazać, że twoje życie nie musi się zatrzymać ani zejść na inny tor, jeśli zrobisz test i dowiesz się, że masz gen HD.

– Tak, ale to nadal nie wydaje mi się fair wobec Felixa. – Przemówiło przez nią poczucie winy irlandzkiej katoliczki.

– Nie chcę wyjść na czarnowidza, Katie, ale jesteś nadal bardzo młoda. Masz tylko dwadzieścia jeden lat. Wiem, że jesteście w sobie zakochani, ale istnieje również prawdopodobieństwo, że nie będziecie ze sobą na zawsze. Raczej zakochasz się jeszcze w kilku innych facetach, zanim wszystko się jakoś ułoży. I nie będzie to miało związku z Huntingtonem. Takie jest życie.

Nie myślała na poważnie o poślubieniu Felixa, ale jeśli miała być zupełnie szczera, to gdzieś w głębi duszy, dla czystej rozrywki, przymierzała suknie ślubne. A Felix wyglądałby obłędnie w czarnym smokingu. To nie było takie nieprawdopodobne. W jej wieku mama była już mężatką i miała trójkę dzieci. Zastanawiała się, jakie są szanse na to, że Felix okaże się tym jedynym. Pewnie mniejsze niż to, że dostanie Huntingtona.

– Byłeś kiedyś zakochany? – zapytała Katie.

– Tak – powiedział Eric z wahaniem, jak gdyby chciał powiedzieć więcej, ale nie był pewien, czy to stosowne. – Kochałem trzy kobiety. Za każdym razem to było prawdziwe uczucie, ale żadne z nich nie przetrwało. Związki są trudne. Przynajmniej dla mnie.

– To takie dziwne. Właściwie cię nie znam, a rozmawiamy o rzeczach, o których nigdy nikomu nie mówię.

– Taką mam pracę.

– Aha – odparła Katie, wyraźnie rozczarowanym tonem.

– Ale to słuszna uwaga, prowadzimy osobiste rozmowy i poruszamy bardzo prywatne kwestie. Rozumiem, co chciałaś powiedzieć. Nie da się podjąć tego typu decyzji, nie podwijając rękawów, nie ściągając zbroi i nie sięgając w głąb siebie.

– Której decyzji? Przeprowadzki do Portland z Felixem czy zrobienia badania?

– Obu.

Katie pokiwała głową. Eric czekał. W powietrzu narastała niewygodna cisza.

– Poprzednim razem, kiedy rozmawialiśmy o genetyce, nie poruszyliśmy jednego zagadnienia, o którym powinnaś wiedzieć. Rozmawialiśmy o rozbudowanym genie HD. W zdrowym organizmie występuje trzydzieści pięć i mniej powtórzeń CAG. Czterdzieści i więcej powtórzeń oznacza, że na pewno dostaniesz Huntingtona. Ale wynik nie jest zupełnie czarno-biały. Jest też strefa pośrednia.

Eric zrobił pauzę. Katie poczuła ucisk w żołądku, czekając w napięciu, co będzie dalej. Nie miała pojęcia, co za chwilę usłyszy, ale intuicja podpowiadała jej, że nic dobrego.

– Jeśli masz trzydzieści sześć do trzydziestu dziewięciu powtórzeń, to nie da się jednoznacznie zinterpretować wyniku. W takim wypadku mamy do czynienia z niepełną penetracją genu. To właśnie strefa pośrednia. Przy trzydziestu ośmiu albo trzydziestu dziewięciu parach istnieje około dziewięćdziesiąt procent szans wystąpienia HD. Przy trzydziestu siedmiu szanse maleją do około siedemdziesięciu pięciu procent, a przy trzydziestu sześciu do pięćdziesięciu, ale żadne z tych szacowań nie jest dokładne. Nie jesteśmy w stanie precyzyjnie określić, co się stanie, jeśli powtórzeń jest od trzydziestu sześciu do trzydziestu dziewięciu.

Czekał, przyglądając się twarzy Katie i próbując rozszyfrować jej reakcję. Czuła się jak po wybuchu bomby. Zupełnie się tego nie spodziewała. Wszystko było jednym wielkim oszustwem. Przynętą ze zmianą. Katie była tak wkurzona, że brakowało jej słów, ale gdy wzięła głęboki oddech, od razu się znalazły.

– Powiedz mi, czy dobrze rozumiem. Mogę zrobić sobie badanie i dostać odpowiedź, która niczego mi nie wyjaśni, tak?

– Niestety tak.

Nie mogła w to uwierzyć. To nie mogła być prawda.

– Czyli mogę się zdecydować na cały ten syf, postanowić, że chcę wiedzieć, ale jeśli wynik okaże się niejasny, to nadal moje szanse zachorowania będą pół na pół.

– Tak.

– No to, kurwa, słabo.

– Masz rację, ale nic lepszego nie mamy.

– Powinieneś mi był o tym powiedzieć, kiedy umówiliśmy się po raz pierwszy.

Słyszała, co powiedziała, ale była zbyt wściekła, by się zarumienić.

– Na wizytę – dodała.

– Wiem, przepraszam. Czasem informacji jest za dużo, żeby je wszystkie przedstawić za pierwszym razem. Czy któraś z nich jakoś ci pomogła? – zapytał Eric.

Na początku tak, aż do czasu, gdy się okazało, że istnieją trzy rodzaje odpowiedzi.

– Nie wiem.

– Nie musisz się dziś na nic decydować. Ale jeśli chcesz, od razu możemy pójść do laboratorium, pobrać ci krew i wykonać badanie.

– I wtedy się dowiem, czy moja liczba CAD jest czarna, biała, czy szara.

– Tak. A za cztery tygodnie, jeśli nadal będziesz chciała znać wyniki, wrócisz tu, a ja ci je odczytam. To spotkanie będzie przebiegało w następujący sposób: ty i osoba, którą przyprowadzisz ze sobą „dla wsparcia", zostaniecie przeze mnie wezwani z poczekalni. Nie będę znać wyników, kiedy tu przyjdziesz, więc cokolwiek będzie robić moja twarz, kiedy mnie zobaczysz, nie będzie nic oznaczać. Jeśli będę się uśmiechał albo wyglądał na rozkojarzonego, to nie z powodu wyniku. Zapytam cię, czy nadal chcesz wiedzieć. Jeśli powiesz „tak", to otworzę kopertę, przeczytam twój wynik i przekażę ci go.

Próbowała wyobrazić ich sobie w tym samym gabinecie za cztery tygodnie. Eric będzie miał w dłoniach białą kopertę. Otworzy ją. Nagrodę otrzymuje...

– To co chcesz zrobić? Odprowadzić cię do laboratorium na pobranie krwi?

Prawda czy wyzwanie, dziewczynko. Co wybierasz?

Nadzieja jest tym upierzonym
Stworzeniem na gałązce
Duszy – co śpiewa melodie
Bez słów i nie milknące.

– Pieprzyć wszystko. Zróbmy to.

ROZDZIAŁ 18

Katie dyszała ciężko od histerycznego płaczu, mażąc po kolejnej ścianie swojego pokoju czarnym markerem. Cała się trzęsła, ale wypełniała ją determinacja, by dokładnie zasmarować każdą literę. Mocno dociskała pisak, dźgając nim słowa, jakby zamiast niego trzymała w dłoni nóż i chciała je wszystkie zabić. Irytowała ją nieudolność miękkiej, cienkiej końcówki.

Docisnęła ją mocniej, z całych sił, ignorując piekący ból w prawym ramieniu, kiedy tak unicestwiała każde kłamliwe słowo. Kreśliła po każdej literze, aż były nie do odczytania, niszcząc ślady tego, w co kiedyś wierzyła. A nie wierzyła już w nic. W jej sypialni panował chłód, ale ona była jak piec, w którym płonęła wściekłość, podsycana gorączkowym wysiłkiem i ogromem zadania. Przód jej koszulki był mokry od potu i łez.

W końcu zamazała ostatnią literę. Koniec z cytatami. Koniec z fałszywą nadzieją. Zrobiła krok do tyłu. Jej ściany pokrywała poszarpana, pełna wściekłości eksplozja czerni, wojna malowana dłonią abstrakcyjnego artysty. To lepsze odzwierciedlenie mojej rzeczywistości, pomyślała.

Spojrzała na swoje odbicie w lustrze nad komodą. Policzki miała brudne od tuszu do rzęs – dwie bliźniacze smugi biegnące w dół. Uległa impulsowi i obrysowała permanentnym mazakiem ślady tuszu od oka do linii żuchwy. Beznamiętnie wpatrywała się w swoje odbicie.

Z markerem w dłoni rozejrzała się po pozostałych ścianach, by sprawdzić, czy na pewno skończyła. Do zrobienia pozostała tylko jedna rzecz. Stanęła u wezgłowia łóżka i zaatakowała spokojną płaszczyznę białej przestrzeni, pasmo ściany niedotknięte czarną wojną. Zaczęła raz za razem pisać litery CAG w jednej poziomej linii, aż powtórzyła je czterdzieści siedem razy. Czterdzieści siedem CAG.

Liczba powtórzeń CAG tańczących w głowie jej jedynej siostry.

Po tamtym dniu nie mogła spać w swoim pokoju. Ostatnie trzy dni spędziła u Felixa. Nie potrafiła zmierzyć się z tym, co zrobiła, ani nawet spojrzeć Meghan w oczy. Powiedzieć, że Felix się martwił, było niedopowiedzeniem. Wziął nawet dwa dni wolnego, żeby z nią zostać. Katie położyła się w jego łóżku i właściwie z niego nie wychodziła. Felix przynosił jej jedzenie, które jadła tylko dlatego, że na to nalegał. Pocierał jej policzki ręcznikiem zwilżonym alkoholem, aż skóra zrobiła się czerwona i podrażniona, ale w końcu czysta. Spała, płakała i gapiła się na jego ściany.

Niewinne, neutralne, szaro-zielone ściany. Na jednej był wysokiej jakości wydruk przedstawiający zatokę Rockport w pogodnych barwach ośmiokolorowego zestawu świecowych kredek. Czerwone, żółte i pomarańczowe boje. Zielona łódka. Niebieskie niebo. Było też zdjęcie zrobione przez

Felixa, które przedstawiało USS Constitution o wschodzie słońca, historyczny okręt wojenny, którego tłem było nowoczesne miasto, z czarnymi i srebrnymi liniami na tle jaśniejącego nieba. Felix miał też drzeworyt horyzontu Nowego Jorku, swojego rodzinnego miasta, miejsca, w którym Katie nigdy nie była. Jego ściany dawały jej poczucie bezpieczeństwa i schronienie od ścian własnej sypialni, zamazanych kłamstw i śmiertelnego przepisu DNA – od niewidzialnych ścian, które ją otaczały i coraz bardziej zaciskały wokół niej i jej rodziny, grożąc, że ich wszystkich zmiażdżą.

Jej życie stało się horrorem, w którym okropny potwór w ataku szału przeżerał genealogiczne drzewo O'Brienów, odcinał gałęzie i wrzucał je do rębaka. Bestia nie zamierzała spocząć, dopóki nie zostanie sam pień, jedyny ślad ich istnienia, którego koncentryczne słoje będzie śledzić palcami jej pogrążona w żałobie matka.

Najpierw jej babcia i ojciec. Potem JJ. A teraz Meghan. Meghan będzie miała Huntingtona. Katie wyobrażała sobie siostrę z pląsawicą, która uniemożliwia jej taniec, i rozdzierało ją to od środka. Zamykała oczy, ale nadal widziała Meghan z pląsawicą i żałowała, że jej wyobraźnia nie jest ślepa. Meghan umrze na Huntingtona. Katie nie mogła sobie wyobrazić życia bez niej. Nie mogła. Nie chciała.

Przez trzy dni chowała się w łóżku Felixa, zakryta ciężkim kocem winy i wstydu. Katie traktowała czas jak łatwy do zdobycia towar, którego ma na pęczki, i może z łatwością marnować. Pod małostkową zazdrością o siostrę krył się szczery podziwu szacunek, którego nie potrafiła wyrazić. Za bezustannym porównywaniem i współzawodnictwem było wspomnienie przyjaźni i siostrzanej miłości, za którymi tęskniła. Przez kilka lat Katie okazywała Meghan wrogość i niechęć. Ale w środku, pod zbroją, która tak skutecznie je od siebie oddzielała, była miłość.

Tak naprawdę Katie od lat pragnęła bliższego kontaktu z siostrą, ale myśl o wzięciu odpowiedzialności za rozdźwięk między nimi i bycie tą, która pierwsza wyciągnie rękę, zbyt ją zniechęcała. Była strasznym tchórzem. Odwlekała wszystko, zadowolona, że może pozostać przy starym dobrym nawyku zazdroszczenia Meghan, wiary w stworzoną przez swój umysł historię siostry, która dostała wszystko, i siostry, która została z niczym. Uważała, że ma wieczność, by wszystko między nimi naprawić. A teraz okazało się, że tak jak tata i JJ Meghan ma gen odpowiedzialny za chorobę Huntingtona.

Nadeszła pora, aby odpuścić.

Tego dnia Katie powróciła do świata. Poprowadziła swoje zajęcia o dziewiątej trzydzieści, a potem zastąpiła Andreę na „Godzinie siły" w południe. Wspaniale było się poruszać, przeżyć dzień jak zwykle. Znajome komendy i asany podnosiły ją z kolan.

Była już prawie w domu i szła po schodach do swojego mieszkania. Czuła na korytarzu zapach świeżej farby. W mieszkaniu drzwi do jej sypialni były lekko uchylone. Przez szparę zobaczyła pochlapaną płachtę malarską. Otworzyła drzwi na oścież i zatrzymała się w progu, zupełnie zaskoczona. W środku stała Meghan z mazakiem w dłoni. Odwróciła się do Katie uśmiechnięta.

Czarna eksplozja czterdziestu siedmiu CAG zniknęła. Jej pokój został odmalowany na morski odcień błękitu, ulubiony kolor Katie. Ku jej zadziwieniu każdy cytat wrócił na ścianę i był mniej więcej w tym samym miejscu, gdzie wcześniej, napisany teraz pismem siostry.

– Nie gniewaj się – powiedziała Meghan.

– Jak to możliwe? – zapytała Katie. – Wszystkie cytaty wróciły na swoje miejsca.

– Czasami, kiedy nie było cię w domu, siadałam na twoim łóżku i czytałam twoje ściany. Robiłam to od dawna, zanim to wszystko się stało. Te cytaty mi pomagały, a teraz naprawdę ich potrzebuję. – Zamilkła na chwilę. – I myślę, że ty też ich potrzebujesz. Proszę cię, nie oddalaj się ode mnie.

Meghan podeszła do swojej siostry i objęła ją z całych sił. Katie wtuliła się w nią, ogarnięta poczuciem ulgi, wdzięcznością i miłością. Ich dotąd oddalone od siebie ciała z łatwością się w siebie wpasowały, jakby ten gest był ich wspólnym wspomnieniem. Katie odsunęła się po chwili i otarła łzy.

– Nigdy. Obiecuję – powiedziała. – Tęskniłam za tobą, Meg.

– Ja za tobą też.

– Nie wiedziałam, że te cytaty mają dla ciebie jakiekolwiek znaczenie i że w ogóle je zauważyłaś. Właściwie to wydawało mi się, że uważasz moje jogowe motta za głupotę.

– Skąd ci się to w ogóle wzięło?

– Nie wiem. Zawsze sobie wszyscy żartowaliście z mojego oczyszczania sokami, mantr i słów w sanskrycie.

– To JJ i Patrick zwykle się z tobą droczą. Nie mamy nic złego na myśli.

– Ale nigdy też nie przyszłaś na żadne z moich zajęć.

– Nie sądziłam, że chcesz mnie tam widzieć. Nigdy nie poprosiłaś, żebym przyszła, więc założyłam, że mnie tam nie chcesz.

Katie czekała, aż Meghan pojawi się na jednych z jej zajęć, a kiedy to się nie zdarzyło, założyła, że Meg uważa jogę za stratę czasu. A Meghan przez cały ten czas czekała na zaproszenie.

– Oczywiście, że chcę, żebyś przyszła – powiedziała Katie.

– To przyjdę.

– Właściwie to nic wielkiego. Moje zajęcia to nie *Jezioro łabędzie*.

– Chyba żartujesz. Jesteś instruktorką jogi. To przecież fantastyczne. Bardzo bym chciała wziąć udział w twoich zajęciach. Ale znam tylko pozycję tancerza. Pewnie zrobię z siebie strasznego głupka.

Katie pokręciła głową z uśmiechem. Meghan w życiu nie zrobiła z siebie głupka. Pomyślała o Huntingtonie, o swoim potykającym się, upadającym, wykrzywionym i upuszczającym wszystko tacie, który dla każdego, kto nie wiedział, co mu dolega, wyglądał jak głupek. Przyszłość Meghan.

– Tak mi przykro, Meg.

– Daj spokój. Przecież nie umrę jutro.

– Wiem. Chciałam przeprosić, że tak długo zachowywałam się wobec ciebie jak idiotka.

– Aha. Ja też przepraszam.

Nadal trzymając mazak w dłoni, Meghan wróciła do ściany i skończyła cytat, który pisała, kiedy pojawiła się Katie.

> *Bycie przez kogoś kochanym daje siłę, obdarzanie*
> *miłością daje odwagę.*
>
> *Laozi*

– Zacznijmy od nowa, okej?

Katie pokiwała głową.

– Czekaj, co to? – zapytała, pokazując palcem nowe motto.

> *Nie daj się i walcz.*
>
> *Bostońscy policjanci*

– To od taty – powiedziała Meghan. – Jest też kilka innych.

Oczy Katie wędrowały po pokoju, aż znalazły nowy cytat tuż nad lustrem. Zaśmiała się, a Meghan za nią, wiedząc, co czyta siostra.

> *Te demony nie wiedzą, z kim zadarły.*
>
> *Patrick O'Brien*

Był też cytat od mamy, najdłuższy w całym pokoju, wypisany pochyłymi literami nad wezgłowiem jej łóżka, tam, gdzie jeszcze trzy dni temu znajdował się ciąg CAG. Modlitwa świętego Franciszka.

Panie, uczyń z nas narzędzia Twojego pokoju,
Abyśmy siali miłość tam, gdzie panuje nienawiść;
Wybaczenie tam, gdzie panuje krzywda;
Jedność tam, gdzie panuje zwątpienie;
Nadzieję tam, gdzie panuje rozpacz;
Światło tam, gdzie panuje mrok;
Radość tam, gdzie panuje smutek.
Spraw, abyśmy mogli
Nie tyle szukać pociechy, co pociechę dawać;
Nie tyle szukać zrozumienia, co rozumieć;
Nie tyle szukać miłości, co kochać;
Albowiem dając, otrzymujemy;
Wybaczając, zyskujemy przebaczenie,
A umierając, rodzimy się do wiecznego życia.

– Dziękuję, mamo – szepnęła Katie, kiedy skończyła czytać. Poruszyła ją boska mądrość całej modlitwy, a wyjątkowe pięć słów śpiewało w jej sercu potężnym chórem.

Nadzieję tam, gdzie panuje rozpacz…

CZĘŚĆ III

*Choroba Huntingtona rozwija się zwykle w okresie od dzie-
sięciu do dwudziestu lat i można w niej wyróżnić trzy etapy.
We wczesnym stadium choroby pojawiają się zwykle brak koordynacji, pląsawica, trudność w myśleniu, depresja i drażliwość.
W stadium pośrednim pogarszają się umiejętności planowania
i logicznego myślenia, pląsawica staje się wyraźniejsza, upośle-
dzona zostaje zdolność mowy i przełykania. W stadium zaawansowanym osoba dotknięta chorobą nie jest już w stanie chodzić,
mówić w zrozumiały sposób ani prawidłowo się poruszać i jest
całkowicie zależna od innych w codziennym funkcjonowaniu.*

*Osoba z chorobą Huntingtona nie traci zdolności rozumienia,
pamięci ani świadomości na żadnym z trzech etapów. Śmierć
powodują najczęściej komplikacje wynikające z choroby, takie jak:
udławienie, zapalenie płuc, śmierć głodowa, a nawet samobójstwo.*

*Mimo że genetyczna mutacja, jedyna przyczyna choroby
Huntingtona, znana jest od 1993 roku, nadal nie istnieją skuteczne metody leczenia, które spowolniłyby rozwój choroby.*

*Chorobę Huntingtona nazywa się powszechnie chorobą ro-
dzinną. Z powodu autosomalnego dominującego dziedziczenia
HD i jego przewlekłego charakteru rodzice, rodzeństwo, dzieci,
a nawet wnuki należące do tej samej rodziny mogą doświadczyć*

różnych stadiów choroby w tym samym czasie. Często zdarza się tak, że kiedy jedno pokolenie znajduje się w końcowym stadium, kolejne właśnie zaczyna chorować.

ROZDZIAŁ 19

Zapach niedzielnego obiadu wypełniał całą ich sypialnię. Joe nie potrafił rozpoznać, jakie gotowane zwierzę lub warzywo czuł nosem, co nie było miłym doznaniem, ale zaczęła mu cieknąć ślinka.

Stanął bokiem przed lustrem i poklepał się po zwiotczałym brzuchu. W przeszłości robił się taki płaski tylko wtedy, kiedy Joe mocno go wciągnął. Boczki miłości i oponka zniknęły. Fizjoterapeutka powiedziała mu, że musi jeść od czterech do pięciu tysięcy kalorii dziennie, jeśli chce utrzymać obecną wagę. Nawet za pozwoleniem lekarza, by pochłaniać tyle pączków i pizz, ile dusza zapragnie, Joe nadal gwałtownie tracił kilogramy. Jego nieustanne podrygiwanie spalało mnóstwo kalorii.

Właśnie wrócił do domu po swojej zmianie. Chciał się przebrać: ściągnął już pas na broń i spodnie, ale został w koszuli. Jego palce podskakiwały, jakby grały utwór Mozarta na niewidzialnym flecie nad guzikami koszuli, ignorując rozkazy Joego i odmawiając współpracy. Skoncentrował się na nich, jak gdyby próbował przewlec nitkę przez najmniejszą igłę świata, próbując zmusić kciuki i palce wskazujące, by odpięły zwykłe guziki, ale nic nie było w stanie powstrzymać jego członków od wygłupów. W Joem wzbierała złość, wstrzymał więc oddech, czując, jak traci panowanie, niemal gotów rozerwać koszulę na pół.

– Joe! Obiad!

Pieprzyć to.

Przebierze się później. Włożył parę szarych dresów i poszedł do kuchni.

Stół był już nakryty i cała rodzina, z wyjątkiem Katie, czekała na posiłek. Krzesło Colleen było znacznie odsunięte od stołu, by zrobić miejsce dla jej ogromnego ciążowego brzucha. Jej spuchnięte, ubrane w skarpetki stopy leżały na udach JJ'a. Wyglądała tak, jakby mogła urodzić w każdej chwili, ale termin porodu wyznaczono dopiero na grudzień. Musiała utrzymać w sobie tego szkraba jeszcze przez miesiąc.

Joe codziennie modlił się o to, aby dziecko okazało się zdrowe. O dziesięć palców u rąk i u stóp i żadnego Huntingtona. Ale kiedy dziecko się urodzi, tylko ono, nie rodzice, będzie miało prawo poznać swój status genetyczny, a najniższy wiek kwalifikujący do badania to osiemnaście lat. Nie dowiedzą się więc, czy dziecko JJ'a ma w sobie gen HD do czasu, kiedy ono samo postanowi się o tym dowiedzieć.

Osiemnaście lat. Joego pewnie nie będzie już na tym świecie. A przynajmniej nie będzie mieszkał w dwupiętrowym domu na Cook Street. Umrze albo zostanie lokatorem jakiegoś domu opieki i tak czy inaczej nigdy nie pozna losu swojego wnuka. Czy ta przeklęta choroba wyciągnie swoje macki ku kolejnemu pokoleniu, czy zakończy się na JJ'u? Co dzień się modlił, by syn był ostatni.

I Meghan. Boże, jak ciężko było jej przyjąć, że w swoim DNA kryje tego potwora. Meghan będzie miała Huntingtona. Ta świadomość była jak krwawiąca rana w brzuchu Joego, na którą nie mogła pomóc żadna operacja, a ból był czasami nie do zniesienia. Modlił się, czasami przez łzy, by mogła tańczyć aż do czterdziestki bez najmniejszych objawów choroby. Modlił się i żywił nadzieję na pomyślną przyszłość dla wszystkich swoich dzieci, a kiedy miał dobry dzień, nawet w nią wierzył. Ale przyszłość wisiała nad nimi wszystkimi. I jeszcze poczucie winy. To, że Joe potrafił stanąć prosto mimo ciężaru winy, jaki odczuwał, było prawdziwym cudem.

Rosie położyła na stole koszyk sodowego chleba i kostkę masła.

– Zaczniemy bez Katie? – zapytała Meghan, poprawiając wokół szyi czarny, wełniany szalik.

– Damy jej jeszcze minutę – powiedziała groźnie Rosie.

Joe pociągnął przez słomkę łyk, spodziewając się wody, ale z zaskoczeniem odkrył cierpkawy, orzeźwiający smak piwa. Przełknął i spojrzał na Patricka, który uśmiechał się przebiegle. Joe mrugnął do niego i napił się jeszcze raz. Wszyscy przy stole dostali wody w szklankach po słoiczkach. Żadnego piwa przed obiadem. „Szklanka" Joego to nieprzejrzysty plastikowy kubek na wynos z Dunkin'Donuts z wieczkiem i słomką. Niechcący upuścił, przewrócił, a nawet rzucił w powietrze zbyt wieloma szklankami i kubkami. Rosie znudziło się sprzątanie po nim bałaganu, i z pewnością nie będzie mógł rozbijać szklanek i rzucać kubkami z gorącą kawą, kiedy pojawi się dziecko, więc ostatnio pił wszystko z plastikowych, przykrytych pojemników. To, że dorosły facet pije z „kubka- -niekapka", czasem wydawało mu się upokarzające, ale teraz znalazła się dobra strona tej sytuacji. Piwo przed obiadem.

W progu kuchni stanęła Katie z wyjątkowo niezręczną, wręcz przerażoną miną. Nie była sama.

– Poznajcie Felixa – powiedziała, robiąc krótką pauzę. – Mojego chłopaka. Felixie, znasz już Meghan. To JJ i Colleen. A to Patrick, moja mama i tata.

Felix uśmiechnął się i przywitał ze wszystkimi. Uścisnął dłoń JJ'owi i Patrickowi.

– Dzień dobry, pani O'Brien.

Rosie uśmiechnęła się.

– Witamy w naszym domu, Felixie.

Joe wstał. Uścisnęli sobie z Felixem dłonie. Joe poklepał go po ramieniu.

– Cześć, Felix, miło cię znów widzieć. Cieszę się, że w koń- cu udało ci się załapać na obiad – powiedział Joe.

– Przyniosę mu krzesło – zaoferowała Meghan.

– Jak to „znów"? – zapytała Katie, patrząc to na chłopaka, to na rodzica.

– Dziecko, jestem twoim ojcem i gliną. Myślisz, że nie zauważę, jak od pół roku ktoś wchodzi i wychodzi z naszego domu?

Katie zarumieniła się, próbując opanować rozbiegany wzrok.

– Dlaczego mi nie powiedziałeś, że poznałeś mojego tatę?

– Właściwie to czekałem na tę chwilę – odpowiedział Felix z uśmiechem, wzruszając ramionami.

– Rozumiem, że sprawdziłeś mu kartotekę – powiedziała Katie do ojca.

– Ma się rozumieć. Czysty jak łza – odparł Joe. – Będziemy tylko musieli oduczyć go miłości do Jankesów.

– Musi cię naprawdę lubić, skoro przyprowadziła cię na obiad – powiedział JJ.

– Albo próbuje cię odstraszyć – dorzucił Patrick.

– Nie zwracaj na nich uwagi – powiedziała Katie. – Felix zajmuje się biopaliwami.

– Wiemy – powiedział Joe. – Felix i ja jesteśmy na bieżąco.

– Co? Jak to? – zapytała Katie nienaturalnie piskliwym głosem.

– Rozmawiamy sobie, kiedy czasem wyprowadzamy Yaza na spacer – powiedział Joe.

– Żartujesz sobie ze mnie?

– Czasem przypadkiem stoję na ganku, kiedy Felix wychodzi. Zwykle jest to bardzo wcześnie rano – powiedział Joe, delektując się każdym wypowiedzianym przez siebie słowem.

Rosie wskazała Felixowi miejsce i podała mu talerz. Teraz udawała opanowaną, ale kiedy Joe powiedział jej o chłopaku córki, wydawało się, że wybuchnie. Przyjęła to bardzo osobiście. Świadomie uczyła dziewczynki, jakich cech szukać w mężczyźnie. Że powinien być człowiekiem wiary, pochodzić z dobrej rodziny i mieć stabilną pracę, a najlepiej mieszkać w Charlestown. Joe zauważył, że gwoli ścisłości Felix spełnia wszystkie te warunki, ale Rosie tylko na niego fuknęła, nie przestając gotować się ze złości.

Joe wiedział, jaki był prawdziwy przekaz tych lekcji o „odpowiednim mężu". Przez człowieka wiary Rosie rozumiała katolika, najlepiej z kościoła świętego Franciszka. Dobra rodzina oznaczała irlandzkie pochodzenie. Stabilna posada – pracę na poczcie, w straży pożarnej, policji, na pogotowiu czy w transporcie publicznym albo na lotnisku, a nie w jakiejś pompatycznej korporacji, o której Rosie w życiu nie słyszała. A mieszkanie w Charlestown oznaczało, że chłopak się tu wychował. Przyszły zięć miał być tutejszym, nie japiszonem.

Rosie usiadła i zmówiła modlitwę przed posiłkiem. Meghan podała piwo wszystkim prócz Colleen. Na obiad mieli szynkę, pieczone ziemniaki, gotowaną rzepę, szpinak i sałatkę. Joe wziął do ręki solniczkę.

– Jesz mięso, Felix? – zapytała Rosie, podnosząc półmisek.

– Jem wszystko.

– Aż do dziś – zażartował Patrick.

– Nie pajacuj – upomniała go Rosie, przekazując półmisek Felixowi.

– Mamo, nie będzie mnie za tydzień na obiedzie – powiedziała Meghan. – Mamy próby przed *Dziadkiem do orzechów*.

Rosie pokiwała głową.

– Okej. Felixie, smakuje ci?

– Wszystko jest pyszne, dziękuję.

Szynka była jak guma, ziemniaki jak kamienie, rzepa rozgotowała się nie do poznania, a szpinak przypominał bardziej flegmę, którą pluł Joe, kiedy miał grypę, niż jadalne warzywo. Ten młody człowiek miał naprawdę dobre maniery. I musiał bardzo lubić Katie.

– Już niedługo będziemy tu mieć krzesełko dla dziecka – powiedział JJ, siedząc z przygarbionymi ramionami i łokciami niezręcznie przyciągniętymi do ciała. – Jak się tu wszyscy pomieścimy?

– Jakoś damy radę – odparła Rosie.

– Jak? – zapytał JJ.

– Damy radę – powtórzyła.

Joe zgadzał się z JJ'em. Spojrzał na Colleen i Felixa. Przyszła pora na zmiany.

– Zastanawiałem się, czy nie wyburzyć tej ściany – powiedział Joe.

Był zadowolony ze swojego pomysłu, by zrobić miejsce dla rosnącej rodziny, krzesełka dziecięcego, kojca w rogu pokoju, dodatkowego krzesła dla chłopaka córki.

– Co? – odezwała się Rosie. – Nic podobnego.

– Dlaczego nie? Mógłbym zamienić tę ścianę w barek z ładnym kamiennym blatem i kilkoma wysokimi krzesłami, połączyć go z dawną sypialnią dziewczynek i zrobić z niej jadalnię. Spokojnie zmieścilibyśmy się tam i w dziesięć osób.

– Nie.

– Dlaczego? Tamten pokój jest dużo większy niż ten. Gdybyśmy pozbyli się stamtąd wszystkich gratów...

– Nie zrobisz tego.

– Dlaczego nie?

– Wyburzysz ścianę? Położysz marmurowy blat? Odbiło ci? Nie masz zielonego pojęcia, jak się do tego zabrać. Narobisz tylko bałaganu.

– Miej trochę wiary we mnie.

– Miej trochę rozsądku.

Nie była bez racji. Rezultatów jego poprzednich prób ulepszenia domu powstydziłby się każdy majsterkowicz.

– Donny by mi pomógł. Moglibyśmy wymienić starą podłogę i ten dziadowski blat.

– Umiem to i owo. Mógłbym pomóc – zaoferował się Felix.

– Ja też pomogę, tato – dorzucił JJ.

– A ja chcę rozwalić tę ścianę – oświadczył podekscytowany Patrick.

Joe uniósł swój kubek i czterej mężczyźni wypili toast za swoje nowe zadanie.

– Nikt nie będzie niczego rozwalał – po raz kolejny sprzeciwiła się Rosie.

– Czemu nie, mamo? – zapytała Meghan. – To by świetnie wyglądało. A i tak nie korzystasz z naszego pokoju.

Meghan miała rację. W dawnej sypialni dziewczynek Rosie przechowywała ozdoby świąteczne, pudła starych ubrań i różnego rodzaju graty. Mogliby tam posprzątać, przenieść wszystko do piwnicy czy do szafy albo oddać pomocy społecznej. Joe mógłby przebić się przez ścianę i sprawić im porządną jadalnię. Kuchnia potrzebowała remontu. Właśnie takiego zadania potrzebował – pokaźnego, męskiego i potrzebnego. Zajęcia, dzięki któremu mu nie odbije, kiedy nie będzie mógł już pracować. Niechętnie to przyznawał, ale ten dzień nadciągał nieubłagalnie. Albo rozwali tę ścianę, albo całymi dniami będzie oglądał kasety z Oprah. Rosie będzie musiała zmienić zdanie, a on kupi sobie młot kowalski.

– Porozmawiamy o tym później – powiedziała Rosie.

– Masz dziś jeszcze jedną zmianę, tato? – zapytał Patrick.

– Nie.

– To dlaczego nadal jesteś w mundurze?

Joe z impetem postawił kubek na stole.

– Zajmij się swoimi sprawami, gówniarzu.

Wszyscy nagle zamilkli. Ustały odgłosy sztućców. Patrick zastygł w bezruchu, z piwem w połowie drogi do ust. Oczy Katie zrobiły się wielkie, a jej smutna buzia przybrała kolor pieczonego ziemniaka. Joe nie patrzył na nikogo innego.

Poczuł falę gorąca. Na moment przyszło mu do głowy, że jego reakcja była przesadzona, a jego gniew niestosowny, że niesłusznie naskoczył na Patricka i powinien przeprosić, ale już po chwili całe to rozsądne myślenie zniknęło, unicestwione przez kipiącą w nim wściekłość.

Odsunął się od stołu, żeby wstać, ale zrobił to zbyt gwałtownie i ze zbyt dużą siłą. Joe zakolebał się na rozbujanym krześle i razem z nim przewrócił się na podłogę.

Z ust Patricka wydobył się prześmiewczy chichot, który chłopak szybko zdusił.

Joe poczuł się upokorzony, co tylko podsyciło jego gniew. Wstał, podniósł krzesło za dwie nogi i zaczął nim walić o podłogę. Nogi odłamały się, a deszczułki oparcia pękły. Joe rzucił nogami krzesła o ziemię i odmaszerował do swojego pokoju.

Chodził po sypialni, mając ochotę krzyczeć albo jeszcze coś rozwalić, wyrwać sobie włosy, rozdrapać skórę albo wyrzucić figurę Matki Boskiej przez to cholerne okno. Dreptał w kółko i modlił się, żeby nikt tu nie wszedł, by nikt, kogo kocha, nie zmierzył się z tym szalonym gniewem, który trawił go od środka i który nie był częścią niego. Czuł w sobie opętanie, jakby był marionetką w rękach diabła.

Trawił go rozpalony do czerwoności gniew i wzrastało w nim ciśnienie, które parzyło i uciskało każdą istniejącą w nim molekułę. Joe był niemal pewien, że jego ciało za chwilę eksploduje, jeśli gniew w jakiś sposób nie ujdzie z jego wnętrza.

Pochwycił swoje odbicie w lustrze. Koszula od munduru. Złapał ją w połowie i rozdarł, jak gdyby był Clarkiem Kentem, wezwanym, by ratować świat. Guziki odskoczyły i rozsypały się po podłodze.

Joe spojrzał na siebie w lustrze. Twarz miał czerwoną. Oczy wyglądały jak u szaleńca. Oddychał szybko i ciężko przez usta, pokrywając taflę lustra mgłą. Na jego piersi nie było „S" Supermana. Tylko kamizelka kuloodporna na białym t-shircie zwykłego człowieka.

Ściągnął z siebie mundurową koszulę, rzucił ją na podłogę i usiadł na łóżku. Powoli się uspokajał. Jego przyspieszony oddech zwolnił, a czerwień zaczęła ustępować z policzków.

Do sypialni weszła Rosie i podeszła do niego ostrożnie, jakby w maju sprawdzała palcem u stopy wodę w morzu na Revere Beach. Spojrzał jej w oczy, po czym spuścił wzrok na podłogę, na jeden z guzików.

– Skarbie – odezwała się Rosie. – Zadzwoniłam przed chwilą do doktor Hagler. Wydaje mi się, że powinniśmy podnieść dawkę seroquelu.

Joe westchnął, wpatrując się w guzik. Opanowanie u policjanta jest podstawą, jeśli chodzi o zapewnienie ludziom bezpieczeństwa. Każdy policjant, jakiego znał, miał fioła na punkcie poczucia kontroli. Nie wiedział, czy to praca robiła im coś takiego, czy może taką mieli naturę i dlatego ciągnęło ich do służb porządkowych. Tak czy inaczej policjant musiał nad sobą panować.

Joe nad sobą nie panował. Coraz częściej u sterów był Huntington, a Joe siedział związany pod pokładem. Nie znosił leków. Nienawidził ich. Seroquel tłumił jego temperament wzmagany chorobą, ale stępiał też wszystko inne. Po lekach Joe czuł się osłabiony, jak gdyby poruszał się w smole, i nawet jego myśli tonęły zbyt głęboko, by mógł je ocalić. Bardziej jednak nie znosił tego siedzenia pod pokładem, kiedy sam nie był w stanie odepchnąć Huntingtona od steru.

– Dobry pomysł – odparł Joe. – Przepraszam, kochanie.

Rosie usiadła koło niego na łóżku.

– Nic się nie stało. Rozumiem.

Oparł się o nią, a ona go przytuliła. Joe pocałował żonę w czubek głowy i odwzajemnił jej uścisk. Kiedy trzymał

Rosie w objęciach, jego oddech wrócił do normy, a resztki gniewu rozpłynęły się do reszty. Wrócił do siebie. Raz jeszcze ucałował jej głowę i odetchnął w jej ramionach, wdzięczny za jej miłość i cierpliwość.

Ale Joe nie przestawał się martwić. Huntington tylko się nasili. Ile miłości i cierpliwości może istnieć w człowieku? Nawet taki anioł jak Rosie mógł mieć ich w sobie za mało, by zmierzyć się z Huntingtonem i by latami się z nim zmagać. Nadejdzie czas, kiedy nie będzie się już dało zwiększyć dawki seroquelu. Joe mógł żyć bez skutecznych lekarstw, ale nie potrafił sobie wyobrazić życia bez miłości i cierpliwości swojej żony. Ucałował ją raz jeszcze, modląc się, by Rosie nigdy ich nie zabrakło.

ROZDZIAŁ 20

Niebo było pochmurne, a poranne światło przytłumione. Joe i Katie wyprowadzali Yaza na spacer. Mniej więcej. Yaz był stary. Jakiś czas temu stracił powab w swoim kroku i brakowało mu siły, by wspinać się na strome pagórki Charlestown. Katie niosła go więc pod pachą, jakby był futrzaną futbolówką, i tak szli na przechadzkę.

Była środa i Joe miał wolne. Katie zaczynała zajęcia dopiero w południe. Chłodne, wilgotne, listopadowe powietrze wydawało się Joemu ostre i srogie w kontakcie z nagą skórą twarzy i dłoni.

Nie minęli żadnych biegaczy ani matek z wózkami, ani nawet innych ludzi z psami. Okolica wydawała się przytłaczająco cicha i jej posępny, przytłumiony nastrój udzielał się ojcu i córce. Nie zamienili słowa, odkąd przekroczyli próg domu.

Doszli do Doherty Park i Katie postawiła Yaza na ziemi. Pies obwąchał trawę, rozejrzał się po pustych ławkach i osikał pień drzewa. Murphy siedział na swoim zwyczajowym miejscu na odległej ławce, dyskutując z przynajmniej tuzinem gołębi, zebranych u jego stóp.

– Cześć, Burmistrzu – powiedział Joe. – Co nowego?

– Nowy Jork, Nowy Meksyk, Nowa Anglia.

Joe zarechotał. Od lat zagadywał w tym parku do Murphy'ego, ale tak naprawdę zupełnie nic o nim nie wiedział. Mimo to Joe lubił te zabawne, nic nieznaczące wymiany zdań i cieszył się za każdym razem, gdy widział staruszka na swoim stałym miejscu, niczym żołnierza na posterunku. Pewnego dnia Joe przejdzie przez park, a Murphy'ego już tu nie będzie. Joe wyobrażał sobie gołębie zebrane pod ławką, które czekają głodne, a potem po prostu przenoszą się do innego parku i przywiązują do innego życzliwego człowieka, który ma czas i chleb. Joe westchnął, patrząc jak Yaz człapie powoli poprzez sterty złotych i brązowych liści. Jednego dnia tu, a następnego po drugiej stronie. Murphy, Yaz, Joe, Katie… A gołębie miały ich zupełnie w nosie.

– Przepraszam, że straciłem nad sobą panowanie przy Felixie.

– Nie szkodzi.

– To nie byłem prawdziwy ja.

– Wiem, tato.

– Mam nadzieję, że go nie odstraszyłem.

– Nie, nawet dobrze się stało. Powinien wiedzieć, jak to wygląda. Powinien wiedzieć, co może go czekać.

Joego naszło wspomnienie wychudzonej, powyginanej, przypiętej pasami do wózka matki w jej pokoju w szpitalu w Tewksbury i zaczął się zastanawiać, czy sama Katie wie, co może ją czekać.

– Sprawia wrażenie porządnego faceta.

– Jest porządnym facetem.

– Lubię go.

– Dzięki, tato. Ja też.

Minęła ich kobieta poruszająca się dziarskim krokiem z czarnym labradorem na smyczy. Kobieta wydawała się iść wprost na Joego, ale kiedy znalazła się na tyle blisko, by nawiązać kontakt wzrokowy, spojrzała w inną stronę. Jej pies zboczył z alejki, żeby obwąchać Joego i Katie, machając ogonem i trącając nosem ich buty.

– Guinness, chodź! – odezwała się kobieta, szarpiąc za smycz.

Przeszła tuż obok Joego i Katie, patrząc prosto przed siebie. Nie uśmiechnęła się ani się nie przywitała. Katie stała sztywno, w pozie pełnej niechęci lub zażenowania, a może i tego, i tego. Joe postanowił nie pytać.

Zwykle nie był świadomy swojej pląsawicy. To było trochę jak machanie długopisem, podrygiwanie stopą, strzelanie z palców albo inny irytujący nawyk, którego ludzie nie byli świadomi, aż ktoś nie zwrócił im uwagi. Było to jednak coś więcej niż zwykła nieświadomość. Doktor Hagler powiedziała, że ma coś, co nazywa się anosognozją. Z tego, co zrozumiał Joe, było ładnym i wyszukanym słowem na „brak zielonego pojęcia". Oprócz symptomów, które już miał, choroba zaczęła przedostawać się do jego prawej półkuli i powodowała anosognozję, kradnąc jego samoświadomość. Nie wiedział więc, że się rusza, kiedy się ruszał. Widział swoje słaniające się kończyny i krzywe miny w odbiciach ostrożnych, choć bezlitosnych obcych spojrzeń. Wtedy wiedział.

Na początku ludzie gapili się z ciekawości, próbując ustalić, co mu jest. Pijany? Upośledzony? Nieszkodliwy czy agresywny? Może czymś zarazić? Jest obłąkany? Zanim znaleźli się za blisko, postanawiali, że najlepszą strategią działania będzie odwrócić wzrok i udawać, że nie widzą odrażającej ludzkiej ułomności, i szli dalej, najszybciej jak mogli. Dla nic nieświadomego, nieżyczliwego oka Joe był przerażającym potworem, który po chwili stawał się niewidzialny.

Joe myślał o JJ'u i Meghan, o obcych ludziach, a nawet przyjaciołach i sąsiadach, którzy będą patrzyli na jego dzieci z podobną pogardą i obrzydzeniem, że miał ochotę usiąść koło Murphy'ego na ławce i rozpłakać się na całego.

To samo przydarzyło się jego matce. Wszyscy uznali, że była alkoholiczką. Owszem, piła, ale Joe wierzył, że kolejność zdarzeń wyglądała nieco inaczej. Pewnie sięgała po butelkę, żeby poradzić sobie z tym, co działo się z jej ciałem bez jej zezwolenia ani kontroli, żeby oddalić się od ohydnych zmian w swoim umyśle i ciele, na które nie miała nazwy ani wytłumaczenia, żeby znieczulić się na okrutne osądy w oczach sąsiadów i strach w ich krokach, gdy przed nią uciekali.

Westchnął. Biały obłoczek pary rozpłynął się w szarym poranku.

Katie patrzyła w ziemię, ręce trzymając skrzyżowane na piersiach.

– Na jakim jesteś etapie w testach genetycznych? – zapytał bez ogródek Joe.

– Przeszłam dwa pierwsze spotkania, więc w każdej chwili mogę pójść się dowiedzieć, jaki mam wynik, ale nie jestem pewna, czy tego chcę.

Joe pokiwał głową. On też nie był pewien, czy chce wiedzieć. Wsunął dłoń do przedniej kieszeni, w której znalazł ćwierćdolarówkę, którą trzymał tam od pamiętnego dnia św. Patryka. Uważał, żeby jej nie zgubić ani nie wydać. Lubił czytać słowa pod brodą George'a Washingtona, jak gdyby były specjalną informacją przeznaczoną tylko dla niego. „Bogu ufamy". Na monecie widniał rok 1982. W tym roku umarła jego matka. Codziennie brał tę monetę w dłoń, pocierał ją między palcami i modlił się, by Huntington nie dotknął już nikogo więcej. Patricka, Katie, jego nienarodzonego wnuka. Nikogo więcej. Ta ćwierćdolarówka była jego talizmanem, symbolem jego nadziei, a branie jej do ręki i modlenie się o mniej niż trzydzieści sześć powtórzeń CAG stało się niemal obsesyjnym codziennym nawykiem. Gładził teraz palcami monetę ukrytą w swojej kieszeni, wytartą i wyślizganą.

Błagam, tylko nie kolejny Huntington.

– Felix przeprowadza się do Portland – powiedziała Katie.

– W Maine?

– W Oregonie.

– Aha. Kiedy?

– Dokładnie nie wiadomo, ale pewnie w ciągu najbliższych sześciu miesięcy.

Sześć miesięcy. Joe spojrzał na Murphy'ego. Jednego dnia tutaj, następnego gdzie indziej.

– Myślisz o tym, żeby z nim pojechać?

– Nie wiem. Może.

Joe pokiwał głową, myśląc o tym, co to oznacza.

– Zamieszkałabyś tam z nim?

Katie zawahała się.

– Tak.

Cóż, to się nie mogło wydarzyć. Rosie i tak była już w rozsypce. Gdyby Katie przeniosła się do Portland z Felixem, Rosie przeszłaby pewnie prawdziwe załamanie nerwowe. I tak była już przekonana, że wszystkich straci. Jej mąż miał Huntingtona, a dwójka jej dzieci na pewno go dostanie. Patrick prawie nie bywał w domu. To, że Felix nie był irlandzkim katolikiem i co sobie myśleli sąsiedzi, nie miało znaczenia. Joe nie był pewien, czy Rosie zniesie pustkę w domu, jeśli Katie wyjedzie. Sprzeciwiłaby się, gdyby Katie miała się przeprowadzić do innej dzielnicy, co dopiero na drugą stronę kraju. Portland równie dobrze mogłoby się znajdować na Księżycu. Czuliby się tak, jakby ją stracili, jakby umarła. Przy wszystkim tym, z czym ostatnio mierzyła się Rosie, wyjazd Katie, by zamieszkać z mężczyzną bez ślubu, wywołałby dodatkowy ból, którego trzeba było jej oszczędzić.

Joe musiał przekonać Katie, by została, ale nie wiedział, jak ją podejść.

To dziwna zmiana dla rodzica – być ojcem młodej kobiety, która jeszcze przed chwilą była małą dziewczynką. Jeszcze tak niedawno słodka i radosna Katie biegała przecież za małą Meghan.

Wtedy jego obowiązkiem było mówić jej, co robić. Umyj zęby. Idź spać. Odrób lekcje. Nie odzywaj się do matki w ten sposób.

Nie wyprowadzaj się do Portland ze swoim chłopakiem.

Nie był pewien, czy ma jeszcze tyle władzy, by jej tego zakazać, nie wywołując otwartego buntu. Pomyślał, że ta kwestia będzie wymagała większej delikatności.

– Wiesz, że lubię Felixa i w pełni popieram próbowanie mleka, zanim kupi się krowę, ale wiesz, że gdybyś żyła w grzechu, twoja matka kompletnie by osiwiała.

– Tak, wiem.

– Nie wspominając o tym, że przy tym wszystkim, co teraz się u nas dzieje, mieszkałabyś niemal na drugim końcu kraju. Nie znacie się aż tak długo. Może moglibyście trochę zwolnić i na początku spróbować związku na odległość, i komunikować się przez Facebooka albo Skype'a, czy jakie są na to teraz metody.

– Ja bym to zniosła, ale Felix nie chce związku na odległość.

– No cóż, nie daj się zmusić do czegoś, czego wcale nie chcesz.

– Nie dam. Nie wiem właściwie, co chcę zrobić.

Wydawała się przytłoczona, jakby nie była pewna wielu więcej rzeczy niż tylko przyszłego miejsca zamieszkania.

– Czy wyniki twojego testu wpłynęłyby na tę decyzję?

– Nie wiem. Myślę, że to jeden z powodów, dlaczego nie chcę się dowiedzieć.

– Skarbie, wybacz, że ci to powiem, ale ze względu na twoją biedną matkę i rodzinę nie sądzę, że powinnaś wyjeżdżać teraz z Felixem do Portland. To zbyt poważna i zbyt pochopna decyzja. To po prostu nie jest dobry moment. Dobrze?

Katie spuściła głowę. Wpatrywała się w ziemię, bawiąc się bransoletkami na swoich nadgarstkach. Joe miał już pomyśleć, że albo go nie usłyszała, albo zapomniała, o co ją pyta, kiedy w końcu podniosła głowę.

– Dobrze.

– Dziękuję, skarbie. Myślę, że tak będzie najlepiej dla wszystkich. Jeśli ty i Felix jesteście dla siebie stworzeni, to jakoś przez to przejdziecie.

Pokiwała głową, ale jej twarz była bez wyrazu.

Joe odetchnął, czując się tak, jakby uniknął kuli. Łatwo mu poszło. Katie przyznała mu rację i nie wydawała się z tego powodu zdenerwowana, a on uchronił Rosie przed kolejnym powodem do płaczu. Ochronił też córkę. Mieszkanie z chłopakiem w nieznajomym mieście, gdzie Katie nie ma żadnej rodziny i tak wydawało się niezbyt dobrym pomysłem, nawet bez Huntingtona. Miała dopiero dwadzieścia jeden lat. Była za młoda. Owszem, on i Rosie mieli osiemnaście lat, kiedy się pobrali, ale teraz czasy były inne. Katie i Felix nie znali się wystarczająco dobrze, a Joe i Rosie nie znali nawet jego rodziców.

To było zbyt ryzykowne. Katie zmagała się już z wyjątkowo dużą ilością ryzyka.

– I posłuchaj, jeśli zdecydujesz się sprawdzić wynik, a nie będziesz chciała pójść tam sama, to choć konsultant pewnie nie polecał ci zabierania mnie ze sobą, z chęcią to zrobię, gdybyś uznała, że dla Felixa to może być zbyt wiele.

– Dzięki, tato. Nie sądzę, żebym była na to gotowa.

– Okej. Jeśli kiedyś będziesz, to możesz na mnie liczyć – powiedział Joe, pocierając swoją dwudziestopięciocentówkę. – I codziennie się za ciebie modlę.

– Dzięki, tato.

Miał to przeczucie w dołku, dzięki któremu można zobaczyć prawdę lata świetlne przed tym, nim dostrzeże ją głowa. Nie chciał niczego zapeszyć, więc nie powiedział niczego na głos, ale postawiłby swoją szczęśliwą ćwierćdolarówkę i wszystko co ma na to, że jego najmłodszej córeczce nic nie jest.

Proszę, Boże, wystarczy.

ROZDZIAŁ 21

Sen był błogim wytchnieniem od Huntingtona. Kiedy Joe spał, niczego mimowolnie nie demolował, nie kiwał się ani nie drgał. Jego ciało leżało nieruchomo przez całą noc. Najwyraźniej pląsawica lubiła urządzać przedstawienie tylko wtedy, kiedy miała publiczność. Nawet diabeł, którego miał w sobie, potrzebował się wyspać.

Joego obudził alarm budzika i otworzył oczy na nowy dzień. Czuł się wypoczęty. Zanim odepchnął kołdrę, czuł się tak, jakby miał trzydzieści lat i był młodym mężczyzną, który brał każdy dzień szturmem, gotowym na wszystko. *Do boju!*

Za to kiedy wstał, każdy mięsień w jego ciele wydał się sztywny i zbity, krótszy o kilka cali. Stęknął zgięty w pół i masował się po krzyżu, podczas gdy prawe kolano nie chciało się wyprostować, i przypomniał sobie, że ma czterdzieści cztery lata. Pokuśtykał do łazienki. Spojrzał w lustro i nie miał wątpliwości, ile ma lat, ale zastanawiał się, jak to się stało. Wtedy jego ramiona mimowolnie drgnęły i przypomniał sobie, że ma Huntingtona. Cholera.

Przyglądał się swojej zapuchniętej porannej twarzy w lustrze, jak gdyby widział tego mężczyznę po raz pierwszy w życiu. Krótkie, niczym niewyróżniające się brązowe włosy. Brak śladów łysienia. Zmarszczki w kącikach oczu i bruzdy niczym cudzysłowy po obu stronach ust. Joe pogładził czarno-siwy zarost. Miał mocno zarysowany podbródek, jak ojciec. Obwisła skóra na powiekach sprawiała, że wyglądał na zaspanego nawet w środku dnia. Nachylił się bliżej szklanej tafli i spojrzał sobie głęboko w oczy. Miały kolor porannego nieba. Oczy matki.

Miał czterdzieści cztery lata i był chory na Huntingtona. Co rano dokonywał tego samego smutnego odkrycia. Westchnął i pokręcił głową, patrząc na biedaka w lustrze. Tamten w lustrze też nie mógł w to wszystko uderzyć.

Joe pracował tego dnia na trzecią, wieczorną zmianę i do tego czasu miał do wykonania tylko jedno zadanie. Wziął prysznic, ubrał się w dresowe spodnie, policyjną koszulkę i bluzę z kapturem z logo drużyny Patriots, czapkę z napisem Red Sox i trampki. Patrick nadal spał, a Rosie wyszła już do pracy.

Zostawiła mu jego kubek i talerz z jajecznicą i boczkiem na stole w kuchni. Wziął do ręki kubek i pociągnął napój przez słomkę. Kawa była już zimna. Wypił ją do końca, ignorując jajka i bekon, przeżegnał się święconą wodą w drzwiach i wyszedł.

Poszedł na Bunker Hill Street, minął kościół świętego Franciszka i stanął na szczycie schodów zwanych „Czterdzieści pięter". Przeczytał tabliczkę poświęconą Catherine i Martinowi O'Brienom, z którymi nie był spokrewniony.

Na mszę do świętego Franciszka de Sales

Dniami i nocami
To ich schody do nieba
Dzielone czterdziestoma piętrami

Joe stanął na skraju schodów, trzymając dłonie na biodrach i spojrzał na strome stopnie ciągnące się aż do podnóża pagórka. Było to onieśmielające zejście, ale nie takie imponujące, jak sugerowała jego błędna nazwa. Schody składały się z siedmiu podestów oddzielonych od siebie o dziesięć stopni każdy. Joe nie miał pojęcia, jak ktoś wyliczył tu czterdzieści pięter przy siedmiu partiach po dziesięć schodów, czyli łącznie siedemdziesięciu. Tutejsi byli na bakier z tabliczką mnożenia.

Joe potarł o siebie dłonie, gotowy do działania. Potrzebował zrobić coś konstruktywnego ze swoim gniewem i strachem, więc odkąd dowiedział się, że Meghan będzie mieć Huntingtona, codziennie biegał po tych schodach. Biegał dla najstarszego syna i córki, żeby udowodnić, że nadal potrafi, żeby zmęczyć tkwiące w nim demony, by się nie dać i walczyć.

Biegł w dół i w górę, a potem jeszcze raz i jeszcze. Pokonywał siedem partii schodów po raz trzeci, kiedy poczuł kłucie w boku. Czuł, jakby płuca wypełniał mu żwir. Gdy zbiegał na dół, mięśnie ud aż piekły go z wysiłku. Nie przestał jednak i dalej karał swoje ciało, uwalniając gniew z krwi.

To była jego codzienna, prywatna lekcja wuefu. Skupienie, równowaga, koordynacja, siła, kontrola. Przestrzegał nawet rady, jakiej w jego wyobraźni udzieliły mu Colleen i jego fizjoterapeutka Vivian, i zbiegając na dół oraz wbiegając na górę, sunął dłonią po czarnej stalowej barierce, tak na wszelki wypadek. Oczywiście podczas rehabilitacji leżał na miękkiej i wygodnej niebieskiej macie, a każdy jego ruch był nadzorowany. Joe wiedział, że Colleen i Vivian nie pochwaliłyby takiego rodzaju aktywności, więc nie miałoby znaczenia, czy asekurował się barierką, czy nie. Rosie też by się to nie spodobało. Dobrze, że żadna z nich nie miała o tym zielonego pojęcia.

Przyznałby bez wahania, że gdyby się tu potknął, to byłaby to pomyłka, której bardzo by pożałował. Upadek mógłby się skończyć złamaną nogą albo urazem kręgosłupa, a każde z nich na długo zatrzymałoby go w łóżku. Mógł też upaść i rozbić sobie czaszkę. Wyłączamy światła, koniec gry. Nie byłby to najlepszy sposób odejścia z tego świata. *Funkcjonariusz Joseph O'Brien umarł na „Czterdziestu piętrach", swoich schodach do nieba.* Było w tym coś kusząco poetyckiego.

Ale nie spadnie. Da sobie radę. Mimo mimowolnych tików, których cały czas doznawał podczas biegu, panował nad sobą. Skupił się nad precyzją każdego kroku, nawet kiedy robił się coraz bardziej zmęczony, podnosząc i opuszczając stopy na betonowe stopnie, tworząc regularny rytm, który niósł się echem po jego ciele, dopingując go mimo palącego bólu pod żebrami i znużenia w nogach. *Nie przestawaj. Nie daj się i walcz.*

Był zmęczony i chciwie wciągnął powietrze. Zapożyczył od syna zadziorne podejście. *Te demony nie wiedzą, z kim zadarły.* Pomyślał o Katie i wydłużył oddech, gromadząc w sobie energię. Wbiegł po kolejnej partii schodów i jeszcze kolejnej, utrzymując równy krok dla JJ'a i Meghan.

Wyobraził sobie swoją matkę przypiętą pasami do wózka inwalidzkiego, ubraną w śliniaczek, karmioną przez pielęgniarkę. Jedna taka myśl zawsze powodowała lawinę podobnych. Jego matka, stękająca jak zwierzę, niebędąca w stanie wydobyć z siebie zrozumiałych słów. Matka ubrana w kask, podczas gdy pielęgniarka próbuje posadzić ją na toalecie. Matka ważąca czterdzieści kilogramów. A po chwili, za sprawą czarodziejskiej różdżki swojego umysłu, na miejscu matki znajdował się on sam. Joe na wózku, Joe ze śliniakiem, Joe karmiony, myty, sadzany na toalecie, który nie jest w stanie powiedzieć Rosie ani swoim dzieciom, że ich kocha.

Ta ostatnia myśl sprawiła, że w płucach zabrakło mu powietrza. Kolejną partię schodów przebiegł, nie mogąc oddychać, a uderzenia serca dudniły mu w głowie jak werbel. To była jego przyszłość. Do tego zmierzał i nie było przed tym ucieczki.

Ale jeszcze nie teraz, upomniał samego siebie. Nie dziś. Jego płuca pragnęły powietrza, a tlen, który w nie wtargnął, karmił jego wygłodniałe mięśnie. Joe prosił nogi, by mocniej pracowały. Odpowiedziały. Dziś jeszcze nie był na wózku. Dziś żył i miał się dobrze.

Na dole schodów ustawiła się grupa nastolatków ubrana w gangsterskie kurtki z futrem wokół kaptura i spodnie, spod których wystawały im gatki. Joe nigdy nie potrafił zrozumieć, co jest takiego groźnego w bieliźnie. Młodzi i głupi. Patrzyli na niego, najwyraźniej poirytowani faktem, że zajmuje ich miejsce i zniesmaczeni jego pląsawicą, życząc sobie, żeby ten spocony dziadek spieprzał ze schodów. Joe poczuł ukłucie skrępowania, ale postanowił się nie przejmować. Będzie biegał, nie ważne, jak to wygląda, czy robił to na oczach głupich nastolatków, czy nie. Zastanawiał się, czy ich nie zapytać, dlaczego nie są w szkole, ale ostatecznie odpuścił.

Był chłodny grudniowy poranek, ledwie pięć stopni, ale Joemu było gorąco jakby smażył się w piekle. Wytarł czoło śliskie od potu. Postanowił na chwilkę się zatrzymać, kiedy wbiegnie na kolejną partię schodów, żeby ściągnąć bluzę Patriots. Dyszał ciężko i zmuszał się do każdego kolejnego kroku; był już prawie na miejscu. Wtedy podbicie stopy nie stanęło wystarczająco głęboko na następnym stopniu i ześlizgnęło się po krawędzi. Jego płuca i serce podskoczyły, pozostając w zawieszeniu, nieważkie w jego piersi. Upadał. Zanim zdołał pomyśleć, chwycił się poręczy. Na początku dłoń ześlizgiwała się w dół balustrady, ale w końcu zacisnęła się na niej, wykręcając Joemu ramię, ale ratując jego ciało przed uderzeniem w beton i przekoziołkowaniem na sam dół schodów.

Wisiał tak przez kilka sekund, zaczepiony o balustradę za jedno ramię, leżąc na brzuchu ze stopami rozstawionymi kilka stopni niżej, czekając, aż jego serce w końcu się uspokoi. Puścił poręcz i przekręcił się na plecy, po czym usiadł na stopniu. Spojrzał w dół schodów i masując ramię, zaczął je przeliczać. Trzydzieści pięć. To by na pewno zabolało. Nastoletni chłopcy patrzyli na niego pozbawionym wyrazu, obojętnym wzrokiem i nic nie powiedzieli.

Gdyby Colleen albo Rosie zobaczyły ten mały wyczyn, nie byłyby zadowolone. Ale nie widziały tego, a on w ostatniej chwili się uratował. Może i był niedołężnym staruszkiem z Huntingtonem, ale miał odruchy gazeli. Nie dawał się.

Oop-oop.

Joe odwrócił głowę. Na szczycie schodów zatrzymał się radiowóz. Po chwili zobaczył Tommy'ego, który stanął na górze z rękami skrzyżowanymi na piersiach.

– Trenujesz do olimpiady?

– Tak.

Tommy zbiegł do po schodach i usiadł koło Joego. Joe patrzył przed siebie, ku Mead Street. Mali gangsterzy zniknęli. Pewnie usłyszeli syrenę i zwiali. Tommy westchnął.

– To, co robisz, to nie jest najmądrzejsza rzecz na świecie.

– To do podania na Harward.

– Nie jestem w stanie cię od tego odwieść, prawda?

– Nie.

– Podwieźć cię od domu?

– Tak, stary, dzięki.

Tommy podał Joemu dłoń. Uścisk trwał chwilę dłużej niż zwykle, niewypowiedziany znak szacunku i braterstwa. Kiedy doszli na górę schodów, Joe poklepał pamiątkową tabliczkę palcami, jakby obiecywał, że wróci tu jutro.

Nie ustawaj.

Walcz.

ROZDZIAŁ 22

Był wczesny poranek, nie wybiła nawet szósta, ale Joe siedział ubrany i wyszykowany w swoim fotelu w salonie i czekał na Rosie i córki. Zasłony były zaciągnięte i w pokoju panowała ciemność, nie licząc telewizora włączonego na kanał QVC. Rosie pewnie znowu nie spała w nocy. Chciałby pooglądać wiadomości, ale pilot leżał na desce do prasowania, a Joe nie potrafił się zmusić, by po niego wstać. Dwie kobiety o wysokich nosowych głosach paplały o cudownych podkładkach pod meble. Joe nie przesunął ani jednego mebla w tym domu, odkąd milion lat temu wyrzucił dziecięce łóżeczka, ale kobiety zdołały go przekonać. To była genialna nowinka i kosztowała jedynie dziewiętnaście dolarów i dziewięćdziesiąt pięć centów. Szukał w kieszeni telefonu, kiedy do salonu weszła Katie.

Wymamrotała zaspane „cześć" i opadła na kanapę. Była ubrana jak zwykle, w czarne spodnie do jogi, buty Ugg i bluzę dresową, ale wyglądała jakoś inaczej.

Miała czystą buzię. Joe nie pamiętał, kiedy ostatnio widział swoją córeczkę bez makijażu, zwłaszcza wokół oczu. Nie zgodziłaby się z nim, ale Joe uważał, że nieumalowana wyglądała dużo lepiej. Mniej znaczy więcej. Była naturalnie piękna.

Chciałby z nią porozmawiać i dowiedzieć się, co u niej słychać, ale ostatnimi czasy trudno mu było rozpocząć rozmowę. Czekał, aż pierwsza coś powie, ale miała przymknięte oczy. Jej oddech był długi i miarowy, twarz spokojna. Joe patrzył na nią i zastawiał się, czy przypadkiem nie zasnęła. Może po prostu nie chciała oglądać QVC. Może nie chciała patrzeć na swojego staruszka.

Cholera, podkładki zniknęły. Kiedy Joe obserwował Katie, na QVC zaczęto reklamować kolejny produkt, tym razem służący do składania ubrania. To go nie interesowało. Meghan nadal była na górze, a Rosie układała fryzurę w łazience. Był to złożony proces, którego, jak nauczył się Joe, nie wolno wykonywać w pośpiechu ani niestarannie. Nie wiedzieli, gdzie jest Patrick i nie mieli zamiaru na niego czekać. W progu pojawiła się Meghan, wyglądająca jakby się spieszyła, owinięta w puchaty czarny płaszcz, czarną czapkę, miękki biały szalik, z małą torebką na ramieniu.

– Wszyscy gotowi? Gdzie mama? – zapytała.

– Dwie minuty – zawołała Rosie z łazienki.

Meghan stała w progu. Katie nadal spała, medytowała albo ignorowała ich wszystkich. Rosie w końcu pojawiła się w salonie, a wraz z nią chemiczny zapach lakieru do włosów.

– Co to za zapach? – zapytała Rosie, pociągając nosem i wyczuwając coś jeszcze oprócz lakieru.

Joe niczego nie zauważył aż do teraz. Spojrzał na Yaza, który leżał przed bujanym fotelem Rosie w kałuży z własnych odchodów.

– Zasraniec – powiedział Joe.

– Wyrażaj się – upomniała go Rosie.

– Mówię, co widzę – odparł Joe, wskazując na Yaza.

– Fuj – jęknęła Meghan.

– Tylko nie to – westchnęła Rosie, szybko biegnąc do kuchni.

Taki wypadek nie zdarzył się Yazowi w domu, odkąd był szczeniakiem – aż do zeszłego tygodnia i teraz miało to miejsce codziennie. Yaz uniósł głowę i spojrzał swojemu panu w oczy i Joe mógłby przysiąc, że pies próbował go przeprosić.

Katie wstała i przykucnęła przy psie.

– Biedactwo. – Wzięła go na ręce i zaniosła do kuchni.

Rosie wróciła z butelką płynu do czyszczenia, papierowymi ręcznikami i puszką odświeżacza do powietrza.

– Przynajmniej nie zrobił tego na kanapie – powiedziała, wycierając podłogę.

Katie wróciła z Yazem owiniętym w ręcznik.

– Co mam z nim zrobić?

– Połóż go na jego posłaniu i jedźmy – odparła Rosie, rozpylając nieco odświeżacza i machając dłonią w powietrzu.

– Gdzie Pat?

– Nie czekamy na niego.

Rosie zaczęła ich wszystkich zaganiać do drzwi. Zatrzymując się w korytarzu za dziewczynkami, Joe zanurzył palce w święconej wodzie nad figurą Matki Boskiej i przeżegnał się. Rosie zrobiła to samo, spojrzała na Joego i uśmiechnęła się.

– No to w drogę – powiedział.

I tak pojechali do szpitala.

Wysiedli z windy na czternastym piętrze i Joe poczuł lekkość w swoim kroku, kiedy szedł za Rosie korytarzem.

Przeszli przez poczekalnię, w której siedzieli ludzie rozparci na krzesłach, jakby spędzili tam całą noc. Mimo ospałego wyglądu zebranych był to pokój radosnego oczekiwania. Senni ludzie siedzieli tu wyposażeni w baloniki, pluszowe zabawki i bukiety czerwonych kwiatów. Ani trochę nie przypominało to bram piekła z siódmego piętra w sąsiednim skrzydle.

Joe wszedł za Rosie do szpitalnego pokoju, gdzie Colleen i JJ siedzieli razem na szpitalnym łóżku. Był też i on, Joseph Francis O'Brien III, zawinięty w biały kocyk, ubrany w jedną z dwóch tysięcy miętowych czapeczek, które zrobiła dla niego Rosie, wtulony w Colleen.

Nie marnując ani chwili, Rosie ruszyła ku dziecku. Przytuliła i pocałowała JJ'a i Colleen, ale tak naprawdę chodziło jej o wnuka.

– Mogę go potrzymać? – zapytała. – Przed chwilą zdezynfekowałam ręce.

– Jasne – odparła Colleen.

Rosie wzięła chłopczyka w ramiona, z miną jak ze wspomnień Joego, jakby nagle wyszła z jednego ze zdjęć w ich albumie sprzed dwudziestu pięciu lat, pełna niezmąconej radości i miłości, czego Joe nie widział już od bardzo dawna.

Rosie ściągnęła czapeczkę i pogładziła dłonią łysą główkę dziecka o lekko stożkowym kształcie.

– Jest idealny – szepnęła ze łzami w oczach.

– Moje gratulacje – powiedziała Katie. – Jest przeuroczy.

– Chcę go potrzymać następna – powiedziała Meghan. – Jak się czujesz, Colleen?

– W porządku.

Twarz Colleen była nieumalowana, spuchnięta i cała w plamach.

Włosy miała mokre nad czołem, a w jej oczach walczyły ze sobą szczęście i zmęczenie. Właściwie to wyglądała tak, jakby nadal była w ciąży, bo jej pokaźny brzuch w dalszym ciągu wyraźnie zarysowywał się pod prześcieradłem, ale Joe nie był na tyle głupi, by powiedzieć to na głos.

– Była bardzo dzielna – powiedział JJ. – Szesnaście godzin porodu, czterdzieści minut pchania, żadnego znieczulenia. Pękła jej...

– Daruj sobie szczegóły, JJ – powiedziała Meghan, podnosząc rękę.

– Dziękuję – odezwał się ojciec Colleen, który siedział na krześle pod oknem. – Też nie chciałem tego słuchać.

– Przepraszam, Bill – powiedział Joe, ruszając, by uścisnąć mu dłoń. – Nie zauważyłem cię.

– Nic się nie stało. Mam trzy córki. Przyzwyczaiłem się do tego, że nikt mnie nie zauważa.

Joe zaśmiał się.

– A jak tam jego wymiary?

– Waży trzy tysiące trzysta siedemnaście gramów i mierzy pięćdziesiąt trzy centymetry – odparła Colleen.

Joe stanął obok Rosie i zaczął się przyglądać nabrzmiałym powiekom swojego śpiącego wnuka, jego okrągłemu noskowi, delikatnym, wydętym ustom, dołeczkom w policzkach, różowej buzi i łysej stożkowej główce. Mówiąc szczerze, była z niego mała paskuda, ale jednocześnie Joe nie widział w życiu niczego piękniejszego.

Joseph Francis O'Brien. Imię przekazywane już od trzech pokoleń. Joe jednocześnie pękał z dumy i chciał, żeby wybrali Colina albo Brendana czy jakiekolwiek inne irlandzkie imię, które nie miałoby żadnego skojarzenia z Huntingtonem. Joe miał nadzieję, że irlandzkie imię i irlandzka facjata to jedyne, co odziedziczył po nim wnuk.

Kiedy rodziły się jego dzieci, myślał, że każde z nich zaczyna życie, mając nieograniczone możliwości. Każde dziecko o różowej buźce było jak niezapisana kartka. Teraz jednak patrzył na swojego wnuka, który przeżył dopiero kilka godzin i zastanawiał się, czy wszystko nie zostało już z góry zaplanowane, parametry zawczasu ustalone, jego przyszłość określona, zapisana w gwiazdach, zanim przecięto mu pępowinę. Dla matki Joego, dla niego samego, JJ'a i Meghan Huntington był czymś nieuniknionym, zapisanym im, zanim zaczerpnęli pierwszy oddech. Ile razy jeszcze powtórzy się ta historia? Zwielokrotniona sekwencja w DNA powodująca tragedię, pokolenie za pokoleniem.

Narodziny. Huntington. Śmierć.

Początek. Środek. Koniec.

Rosie odwinęła kocyk, odsłaniając maleńkie stópki dziecka i podczas gdy ona całowała paluszki wnuka, Joe odtwarzał w głowie całe życie dziecka, wyobrażając je sobie jako mężczyznę z Huntingtonem. Rosie z powrotem zawinęła śpiące brzydko-piękne maleństwo i podała je w wyczekujące ramiona Meghan, a Joe wyobraził je sobie jako pomarszczonego, choć jeszcze nie starego mężczyznę, który umiera na szpitalnym łóżku, nie mając przy sobie nikogo, kto by go przytulił.

Podczas gdy Rosie z powrotem założyła na niekształtną głowę małego Josepha wełnianą czapeczkę, Joe próbował odgadnąć liczbę powtórzeń CAG w jego ciele, spodziewając się najgorszego. *Proszę, Boże, nie pozwól, by miał w sobie to, co przekazałem JJ'owi.*

Joe wziął głęboki wdech i pokręcił głową, próbując pozbyć się obezwładniającego uczucia klęski, ale miało ono grawitacyjną siłę wielkiej planety. Powinien czuć szczęście. Rozejrzał się po pokoju. Wszyscy się uśmiechali. Wszyscy, oprócz Joego i dziecka.

– Co się dzieje, Joe? – zapytała Rosie, trącając go łokciem.

– Ze mną? Nic – odparł niewinnie.

Musiał się z tego otrząsnąć. Nie byli przeklęci. Dziedziczenie było losowe. Głupie szczęście. *Miej szczęście, maluchu.* Rosie zmierzyła męża podejrzliwym, poirytowanym wzrokiem.

– Chciałbyś go potrzymać, Joe? – zapytała Colleen.

– Nie, dziękuję – odpowiedział.

Upuścić i rozbić kryształowy dzbanek, telefon komórkowy (miał już trzeci), niezliczone kieliszki i szklanki to jedno, ale nigdy by sobie nie wybaczył, gdyby upuścił swojego nowo narodzonego wnuka. Będzie trzymał swoje niezręczne, chore łapska z dala od niewinnego dziecka i będzie się nim cieszył z bezpiecznej odległości. Zarówno Rosie, jak i ojciec Colleen zdali się poczuć ulgę, słysząc odpowiedź Joego. Zauważył, że Bill bacznie go obserwuje. Joe ani trochę się mu nie dziwił. Opiekuńczy instynkt dziadka. Bill był porządnym człowiekiem.

W progu pojawił się Patrick z białym misiem w dłoni, uśmiechając się mimo poobijanej twarzy.

– Jezu, Pat – jęknęła Meghan.

– Bójka w barze. Powinniście zobaczyć tych czterech innych kolesi.

Jego prawe powieki były tak spuchnięte, że całkiem zasłaniały oko. Pod drugim świecił się siniak, który nabierał fioletowo-zielonego koloru, a jego usta były pęknięte w kąciku.

– Krwawi ci warga – powiedziała Katie.

– Nic mi nie jest. Moje gratulacje! – powiedział Patrick do Colleen, podając jej misia. – Dobra robota, braciszku.

– Popatrz tylko na siebie – powiedziała Rosie. – Trzeba ci założyć szwy.

– Nic mi nie jest – żachnął się Patrick, dotykając dziecięcego kocyka, by zerknąć na małego.

– W takim stanie nie możesz być przy dziecku – zganiła go Rosie i pacnęła po dłoni.

– Przecież nie ubrudzę go krwią.

– I tak jesteś już w szpitalu. Zejdź na oddział ratunkowy – powiedziała.

– Mamo, nie mam zamiaru spędzić na pogotowiu kolejnych dwudziestu godzin.

– To się samo nie zagoi. Nie dyskutuj ze mną. Meg, pójdziesz razem z nim.

– Nieee, dlaczego ja? – mruknęła niezadowolona Meghan. Ucałowała małego Josepha w główkę i przytuliła go do swojego miękkiego szala.

– Bo tak powiedziałam – twardo odparła Rosie.

– Dobrze, już idę – powiedziała Meghan, podając dziecko Katie. – Jesteś palantem, Pat.

– Widzicie, co was czeka? – powiedziała Rosie do Colleen i JJ'a.

Joe patrzył, jak jego syn wychodzi z pokoju, powłócząc nogami, w obstawie siostry. Wiedział, że nadeszła pora, by porozmawiać z Patrickiem. Patrick rzadko kiedy wracał do domu po swojej zmianie w barze i nie mieli pojęcia, gdzie wtedy przebywał. Nie wiedzieli też o żadnej stałej dziewczynie. Choć Joe i Rosie nie popierali tych nocy poza domem i sypiania, z kim popadnie, jak na Patricka nie było to aż takie nietypowe.

Nowością były bójki. W ostatnim miesiącu wplątał się w kilka awantur, co wcześniej się nie zdarzało. Joe uważał, że Patrick musiał bardzo ciężko przyjąć wynik badania Meghan. Westchnął.

Matka i siostry Colleen wróciły z kafeterii z tacami z kawą. Powitaniom, uściskom i gratulacjom nie było końca, Bill i JJ dostali po kubku kawy, a pokój przemienił się w głośną i tłoczną imprezę.

– Wybaczcie kochani, ale jestem strasznie zmęczona – powiedziała Colleen. – Nie pogniewacie się, jeśli Joey i ja trochę się zdrzemniemy?

Oczywiście wszyscy to rozumieli. Katie oddała małego Josepha jego mamie. Siostry Colleen umówiły się, że zajrzą do niej za godzinę. Joe ucałował synową w czoło.

– Dobrze się spisałaś, skarbie.

– Dzięki, Joe.

Katie i Rosie postanowiły pójść do kafeterii na śniadanie. Joe ruszył z synem do głównego budynku, żeby sprawdzić, co z Patrickiem, ale JJ poprosił go, żeby przez kilka minut posiedział z nim na zewnątrz. Oddalili się od szpitala o kilka przecznic, aż w końcu usiedli na ławce i JJ wyciągnął z kieszeni kurtki dwa cygara, po czym uniósł brew, podając jedno Joemu.

– Z przyjemnością – powiedział Joe do syna.

Nie był palaczem i właściwie to nie znosił paskudnego smaku cygar, nawet tych, które niby były dobre, ale nigdy nie odmawiał. Dla Joego samo palenie nie miało znaczenia. Chodziło o umacnianie więzi, męski ekwiwalent chodzenia na zakupy albo wspólnego robienia sobie manicure. JJ odpalił cygaro i obaj puścili kilka dymków.

– Mam syna – powiedział JJ, zachwycając się dźwiękiem swoich słów.

– Masz. Teraz jesteś ojcem.

– To wspaniałe, prawda, tato?

– Prawda.

– Pamiętasz, jak to było, kiedy ja się urodziłem?

– Pamiętam. Najpiękniejszy dzień w moim życiu.

JJ założył lewą kostkę na prawe kolano, objął Joego ramieniem i pykał cygaro, trzymając je między zębami.

– Wiesz, kocham ciebie i mamę. I Pata, Meg i Katie. I kocham Colleen. Ale nawet nie znam tego dziecka, a to uczucie... – JJ odchrząknął i otarł niespodziewanie wilgotne oczy wierzchem dłoni. – To coś większego. Dałbym się za niego przejechać. Nie wiedziałem, że może istnieć jeszcze większa miłość.

Joe pokiwał głową.

– To dopiero początek.

Poczekaj, aż chwyci cię za palec, uśmiechnie się do ciebie, powie, że cię kocha, zapłacze w twoich ramionach. Zapali z tobą cygaro, kiedy urodzi mu się pierwsze dziecko.

Joe poczuł tę większą miłość, odpychając na bok lęki i obawy przed tym, co na pewno się stanie i co może się stać, ustępując miejsca wszystkim wspaniałym rzeczom, które już się dzieją i mogą się zdarzyć. To był dopiero początek, a w środkowej części życia było więcej niż choroba Huntingtona. HD będzie przyczyną śmierci Joego, ale w jego życiu, życiu JJ'a i Meghan i życiu tego pięknego chłopczyka, bez względu na to, co było im pisane, chodziło o milion innych spraw, które nie miały nic wspólnego z chorobą.

Joe palił swoje cygaro, nie znosząc jego gorzkiego smaku, ale kochając ten słodki moment i napawając się wyjątkową chwilą w życiu JJ'a. Narodziny jego pierwszego dziecka. Syna. Wnuka Joego.

I wtedy coś do niego trafiło. To był wyjątkowy moment także w jego pieprzonym życiu. Właśnie tam, na ławce z synem, w zimny grudniowy poranek w Bostonie. Dowód, że nawet życie przeklęte Huntingtonem może być cudowne.

– To dopiero początek, JJ.

ROZDZIAŁ 23

Na zewnątrz było jedynie minus dwanaście stopni. Minus dwanaście. Na litość, to stan konta, a nie temperatura. Ale wiatr miotał się jak rozgniewana kobieta, która nie chce się zamknąć – nieustępliwy, zacięty, pogarszający sytuację z minuty na minutę. Temperatura odczuwalna musiała być ze dwa razy niższa.

Na dodatek właśnie zaczęło sypać. W Bostonie miało spaść od pięciu do siedmiu centymetrów – za mało, żeby zamknąć szkoły albo zwolnić dzieci z lekcji, ale wystarczająco dużo, by spowodować mnóstwo wypadków drogowych, jak gdyby ludzie w tym mieście w życiu nie widzieli takich warunków. Bostończykom zima, wiatr północno-wschodni i zamiecie nie były obce. Był drugi tydzień stycznia, a już przeszli trzy poważne śnieżyce, z których każda przykryła miasto piętnastoma centymetrami śniegu. W takich warunkach trzeba było jechać ostrożnie albo – jeszcze lepiej – zostać w domu. Ale z roku na rok wszystko wygląda tak samo. Pojazdy wpadały na siebie i ładowały się jeden w drugi, ślizgając się po stromych ulicach Charlestown, odbijając od aut zaparkowanych po bokach jak bilardowe kule. Ulubionymi samochodami Joego były małe, kompaktowe auta, jak fiaty i smarty, a także stare cysterny z napędem na dwa koła, bo wszystkie obracały się w miejscu, grzęznąc na ulicy i blokując ruch.

Joe stał na środku drogi na ruchliwym skrzyżowaniu ulic Bunker Hill i Tufts z zadaniem przeprowadzania dzieci ze szkoły podstawowej przez ulicę. Pracownik, który zwykle to robił, wziął chorobowe. Ta osoba mogła oczywiście mieć grypę. Ostatnio po posterunku szalał wirus grypy żołądkowej, zwalając z nóg każdego, kto miał z nią styczność choćby przez minutę. Ale Joe podejrzewał, że dróżnik obudził się rano w świetnej formie, sprawdził prognozę pogody, po czym pomyślał, że pieprzyć to, że nie płacą mu na tyle, żeby w taką pogodę sterczeć na zewnątrz jak kołek. Joe nie był przekonany, czy i jemu płacą wystarczająco.

Miał na sobie najgrubszą policyjną kurtkę, na którą nałożył fluorescencyjną, limonkową kamizelkę, czapkę, białe rękawiczki i kalesony pod spodem, ale na nic się to zdało przy takim mrozie. Powietrze było jak tysiące ostrych noży, które cięły jego odsłoniętą twarz. Jego oczy bez przerwy łzawiły, a z nosa ciekło mu jak z odkręconego kranu. Między rzęsami zamarzły mu łzy, na policzkach zbierały się lodowe sople, a na górnej wardze zasechł katar. Jezu, nawet oddychanie bolało. Każdy wdech momentalnie zamrażał błonę wyścielającą jego płuca, paraliżując go od środka. Palce stóp i rąk zupełnie mu zdrętwiały. Był dyrygującym ruchem, a wyglądał jak zamarznięty kawał mięsa.

Taa, globalne ocieplenie. Niedźwiedzie polarne powinny przeprowadzić się do Bostonu.

Dzieci czekające na chodniku ubrane były w kolorowe czapki, rękawice i zimowe buty, a do plecaków przypięte miały breloczki z wizerunkami superbohaterów, księżniczek albo bostońskich drużyn, i trzymały ubrane w rękawiczki dłonie rodziców. Joe zatrzymał dłonią ciąg samochodów ze spieszącymi do pracy ludźmi i machnięciem ręki zaprosił trzęsące się dzieci i ich rodziców na jezdnię. W normalnych okolicznościach rzuciłby przyjacielskie „dzień dobry", uśmiechał się do dzieci i życzył im miłego dnia. Rodzice często odzywali się pierwsi, mówiąc „dziękuję". Ale tego dnia było za zimno na uprzejmości i nikt nic nie mówił.

Na chodniku zebrała się grupka matek, które odprowadziły już swoje dzieci pod drzwi szkoły. Joe ruchem dłoni pokazał im, by weszły na jezdnię, ale cztery z nich zostały przy krawężniku. Joe próbował je ponaglić jedną dłonią, drugą wciąż wstrzymując zniecierpliwionego kierowcę autobusu. *No chodźcie, paniusie.* To nie była pogoda na pogawędki albo guzdranie się. Kobiety gapiły się na niego. Widział, że na niego patrzą, ale ani drgnęły. Kilka z nich rozmawiało przez telefon. Głupi ludzie nie umieli iść i mówić jednocześnie? Joe poddał się i przepuścił autobus.

Nagle nadjechał radiowóz z włączonym kogutem i zatrzymał się naprzeciw szkoły. Wysiedli z niego Tommy i Artie DeSario i podeszli do Joego. Artie był ubrany w białe rękawiczki i fluorescencyjną limonkową kamizelkę.

– Hej, Joe – przywitał się Tommy. – Artie przejmie po tobie obowiązki. Daj mu kluczyki do radiowozu i chodź ze mną.

Artie unikał wzroku Joego. Zaciskał zęby i szeroko rozstawił nogi. Był bardzo poważny. Rodzice i dzieci w drodze do szkoły przystanęli. Joe czuł na sobie spojrzenia mam stojących na krawężniku, zastanawiających się, co się dzieje. Joe też nie rozumiał. Zrobił, o co go poproszono, choć ani trochę mu się to nie podobało.

Wsiadł z Tommym do radiowozu. Jego przyjaciel odpalił silnik, ale nie ruszył. Joe myślał, że pojadą na komisariat, który znajdował się jedynie dwie przecznice dalej, choć nie miał pojęcia, po co. Czekał, aż Tommy coś powie, podczas gdy jego skóra tajała w rozkosznym cieple samochodu. Tommy patrzył przez przednią szybę, obserwując dzieci i rodziców przechodzących na drugą stronę ulicy pod nadzorem Artiego. A może jego wzrok skupiał się na płatkach śniegu, które uderzały w szybę, usuwanych co kilka sekund przez wycieraczki?

– Dostaliśmy kilka zgłoszeń, że pijany funkcjonariusz kieruje ruchem.

Tommy spojrzał na Joego, zmartwiony, że musi przekazać taką wiadomość.

– Cholera – powiedział Joe. Pląsawica i anosognozja. Mimowolne poruszanie się, którego nie był świadomy.

– Niestety.

– Nie mogło być aż tak źle. Na zewnątrz jest potwornie zimno. Ruszałem się, żeby krew nie przestała mi krążyć i żebym nie zamarzł na kość.

Tommy zacisnął usta i znów zaczął patrzeć przez szybę.

– Nie chodzi tylko o zgłoszenia. Po komisariacie zaczęły krążyć różne plotki.

– Jakie?

– Narkotyki. Alkohol. Jakieś załamanie nerwowe.

Joe pokręcił głową, zaciskając zęby, choć w środku gotował się ze złości. Nie miał pojęcia, że ludzie plotkowali za jego plecami, ale nie powinien też być zaskoczony. Policjanci plotkowali więcej niż staruszki w kościele. Mimo to nie mógł uwierzyć, że nikt nie miał na tyle odwagi, by powiedzieć mu to prosto w oczy.

– Wiesz, że kocham cię jak brata, stary. – Tommy zrobił pauzę i zaczął uderzać w kierownicę palcem. – Myślę, że dobrnąłeś najdalej, jak się dało.

Nie. Niemożliwe. Przez małą pląsawicę, gówniane plotki i kilka telefonów pod 911? Na zewnątrz było zimno jak na Evereście. Wystarczyło poczekać dziesięć minut, a Artie też zacznie się ruszać i podskakiwać, żeby tylko się ogrzać. Zobaczymy, czy za dziesięć minut jego zmiennik nie zacznie wyglądać na wstawionego.

Głęboko, w szpiku kości Joego, pojawiła się iskra gniewu, który z łatwością ogarnął jego ciało płomieniami palącej zdrady. Chrzanić Tommy'ego. Tak, uzgodnili, że Tommy będzie jego lustrem i da mu znać, kiedy nadejdzie pora, by powiedzieć na komisariacie o Huntingtonie, ale Joe nie sądził, że Tommy tak szybko postawi na nim kreskę. Przez cholerne szkolne skrzyżowanie? Joe nigdy by mu czegoś takiego nie zrobił. Tommy był dla niego bratem, a teraz zachował się jak pieprzony Kain. Nie potrzebował wsparcia Tommy'ego. Pieprzyć też kolegów z komisariatu. Nie obchodziło go, co myślą. Nie potrzebował ich. Joe zacisnął zęby i pięści.

Nadal miał Donny'ego. On i Donny znali się od dziecka, od samego początku. Obaj należeli do tutejszych. Donny będzie wspierał Joego do samego końca.

– Co za pieprzone bzdury – powiedział Joe, patrząc się na Artiego przez przednią szybę i próbując siłą umysłu wytrącić go z równowagi.

Tommy pokiwał głową.

– Przepraszam stary. Czeka na ciebie sierżant McDonough z komisariatu A1.

Tommy wrzucił bieg i Artie przepuścił ich przez skrzyżowanie, stojąc twardo na jezdni i jedną dłonią wstrzymując rodziców i dzieci, wyglądając przy tym tak, jakby mróz nie robił na nim wrażenia. Nie spojrzał też na Joego, kiedy mijał go w radiowozie.

Komisariat A15 był małym posterunkiem o ograniczonym personelu, w którym zwykle nie przesiadywali nadzorujący funkcjonariusze.

Kiedy Joe wszedł do środka, stanął twarzą w twarz z sierżantem Rickiem McDonough, który był wyraźnie wkurzony, że musiał tam przyjechać. Rick był przełożonym Joego od ponad dziesięciu lat. Mieli dobrą zawodową relację, ale nic poza tym. Joe orientował się, że jest żonaty i ma dwójkę dzieci, ale nigdy ich nie poznał. Nikt nie wiedział zbyt wiele o osobistym życiu Ricka. Trzymał się na uboczu, nigdy nie chodził z chłopakami na piwo po zmianie. Potrafił być prawdziwym skurczybykiem w kwestii szczegółowego przestrzegania procedur i nigdy za bardzo nie przejmował się tym, co mówiły o nim media.

Joe poszedł za Rickiem do jego gabinetu. Zamknął drzwi i obaj usiedli.

– Możesz mi wyjaśnić, dlaczego trzeba było cię ściągnąć ze skrzyżowania przed szkołą? – zapytał sierżant.

Rick obserwował Joego wąskimi, szarymi oczami, swoją postawą wyrażając zarówno cierpliwość, jak i autorytet. Zawsze był zasadniczy, ale sprawiedliwy. Joe spojrzał swojemu szefowi w twarz i złość, która ogarnęła go w radiowozie, powoli zaczęła uchodzić, sprawiając, że poczuł się słaby, postawiony pod ścianą i zbyt wycieńczony, by się bronić. Żałował, że nie może najpierw porozmawiać z Donnym, i starał się po cichu i na szybko przeanalizować swoją sytuację, zanim otworzy usta.

Jeśli nie przyzna się, że ma Huntingtona, jeśli wzruszy ramionami i nie powie niczego Rickowi, to ten, jako przełożony, nie będzie miał wyboru. Rick nie zamiecie tego pod dywan. Postąpi zgodnie z procedurą. Wyśle Joego na badanie moczu i zostanie to wpisane w jego papiery. Oczywiście testy krwi nie wykażą narkotyków ani alkoholu, więc Joe nie straci pracy. Ale wszyscy będą wiedzieć, że został ściągnięty ze skrzyżowania. Jeśli już wcześniej pojawiły się plotki, to teraz tylko się nasilą.

Joe wiercił się na krześle. Rozglądał się po małym, pozbawionym okien pokoju, świadomy zamkniętych drzwi tuż za swoimi plecami i utkwionych w nim oczach Ricka. *Myślę, że dobrnąłeś najdalej, jak się dało.* Pieprzony Tommy miał rację. Rick nadal czekał cierpliwie, trzymając dłonie na biurku. Może będzie lepiej, jeśli wszyscy się dowiedzą. Może zrobią dla niego jakieś udogodnienia. Sytuacja nie była beznadziejna. Może nie straci pracy. Swojego życia. Joe wypuścił powietrze przez usta, zbierając się na odwagę i licząc, że będzie miał szczęście.

– Mam chorobę Huntingtona.

Na chwilę zapadła cisza. W wąskich oczach Ricka pojawiła się pustka. Joe znieruchomiał.

– Co to oznacza?

Obaj mieli zaraz się tego dowiedzieć.

ROZDZIAŁ 24

Następnego dnia, niewiele po południu, Joe pozwalał sobie na czwartego już guinnessa u Sullivana. Dwaj mężczyźni oraz Kerry Perry pili budweisera z butelek przy barze niedaleko frontowego okna, dyskutując o drużynie Bruins. Ci dwaj to na pewno byli tutejsi i często tu przesiadywali, ocenił Joe, widząc, jak swobodnie rozmawiali z Jackiem, właścicielem lokalu, ale Joe ich nie znał. Byli młodsi i pewnie poszli do liceum wiele lat po tym, jak Joe je skończył.

Kerry była w wieku Joego. W szkole uchodziła za jedną z najgorętszych cheerleaderek, do której każdy z chłopaków czuł miętę. Joe podkochiwał się w niej bez wzajemności, na krótko zanim zaczął spotykać się z Rosie. Teraz była po dwóch rozwodach i miała dzieci z każdym z mężów. Nadal dobrze wyglądała, ale w jej niegdyś delikatnych, dziewczęcych rysach i zadziornym nastawieniu wobec świata pojawiła się pewna szorstkość, jak gdyby została oszukana przez życie, które odebrało jej coś wcześniej obiecanego. Kerry pochwyciła wzrok Joego i jej mocno umalowane oczy zaczęły z nim flirtować, zachęcając, by się do nich dosiadł. Joe rzucił jej przelotny uśmiech, niezainteresowany ani Kerry, ani Bruins, i szybko przeniósł się do pustej części pomieszczenia na tyłach pubu.

Usiadł w słabo oświetlonej loży przy ścianie z cegieł, pod plakatem Red Sox z Mistrzostw Świata 2004. Myślał, że zawodnicy Varitek i Foulke poprawią mu zły nastrój i choćby na moment wyciągną go z dołka, kiedy trzy piwa temu usiadł przy barze, ale nie potrwało to długo. Nie poczuł się też jak zwycięzca na wspomnienie tamtej wspaniałej wygranej. Ściągnął gęstą piankę z guinnessa, którą to chwilą jeszcze się delektował, ale tak jak w przypadku trzech poprzednich piw nie znalazł w tym żadnej przyjemności.

Dyskusja o drużynie Bruins robiła się coraz głośniejsza, bardziej płomienna niż wzburzona. Kerry włączała się skrzeczącym, zawodzącym altem. Joe pił powoli guinnessa i marzył o tym, żeby wszyscy zamknęli jadaczki.

Tylko Donny wiedział, że tu jest. Rosie myślała, że poszedł do pracy. Nie powiedział jej, co się stało. Tommy wiedział i Donny też. Cholera, wiedziały pewnie wszystkie komisariaty od A1 do A15. Banda pieprzonych księżniczek. Ale Rosie nie miała o niczym pojęcia. Nie potrafił zdobyć się na to, by jej powiedzieć.

Rick McDonugh dał mu wolne do czasu, aż lekarz zawodowy sprawdzi jego medyczną kartotekę, którą wczoraj przekazała mu doktor Hagler. Joe miał złe przeczucia odnośnie swojej dalszej pracy i nie potrafił się ich pozbyć. Wychylił jeszcze kilka łyków guinnessa, chcąc się zupełnie znieczulić.

Po pierwsze, był seroquel i tetrabenazyna. Zgodnie z procedurami wydziału Joe powinien pisemnie poinformować przełożonych o przyjmowaniu jakichkolwiek leków na receptę. Zdołał już więc naruszyć przepisy, ale kara za to go nie przerażała. To myśl o tym, że lekarz czyta paskudną listę symptomów Huntingtona – które bez problemu połączy z zachowaniem Joego – sprawiała, że czuł się, jakby coś gniło mu w żołądku.

Utrata równowagi, ograniczona zręczność, pląsawica. Co by było w sytuacji, gdyby Joe musiał użyć pistoletu, a w jego dłoni pojawiłby się mimowolny skurcz, przez co pociągnąłby za spust i zabił innego funkcjonariusza albo cywila? A gdyby stracił kontrolę nad pojazdem, nagle przyciskając pedał gazu albo skręcając niezamierzenie i przejechał pieszego? Impulsywność, zespół dysfunkcji wykonawczej, co oznaczało, że trudność sprawiało mu rozwiązywanie skomplikowanych problemów i logiczne myślenie, gwałtowne zmiany nastroju, co Rosie nadal nazywała „dziwnym temperamentem". Czy mogli ufać, że Joe zachowa pełną kontrolę, że pozostanie na tyle opanowany, by w sposób precyzyjny przestrzegać procedur, chronić ludzi mieszkających w tym mieście i innych policjantów?

Nie, nie mogli. Niespokojny żołądek Joego zaczął się zaciskać. Upił kolejny łyk guinnessa. Nie pomógł.

Co więc się stanie? W najlepszym wypadku lekarz zaleci komendantowi, aby odebrał Joemu służbową broń. Zostanie oddelegowany do pracy urzędniczej. Nie będzie miał do czynienia z więźniami ani z ludnością cywilną. Zostanie odsunięty od zadań wymagających nadgodzin i skomplikowanej pracy. Będzie odbierał telefony i przekładał papiery. Stanie się pieprzoną sekretarką. Prace za biurkiem przeznaczone są głównie dla policjantów, którzy wracają do pracy po rekonwalescencji. To tymczasowe stanowiska, okres przejściowy przed powrotem do prawdziwej służby. Dla Joego będzie to odejście od niej.

Ale służba za biurkiem była rozwiązaniem w najlepszym wypadku, jeśli będzie miał szczęście. W najgorszym każą mu natychmiast oddać odznakę. Na tę myśl jego żołądek wywracał się do góry nogami i kilka razy Joe przełknął ślinę, próbując zwalczyć nagłą, krępującą potrzebę wymiotowania. Utrata broni i odznaki już teraz. To go zabije szybciej niż Huntington.

Joe dopił resztę piwa, mimo protestów wzburzonego żołądka. Poszedł z powrotem do baru, ignorując spojrzenia Kerry Perry i jej kolegów, i zamówił glenfiddicha bez lodu. Wróciwszy na swoje miejsce, Joe przybliżył szklaneczkę do nosa, a potem do ust. Maślany zapach. Wyraźny torfowy smak. Nadal zero przyjemności.

Nagle pojawił się Donny i usiadł w loży naprzeciw Joego. Jako sanitariusz Donny, jego brat w służbie, ubrany był na brązowo.

– Zaczynasz czy kończysz? – zapytał Joe.

Donny zerknął na zegarek.

– Mam dziś trzecią zmianę, ale muszę zajrzeć do mamy przed pracą. Mam trochę czasu. Widziałeś Kerry Perry?

– Tak.

– Nadal dobrze wygląda.

– Mhm.

– No to co się dzieje?

– Przyszedłem na parę drinków.

– Ważysz tyle, co nic. Wypiłeś więcej niż dwa.

– I co z tego?

Joe był zmęczony próbowaniem kontrolowania wszystkiego, walczeniem.

Pieprzyć to. Odchylił głowę do tyłu, opróżnił glenfiddicha i postawił pustą szklankę na stole, jakby był Johnem Waynem. Dopiero po sekundzie poczuł piekący ból na całej długości gardła. Zacisnął zęby, zdeterminowany, by nie splunąć ani nie jęknąć.

– Dobra, twardzielu. Nie uważasz, że Rosie ma już wystarczająco dużo problemów przez twój gniew, rozbijanie wszystkiego i zamartwianie się o przyszłość i wasze dzieci nawet i bez tego, że przychodzisz do domu zalany w środku dnia?

Joe słyszał jego słowa, choć wcale nie chciał. Słowa Donny'ego wpływały i wypływały z jego głowy, unosząc się nad nią jak balonik na sznurku.

– Rozumiem to, OB. – powiedział Donny. – Zrobiłbym to samo. A ty byś tu siedział, próbując przemówić mi do rozsądku. Ale zalewanie robaka to nie jest dobry plan. Cokolwiek się stanie, nie będziesz codziennie moczył mordy u Sullivana.

– To tylko jeden dzień, na litość.

– Dobrze. Dzisiaj sobie poszalej. Ale na tym koniec. Tak ci tylko mówię. To nie jest twój plan. Nie będę codziennie wynosił stąd tej twojej mizernej dupy.

Joe zaśmiał się, ale nie mógł sobie przypomnieć, co było w tym zabawnego i zachciało mu się płakać. Potarł twarz dłońmi i odetchnął, próbując zebrać się w sobie. Donny czekał.

Joe spojrzał na drugą stronę loży, chcąc wkurzyć się na Donny'ego za to, że mu rozkazuje, ale nie potrafił. Łysy facet z lekko krzywym nosem, który siedział naprzeciw niego w służbowym uniformie, był jednocześnie dzieciakiem z podstawówki o krótko przystrzyżonych włosach, w koszulce z Hulkiem. Był lojalnym kumplem, który grał na pozycji obrońcy między drugą a trzecią bazą w Małej Lidze, rozgrywającym w drużynie koszykówki i lewoskrzydłowym w drużynie hokeja, który przeskakiwał razem z Joem przez kościelny płot i w soboty uciekał z nim ze spowiedzi, i któremu także podobała się Rosie, ale zszedł im z drogi, żeby Joe miał większe szanse.

Donny, poważny, szanowany, dorosły mężczyzna, siedział naprzeciwko Joego u Sullivana i patrzył na niego, podczas gdy ten wspominał spaghetti z klopsikami mamy Donny'ego, które latami jadł u niego co środę, niezliczone parady podczas dnia Bunker Hill, kiedy byli kompletnie pijani, jak stał koło niego w dzień jego ślubu i wspierał go podczas rozwodu, jak patrzył na ich dorastające wspólnie dzieci.

– Jak myślisz, co mam przed sobą? – zapytał Joe.

– Poza moją przystojną twarzą? Jak na razie pewnie pracę za biurkiem. Nie sądzę, żeby od razu cię zwolnili.

Joe pokiwał głową, doceniając to, że jego przyjaciel nie owija w bawełnę, nadal mając nadzieję, że istnieje jakaś inna możliwość.

– Ile zostało ci urlopu? – zapytał Donny.

– Około dziesięciu miesięcy.

– Ile lat służby masz za sobą? – Donny przeliczył na palcach. – Dwadzieścia cztery?

– Prawie dwadzieścia pięć.

– Do jakiej emerytury cię to upoważnia?

– Nie wiem.

– Jeśli posadzą cię za biurkiem, będziesz mógł przejść na rentę?

– Nie wiem.

– Dobra, stary. Musisz się tym zainteresować. I to już. Czas na jakiś plan. Musisz jakiś mieć, zanim ktoś podejmie za ciebie wszystkie decyzje.

Joe skinął głową.

– A to na pewno nie jest plan – powiedział Donny, wskazując na pustą szklankę na stoliku.

– Dobra, dobra. Pierwszy i ostatni raz.

– Chcesz pogadać z moim kumplem Chrisem?

– Tym prawnikiem?

– Tak.

Joe znów pokiwał głową.

– Tak. Prześlij mi jego numer.

Donny zerknął na zegarek.

– Muszę lecieć. – Westchnął. – To ciężka pora roku. Wczoraj mieliśmy trzy samobójstwa. Podwieźć cię do domu?

– Nie. Posiedzę tu jeszcze trochę, a potem pójdę.

– Zabiorę cię do domu.

– Jedź. Nic mi nie jest.

– Jeśli wrócę i nadal będziesz tu siedział, to skopię ci ten kościsty tyłek.

Joe zaśmiał się.

– Nadal dam ci radę – odpowiedział.

Donny wstał i klepnął Joego po ramieniu.

– Idź do Rosie. Wpadnę do was rano.

– Pójdę. Do zobaczenia, stary.

Donny wyszedł i Joe znów został sam. Choć towarzystwo Donny'ego było pocieszające, przyjaciel potwierdził jego najgorsze obawy. Odbiorą mu broń. W końcu, jeśli nie od razu, zabiorą mu także odznakę. Joe dotknął nasadą dłoni glocka, którego miał przy biodrze, po czym tę samą dłoń położył sobie na piersi ubranej w cywilną koszulę, tam gdzie znajdowałaby się jego odznaka, gdyby był w mundurze. Myśl o utracie jednego czy drugiego była jak próba zmierzenia się z wycięciem jakiegoś organu. Jeśli odbiorą mu pistolet, odetną mu jaja. Utrata odznaki będzie jak wycięcie serca.

Myślał o tym, co go omija na dzisiejszym patrolu, co ominie go jutro, w następnym tygodniu i w następnym roku. Stanie na nogach przez osiem godzin w minusowych albo nienormalnie wysokich temperaturach, kula, ominięcie najważniejszych rozrywek ulubionych drużyn, święta z rodziną, zajmowanie się kłamliwymi ćpunami, mordercami i tym podobnymi, pogarda od ludzi, dla których ryzykował własnym życiem, by ich ochronić. Kto nie chciałby się uwolnić od czegoś takiego? Joe. Joe nie chciał. Gdyby interesowała go bezpieczna praca w klimatyzowanym pomieszczeniu, to zostałby księgowym.

Był funkcjonariuszem policji. Nigdy się nie poddawać. Walczyć dalej. Akademia policyjna wbiła te zasady w każde włókno jego ciała. Oddanie pistoletu i odznaki byłoby jak poddanie się, odwrócenie od osoby, którą był. Joe zamknął oczy i każda myśl w jego głowie lądowała gdzieś obok słowa „porażka". Zawiódł swoich kolegów policjantów, swoje miasto, żonę, dzieci, samego siebie. Bez broni i odznaki będzie tylko zabierał miejsce, będzie potykającym się cały czas workiem skóry i kości, który sprawi wszystkim mnóstwo bólu, aż zacznie gnić w drewnianej trumnie.

To nigdy nie był jego plan. Jego planem było pracować przez trzydzieści pięć lat i wcześnie przejść na emeryturę, gdy będzie miał pięćdziesiąt pięć lat, by żyć z Rosie na poziomie, który im obojgu zapewnił, cieszyć się wnukami, zasłużyć na pełną emeryturę, dzięki której nie będą musieli się martwić na starość ani wtedy, kiedy on odejdzie. Nie dotrwa do pięćdziesięciu pięciu lat. Nawet nie dojdzie blisko. Dostanie częściową emeryturę i może jakąś rentę. Może nie. Wykorzysta swój urlop. A potem co? Rosie będzie pozbawioną opieki młodą kobietą. A przyszłe koszty leczenia Joego mogły ich zrujnować.

Nie chciał iść do domu i powiedzieć Rosie, co się dzieje. Nie chciał przynosić jej kolejnych złych wiadomości. Nie mógł znieść tego, że jest źródłem jej bólu. A ich dzieci przechodziły przez prawdziwe piekło. Całe życie poświęcił chronieniu Bostonu, a już samo istnienie Joego ściągnęło niebezpieczeństwo na jego dzieci. Jeśli medycyna szybko nie znajdzie jakiegoś rozwiązania, JJ i Meghan umrą młodo z jego powodu. Światełko w duszy Joego przygasało za każdym razem, kiedy ta myśl zakradała się do jego świadomości, codziennie zabijając go kawałek po kawałku.

To ciężka pora roku. Joe wiedział dokładnie, co Donny miał na myśli. Był styczeń, tuż po okresie świątecznym, dla jednych – czasie rodzinnych spotkań, prezentów i świętowania, a dla innych – porze niemożliwego do zniesienia smutku. Dni były zimne i o wpół do piątej robiło się już ciemno. Joe i Donny byli w tym czasie często wzywani do samobójstw, zimą częściej niż w inne pory roku. Joe nie będzie tęsknić za tym aspektem swojej pracy. Za odkrywaniem ciał. Czasem fragmentów ciał. Za przedawkowywaniem heroiny przez nastolatków. Za matkami, które pożerały całe fiolki leków nasennych. Za ojcami skaczącymi z mostu Tobin. Za policjantami z lufą w ustach.

On właśnie tak by to zrobił, gdyby miał w planach samobójstwo.

ROZDZIAŁ 25

Joe i Rosie siedzieli w gabinecie Christophera Canistraro i czekali, aż skończy rozmawiać przez telefon. Chris był niesławnym prawnikiem od odszkodowań, który zyskiwał swoich klientów szemranymi sposobami, włócząc się po oddziałach ratunkowych, ale zajmował się także nieruchomościami, prawem rodzinnym i rentami. Miał tandetną reklamę nadawaną do znudzenia w dziennym paśmie telewizyjnym, w której Chris, z włosami zaczesanymi na żel i ze świecącą się twarzą, gapi się w kamerę, przysięgając, że będzie walczył o ciebie i wszystkich twoich znajomych, którzy doznali obrażeń w wypadku. Pewnie chciał wyjść na szczerego, pełnego determinacji i szlachetnego reprezentanta skrzywdzonych, ale w opinii Joego robił wrażenie typa spod ciemnej gwiazdy.

Ale Joe nigdy nie poszedłby do prawnika, którego ktoś mu nie polecił. Z wyjątkiem prokuratorów rejonowych prawnicy sprawiali, że czuł się nieswojo. Prokuratorzy stali po tej samej stronie co policja, więc według Joego byli w porządku. Resztę przedstawicieli zawodu w najlepszym wypadku Joe uważał za chciwych, wyszczekanych oszustów. Najgorsi byli obrońcy z urzędu. Joe wiedział, że są niezbędnym trybikiem w maszynie systemu sprawiedliwości, ale i tak za każdym razem, kiedy wydobywali jakiegoś drania z więzienia na podstawie prawnej luki, kiedy wszyscy, którzy mieli choć trochę oleju w głowie wiedzieli, że facet jest winny, gotowała się w nim krew. Cała praca policjanta szła na marne przez jakiegoś adwokacinę w tanim garniturze ze zwichrowanym moralnym kompasem, któremu się wydawało, że jest gwiazdą *Prawa i porządku*. Joe zachodził w głowę, jak mogli spokojnie spać po nocach.

Ale Chris nie był obrońcą z urzędu. On i Donny poznali się na torach wyścigowych Wonderland, obstawiali biegi psów i świętowali wygrane, jedząc pizzę w Santarpio. Chris pomógł Donny'emu przy rozwodzie, wywalczył dla niego wspólne prawo do opieki nad dziećmi i nie dał go oszkapić byłej żonie. Jeśli Donny mu ufał, to Joemu to wystarczało. Nie potrzebował żadnej innej rekomendacji.

Biurko Chrisa było tak zawalone stertami żółtych kopert, że Joe widział go jedynie od ramion w górę. Był ubrany w szary garnitur, białą koszulę i niebieski krawat, za prawym uchem zatknięty miał ołówek i czytał coś na monitorze przestarzałego stacjonarnego komputera, jednocześnie przytakując osobie, z którą rozmawiał przez telefon. Półka na książki stojąca obok Joego wypełniona była imponująco wyglądającymi tomami. Joe zastanawiał się, czy Chris przeczytał którykolwiek z nich, czy może były tylko na pokaz. Podejrzewał, że to drugie.

Joe zerknął na zegarek, co nie uciekło uwadze Chrisa. Podniósł palec wskazujący i powiedział osobie po drugiej stronie słuchawki, że musi kończyć.

– Przepraszam za to – powiedział Chris, wstając i podając dłoń najpierw Rosie, a potem Joemu.

– Nie ma problemu – powiedział Joe. – Dziękuję, że zgodziłeś się z nami spotkać.

Chris wyciągnął folder z jednej ze stert dokumentów i szybko przejrzał dokumenty. Po chwili zamknął folder, odłożył go na czubek stosu i uderzył palcami o blat biurka, jakby wygrywał akordy na pianinie, ciche muzyczne preludium.

– Okej – powiedział w końcu. – Nie jestem ekspertem w tej dziedzinie, ale odrobiłem pracę domową i sprawdziłem wszystkie możliwe rozwiązania. Oto z czym mamy do czynienia: odpracowałeś dwadzieścia pięć lat, a teraz pracujesz za biurkiem. Nie wiem, jak długo jeszcze będziesz mógł to robić, ale musisz odejść, zanim cię zwolnią. To naprawdę bardzo ważne. Jeśli cię zwolnią, to odejdziesz z niczym. Oczywiście obowiązuje GINA, więc mógłbyś ich pozwać, ale nie chcesz spędzić czasu, który ci pozostał, razem ze mną.

GINA, czyli przepisy zakazujące dyskryminacji na podstawie informacji genetycznej powodowały, że pracodawca nie mógł legalnie zwolnić pracownika z takich powodów. Oczywiście nadal mógł to legalnie zrobić, jeśli pracownik nie był w stanie bezpiecznie i efektywnie wykonywać swojej pracy.

Tak jak Joe.

– Nie, nie chcę. Bez urazy – odpowiedział Joe.

– Hej, bywają takie dni, kiedy sam nie mam ochoty ze sobą przebywać. Ale wracając do sprawy, musisz odejść, zanim cię zwolnią.

Joe pokiwał głową.

– Najpierw wykorzystasz cały swój urlop. Ile go masz?

– Dziesięć miesięcy. Może udałoby mi się wykombinować więcej.

– Potem przejdziesz na rentę inwalidzką. Dostaniesz trzydzieści procent uposażenia.

– Trzydzieści? Tylko tyle?

– Niestety.

Joe spojrzał na Rosie, która otworzyła usta, nie wypowiadając słowa, z twarzą białą jak kreda. Podejrzewał, że na jego twarzy malowała się ta sama głupia mina. Pełna emerytura to osiemdziesiąt procent pensji. Ledwie wiązali koniec z końcem przy jego obecnych zarobkach. Od lat nie dostał żadnej podwyżki.

Trzydzieści procent. Jak Rosie się z tego utrzyma? Podejrzewał, że nie dostanie pełnej kwoty, ale miał nadzieję na trochę więcej. Dwadzieścia pięć lat poświęceń i służby, które dały mu jedynie nędzne trzydzieści procent. Joe nie wiedział, czy się rozpłakać, czy rzucić najcięższą książką w wyżelowaną głowę Chrisa.

– Kurwa – wyrwało się Joemu.

– Rozumiem cię. Niestety to nie jest najgorsza wiadomość. Teraz to dopiero będzie niespodzianka. Biorąc pod uwagę to, co cię czeka w kwestii zdrowia, będziesz potrzebował stałej opieki i cała twoja emerytura, bez względu na to jak mała, pójdzie na opłacenie domu opieki albo do kasy państwa, jeśli pójdziesz do stanowego szpitala. – Chris zamilkł na chwilę. – Jeśli pozostaniecie małżeństwem.

Chris raz jeszcze uderzył palcami o blat biurka, niewidzialne klawisze pianina wygrały narastające napięcie, a on czekał. Joe podrapał się po zarośniętym podbródku i potarł oczy. Odtworzył w głowie to, co przed chwilą powiedział Chris, próbując ustalić, którą część trudnej mu było zrozumieć.

– Co próbujesz powiedzieć?

– Próbuję powiedzieć, że jedynym sposobem, żeby ochronić twoją trzydziestoprocentową emeryturę przed tym, by wchłonął ją system, jest rozwód. Musisz przepisać na Rosie sto procent twojej emerytury, dom i inne wartościowe rzeczy. Właściwie to musisz zostać z niczym, a Rosie winna przejąć wszystko. Inaczej to przepadnie. Wszystko wam odbiorą.

Byli zdruzgotani i nie odezwali się słowem. Joe myślał, że przyszli na to spotkanie, nie mając złudzeń, przygotowani na podjęcie kilku trudnych prawnych decyzji dotyczących ich przyszłości. Renta. Pełnomocnictwa dla prawnika. Dyspozycje pacjenta. Decyzja o karmieniu przez rurkę. Polecenie, by nie resuscytować. Tego się jednak nie spodziewał. Ani przez jedną chwilę. Czuł się zupełnie nieprzygotowany, jak gdyby wyglądał pociągu, który miał nadjechać na wschodnim torze, a zahaczył go wagon nadjeżdżający z przeciwnego kierunku, którego w ogóle się nie spodziewał.

– Nie – powiedziała Rosie, krzyżując ramiona. – Nie zrobimy tego. Nie możemy się rozwieść. Musi być jakiś inny sposób.

Joe zastanowił się nad wszystkim przez chwilę, nad scenariuszem, który w ogóle nie przyszedł mu do głowy. Pokiwał głową. Nie było w tym żadnej sprawiedliwości, ale tak właśnie należało postąpić. Nie miał zamiaru pociągnąć Rosie za sobą na dno. Jeśli przez rozwód mógł ją ochronić i zapewnić jej lepszą przyszłość, bez względu na to, jakie to porąbane i niesprawiedliwe, to się na to zgodzi. Nie zrobi z niej wdowy i jednocześnie skaże na bankructwo.

– To tylko na papierze, kochanie.

– Zwariowałeś? Nie. To się nie trzyma kupy. I to grzech. Moi rodzice przewróciliby się w grobie.

– To nie będzie się liczyć ani w naszych oczach, ani w oczach Boga. Myślę, że musimy tu zdać się na Chrisa.

– Nie ma mowy. Nie rozwiodę się z tobą, Joe. To jakieś szaleństwo. Uważam, że powinniśmy porozmawiać z kimś innym. Ten facet nie ma pojęcia, co robi.

Joe zerknął na Chrisa, gotów przeprosić za obraźliwy komentarz żony, ale prawnik miał niewzruszoną minę. Pewnie słyszał dużo gorsze rzeczy.

– Mógłbyś na chwilę zostawić nas samych, Chris? – zapytał Joe.

– Jasne.

Sprawdził coś w komputerze, potem obrócił się na krześle, wstał i wyszedł z biura, zamykając za sobą drzwi.

– Rosie, przecież ten rozwód nie będzie naprawdę. To będzie tylko świstek, który nic nie znaczy. – Joe usłyszał to, co mówi, i nagle poczuł się jak adwokat z urzędu, który wykłóca się o jakąś prawną lukę.

– Nasz akt ślubu to też świstek i on coś oznacza – powiedziała Rosie głosem pełnym strachu i gniewu.

– Rosie, budzenie się przy tobie co rano przez dwadzieścia sześć lat oznacza coś ważnego. Wychowanie czwórki naszych wspaniałych dzieci coś oznacza. Mówienie ci codziennie, że cię kocham, póki nadal mogę mówić, także coś oznacza. Ten papierek będzie cię chronić. Zatrzyma pieniądze, które dla nas zarobiłem, w twojej kieszeni, a nie cudzej. Dla ciebie i mnie to będzie bez znaczenia.

Nie mógł chronić JJ'a i Meghan. Nie potrafił zmienić losów Patricka i Katie. Ale mógł coś zrobić dla Rosie, swojej pięknej żony, która zasługuje na więcej niż trzydzieści procent jego pensji i rozwód z mężem, który ma chorobę Hundington.

Joe spojrzał na swoje dłonie, na swoją obrączkę, najcenniejszę rzecz, jaką miał, choć kosztowała trzydzieści pięć dolarów. Mógł zakończyć swoje małżeństwo na papierze, ale nie odda obrączki. Musieliby mu ją odciąć wraz z zimnym, martwym palcem. Podniósł lewą dłoń i poklepał kciukiem swoją prostą obrączkę. Wziął Rosie za lewą rękę i zacisnął ją w swojej dłoni.

– Nie zdejmiemy ich. Bóg to zrozumie. To nie jest grzech. Większym grzechem byłoby stracić przez tę chorobę emeryturę, dom i inne rzeczy, a na koniec zostawić cię samą, bez środków do życia.

Po bladej twarzy Rosie spływały łzy. Spojrzała w oczy Joemu, jakby szukała drogi ucieczki z ciemnego kąta, w który została zagnana. Joe uścisnął jej dłoń, próbując ją w ten sposób zapewnić, że tkwi w tym kącie razem z nią. Rosie zrobiła to samo.

– Okej – szepnęła.

– Okej – odpowiedział, przykładając swoje czoło do jej czoła. Przekorna wersja małżeńskiej przysięgi.

Po kilku minutach ciszy rozległo się delikatne pukanie do drzwi, które po chwili nieznacznie się uchyliły.

– Potrzebujecie więcej czasu? – zapytał Chris.

– Nie – odparł Joe. – Nie, już jesteśmy gotowi.

– Bardzo mi przykro, że nie miałem wam do przekazania lepszych wiadomości, ale wydaje mi się, że to mądra decyzja. Od razu zajmę się przygotowaniem dokumentów.

– A co zdarzy się potem? – zapytał Joe.

– Oboje je podpiszecie. Ustalimy datę rozprawy. Nie jest to sprawiedliwe, ale nic tu nie poradzimy. Jeśli sędzia będzie miał jakieś pytania, wytłumaczę, że masz nieuleczalną chorobę. To przejdzie. Będziecie rozwiedzeni... – Chris przerzucił kartki książkowego kalendarza – za trzy miesiące.

Dwadzieścia sześć lat. Zakończone kilkoma podpisami i trzema miesiącami czekania. Joe potarł brodę, zagłębiając opuszki palców w twardej skórze twarzy, przypominając sobie, że jest prawdziwy i że ta decyzja dotyczyła jego i Rosie, a nie innego nieszczęśnika i jego uroczej żony. Tak należało zrobić. I to nic nie znaczyło.

Kiedy Joe wstał po pudełko chusteczek dla Rosie, zadrżały mu nogi przytłoczone ciężarem jego ciała, jakby jego kości zapomniały, co mają robić, więc chwycił się krawędzi biurka Chrisa, by uniknąć upadku. Mimo że to przez Huntingtona znalazł się w tym gabinecie, wciąż czuł się zażenowany, że nie może ukryć choroby, że okazał przed Chrisem fizyczną słabość i kruchość, że był mężczyzną, który nie potrafi utrzymać pracy i żony, a nawet utrzymać się na nogach.

I wtedy coś do niego dotarło. Podpisanie papierów rozwodowych będzie jednak coś oznaczać. Zgoda na rozwód z Rosie będzie oznaczać zgodę na Huntingtona. Na wszystko z nim związane. Przygotowywali się na ostatnią walkę. Na stadium końcowe. Na śmierć Joego. Pewność swojej smutnej przyszłości była jak pień, który miażdżył mu tors, i but z metalowym czubem, którym dostał cios w krocze. Negacja zniknęła.

Jego służbowa broń. Jego praca. Jego żona. Jego rodzina. Jego życie. Straci wszystko.

Bez tchu, czując, że jego godne pożałowania serce jest ciężkie i bezużyteczne, chciał się poddać, zanurzyć w ciemnym bagnie porażki. Ale wtedy przy jego boku stanęła Rosie, z twarzą wciąż mokrą od łez, cały czas trzymając go za rękę. Podtrzymywała go, zapewniając, że nie jest sam, na co jego kości znów zaczęły go podtrzymywać, a serce przypomniało, kim jest.

Rozwód coś oznaczał, ale nie był wszystkim. Huntington odbierze mu pistolet, pracę, godność, umiejętność chodzenia, mówienia, jego życie. Kiedyś zabierze też JJ'a i Meghan. Ale niech go piekło pochłonie, jeśli choroba odbierze mu Rosie. Cokolwiek stanowi prawo stanu Massachusetts, cokolwiek nakaże sędzia albo i sam Bóg, czegokolwiek nie odbierze mu Huntington, nic nie odbierze mu miłości do Rosie. Będzie ją kochał aż do śmierci.

ROZDZIAŁ 26

Felix wyjeżdżał do Portland w poniedziałek. Nie na stałe. Jechał tylko na weekend, żeby pomóc przy starcie nowego biura, by przeprowadzić kilka rozmów z potencjalnymi nowymi pracownikami z Zachodniego Wybrzeża, żeby spotkać się z burmistrzem i kilkoma osobami z firm zajmujących się zarządzaniem odpadami i planowaniem miejskim, by przygotować się do „wielkiej przeprowadzki".

Wielka przeprowadzka miała nastąpić pierwszego czerwca, za cztery miesiące. Felix zaczął się już pakować. Katie siedziała zwinięta w kłębek na jego kanapie, z kieliszkiem chardonnay w dłoni i patrzyła, jak ściąga książki z półek i wkłada je do tekturowych pudeł.

– Chcesz obejrzeć jakiś film? – zapytała.

– Tak, tylko skończę tę półkę.

– Nie rozumiem, dlaczego robisz to już teraz.

– O jedną rzecz mniej do zrobienia później.

Pokręciła głową na znak, że go nie rozumie. Gdyby ona dowodziła pakowaniem, książki znalazłyby się w pudłach na cztery dni przed przeprowadzką, ale ani chwili wcześniej. Nie chodziło o jej skłonność do odwlekania wszystkiego – kto chciałby mieszkać przez cztery miesiące w salonie pełnym kartonowych pudeł? A jeśli Felix zechce przeczytać którąś z książek, zanim nadejdzie czerwiec? Raz jeszcze pokręciła głową.

Wyobraziła sobie swoje książki zapakowane do przeprowadzkowych kartonów i zaczęło jej się przewracać w żołądku. Gdyby za cztery miesiące miała przenieść się do Portland... To zdanie bolało ją za bardzo, by mogła je skończyć.

– Co myślisz o przyszłym tygodniu? – zapytał Felix, trzymając w dłoni *Bunker Hill* Nathaniela Philbricka.

– To znaczy? – odparła Katie, zgrywając głupią.

– Jedziesz ze mną?

– Nie wiem. Musiałabym znaleźć zastępstwo na wszystkie swoje zajęcia, a to trochę na ostatnią chwilę.

– Jezu, Katie. Wiedziałaś o tym wyjeździe od tygodni. Strasznie się ociągasz. Mam wrażenie, że nie chcesz jechać i boisz się mi o tym powiedzieć.

Bała się teraz miliona rzeczy.

– Nie o to chodzi.

– No to pojedź ze mną. Razem będziemy odkrywać Portland, zobaczymy, co jest ciekawego w tym mieście. Spodobają ci się małe lokalne browary. Możemy pójść na któryś ze szlaków albo poszukać fajnego miejsca na twoje studio jogi. I musimy rozejrzeć się za mieszkaniem. Przeprowadzka coraz bliżej, a my nadal nie mamy gdzie się zatrzymać.

Skrzywiła się, słysząc liczbę mnogą w tych wszystkich planach i miała nadzieję, że Felix tego nie zauważył. Cały czas mówił „my". Był pełen optymizmu i nadziei, a kiedy Katie była w dobrym nastroju, uważała nawet, że jest uroczo przekonujący, ale dziś „my" źle brzmiało jej w uchu, było jak pasek od stanika na poparzonej skórze, jak złośliwe oskarżenie.

Nie powiedziała mu jeszcze, że z nim nie pojedzie.

– Nie mam nic przeciwko temu, żebyś wybrał mieszkanie beze mnie.

– Myślę, że powinniśmy to zrobić razem. Wybierzmy sobie jakieś lokum, a wtedy będziemy mogli naprawdę wyobrażać sobie w nim naszą wspólną przyszłość.

Jedynym miejscem, w jakim bez problemu mogła sobie wyobrażać własną przyszłość, był dom opieki. A tam nie było żadnego „my".

– Nie jestem pewna, czy pojadę – powiedziała, skradając się wokół prawdziwej odpowiedzi.

Felix przestał się pakować i potarł dolną wargę kciukiem. Miał piękne usta.

– Masz na myśli poniedziałek czy czerwiec?

Katie zawahała się.

Nie chciała rozmawiać o czerwcu. Chciała pić wino, przytulać się na kanapie i oglądać film.

– Jedno i drugie.

Felix ściągnął usta. Utkwił w niej wzrok, jakby przez jej oczy próbował zajrzeć w jej głowę, a może nawet duszę. A może próbował dostrzec w nich Huntingtona?

– Chodzi o HD, tak?

– Tak.

Zostawił książki i pudła i usiadł koło Katie na kanapie.

– Co w związku z chorobą powstrzymuje cię od pojechania ze mną do Portland w poniedziałek?

– Nie wiem.

– Wiesz, że teraz nie masz Huntingtona, nawet jeśli nosisz w sobie gen?

– Wiem.

– Może się okazać, że wcale nie masz tego genu, i całe planowanie życia z uwzględnieniem HD okaże się kolosalną stratą czasu.

– Wiem.

– Więc pojedź ze mną! – powiedział z uśmiechem, próbując kupić ją swoim dołeczkiem. Zwykle to skutkowało.

– To nie takie proste.

– Wiesz, że byłabyś w stanie ustawić sobie zastępstwa, gdybyś tylko zechciała.

Odruchowo wzruszyła ramionami, czując się jak dziecko, które coś przeskrobało. Kiedy ktoś postawił cię pod ścianą, lepiej było nic nie mówić.

– Jeśli odbierzesz wyniki i okaże się, że jesteś chora, to zerwiesz ze mną?

– Nie wiem.

Może. Pewnie tak.

– Jezu. Nie wiesz, czy jedziesz ze mną w poniedziałek. Nie wiesz, czy przeprowadzisz się ze mną w czerwcu. Nie wiesz, czy będziesz chciała poznać swoje wyniki. Nie wiesz, czy ze mną zerwiesz, jeśli okaże się, że masz Huntingtona. To co do cholery wiesz, Katie?

Nie winiła go za to, że się na nią denerwował i gniewał, ale trudno jej było to znieść. Spuściła głowę i utkwiła spojrzenie w swoim pierścionku, wyobrażając sobie swój samotny palec bez niego. Chciała wzruszyć ramionami, znów powiedzieć „nie wiem" i unikać Felixa. Najchętniej wszystkiego by uniknęła – swoich wyników badań, myślenia o czerwcu, patrzenia, jak tata wierci się i upada, myślenia o Huntingtonie, bycia źródłem złości i frustracji dla Feliksa. Może powinna już teraz z nim zerwać? Jego życie bez niej byłoby o wiele prostsze.

Czasami miała wrażenie, że Huntington to jedyne, co wie. Jej głowę wypełniały myśli tylko o nim. HD. HD. HD. Spojrzała na Felixa i na wpatrzone w nią brązowe oczy, które jej pragnęły. Ona też go pragnęła. Wtedy w jej sercu pojawiło się coś jeszcze, o czym wiedziała: niemożliwa do uniknięcia prawda i odwaga, by powiedzieć ją głośno.

– Kocham cię.

Feliks złagodniał. Przytulił ją i delikatnie pocałował w usta.

– Ja też cię kocham. Wiem, że to, przez co teraz przechodzisz, jest przerażające, niesprawiedliwe i naprawdę trudne, ale musisz przez to przebrnąć. Teraz po prostu stoisz w miejscu. Toniesz. Pozwól mi wziąć cię za rękę i przejść przez to z tobą.

Katie pokiwała głową.

– Masz rację. Chcę to zrobić.

Felix się uśmiechnął.

– Dobrze. Kocham cię, niezależnie od tego, czy masz ten gen, czy go nie masz, ale nie zgodzę się na związek na odległość. Nie mam ochoty oglądać cię przez Face Time albo na Facebooku. Chcę cię mieć przy sobie. Wszystko albo nic.

– Ale...

– Przepraszam, ale przynajmniej mówię jasno, czego chcę. Czy ty też możesz zacząć mówić do mnie bez owijania w bawełnę? Dla naszego wspólnego dobra?

– Jakbyś stawiał mi ultimatum.

– Wyjeżdżam za cztery miesiące – powiedział, wyciągniętą dłonią wskazując na kartonowe pudła. – Chyba tego nie rozumiesz. Mam wrażenie, że postanowiłaś nic nie postanowić, aż w końcu nadejdzie dzień mojego wyjazdu i ja pojadę, a ty zostaniesz, bo nie zadecydowałaś, co chcesz zrobić.

Miał rację i nie miał jej jednocześnie. Tak dobrze ją znał. Utknęła. Nie potrafiła podjąć żadnej decyzji. Chciała odebrać wyniki czy żyć w nieświadomości swojego genetycznego losu? Jeśli odbierze wynik i okaże się, że jest pozytywny, to czy zerwie z Felixem, czy z nim zostanie? Czy przeniesie się do Portland wbrew woli taty, porzucając rodzinę w potrzebie, czy zostanie w Charlestown?

Gdyby miała udzielić odpowiedzi już dziś, uszanowałaby wolę ojca i została. Co ciekawe, gdyby nie Huntington, to fakt, że ojciec zabrania się jej przeprowadzić, wkurzyłby ją na tyle, że szybciej zaczęłaby się pakować. Ale Huntington wszystko zmieniał, a prośba taty dawała jej dodatkowy powód, aby się zatrzymać, pozostać w stagnacji.

Być albo nie być, oto jest pytanie. I jak na razie odpowiedzią była kompletna cisza. Rozumiała jednak, że na cokolwiek się zdecyduje, Felix i tak wyprowadzi się w ciągu czterech miesięcy. Rozumiała to w każdej godzinie każdego dnia.

– Przepraszam. Nie wiem, co mam robić.

– W kwestii wyników?

– Też.

– Uważam, że powinnaś się dowiedzieć.

– Tak? Przecież nawet nie chciałeś, żebym się przebadała.

– Niezbyt dobrze znosisz niewiedzę. Żyjesz tak, jakbyś dostała wyrok śmierci.

– Tak?

Nie sądziła, że to zauważył.

– Tak. Myślę, że musisz się pogodzić – tak naprawdę pogodzić – z tym, że nie wiesz, albo poznać wynik.

Święta prawda. Tylko co wybrać? Pytanie za milion dolarów. Całymi godzinami analizowała w głowie wszystkie za i przeciw. Niewiedza jest błogosławieństwem. Wiedza jest siłą. Życie chwilą jest oświecone. Planowanie przyszłości jest odpowiedzialne. Szykuj się na najgorsze. Miej nadzieję na to, co najlepsze. Na koniec każdego dnia bilans albo był wyrównany, albo Katie nie potrafiła go podsumować i padała na łóżko wyczerpana.

– Jeśli wynik będzie negatywny, pojedziesz ze mną do Portland?

Katie rozważała jego pytanie, jakby było skomplikowaną zagadką.

Wyobrażanie sobie siebie z wynikiem negatywnym, wolną od Huntingtona było dziwną zmianą perspektywy, skoro każda synapsa w jej mózgu oddana była innej myśli. Był też głos jej ojca, któremu zawsze ufała i którego starała się słuchać, mówiący jej, by została. Została w Charlestown. Ta myśl była jak pętla, która zaciskała się jej wokół szyi. Myśl o zostaniu. Była przykuta do przyszłości ustalonej z góry, tak jak Huntington.

Spojrzała Felixowi w oczy i zobaczyła w nich wolność. Wolność od Huntingtona, wolność od ograniczeń panujących w dzielnicy, wolność kochania i stania się osobą, jaką chce być. Jeśli miała gen negatywny, to miała swoją szansę. Wybacz, tato.

– Tak – odpowiedziała. – Pojechałabym.

Na twarzy Felixa pojawił się szeroki uśmiech, podbarwiony ekscytacją. Katie też poczuła podniecenie, zdając sobie sprawę z tego, do czego właśnie się przyznała, ale szybko doprawiła emocje szczyptą poczucia winy. Powiedziała tacie, że nie pojedzie. Jej wyjazd złamałby matce serce. JJ i Meghan mieli w sobie gen choroby. Kim niby ona była, że miała uniknąć kuli? Czemu miała się jej należeć taka wolność? Felix przytulił ją do siebie, nieświadomy jej wewnętrznego rozdarcia, i położył jej ręce na ramionach.

– Mamy postęp! Wspaniale. Okej, czyli teraz wiemy, co cię powstrzymuje. A jeśli będzie pozytywny?

Ręce Felixa nagle wydały się nieznośnie ciężkie, wbijając ją w ziemię.

– Nie wiem – odparła, choć wiedziała doskonale.

– Okej, przebrniemy przez ten most, kiedy sami się dowiemy. A co z wyjazdem do Portland w tym tygodniu? Pomyśl o tym jak o wakacjach.

Katie ucisnęła skronie palcami. Potwornie rozbolała ją głowa. Przydałyby się jej wakacje, ucieczka. Ale równie dobrze mogłaby pojechać na Fidżi, zatrzymać się w pięciogwiazdkowym hotelu przy prywatnej plaży, a nadal myślałaby o Huntingtonie. Nie było od niego ucieczki.

– Naprawdę nie mogę.

– W porządku.

Felix zerwał się z kanapy i wrócił do półki z książkami.

– Nadal chcesz obejrzeć film?

– Wszystko mi jedno.

Katie obserwowała, jak pakuje kolejne pudło, w ogóle na nią nie patrząc. Po tym, co Felix opowiadał o swojej pracy, wyobrażała go sobie jako wpływowego i skutecznego managera.

Jej sprzeciw, by spojrzeć na różne sprawy jego oczami, musiał doprowadzać go do szału. Nie wyglądał jednak jak człowiek, który lubi urządzać sceny, zabrać swoją piłkę i pójść sobie z placu zabaw tylko dlatego, że coś poszło nie po jego myśli. Opuścił ramiona, wzrok skierował w podłogę.

Katie poczuła ucisk w sercu, a krew mocno pulsowała jej w skroniach, kiedy nagle dotarło do niej, co oznacza ta mina. Wyglądał na przestraszonego. Cały czas skupiała się na sobie i nigdy nie przyszło jej do głowy, że on też mógł się bać.

– Przepraszam, Felixie. Pojedziesz tam może jeszcze raz, zanim przyjdzie czerwiec? Może mogłabym pojechać z tobą następnym razem?

Felix wzruszył ramionami. Poczuła, jak to jest.

– Po prostu nie jestem gotowa pojechać w przyszłym tygodniu. Nie znalazłam nikogo na zastępstwo.

Nic nie powiedział.

– Wybierz mieszkanie beze mnie. Spodoba mi się wszystko to, co spodoba się tobie.

Pierwszy dzień czerwca wypadał w poniedziałek. Katie wyobraziła sobie, jak budzi się tego poranka, a jej książki nadal są na półkach, ubrania w szafie, walizki niespakowane, jak całuje Felixa na do widzenia, zanim ten pojedzie na lotnisko, po czym zostaje na miejscu ze strachu, że ma w sobie gen. Kochała go, a on zasługiwał na życie, które nie jest przeklęte Huntingtonem. A jeśli Katie się nie przeprowadzi, nie otworzy swojej szkoły jogi, zerwie z Felixem, a okaże się, że wcale nie będzie mieć Huntingtona?

Zrezygnuje ze wszystkiego na darmo.

ROZDZIAŁ 27

Yaz nie chodził od trzech dni. Joe nawet nie musiał przekonywać Rosie. Zgodziła się bez oporu. Nadeszła pora i Rosie już się pożegnała. Wiedziała, że postępują słusznie, ale nie mogłaby na to patrzeć. Joe dziękował Bogu, że uwagę żony tak bardzo pochłaniał mały Joseph, bo inaczej byłaby w kompletnej rozsypce.

– Kto prowadzi? – zapytała Katie.

– Ty – odparła Meghan. – Ja nie chcę jechać. To zbyt smutne.

– Daj mi kluczyki – powiedział Patrick. – Ja pojadę. Ty i Katie zostańcie w domu. Tata i ja zrobimy, co trzeba.

Katie podała kluczyki Patrickowi i Joe ruszył do drzwi, udając, że cała ta rozmowa o prowadzeniu samochodu nie ma z nim nic wspólnego. Wiedział jednak, że było zupełnie odwrotnie i nawet jeśli robił dobrą minę do złej gry, czuł wstyd i bezradność.

Dwa tygodnie temu Joe został poproszony o zwrot służbowej broni. Trzy dni później Rick poinformował go, że na podstawie rekomendacji wydziałowego lekarza musieli zawiadomić Urząd ds. Zmotoryzowanego Ruchu Drogowego, że stan zdrowia Joego nie pozwala mu już na prowadzenie auta. Przełożony zaczął się tłumaczyć. Gdyby Joe miał wypadek, w którym ktoś zostałby ranny – najwyraźniej zdaniem lekarza i Ricka ten scenariusz był nieunikniony i bardzo prawdopodobny – a poszkodowany dowiedziałby się, że bostońska policja wiedziała o jego chorobie, komisariat zostałby uznany przez sąd za współodpowiedzialny. Pozwolenie Joemu na jazdę samochodem nawet poza służbą byłoby kuszeniem losu, proszenie się o wielki pozew i medialną burzę. Rick powiadomił więc urząd, zanim poinformował Joego, a władze stanowe cofnęły mu prawo jazdy.

Joe nie potrzebował wróżki, żeby wiedzieć, co się święci, skoro odebrano mu broń i możliwość prowadzenia. Bezceremonialnie zrezygnował z pracy cztery dni temu. A wtedy, niczym w akcie solidarności, Yaz przestał chodzić. To był cholernie kiepski tydzień.

Joe nadal miał dokument prawa jazdy i posiadał własny, zakupiony legalnie pistolet, spodziewał się jednak, że i to wkrótce zostanie mu odebrane. Ktoś już krzyknął „drzewo!" i wielki pień leciał w dół.

Patrick prowadził, a Joe siedział z Yazem na miejscu pasażera. Do weterynarza w Somerville nie było daleko, ale stanęli w korku i mieli przed sobą przynajmniej kilka skrzyżowań ze światłami do pokonania. Mnóstwo czasu, żeby porozmawiać z synem. Joe zauważył obdarte i różowe jak surowy stek knykcie Patricka, spoczywające na kierownicy. Chciał pogadać, ale nadal siedział w ciszy, głaszcząc Yaza po głowie. Żeby rozpocząć rozmowę, Joe często musiał wykonać w sobie ogromną pracę. Temu też winny był Huntington.

Wyobrażał sobie, że pcha na Bunker Hill wielki głaz, co jest wyczerpującym, żmudnym zadaniem, przy którym wylewa się siódme poty. Pierwszą sylabę mógł z siebie wydusić dopiero wtedy, kiedy osiągnie szczyt, a grawitacja zacznie robić swoje. Przeklęty kamień w końcu zaczynał toczyć się w dół, a Joe mógł się wysłowić.

– Co się z tobą dzieje, Pat?

– Nic.

– Znów się biłeś.

– W barze wywiązała się awantura.

– Nie macie tam ochrony?

– Mamy, ale za mało. Chciałem tylko pomóc.

– I tylko o to chodzi?

– Tak.

– Od jakiegoś czasu nie widujemy cię rano.

Patrick patrzył prosto przed siebie, jakby udawał, że żadne słowa nie padły.

W radiu Katy Perry śpiewała *Roar*. Okna zachodziły parą. Huntington spalał mnóstwo kalorii, a Joe emitował przy tym bardzo dużo ciepła. Ostatnimi czasy każdy samochód, którym jechał, całkowicie zachodził parą. Patrick włączył wycieraczki i podkręcił nawiew na maksimum. Szum powietrza i Katy Perry wypełniały samochód. Joe czuł, jak zapada się w wygodnym łóżku milczenia, a rozmowa odchodzi w niepamięć. Musiał się temu oprzeć i mówić dalej, bo inaczej znów znajdzie się na samym dole wzgórza przy kolejnym głazie.

– To gdzie sypiasz? – zapytał Joe, tym razem decydując się na bezpośrednie pytanie.

– Tu i tam.

– Masz dziewczynę? – naciskał.

– Właściwie to nie.

– No to u kogo sypiasz?

– U takiej jednej.

– I ona nie jest twoją dziewczyną? – zdziwił się Joe.

Patrick wzruszył ramionami.

– Właściwie to nie.

Joe pokręcił głową.

– Ćpasz?

– Jezu, tato. Nie ćpam.

– Nie wciskaj mi kitu, Pat.

– Nie wciskam. Piję tylko z kumplami po pracy. Nic wielkiego.

– Trzymaj się z daleka od tego syfu, Pat. Nie żartuję.

– Nie potrzebuję wykładu, tato. Nie ćpam i koniec.

– Twoja biedna matka ma już wystarczająco dużo powodów do zmartwienia.

– O mnie nie musi. Ja mam się świetnie – odparł Patrick beznamiętnym tonem.

Wycieraczki i nawiew nie robiły dużej różnicy. Patrick nachylił się i wytarł przednią szybę dłonią, tworząc palcami złożoną sieć wilgotnych smug. Joe patrzył, jak Patrick prowadzi, próbując ustalić, czy wierzy swojemu synowi, czy też nie. Nie potrafił go rozgryźć. Nawet kiedy siedział tuż koło niego, miał wrażenie, jakby Patrick był wiele kilometrów stąd. I wciąż się oddalał.

Joe nie mógł go właściwie winić. Było wiele rzeczy, od których Patrick mógłby chcieć uciec – od tego, co na pewno przydarzy się jego ojcu, bratu i Meghan; od pięćdziesięcioprocentowej szansy, że to samo może przydarzyć się jemu, Katie i małemu Josephowi; od poczucia czegoś prawdziwego do dziewczyny, z którą sypia; od poczucia czegoś prawdziwego do kogokolwiek.

– To tu – powiedział Joe, pokazując palcem. – Dojechaliśmy.

Patrick zatrzymał się na parkingu i wysiadł z samochodu. Byli na miejscu. Chłopak stanął przed autem z rękami w kieszeniach kurtki i czekał. Przez wilgotną zaparowaną szybę jego sylwetka wydawała się nieco rozmyta. Joe przytulił Yaza do siebie i pocałował jego miękkie zmierzwione futerko, żałując, że nie da się już nic więcej zrobić. Opatulił ciało psa zielonym polarowym kocem. Przytknął palec do zaparowanej szyby po stronie pasażera i napisał.

Yaz tu był.

Jeszcze raz go pocałował i otworzył drzwi.

Po powrocie do domu Joe usiadł w swoim fotelu w salonie. Pił już piątego budweisera, który utrzymywał kojący szum w jego głowie.

Posłanie Yaza, wytarte w miejscu, gdzie najbardziej lubił spać, leżało puste. To, że psa już z nimi nie było, wydawało się nie do pojęcia. Odszedł. Tak po prostu. Joe otarł łzy rękawem koszuli.

Oglądał wieczorne wiadomości. Trwał serwis sportowy, i właśnie relacjonowano sromotną klęskę Boston Bruins podczas wczorajszego meczu z Canucks, kiedy na ekranie pojawiła się Stacey O'Hara z informacjami z ostatniej chwili:

Tuż po godzinie siedemnastej do Szpitala Rehabilitacyjnego Spaulding w Charlestown wkroczył biały nierozpoznany sprawca wyposażony w czarny plecak, w którym, jak okazało się później, znajdowała się w pełni naładowana broń półautomatyczna. Podczas próby obezwładnienia przez policję nierozpoznany mężczyzna wystrzelił kilka serii z innej broni, którą ukrył pod kurtką, raniąc jednego policjanta. Mimo to sprawca został schwytany przez policję i osadzony w areszcie. Motywy napastnika nie są znane. Policjanta przewieziono do szpitala stanowego. Jego stan nie jest znany. Będziemy na bieżąco przekazywać państwu informacje w tej sprawie.

Otępiony mózg Joego przeszył elektryczny impuls. Wysłał SMS-a do Tommy'ego, a potem do Donny'ego. Wpatrywał się w swój telefon, czując, jak rozdygotane serce podchodzi mu do gardła. Miał wrażenie, że czeka całe wieki. W głowie prześledził listę wszystkich ważnych dla niego ludzi. Rosie i Colleen były na górze z dzieckiem. A jeśli Colleen postanowiła tego dnia wpaść do pracy, żeby przedstawić wszystkim małego Josepha? Wysłał wiadomość do Colleen.

„Gdzie jesteś?"

Następnie napisał do Rosie.

„Gdzie jesteś?"

Serwis informacyjny trwał dalej. Pogoda. *Kurwa mać. Jest zimno, koniec tematu. Wróćcie do zdarzeń w Spaulding. Który to policjant? Co się z nim dzieje?*

Joe to zerkał na niebieską mapę Massachusetts na ekranie telewizora, to na wyświetlacz komórki. Na żadnym z nich nie pokazała się ani jedna przydatna informacja. *Ranny policjant.* Joe słyszał w swojej głowie te pełne napięcia słowa, wspomnienie z jednego z dni służby. *Ranny policjant.* Joe powinien był tam być. Powinien tam być zamiast siedzieć w fotelu w salonie we wczorajszej koszuli i dresowych spodniach, bezczynny świadek wydarzeń w telewizorze. Marnował tylko tlen.

Telefon Joego wydał sygnał SMS-a. To Colleen.

„Jesteśmy na górze. Rosie i Joey ucięli sobie drzemkę".

Joe odpisał jej:

„OK. Dzięki".

Komórka znów zabrzęczała. Tym razem napisał Tommy.

„Nic mi nie jest. Sean dostał w brzuch. Operują go".

Kurwa. Joe rzucił telefonem, strącając ze stoliczka porcelanowego aniołka. Figurka wylądowała na podłodze bez głowy. Joe kątem oka pochwycił puste posłanie Yaza. Nagle poczuł, że to wszystko jest ponad jego siły. Zbity aniołek Rosie, ich uśpiony pies, kolega ze służby walczący o życie. A Joe siedział w salonie i nie mógł nic na to poradzić.

Wstał i poszedł do kuchni, gdzie stanął jak wryty na widok misek Yaza, wciąż pełnych jedzenia i wody. Trzeba było je opróżnić i umyć. A potem co? Wyrzucić? Joe nie mógł tego zrobić.

Odwrócił się i spojrzał na to, co zostało ze ściany, która oddzielała kuchnię od sypialni dziewczynek. Rozpoczął remont trzy dni temu, tego samego dnia, kiedy Yaz przestał chodzić.

Na początku cieszył się, że zamienia jedną pracę na drugą, ale niemal od razu przekonał się, że nie ma do niej entuzjazmu i w zamian zaległ w fotelu przed telewizorem, poddając się bez oporu życiu, którego tak bardzo się obawiał. Ściana była więc rozwalona do połowy, co doprowadzało Rosie do szału i robiła Joemu wyrzuty przy każdym posiłku.

Wpatrywał się w rozbebeszoną ścianę, próbując ignorować telewizor i nagły, wyczuwalny brak Yaza, kiedy nagle poczuł, jak budzi się w nim znajomy, pierwotny gniew i rozprzestrzenia się po jego długich, owłosionych rękach. Gniew zacisnął mu pięści, grożąc temu uzbrojonemu idiocie za to, że chciał zabić niewinnych ludzi, dobrych ludzi, którzy poświęcali się leczeniu innych, takich jak jego synowa, matka jego wnuka. Przecież oboje mogli tam być.

Gniew przeklinał tego idiotę za to, że strzelił do Seana. Gniew burzył się, słysząc reporterkę, która mówiła teraz o Lindsay Lohan, zamiast podać aktualne informacje o stanie kolegi Joego. Sean musiał przeżyć. Miał żonę, rodzinę.

Gniew wymierzał Joemu ciosy w pierś i grzmiał na niego za to, że rzucił swoją pracę. Powinien być w Spaulding zamiast Seana. Poddał się i nie walczył. Zrezygnował z pracy, żeby siedzieć w dresach, pić piwo i oglądać telewizję. Nie był siłą Bostonu*. Był pieprzonym tchórzem.

Gniew ryczał w nim głęboko i każdy fragment jego istnienia wibrował tym piekielnym dźwiękiem. Joe wyciągnął młot kowalski ze schowka na szczotki i poszedł rozprawić się ze ścianą. Zamachnął się po raz pierwszy. *Buch*. Jeszcze raz. *Buch*. Zamachnął się po raz trzeci i upadł na plecy. Wstał, podniósł młot i wymierzył cios. Odgłos uderzeń i ich fizyczne doświadczenie sprawiały Joemu ogromną przyjemność, większą niż wybicie piłki kijem baseballowym poza boisko.

Wdychał gipsowy pył unoszący się nad ścianą, dysząc i kaszląc. Zamachiwał się i przewracał, zamachiwał, uderzał i przewracał. *Buch*. Kawałki ściany padały na jego brudne białe skarpetki. *Buch*. Słyszał, jak wykrzykuje, słyszał swoje jęki i rozwalającą się na kawałki ścianę. *Buch. Buch. Buch.*

W końcu poczuł, że opuściły go siły i odłożył młot na podłogę. Potarł oczy i usiadł na łóżku. Łóżku? Nie był już w kuchni. Pokój był ciemny. Siedział w swojej sypialni. Ściany. W ścianach sypialni były dziury, a na podłodze leżały ich odłamki.

Policzył je. Dziewięć. Cholera. Jak to się stało?

Niepewnym krokiem wyszedł na korytarz. Na całej długości ścian od salonu do kuchni znajdowały się ślady uderzeń młotem. Joe ostrożnie poszedł do salonu, jakby sprawdzał

---

* Jest to odniesienie do sloganu „Boston Strong", który powstał po zamachu podczas bostońskiego maratonu. Odnosi się do niezłomności, siły i wytrwałości mieszkańców miasta.

miejsce zbrodni. Na szczęście był nietknięty, nie licząc aniołka, który stracił głowę. Joe wrócił do kuchni. Ściana była całkowicie zdemolowana.

Joe przejechał palcami po swojej spoconej twarzy. Co się
z nim stało do jasnej cholery? Naprawdę mu odbiło. A gdyby
byli tu Rosie albo Patrick? Czy byliby w stanie przemówić
mu do rozsądku i go powstrzymać, czy może podniósłby na
nich rękę?

Zrobiłby im krzywdę? Byłby do tego zdolny?

Joe wrócił do ciemnej sypialni i spojrzał na bezsensowne
zniszczenia. Nie było nad nim kontroli. Popatrzył na swoje
dłonie. Trzęsły się.

Co by się stało, gdyby do kuchni weszli JJ albo Colleen
z dzieckiem na rękach, kiedy Joe był w szale? Nie mógł nawet o tym myśleć. Siedząc na skraju łóżka, rozejrzał się po
bałaganie i rozpłakał. Rosie go zabije.

Ktoś powinien.

Dźwięk telefonu.

„Sean jest po operacji. Stan stabilny. Wyjdzie z tego".

Joe odpisał:

„Sanki uwiązać na ciebie".

Cholerna autokorekta. Klawiatura dla krasnoludków.
Cholerne drżenie palców. Bełkotał w SMS-ach. Spróbował
jeszcze raz.

„Dzięki, uważaj na siebie".

Joe odetchnął, dziękując Bogu, że Sean przeżyje. Wtedy znów spojrzał na zniszczone ściany i okropny bałagan

i wdzięczność momentalnie wyparł niewyobrażalny wstyd za to, czego się dopuścił, za to, co miał, i za to, kim był.

Był policjantem, który nie jest już policjantem. Nie chronił swojego miasta. Nie chronił już nikogo. JJ i Meghan zachorują na Huntingtona i to jego wina. Patrick, Katie i mały Joseph, niech go Bóg błogosławi, byli zagrożeni i to jego wina. Nigdy nie trzymał na rękach własnego wnuka, za bardzo obawiając się jakiegoś niezamierzonego, niemożliwego do przewidzenia ruchu, którym zrobiłby mu krzywdę. Nie mógł zarobić na swoją żonę więcej niż godne pożałowania trzydzieści procent emerytury, z której nie można się było utrzymać. Miał się z nią rozwieść.

Nie mógł chronić Bostonu, swoich kolegów ani rodziny. Popatrzył na dziury w ścianach. Właśnie zaczął rozpieprzać własny dom. Był jak buldożer.

Kim się stanie? Suchą, obrzydliwą kupą wstydu, gnijącą latami w salonie, a potem w szpitalu stanowym. Pielęgniarka będzie mu podcierać kościsty tyłek, aż w końcu umrze z wycieńczenia albo złapie zapalenie płuc, które w końcu go dobije. I po co? Dlaczego miałby skazywać wszystkich na taką mękę?

Joe pomyślał o Yazie. Przeżył dobre, pełne życie. A potem, kiedy jakość jego życia diametralnie się pogorszyła, nie pozwolili, by się męczył. Odejście Yaza było spokojne i godne, szybkie i bezbolesne. Pięć sekund po tym, jak weterynarz zrobił mu zastrzyk, Yaz przestał oddychać.

To było humanitarne zachowanie. Joe zwrócił uwagę na trzon tego słowa oznaczający człowieka, ale mimo to „ludzkie" współczucie zarezerwowane było tylko dla zwierząt, nie dla ludzi. W przypadku Joego opcja z pięciosekundowym zastrzykiem nie wchodziła w grę. Lekarze nie mogli być ludzcy wobec ludzi. Od Joego i jemu podobnych oczekiwano, że będą cierpieć i zaciskać zęby, by jakoś znieść życie, które nie ma żadnej jakości, jednocześnie będąc ciężarem dla wszystkich, których kochają, aż nastanie ich gorzki, przerażający koniec.

Pieprzyć to.

Joe podszedł do komody. Na zewnątrz wyły policyjne syreny, których sygnał rozpływał się w oddali. Joe przystanął i zaczął się w nie wsłuchiwać. Cisza.

Otworzył górną szufladę i wyciągnął swój pistolet Smith & Wesson Bodyguard. Odbezpieczył go i trzymał w dłoniach. Zacisnął palce na rękojeści, doceniając moc broni, przy tak niewielkiej wadze, która naturalnie wpasowywała się w jego dłoń. Wyciągnął magazynek i przyjrzał się mu. Sześć naboi plus jeden, który znajdował się już w komorze. Pistolet był w pełni naładowany. Joe wbił magazynek z powrotem na miejsce.

– Joe?

Podniósł wzrok zlękniony.

– Co robisz? – zapytała Rosie, stając w progu sypialni, oświetlona światłem z korytarza. – Joe, przerażasz mnie.

Popatrzył na czarne dziury i ciemne cienie na ścianach, na pistolet w swojej dłoni. Nie spojrzał na Rosie.

– Nie bój się skarbie. Sprawdzam tylko, czy działa.

– Działa. Odłóż broń, dobrze?

– To cię nie dotyczy, Rosie. Wracaj do JJ'a.

Joe czekał. Rosie ani drgnęła. Pierwotny gniew zaczął się w nim znów burzyć. Przełknął ślinę i zacisnął zęby.

– Joe...

– Powiedziałem idź! Wynoś się.

– Nie. Nigdzie nie pójdę. Cokolwiek zamierzasz, będziesz musiał to zrobić na moich oczach.

ROZDZIAŁ 28

Nadal miał w planach pistolet. Niczego Rosie nie obiecał. Może i namówiła go, by odsunął się od krawędzi, ale Joe był wciąż zadowolony ze swojej decyzji i kontroli, jaką mu dawała.

Pomysł, że przechytrzy Huntingtona i nie pozwoli mu dokończyć dzieła, wzbudzał w Joem poczucie sprawiedliwości, a nawet słodkiego zwycięstwa. Wolał odejść na własnych warunkach. Nie miał zamiaru dać satysfakcji temu demonowi. Dobry charakter zwycięży, a czarny charakter przegra. Oczywiście dobro wygra, umierając, ale przynajmniej w ten sposób Huntington nie będzie pełnił honorów. Klasyczna historia. Disney mógłby o tym zrobić kretyńską kreskówkę.

Otworzył górną szufladę i przeszedł wszystkie znajome mu etapy. Zacisnął dłoń na pistolecie, odbezpieczył ją, wyciągnął magazynek, przeliczył naboje, załadował pistolet ponownie, zabezpieczył broń, odłożył ją do szuflady i zamknął. Zanim puścił uchwyty szuflady, raz jeszcze ją uchylił, by ponownie spojrzeć na pistolet, potwierdzając jego obecność, po czym zamknął szufladę.

Odetchnął, chłonąc satysfakcję, którą miał ze świadomości, że pistolet i kule nadal są w środku. Ogarnęła go obezwładniająca ulga, lepsza niż zastrzyk endorfin, jaki czuł po bieganiu po schodach. Marzył o tym, by to uczucie trwało dłużej. Nigdy tak nie było.

Sprawdzał pistolet wiele razy w ciągu dnia. Czasem kilka razy na godzinę. Nie potrafił przestać. W ciągu kilku minut uczucie ulgi rozpływało się w powietrzu i do głosu dochodziła męcząca niepewność. A jeśli pistolet przepadnie? Jeśli naboje znikną? Co za absurd. Wiedział, że są w komodzie. Przed chwilą sprawdził. Powątpiewanie stawało się jednak coraz bardziej uciążliwe, jak dzwonek do drzwi, który coraz to napastliwiej brzęczał w jego głowie, aż w końcu zmuszał do otwarcia drzwi.

Sprawdź broń. *Sprawdź broń. Sprawdź broń!*

Jedynym więc sposobem na to, aby pozbyć się tych obsesyjnych myśli, było zajrzeć do szuflady. Tak więc robił. I już. Sprawdzone. Pistolet był na miejscu. Naboje były na miejscu, ale szaleńcza niepewność nie ustawała. Była jak energiczny pies, który właśnie przyniósł patyk i nigdy nie męczył się zabawą, nie ważne, ile razy Joe kazał mu aportować.

Wziął z lodówki kolejne piwo, zerknął na trzy puste puszki na blacie z poranka i usiadł w fotelu w salonie. Zdawał sobie sprawę, że picie piwa i sprawdzanie broni nie było dobrą kombinacją, ale postanowił się tym nie przejmować. Mógł robić, co mu się podoba. Poradzi sobie.

Usłyszał, jak otwierają się frontowe drzwi i w korytarzu rozległy się kroki. Rosie była w pracy. To pewnie Donny albo Tommy przyszli zrobić mu wykład na temat broni, picia i straszenia Rosie. Spodziewał się tego. Wyprostował się w fotelu i uniósł puszkę piwa w buntowniczym geście, wylewając sobie trochę na dresowe spodnie, gotowy, by bronić swojego planu i nawyków przed kolegami. Zrozumieją. Podniósł wzrok i zobaczył Katie. Nie był przygotowany bronić przed nią czegokolwiek.

Katie zmierzyła go wzrokiem, trzymając dłonie na biodrach, i nic nie powiedziała. Odwróciła się, podeszła do okna i podciągnęła rolety pod sufit. Do salonu wpadło naturalne światło. Joe przymrużył oczy i odwrócił głowę, urażony tą jasnością. Nie zdawał sobie sprawy, jak ciemno było w pokoju. Drobinki kurzu unosiły się w powietrzu nad stolikiem kawowym, na którym leżała sterta nieprzeczytanych gazet, dwa puste opakowania po chipsach i kubek ze słomką z zapomnianą poranną kawą.

Katie odwróciła się i podeszła prosto do Joego. Wzięła pilota z oparcia fotela i wyłączyła telewizor, po czym odłożyła go na szafkę obok.

– Ej – krzyknął Joe w wyrazie protestu.

Katie nic nie powiedziała. Przyciągnęła sobie bujany fotel i ustawiła go naprzeciwko Joego. Usiadła na nim, a po chwili trochę go cofnęła. Zdołała się nauczyć, by nie siadać zbyt blisko ojca. Huntington mógł uderzyć ją w twarz, wymierzyć cios w biodra, kopnąć w łydkę, przewrócić. W zeszłym tygodniu Joe przyłożył Rosie łokciem w nos, aż zrobił się jej siniec. Nadal widział jego cień po jej okiem, mimo makijażu, którym próbowała go zakryć. Biedna kobieta wyglądała, jak ofiara przemocy domowej. W pewnym sensie nią była.

– Mama powiedziała mi, co się stało – zaczęła Katie, uporczywie wpatrując się w oczy ojca.

Joe nic nie odpowiedział. Chciał ją od razu powstrzymać, powiedzieć jej, że matka nie powinna jej tego mówić, a ona nie powinna się martwić albo że to nie jej sprawa, ale choroba przetrzymywała w nim słowa jak w więzieniu. W zamian spojrzał w niebieskie oczy córki i dostrzegł w nich determinację i strach. Katie czekała, pewnie spodziewając się oporu z jego strony, ale skoro milczał, przeszła do rzeczy.

– Nie będę ci serwować żadnych banałów ani strzelać cytatami mistrzów jogi, którzy już od dawna wąchają kwiatki od spodu. To, co powiem, pochodzi ode mnie.

Zamilkła na chwilę, zauważając puszkę piwa w jego dłoni. Na początku wydawało się, że nie zrobiło to na niej wrażenia. Mógł robić, co mu się podobało. Po chwili jednak w jej niebieskich oczach pojawiło się rozczarowanie, którego Joe nie mógł znieść. Odłożył puszkę na boczny stolik.

– Posłuchaj mnie, tato. Nauczyłeś nas rzeczy, dzięki którym wyszliśmy na ludzi. Nauczyłeś nas, co jest dobre, a co złe, szacunku do innych, etyki pracy. Uczyłeś nas o szczerości i uczciwości, i o tym, że musimy się nawzajem kochać. Jasne, dobrze radziliśmy sobie w szkole, ale to ty i mama nauczyliście nas tego, co najważniejsze. Zawsze byliście dla nas najlepszym przykładem tego, jak żyć.

Joe ze wzruszeniem pokiwał głową.

– JJ i Meghan zachorują. Pat i ja może też – powiedziała głosem opanowanym nagłą falą strachu. Joe chciał zrobić cokolwiek, byleby jej słowa nie pobrzmiewały takim przerażeniem, ale sam był tego przyczyną. Katie ucisnęła palcami wewnętrzne kąciki oczu. Ręka Joego podskoczyła, potrącając stoliczek i przez przypadek strącając puszkę piwa na podłogę. Katie zerwała się od razu i pobiegła do kuchni. Wróciła z rolką papierowych ręczników i szybko wytarła z podłogi kałużę piwa.

– Dziękuję, skarbie – powiedział Joe.

Katie z powrotem usiadła w bujanym fotelu, spojrzała na tatę i zanim zaczęła mówić dalej, wzięła głęboki wdech.

– Nie znamy nikogo innego z HD prócz ciebie. Jesteś jedynym przykładem, który mamy. Nauczymy się, jak żyć z Huntingtonem i jak z nim umrzeć od ciebie, tato.

Joe odwrócił wzrok, myśląc o swoim planie. Jego idealnym planie.

To było humanitarne rozwiązanie. Nauczy ich, jak zrobić to po ludzku, w zwycięski sposób. Pistolet. Powinien sprawdzić, czy nadal ma pistolet.

– Nie mówię ci, co masz robić, tato. Nie mam żadnych dobrych rad, nikt z nas nie ma. W kwestii Huntingtona nie wiemy, co jest słuszne, a co nie. Ale cokolwiek zrobisz, udzielisz nam jakiejś rady.

Pistolet był jego planem. Tak należało postąpić. Tego nauczy swoje dzieci. Nauczy je, żeby się zabiły, zanim zrobi to Huntington. Jego planem był pistolet. Pistolet. Powinien sprawdzić pistolet. Chciał wstać i pójść do komody, ale Katie nadal się w niego wpatrywała. Sprawdzić pistolet. Jakby coś go swędziało i koniecznie musiał się podrapać. Opieranie się impulsowi było czystą agonią.

– Okej, trochę pojadę jogą – powiedziała Katie, której głos cały czas się trząsł. Przyciągnęła bujany fotel bliżej Joego, tak że stykali się kolanami. Nachyliła się w jego stronę i położyła mu dłoń na udzie. – Jeśli teraz to wszystko zakończysz, unikniesz przyszłości, która jeszcze się nie wydarzyła. Nadal masz powody, aby tu być. Ja nadal chcę, żebyś tu był. Wszyscy tego chcemy. Potrzebujemy cię, tato. Proszę. Musisz nas nauczyć, jak z tym żyć.

Joe poczuł na sobie przeszywające spojrzenie córki, pełne determinacji i miłości, i dostrzegł w niej bezbronną trzyletnią dziewczynkę, której ona sama nie pamiętała, a którą on miał przywilej znać. Nagle wszystkie myśli o pistolecie zniknęły i została tylko Katie. Jego odważna, piękna córka, dorosła kobieta, która kocha go na tyle, by tak poważnie z nim rozmawiać; jego mała córeczka. Joe poczuł w sobie ulgę, większą i głębszą niż po wszystkich sprawdzeniach magazynków razem wziętych. Do oczu napłynęły mu łzy, których nawet nie starał się powstrzymać. Katie też zaczęła płakać. Siedzieli tak naprzeciw siebie, łkając i pociągając nosami, nie czując wstydu. Bo nie było czego się wstydzić.

W Joem coś się obudziło. Przypomniał sobie, jak uczył JJ'a zasunąć kurtkę i rzucać piłką do baseballa, jak pokazywał Patrickowi, w jaki sposób rozejrzeć się przed przejściem przez ulicę i jak jeździć na łyżwach. Nauczył Meghan pstrykać palcami i gwizdać. Nauczył Katie grać w szachy. Pamiętał, jak po raz pierwszy pokonała go bez niczyjej pomocy. Nauczył ich szanować pieniądze, prowadzić samochód i zmienić koło; wpoił im, jakie znaczenie ma punktualność i angażowanie się we wszystko, co robią. Odpowiedzialność, jaka wiązała się z byciem ich ojcem, była dla niego zaszczytem i trwała, mimo że dzieci nie były już małe. Dla niego zawsze będą dziećmi. Swoją chorobę mógł zakończyć już dziś, ale ta część jego dziedzictwa będzie w nich nadal trwać.

Jego widok musiał boleć, kiedy całymi dniami siedział w ciemnym salonie, ubrany w brudne dresowe spodnie, pijąc piwo od samego rana, dniami i nocami sprawdzając swoją broń i strasząc wszystkich dookoła. Nie taki chciał dawać przykład. Właśnie w tamtej chwili w jego głowie pojawił się nowy plan, pełny i oczywisty. To właśnie była jego misja. Nauczy swoje dzieci, jak żyć i umrzeć z Huntingtonem.

Joe otarł twarz rękawem koszuli i westchnął.

– Chcesz gdzieś stąd pójść?

W mokrych od łez oczach Katie pojawiła się iskierka.

– Tak. Gdzie?

– Może do szkoły jogi?

Buzia Katie rozbłysła z podekscytowania i zachwytu, jak gdyby Joe ofiarował jej właśnie zwycięski los na loterię.

– Naprawdę?

– Tak. To jedna z rzeczy, które chcę zrobić przed śmiercią.

– Zobaczysz, tato. Spodoba ci się.

– Będę musiał sobie kupić głupawą matę?

– Dam ci jakąś.

– Nie mam zielonego pojęcia o jodze, więc miej litość.

– To jest właśnie w jodze najpiękniejsze. Trzeba tylko wiedzieć, jak oddychać.

Joe zwrócił uwagę na automatyczne unoszenie się i opadanie jego piersi. Oddychanie. Dziś nadal to potrafił.

– Hej, Katie?

Spojrzała na niego.

– Dziękuję.

– Nie ma sprawy, tato.

– Skąd jesteś taka mądra?

Katie wzruszyła ramionami i uśmiechnęła się.

– Mam to po mamie.

Joe zaśmiał się i pełen czułości i dumy przytulił swoją najmłodszą córeczkę.

ROZDZIAŁ 29

Joe i reszta rodziny czekali na Rosie, która poszła do kuchni poszukać świeczek. Mieli właśnie siąść do niedzielnego obiadu O'Brienów w swojej nowej jadalni. Joe siedział u szczytu dębowego stołu, stylem przypominającego piknikowy, kupionego w sklepie Jordan's Furniture, zaprojektowanego na osiem osób.

To, że zyskali mnóstwo miejsca na łokcie, było wielką zmianą, ale Rosie nadal nie była zadowolona. Ściana oddzielająca kuchnię od sypialni dziewczynek była kompletnie rozwalona, ale Joe nie zabrał się jeszcze do wstawienia na jej miejsce obiecanej barowej lady. A poza tym teraz też się tłoczyli, otoczeni pudłami starych ubrań i świątecznych ozdób, których nie przenieśli jeszcze w inne miejsce ani nie oddali do pomocy społecznej, stojącymi pod ścianami, niebezpiecznie blisko za oparciami krzeseł. Nie mieli też lampy nad stołem. Kiedy w pokoju mieszkały dziewczynki, miały tylko lampki przy biurkach. W lutowe popołudnie o czwartej do pokoju wpadało jedynie światło z kuchni i korytarza.

– Mam – powiedziała Rosie, gdy ze zwycięską miną wróciła do stołu, w każdej z dłoni trzymając świecę intencyjną.

Rysunek na szklanym pojemniku jednej z nich przedstawiał Marię Rozwiązującą Supełki. Na drugiej – święty

Michał przebijał demona włócznią. Rosie zapaliła świece jedną zapałką i w pokoju od razu zrobiło się jaśniej.

– I co wy na to? – zapytała niepewnie.

– Bardzo romantycznie – odparła Meghan.

– Może powinnam przynieść lampę z salonu? – dalej zastanawiała się Rosie.

– Usiądź mamo. Jest dobrze – powiedziała Katie.

Rosie odmówiła zdawkową modlitwę, po której nastąpiło bełkotliwe „amen" i wszyscy zaczęli jeść. Joe patrzył, jak podawała półmisek z jagnięciną i miskę gotowanej rzepy, robiąc to bezceremonialnie. Włosy nadal miała mokre po popołudniowym prysznicu, a jej szmaragdowe oczy w świetle świecy z Marią wydawały się przytłumione; Joe miał wrażenie, jakby się od niego odsunęła, wybierając miejsce po przeciwnej stronie stołu. Pewnie nie odzywałaby się do niego przez tydzień, gdyby wiedziała, że pomyślał sobie coś takiego, ale wyglądała na więcej niż czterdzieści cztery lata.

Jego Huntington ją wykańczał – nadchodzący rozwód, epizod z obsesją Joego na punkcie broni, dziury w ścianach, jego nieustające SMS-y i telefony, by sprawdzić, czy wszystko z nią w porządku. Z powodu JJ'a i Meghan pękało jej serce, a na dodatek zamartwiała się stanem Patricka, Katie i małego Josepha. I do tego nie wysypiała się. Trzy noce w tygodniu czuwała nad dzieckiem u JJ'a i spała w ich pokoju dla gości, gotowa śpiewać mu kołysanki albo podać butelkę, kiedy tylko się obudzi. Chciała dać JJ'owi i Colleen trochę odpoczynku od nieustannego zajmowania się noworodkiem. Dodatkowo pracowała trzydzieści godzin tygodniowo, a nie zwyczajowe dwadzieścia. I choć Rosie twierdziła, że to nic wielkiego, Joe widział, że trzyma się coraz gorzej.

JJ i Colleen co chwilę to znikali pod stołem, to wyłaniali się z powrotem, zerkając na synka, który leżał w dziecięcym wibrującym foteliku na podłodze. Ani JJ, ani Colleen nie zjedli jeszcze ani kęsa.

– Nic mu nie jest – powiedziała Rosie.

– Poprawię mu tylko główkę – odpowiedział JJ.

Colleen otarła odrobinę białej ślinki z kącika ust Josepha niebieską chusteczką, po czym podała mu smoczek. Przez kilka minut maluch ssał go jak zawodowiec, ale po tym czasie zatrzymał się i smoczek wypadł na podłogę. JJ nachylił się po niego i już miał go włożyć z powrotem do buzi małego, kiedy zatrzymała go Colleen.

– Nie. Dotknął podłogi. Poczekaj, mam jeszcze jeden w torbie z pieluchami – powiedziała, biorąc od JJ'a skażony smoczek i przeciskając się między krzesłami.

Mały Joseph wydawał się Joemu w pełni zadowolony. Pewnie by zasnął, gdyby Colleen i JJ dali mu trochę spokoju. Nowi rodzice. Każde kolejne pokolenie musiało nauczyć się samo.

– Gdzie Felix? – zapytał Joe.

– W Portland – odparła zdawkowo Katie.

– Myślałem, że przenosi się dopiero w czerwcu – powiedział Patrick.

Katie nie odpowiedziała.

– Zgadza się – wyręczyła ją Meghan. – Teraz pojechał tylko na tydzień.

Katie patrzyła w talerz z sałatką. Felix nie opuścił ani jednego niedzielnego obiadu, odkąd Katie po raz pierwszy przyprowadziła go w listopadzie.

Joe bardzo go lubił. Był mądry, ambitny, ale nie sprawiał wrażenia pracoholika i nie mówił bez ustanku o swojej pracy. Nadal kibicował Jankesom, ale kilka razy, gdy oglądali w salonie mecz Bruins, Joe widział jak Felix im kibicuje, więc była jeszcze dla niego nadzieja. Poza miłością do nowojorskich drużyn nie miał wad, które wywołałyby sprzeciw Joego. Felix wychowywał się w protestanckiej rodzinie, ale Joe nie uważał tego za problem. Twardo stąpał po ziemi i nie był pretensjonalnym japiszonem, którego Joe się spodziewał. Miał dobre maniery i dobrze traktował Katie. Joe widział to po tym, jak rozpromieniała się buzia jego córki, kiedy do pokoju wchodził jej chłopak. Katie ani trochę nie wyglądała jak Rosie ale kiedy przebywał z nią Felix, zaczynała przypominać swoją matkę z młodości.

Joe przyglądał się, jak Katie posmutniała, dłubiąc widelcem w sałatce, i nagła fala poczucia winy zaczęła wnikać w niego jak trucizna. Właściwie to kazał Katie zerwać z tym młodym człowiekiem – człowiekiem, którego bez wątpienia kocha – żeby chronić Rosie. Spojrzał na swoją żonę i dziury po młocie w ścianie w korytarzu, które tworzyły ramę wokół jej wyczerpanej twarzy. Właściwie to nie chronił Rosie przed niczym. Czemu niby Katie miałaby dźwigać na swoich barkach ten ciężar? Życie jest krótkie – czy podobało mu się to, czy nie, tego właśnie nauczył go Huntington.

Nagle w talerzu JJ'a wylądował kawałek twardego jak kamień purée, a towarzyszący temu huk przestraszył wszystkich.

– Jezu, Pat. Mama kazała ci posprzątać sufit tydzień temu – warknął JJ.

Joemu coraz trudniej było przetransportować jedzenie widelcem albo łyżką z talerza do ust, bez jakiegoś chorobowego spazmu, który nie posłałby go gdzieś indziej. Palce mu drżały i nie chciały trzymać sztućców, a ręce zaczynały dziko fruwać, przez co jedzenie lądowało na czyjejś twarzy, koszuli, ścianie albo suficie. Większość jedzenia uderzała w sufit i spadała z powrotem, ale ziemniaki Rosie, które według Joego przypominały klej, na dobre zostawały na górze. Joe podniósł wzrok. Grudy stwardniałych ziemniaków z poprzednich kolacji wisiały z sufitu jak stalaktyty.

– Zapomniałem – odparł Patrick.

– Nie zalepiłeś też dziur w ścianach w korytarzu – powiedział JJ, który zajął się szkodami w sypialni.

– Byłem zajęty. Zabiorę się do tego.

– Nie aż tak zajęty – dopiekł mu JJ.

– Ty też za dużo nie pomagasz.

– Bo nie mieszkam tu za darmo, dojąc ojca i matkę. Mógłbyś przynajmniej ruszyć swoim leniwym palcem i trochę im pomóc.

– Ty za to masz całe mieszkanie, a prawie nic za nie nie płacisz.

– Wiesz co? – wrzasnął JJ, którego twarz zdołała się już porządnie zaczerwienić. – Mam żonę i dziecko, ale to zrobię. Wyczyszczę sufit i zalepię resztę dziur, skoro taki bezużyteczny z ciebie gnojek.

– JJ – upomniała go Rosie.

– Nie, mamo. Mam już dość tego, że on nie jest za nic odpowiedzialny. Przekazałeś już im swoją wielką nowinę, Pat?

Patrick nic nie powiedział, ale widać było, że próbuje zamordować brata spojrzeniem, siedząc po przeciwnej stronie stołu.

– Powiesz im, mądralo?

– Zamknij się, do kurwy nędzy.

– Jak ty mówisz? JJ, przestań. Pat, co się stało? – wtrąciła się Rosie.

– Nic, mamo. Nie ma żadnych wieści. Zajmę się sufitem po obiedzie.

– Pewnie, że są. Dziewczyna, z którą ostatnio bzyka się Patrick, jest z nim w ciąży.

W pokoju zrobiło się cicho jak makiem zasiał. Joe wpatrywał się w świętego Michała zabijającego diabła na świecy, a potem, trzymając widelec niczym włócznię, podniósł wzrok na bladą, piegowatą twarz Pata. Na jego podkrążone niebieskie oczy. Na zapadnięte ramiona i potargane włosy koloru słabej herbaty.

– Powiedz, że to nieprawda – warknął Joe.

Patrick zawahał się, po czym pokiwał głową.

– Tak przynajmniej mówi.

– Kto mówi, Pat? Kim jest ta dziewczyna? – zapytała zaskoczona Rosie.

– Ashley.

– Jaka Ashley? – dopytywała nadmiernie kontrolowanym tonem głosu, oczy trzymając zamknięte. Joe pomyślał, że pewnie modli się do Boga o cierpliwość i siłę, żeby nie zabić swojego najmłodszego syna.

– Donahue.

– Córka Kathleen?

– Kathleen to jej ciotka – wyjaśnił JJ.

– A dlaczego dotąd jej nie poznaliśmy? – zapytała Rosie.

Patrick wzruszył ramionami.

– Tylko się zabawialiśmy. To nie było nic poważnego.

– Ale teraz jest już kurewsko poważne – wrzasnął Joe, którego każde słowo przesączone było palącym gniewem. – Jak możesz być taki nieodpowiedzialny? Matka kupuje ci cholerne gumki, a ty i tak robisz dziewczynie dziecko!?

– Ty zrobiłeś dziecko mamie, a mieliście tylko osiemnaście lat.

– Dlatego postąpiłem jak trzeba i się z nią ożeniłem. A jeśli masz HD? Pomyślałeś o tym w ogóle? Może właśnie przekazałeś to paskudztwo Bogu ducha winnemu dziecku.

– Nikt nie wrzeszczał na JJ'a za to, że może przekazał je swojemu.

– Stul swój głupi ryj – warknął JJ. – Ja jestem żonaty i dowiedziałem się o Huntingtonie, kiedy moja żona już była w ciąży – dodał z naciskiem.

– Powiedziałeś jej o ryzyku choroby? – zapytała Rosie.

– Nie.

– Zrobisz test i się dowiesz – powiedział Joe, mierząc widelcem w głowę Pata.

– Nie zrobię.

– Ta dziewczyna ma prawo wiedzieć.

– Ale ja nie chcę. Nie zrobię testu.

– Zrobisz i ożenisz się z nią – powiedział Joe groźnym tonem.

– Nie. Nie zrobię żadnego głupiego badania i nie ożenię się z Ashley.

– Masz zobowiązanie wobec tej kobiety i swojego nienarodzonego dziecka.

– Mogę być jego ojcem i bez ślubu. Nie kocham jej.

Rosie wstała.

– Nie mogę już tego znieść. Nie mam na to siły – powiedziała drżącym, przepełnionym pustką głosem, patrząc na Joego i unikając Patricka. Rzuciła serwetkę na stół i wyszła. Drzwi do sypialni trzasnęły, a z sufitu spadł kolejny skamieniały kawałek ziemniaczanego purée, lądując z tępym odgłosem na stole obok świecy z Marią. Mały Joseph zaczął płakać. Colleen wyjęła go z fotelika i chciała uciszyć smoczkiem, ale chłopczyk nie miał zamiaru wziąć go do ust. Meghan przycisnęła do uszu swój szary szalik, jak gdyby chciała się w nim schować.

– Na litość boską, Pat, jak mogłeś zrobić coś takiego? – zapytał Joe, przebijając się przez płacz wnuka. – No jak?

Patrick nic nie powiedział. Palący gniew, który opanował Joego, powoli zaczął zamieniać się w gęstą bezradność, która ciężko osadzała się w jego wnętrzu. Ta choroba była jak nieznośna plaga, która rozprzestrzenia się i niszczy wszystko, co ma w zasięgu, a Joe nie mógł nic zrobić, tylko patrzeć na straty. Pat siedział z arogancką, niewzruszoną miną, czym tylko pogarszał sytuację, i Joe nie mógł na niego patrzeć.

Rzucił widelec na talerz i niezdarnie wstał z krzesła, po czym pospiesznie wyszedł z jadalni, zanim czwórka jego dorosłych dzieci zdołała zauważyć, że płacze.

ROZDZIAŁ 30

Joe ćwiczył jogę z Katie już od kilku tygodni. Dwa razy dziennie posłusznie łykał pastylki, o których Rosie mówiła, że „Bóg tylko wie, co to", w ramach dobranego losowo badania klinicznego. Zgodził się na udział w najnowszych pracach badawczych na temat Huntingtona, prowadzonych przez Amerykańskie Stowarzyszenie Choroby Huntingtona *Human Biology Project.* Modlił się w kościele za wszystkich swoich bliskich, zwłaszcza za Patricka i jego nienarodzone dziecko, prosząc o wskazanie drogi, łaskę i dobre zdrowie. Joe robił duże postępy przy konstruowaniu blatu z pomocą JJ'a, Patricka i Felixa. Odmawiał sobie nawet piwa przed obiadem i trzymał się z dala od broni. Każdy dzień starał się wykorzystywać w pełni i pokazywać swoim dzieciom, jak z godnością żyć z Huntingtonem.

W głowie mieszało mu się dopiero wówczas, kiedy myślał o przyszłości. O umieraniu. Każde możliwe zakończenie HD było do bani. Zapalenie płuc. Śmierć głodowa. Wegetacja, aż w końcu Bóg litościwie otworzy błyszczące bramy nieba. Jaki godny przykład mógł dać dzieciom, jeśli chodziło o śmierć z Huntingtonem? Nie mógł do tego dojść i czuł się przerażony myślą, że będzie pasywnie zbliżał się ku przyszłości, nie mając nad niczym kontroli ani żadnego planu.

Ale miał czas. Jak mawiała Katie, „albo jesteś tu i teraz, albo nigdzie". Więc dziś nadal tu był, żyjąc z Huntingtonem i próbując nie myśleć o umieraniu.

Joe i Katie stali na matach w szkole jogi. Katie przeprowadzała z nim zajęcia dopasowane do jego możliwości. Nazywała je prywatną lekcją. Regularnie prowadziła takie zajęcia z dwiema kobietami, japiszonkami. Jedna była słynną lekarką w klinice okulistyczno-laryngologicznej i pracowała do późna. Katie uczyła ją dwa razy w tygodniu o dwudziestej pierwszej. Druga nie mogła chodzić na regularną grupę ze względu na nakładające się na siebie cotygodniowe wizyty u fryzjera, kosmetyczki i terapeuty, plus nie lubiła się przy nikim pocić, więc opłacanie prywatnych zajęć było dla niej po prostu dużo prostsze.

No i był jeszcze klient Katie z chorobą Huntingtona. Jej staruszek. Joe i Katie stali obok siebie, zwróceni twarzami do lustra, co, jak się dowiedział, nie było typową konfiguracją podczas zajęć. Wszystkich innych Katie uczyła, stojąc na początku sali przodem do ściany, na której namalowany był Budda. Kazała jednak Joemu ustawić się twarzą do lustra, żeby mógł obserwować, co robi jego ciało. To bardzo pomagało.

Przez większość czasu jego wyobraźnia ruchowa i propriocepcja albo spały w pracy, albo miały zawiązane oczy. A przy anosognozji o wielu rzeczach zupełnie nie miał pojęcia. Zwykle nie wiedział, co robią jego ręce i nogi, chyba że upadł, wpadł na ścianę, uderzył kogoś albo coś rozwalił. Wczoraj w jednej chwili siedział w fotelu i oglądał mecz Bruins, a w następnej leżał plackiem na podłodze. Był swoim własnym kaskaderem, gwiazdą własnej komedii absurdów. Tylko że żarty wcale nie były zabawne. Huntington miał chore poczucie humoru.

Nie chodziło też jedynie o pląsawicę, anosognozję i brak propriocepcji. Wszystkich zadziwiała niespotykana i niespodziewana siła, jaką był w stanie wygenerować bez świadomości ruchu. Już dwa razy poszedł się wysikać i podnosząc siedzenie, wyrwał całą deskę. Gdyby tylko mógł wykorzystać swoje moce superbohatera dla dobrych celów…

Katie stała u szczytu maty: blade stopy na szerokość bioder, nogi równolegle. Patrząc w lustro, Joe obserwował swoje równie blade drżące stopy, schodzące i wchodzące z powrotem na matę, jak gdyby próbował zadeptać armię mrówek. Po epizodzie z pistoletem Rosie naskarżyła na niego doktor Hagler, która zmniejszyła dawkę tetrabenezyny. Na pudełku znajdowało się wypisane tłustym drukiem ostrzeżenie o skłonnościach samobójczych u osób, które przyjmują ten lek. Cudownie. Depresja była przecież symptomem Huntingtona, więc dajmy ludziom mierzącym się ze śmiertelną chorobą lek, który pogłębi depresję i wywoła myśli samobójcze. Świetny pomysł. Ale jeśli Joe chciał złagodzić pląsawicę, a przecież chciał, tetrabenezyna była najlepszym i jedynym na to sposobem.

Joe lubił sobie wyobrażać, że tetrabenezyna to farmakologiczny oddział funkcjonariuszy patrolowych, którzy gonią huntingtonowych przestępców, dopuszczających się pląsawicy, łapią ich, zakuwają w kajdanki i wtrącają do więzienia. Przy mniejszej dawce tetrabenezyny Joe miał na wolności więcej przestępców, którzy popełniali ohydną zbrodnię pląsawicy. Cały czas się ruszał.

Ale Rosie była zadowolona z zamiany. Koniec maniakalnych obsesji na punkcie pistoletu. Joe był skłonny stwierdzić, że to Katie, a nie zmiana dawki leków wyciągnęła go z tamtej czarnej dziury, ale Rosie zbyt ciężko to przeżyła, żeby w ogóle chciała słyszeć o powrocie do poprzedniej dawki. Wszyscy będą po prostu musieli przyzwyczaić się do nasilonej pląsawicy. Więcej pląsawicy, mniej pistoletu.

Uciążliwa potrzeba, by coś sprawdzić, pozostała, ale przeniosła się z broni na telefon. Pisał do Rosie setki razy dziennie. Potrzeba sprawdzenia, czy wszystko u niej w porządku, była tak silna, jak konieczność oddychania: dusił się, czekając na każdą jej odpowiedź. Więc jeśli nie odpowiedziała w ciągu kilku sekund, pisał do niej raz jeszcze. I jeszcze. Wiedział, że doprowadza ją do szału, ale nie potrafił przestać.

– Ramiona do góry!

Joe naśladował Katie i „razem" wykonywali coś, co nazywało się „powitaniem słońca".

– Skłon.

Katie zamaszyście opuściła ręce i docisnęła dłonie do maty, nosem niemal dotykając kolan. Joe także spuścił ręce wzdłuż tułowia, ale jego palce zatrzymały się przy łydkach, jakiś kilometr od podłogi. Ciało Katie składało się jak scyzoryk. Joe poruszał się jak Quasimodo.

– Głowa do przodu.

Już prawie, kochanie. Potem deska. Pompka. Pies z głową w dół. Pies z głową w górę. Jak zwykle pozostali w tej pozycji trochę dłużej.

– Rozluźnij się w pozycji. Spróbuj się zrelaksować.

– Skarbie, na razie próbuję przeżyć – zaśmiał się Joe.

Katie sprawiała wrażenie, jakby mogła tkwić w tych pozach całą wieczność, ale Joe stękał i dyszał. Do różowej, spoconej twarzy spływała mu krew, a on modlił się, by pies z głową w dół w końcu się skończył.

– Możesz stać w psie z głową w dół, nienawidząc każdej sekundy. Ale możesz też tkwić w niej w spokoju, bezwiednie, miarowo oddychając. Tak czy inaczej trzymasz pozycję. To ty decydujesz o jakości doświadczenia. Bądź termostatem, nie temperaturą.

Mądre słowa, ale Joe marzył jedynie o tym, aby jego urocza córka w końcu się zamknęła i pozwoliła mu wyjść z psa z głową w dół. Trzęsły mu się ramiona. Jego stopy nadal zabijały niewidzialne mrówki. Mocno dociskał dłonie do maty, ale jego prawa ręka robiła coś, czego zdawała się nie robić lewa i Joe upadł na brzuch. Podniósł się na kolana, wytarł nos rękawem koszulki i ustawił się z powrotem w psie.

– Nic ci nie jest, tato?

– Nie. To co robimy po psie z głową w dół?

– Stajemy na krawędzi maty – znów zaśmiała się Katie.

Joe opuścił kolana i na czworaka przeszedł do przodu. Katie czekała tam na niego. Wstał.

– Ramiona do góry. Dłonie do wewnątrz.

Amen.

Zrobili wszystko jeszcze raz. I jeszcze raz. Joe sapał, chwiał się i upadał. Katie poruszała się z wdziękiem, płynnie, z siłą. W jej wykonaniu sekwencja zdawała się nie wymagać wysiłku. Nawet bez Huntingtona, Joe nie byłby w stanie wykonać tego tak jak ona. Dla niego każda sekunda była pełna napięcia, jego mięśnie forsowały się, mózg wytężał, by odtworzyć kształty Katie, zauważając każdą godną pożałowania niedokładność. To nie były ćwiczenia dla mięczaków.

Joe nie poddawał się jednak, a powtórzenia sprzyjały jego ciału. Mięśnie zaczęły przewidywać, co stanie się dalej. Poznał choreografię tego tańca. Katie chyba również zaczęła to wyczuwać, więc zaczęła wydawać więcej instrukcji dotyczących oddychania.

– Wdech, ręce do góry. Wydech, skłon. Wdech, głowa do przodu. *Wydech. Wdech.*

I wtedy wydarzyło się coś magicznego. Poruszanie się przeszło na drugi plan. Joe stał się oddychającym ciałem, które przy okazji było w ruchu. Oddychał powoli, miarowo, robiąc długie wdechy i wydychając powietrze przez nos, tak jak nauczyła go Katie, aż w ruchu znalazł bezruch i spokój. Od wszystkiego się odciął. Żadnych mrówek. Żadnych upadków. Przestępcy od pląsawicy uszli z miasta.

Był już na pięciu prywatnych lekcjach Katie i po raz pierwszy doznał takiego ruchomego bezruchu, chwilowego oddechu od pląsawicy. Aby osiągnąć taki stan, musiał biegać po schodach, aż padł z wycieńczenia, bez przerwy przewracając się na schodach, obdzierając kolana i dłonie. To było lepsze i dużo bezpieczniejsze.

Po powitaniach słońca przeszli do ćwiczeń na podłodze. Trzy kobry. Dwa świerszcze. A potem mostek. Leżał na plecach, stopy trzymając na macie, kolana ugięte. Na znak Katie wypchnął biodra do nieba. A przynajmniej odrobinę do góry.

– Trzymaj pozycję, nie oddech. Zostań na dziesięć.

Joe poczuł, jak drżą mu nogi. Miał zaciśnięte gardło. Zmarszczył twarz, stęknął i prychnął śliną. Zaciskał każdy mięsień najmocniej jak umiał, walcząc, by utrzymać tyłek nad ziemią i zostać w pozycji, nie dać się.

– Pozycja zaczyna się wtedy, gdy chcesz się z niej wydostać. Wycisz odruchy. Wycisz myśli. Wycisz walkę. Oddychaj i doznawaj.

Joe najpierw odnalazł swoją twarz i rozluźnił szczękę. Oddychał i z rozmysłem rozluźniał wszystko prócz stóp, które dociskał do ziemi. Patrzył, jak jego brzuch unosi się i opada. Unosi i opada. Stał w mostku i prawie było mu wygodnie.

Hasło „Nie daj się i walcz" było mottem Joego, kiedy patrolował ulice. Czasem sprawdzało się nawet przy byciu mężem i ojcem, ale przestało działać, kiedy Joe stał się człowiekiem z Huntingtonem. „Nie daj się i walcz" oznacza wysiłek. Oznacza wojnę. Mimo seroquelu i niedostatecznej dawki tetrabenezyny nadal miał pląsawicę, tracił koordynację i propriocepcję, miał napady obsesyjno-kompulsywne, paranoję, impulsywność, anosognozję, gwałtowne zmiany nastroju

z nieświadomą skłonnością do gniewu i zespół funkcji wykonawczej. I bełkotliwą mowę. Zaczęło się bełkotanie. Nie miał
żadnej broni, dzięki której mógłby przeciwstawić się Huntingtonowi. Nigdy nie przyznałby się do tego Donny'emu
albo Tommy'emu ani żadnemu innemu koledze, ale może
zamiast „Nie daj się i walcz!" jego podejście do Huntingtona
powinno brzmieć: „Nie daj się i trzymaj pozycję".

W akcie łaski Katie pozwoliła Joemu wyjść z mostka.
Przeszli do rozciągania do przodu w siadzie. Pozycja dziecka.
Skręt mędrca.

Aż w końcu savasana. Pozycja nieboszczyka. Jego uwadze
nie uszła ironia tej nazwy. Joe leżał na macie z rękami wzdłuż
ciała, z rozstawionymi szeroko nogami, stopami opadającymi
na boki i z zamkniętymi oczami. Oddychał. Dawał upust
całemu wysiłkowi. Pozwalał, by każdy kilogram jego ciała
podtrzymywała mata i znajdująca się pod nią drewniana
podłoga, która przez chwilę wydała się bardziej wygodna niż
materac jego łóżka.

Czasem Katie czytała mu motywujący fragment z jednej
ze swoich jogowych książek, kiedy leżał w tej pozycji, ale dziś
nic nie mówiła. Czuł jej obecność na macie obok siebie, choć
na nią nie patrzył. Joe oddychał miarowo i uwalniał ciało
i myśli; pozbywał się ich.

Z tej pustej przestrzeni wyłonił się obraz jego matki.
Wspomnienie. Była w swoim dzielonym z innymi pacjentami
pokoju w szpitalu i siedziała na tapicerowanym, odchylonym
do tyłu fotelu na kółkach, z białym pasem zapiętym w talii.

Miała na sobie niebieską bluzkę z krótkim rękawem, luźną na jej wychudzonej sylwetce, i fluorescencyjną żółtą bransoletkę z napisem „ryzyko upadku" wokół przezroczystego nadgarstka. Dłonie miała skierowane do dołu, a jej kościste palce były powyginane i sztywne.

Pluła, stękała, wydawała z siebie niskie pomrukiwania, niczym dzikie zwierzę. Jej twarz zaciskała się szybko i mocno, jakby ktoś nagle ją uderzył. Znów stęknęła i gwałtownie podniosła podbródek do sufitu. Usta miała otwarte. Z dolnej wargi kapała jej ślina i spadała na niebieską bluzkę.

Joe miał jedenaście lat. Czuł się zawstydzony i zniesmaczony. Odwrócił wzrok. Chciał stamtąd pójść.

Pozycja zaczyna się wtedy, gdy chcesz się z niej wydostać. Wycisz odruchy. Wycisz myśli. Wycisz walkę. Oddychaj i doznawaj.

Nie daj się i trzymaj pozycję.

Joe leżał w pozycji nieboszczyka i zaczął odtwarzać w swojej głowie to samo wyraźne wspomnienie matki, ale w nieco innej wersji, jak gdyby Bóg sięgnął do jego mózgu i obrócił go o kilka stopni.

Nie tak. Tak.

Wózek matki, pas, niebieska bluzka z krótkim rękawem, żółta bransoletka, pomrukiwania, ślina. Zamiast odwrócić wzrok, Joe spotkał się z matką spojrzeniem i zobaczył, jak jej oczy uśmiechają się do niego. Jej twarz wykrzywiła się, a ona stęknęła, ale spojrzenie Joego skupione było na jej oczach, pozbawione lęku. Mrukliwe, zwierzęce dźwięki stały się ludzkie i zrozumiałe.

– Hrrruje.

Dziękuję.

Jego matka podziękowała pielęgniarce, która nakarmiła ją lunchem.

Podziękowała ojcu za to, że ją uczesał. Podziękowała Joemu i Maggie za rysunki, które dla niej namalowali.

A zanim zostawili ją na kolejny tydzień, matka zebrała w sobie tyle siły, ile tylko zdołała, i wydała z siebie jeszcze jeden jęk.

– Ohm hę.

Kocham cię.

Ostatnie słowa, jakie Joe od niej usłyszał, słowa, których nie rozumiał aż do tej pory, brzmiały „dziękuję" i „kocham cię". Wdzięczność i miłość.

Joe odtworzył w głowie to wspomnienie i zobaczył mamę raz jeszcze, na nowo. Choć nie mogła chodzić ani samodzielnie jeść, choć nie mogła zaprzeczyć pogłoskom, że jest pijaczką, grzesznicą i złą matką, choć nie mogła mieszkać w swoim domu, przytulić swoich dzieci i wieczorem ucałować je na dobranoc, uśmiechała się do Joego oczami. Ostatecznie jego matka nie była żyjącym szkieletem, który czekał na śmierć w szpitalu. Była żoną i matką, która kochała swoją rodzinę, wdzięczną, że może ich zobaczyć, bo kochała ich ponad życie.

Na to wspomnienie matki, która nie była groteskowym potworem, budzącym w nim pogardę i wstyd, po twarzy Joego spłynęły łzy, mocząc mu włosy. Była Ruth O'Brien, jego matką, niewinną kobietą chorą na Huntingtona, która obdarzała swoją rodzinę miłością i wdzięcznością, kiedy nie pozostało jej już nic innego.

Po wszystkich tych latach zobaczył swoją matkę. Naprawdę ją sobie przypomniał.

Kocham cię, mamo. Proszę, wybacz mi. Serce Joego przepełniło wzruszenie na myśl, że to już się stało. Był kochany i zostało mu wybaczone.

Wtedy, jak uderzeniem pioruna, zobaczył swój wzorzec. Jego matka. Lekcja, którą mu przekazała, i której on miał udzielić swoim dzieciom – odwaga, by zmierzyć się z każdym oddechem z miłością i wdzięcznością.

– Dobrze, tato, poprzebieraj palcami u rąk i nóg. Wyciągnij ręce nad głowę i kiedy będziesz gotowy, usiądź.

Joe i Katie usiedli obok siebie ze skrzyżowanymi nogami, patrząc w lustro. Twarz Katie też była mokra od łez.

– Złóżmy dłonie na wysokości serca.

Joe powtórzył gest Katie. Przez chwilę siedzieli w ciszy, w modlitwie.

– Światło we mnie kłania się światłu w tobie. *Namaste.*

– *Namaste* – odpowiedział Joe, uśmiechając się do córki w lustrze. – Kocham cię, Katie.

– Kocham cię, tato.

– Dziękuję skarbie.

Miłość i wdzięczność.

ROZDZIAŁ 31

Joe stał w korytarzu przy drzwiach do domu i próbował zrozumieć, co widzi, a właściwie czego nie widzi. Kamienna kropielnica zniknęła.

Patrzył na dwie dziury po śrubkach i łatę białej farby w kształcie naczynia dwadzieścia lat jaśniejszą niż otaczająca ją ściana, nie mając pojęcia, czyja to sprawka. Kilka miesięcy temu być może nawet nie zauważyłby jej braku. To Rosie zawsze żegnała się wodą. Ale odkąd symptomy Joego zaczęły się nasilać, pomyślał, że woda poświęcona przez Boga jest pewnie równie skuteczna jak współczesne lekarstwa, za to dużo tańsza. Od kilku miesięcy oddawał się więc temu rytuałowi i skrapiał wodą w imię Ojca i Syna, i Ducha Świętego, kiedy znajdował się w drzwiach. Pewnego ranka, kiedy nikt nie patrzył, wyciągnął nawet słomkę ze swojego kubka, zanurzył ją w kropielnicy i trochę upił. To przecież nie mogło zaszkodzić.

Rzucił klucze na stolik w korytarzu i chciał przybić piątkę Marii Dziewicy – kolejny rytuał, do którego niemal obsesyjnie przywykł – ale nie udało się. Maria też przepadła. Na stoliku nie było nic prócz jego kluczy i kremowej serwetki, na której zawsze stała figura. Czyżby okradł ich jakiś szalony katolik?

W salonie zastał to samo. Zniknął krzyż znad kominka. Jezus, święty Patryk, święty Krzysztof, aniołki, świece intencyjne, a nawet kolędnicy i stajenka przepadli. Pozostały jedynie żaby, dzieci, Snoopy i zdjęcia rodzinne. Według Joego salon wyglądał lepiej bez całego tego religijnego majdanu, ale oblał go zimny pot. Figurki i świece mogły się dla niego nie liczyć, ale znaczyły coś dla Rosie.

Dalej rozglądał się po salonie, jakby to była scena zbrodni. Deska do prasowania Rosie stała rozstawiona jak zwykle, ale żelazko było wyłączone z kontaktu, a pranie nadal leżało pomięte w koszu na podłodze.

Religijny majdan zniknął, prasowanie niedokończone. Wyglądało na to, że nie brakowało już niczego innego, ale Joe spojrzał jeszcze na szafkę pod telewizorem. Zniknęły kasety z Oprah.

Rosie szła na dno.

– Rosie?

Poszedł do sypialni, gdzie zastał ją na łóżku, nadal ubraną w różową piżamę, w pozycji embrionalnej, z twarzą czerwoną i opuchniętą, podkrążonymi oczami i fryzurą, jakby należała do zespołu rockowego z lat osiemdziesiątych. Ukląkł przy niej na podłodze i nachylił nad materacem, jak chłopiec odmawiający pacierz przed snem. Jego twarz znajdowała się na równi z jej, tylko kilka centymetrów dalej. Czuł na swoim nosie jej słodki oddech. Pachniała winem.

– Co się stało, skarbie?

– Nic.

Madonna z Jezusem na rękach też zniknęła z nocnego stolika. Na jej miejscu znajdowały się dwie butelki chardonnay i szklanka, wszystko puste.

– Jesteś pijana.

– No i co?

– Jak to co? Jest dziesiąta rano.

– Gówno mnie to obchodzi.

– Że co?

– Dobrze słyszałeś – powiedziała, prowokując go, by ją upomniał. Nawet o tym nie śnił.

– Co zrobiłaś ze wszystkimi religijnymi bibelotami?

– Spakowałam.

– Dlaczego?

– Bo już nie wierzę w Boga.

– Ach tak.

– Nie wierzę. Skończyłam z tym. Jak mogę, Joe? – zapytała, siadając na łóżku, nagle wracając do życia. Trzymała w sobie żal, który gotował się w winie cały poranek, czekając na widownię. Joe widział to w jej oburzonych, zielonych oczach. – Jak mogę? Jak mam wierzyć w Boga, który zrobił coś takiego naszej rodzinie? Jesteśmy przecież dobrymi ludźmi, Joe.

– Wiem. Ale dobrym ludziom codziennie przydarzają się złe rzeczy.

– Tylko mi nie pleć takich banałów. Pogodziłam się z tym, że umrzesz.

– Dzięki, skarbie. Dobrze wiedzieć.

– Wiesz, o co mi chodzi. Byłam z tobą na tylu pogrzebach. Widziałam rozpacz na twarzach tych wszystkich żon. Byłam gotowa zostać jedną z nich już jako dwudziestokilkuletnia kobieta.

Rozumiał to. Pogrzeby były jak zimny prysznic. Służba to nie była zabawa w policjantów i złodziei. Czasami ofiarą padali dobrzy ludzie. A kiedy zginął ktoś z mundurowych, wszyscy policjanci oddawali cześć koledze, myśląc to samo.

To mogłem być ja.

– Dawałam sobie radę, kiedy modliłam się tylko o ciebie – powiedziała Rosie. – Byłam w stanie to znieść. Doktor Hagler powiedziała, że ta choroba działa powoli, więc to dobrze, prawda? Nadal mamy czas. Modliłam się do Boga, żeby dał mi siłę, by to przeżyć, by się tobą zaopiekować, by być wdzięczną za każdy kolejny dzień. Zawsze wierzyłam w Boski plan.

Joe pokiwał głową.

– A na dodatek jesteśmy Irlandczykami. Wiemy, jak znieść najcięższe czasy. Kurwa mać, wytrwałość mamy we krwi.

Joe przyznał jej rację. Byli silnym, nieustępliwym narodem, upartym jak osły i bardzo z tego dumnym.

– Ale potem okazało się, że JJ i Meghan… Okazało się, że mają w sobie mutację i umrą przede mną Joe, i nie mogę tego znieść. Nie mogę.

To najgorszy koszmar każdej matki. Głos Rosie załamał się pod jego bezlitosnym ciężarem. Zaczęła płakać, a Joe nie wiedział, co powiedzieć, aby ją pocieszyć. Chciał przeczesać jej włosy swoimi palcami, otrzeć jej łzy, pogładzić ją po plecach i przytulić, ale nie miał pewności, czy jego ramiona i dłonie zrobią to, co chciał. Mógł uderzyć ją w twarz, za mocno ją ścichnąć, włożyć jej palec w oko albo wbić paznokcie w skórę aż do krwi. Takie rzeczy już się zdarzały. To jakby centrum ruchowe w jego mózgu zostało opanowane przez bandę niesfornych dzieciaków, które siedzą tam i śmieją się jak wariaci, cały czas po omacku włączając i wyłączając guziki. Albo na odwrót, dzieciaki siedziały ze skrzyżowanymi ramionami, uparte i leniwe, zwyczajnie odmawiając Joemu prostej i grzecznej prośby, by włączyć odpowiednią motoryczną sekwencję dla przytulania. Oparł się więc odruchowi, by ją dotknąć, i Rosie płakała przy nim sama.

– Myślę o ich pogrzebach, o ich pięknych buziach i ciałach zakopanych w ziemi, i nie mam ochoty spędzić na tej ziemi kolejnej minuty.

– Cii, skarbie. Nie myśl o tym.

– Nie mogę nic na to poradzić. Cały czas wyobrażam ich sobie martwych w ziemi i jest zima, ich ciała są niemal zamarznięte i nie mogę tego znieść.

– Musisz przestać to sobie wyobrażać. Oni szybko nie umrą. Musisz wierzyć.

– Nie mogę. Moja wiara została złamana. Przepadło. Próbowałam. Próbowałam się za nich modlić i zaczynałam pokorna i pełna nadziei, ale potem modlitwa zamieniała się w błaganie, a dalej w gniew na Boga, anioły i Kościół. A jeśli

Katie, Patrick i mały Joseph też będą chorzy? Mogę stracić wszystkich, Joe.

Joe zauważył, że Rosie nie uwzględniła nienarodzonego dziecka Patricka z nieprawego łoża w swojej małej liście „wszystkich".

– Nie będą mieli. Nie stracisz wszystkich.

– Mogę ci to od razu powiedzieć – rzucę się do trumny z ostatnim z nich. Będą musieli pochować mnie żywcem, bo nie mam zamiaru żyć tu sama.

– Rosie, skarbie, nie powinnaś tak myśleć, to źle na ciebie wpływa, Musisz skupiać się na tym, że dzieci żyją.

– A jeśli dziewczynki z tego powodu nigdy nie wyjdą za mąż i nie będą miały dzieci? A jeśli Colleen postanowi nie dać nam więcej wnuków?

– Wszyscy mogą skorzystać z *in vitro* albo adoptować.

– A jeśli u JJ'a zaczną się symptomy i straci pracę? Jak utrzyma rodzinę? Kto nauczy Joeya, jak rzucać i odbijać piłkę kijem baseballowym i innych takich rzeczy?

Z każdym pytaniem jej głos robił się coraz wyższy i Joe bał się, że z kolejnym „a jeśli" dostanie pijackiego ataku paniki.

– JJ nie ma symptomów i musimy mieć nadzieję, że nie dostanie ich przez kolejne dwadzieścia lat. A poza tym Colleen może nauczyć Joeya tych wszystkich rzeczy. Widziałaś, jak ona rzuca? To jest dopiero wymach.

– Mam wrażenie, że zauważam coś u Patricka.

– Przesadzasz. Jesteś po prostu wystraszona i spodziewasz się najgorszego. Pomyśl tylko: dla naszych dzieci jest nadzieja.

Naukowcy w końcu znajdą skuteczny sposób leczenia tej choroby.

– Skąd wiesz? A jeśli nie znajdą?

– Znajdą. Ja w nich wierzę. W laboratoriach stoczni pracuje tylu zdolnych naukowców... Znają już mutację, a to jedyna rzecz, która powoduje Huntingtona. To się na pewno wydarzy. Kiedyś znajdą lekarstwo na tę chorobę i miejmy nadzieję, że będzie jeszcze czas, by uratować nasze dzieci. I oby już nikt w naszej rodzinie nie miał tego genu. O to się właśnie modlę.

– To ty się modlisz?

– Rany, nie musisz robić aż tak zaszokowanej miny. Tak, zacząłem chodzić do kościoła.

– Od kiedy?

– Od jakiegoś miesiąca. Jeśli kiedykolwiek miała nastać dla mnie pora na modlitwę i odnalezienie jakiegoś wyższego celu, to chyba teraz.

– Chodzisz na msze?

– Nie. Nie potrzebny mi ksiądz ani całe to siadanie i wstawanie. Pewnie upadłbym na twarz i zrobił przedstawienie. Zazwyczaj chodzę rano, kiedy skończy się msza o siódmej trzydzieści.

– I co wtedy robisz?

– Po prostu siedzę i się modlę.

Joe zaczął właściwie chodzić do kościoła przez swoją siostrę Maggie. W zeszłym miesiącu w końcu porozmawiał z nią przez telefon i wszystko jej powiedział. Była zaskoczona i zmartwiona, i nawet zaczęła płakać, wypytując Joego o jego dzieci. Zaskoczyło go to, biorąc pod uwagę, że nigdy ich nie poznała. Choć Joemu ulżyło, że Maggie nie zauważyła u siebie żadnych symptomów, nie mógł też powstrzymać się od uczucia oburzenia. Oboje mieli szansę pół na pół. Dlaczego to Maggie nie mogła odziedziczyć choroby zamiast niego? Ona nie miała dzieci. Zasięg choroby skończyłby się na niej. Dlaczego Bóg postanowił przekląć dzieci Joego? Ku swojemu zawstydzeniu nienawidził siostry za to, że pewnie nie ma w sobie genu HD. Nienawidził Boga, że tak go potraktował, że dał Huntingtona jego rodzinie. A przede wszystkim nienawidził samego siebie.

Bez wyraźnego zamiaru poszedł następnego dnia do kościoła św. Franciszka, usiadł w ławce i siedząc samotnie w wielkim kościele, modlił się na głos. Tamtego dnia prosił o wiele rzeczy, ale przede wszystkim o wybaczenie. Ku swojemu zaskoczeniu poczuł się niemal momentalnie rozgrzeszony, lżejszy i czystszy, a toksyczna nienawiść odeszła z jego ciała. Od tamtego dnia niemal każdego ranka chodził do kościoła.

Cztery rzędy, licząc od tyłu, po prawej stronie, gdzie zawsze siadali całą rodziną, kiedy dzieci były małe. Zwykle nie zostawał dłużej niż pięć minut. Równie dobrze mógłby się modlić, siedząc w swoim fotelu w salonie, ale lubił to robić w tym miejscu, w ich dawnej ławce w kościele św. Franciszka. Lubił kolumny, zwieńczone łukami na wysokości balkonów, zbudowane na wzór katedry w Limerick w Irlandii; organy; flagi Ameryki, Irlandii i Charlestown; złoty krzyż zwisający z sufitu; witraże i stacje drogi krzyżowej; mocno już wytarte, pomalowane na czerwono drewniane podłogi. Jego modlitwy, które tak szeptał, wydawały się oficjalne, błogosławione, słyszane.

Boże, proszę pomóż naukowcom znaleźć lekarstwo na nieuleczalną chorobę, aby moje dzieci mogły żyć.

Boże, spraw proszę, by Patrick, Katie i mały Joseph nie mieli w sobie genu choroby.

Boże, proszę, ulecz JJ'a i Meghan, a mnie daj żyć wystarczająco długo, bym wiedział, że nic im nie jest. Albo jeśli nie będzie można znaleźć lekarstwa – niech nie wykazują symptomów aż do czasu, gdy będą dużo starsi.

Boże, proszę miej w opiece Rosie. Niech nie będę dla niej zbyt dużym ciężarem. Niech zawsze czuje się przeze mnie kochana. Proszę, opiekuj się nią, kiedy mnie już nie będzie.

A na koniec, Boże, jeśli nie uznasz, że jestem zbyt chciwy, pozwól Red Sox wygrać World Series, Bruins Puchar Stanleya, a Patriots Super Bowl.

Amen.

Potem czynił znak krzyża, całował swoją szczęśliwą ćwierćdolarówkę i szedł do domu.

– To może umówimy się tak: ja będę się modlił za ciebie i dzieci, a ty za mnie. Tylko za mnie. W ten sposób nie będziesz się czuła przytłoczona, a i tak nikogo nie pominiemy. Przydałoby mi się trochę pomocy.

Rosie pokręciła głową, nieprzekonana do tego pomysłu.

– Ale dlaczego, Joe? Dlaczego Bóg nam to zrobił?

– Nie wiem, skarbie, nie wiem.

Zamilkł na chwilę, żałując, że nie ma do powiedzenia czegoś mądrzejszego. Gdzie była Katie z jednym ze swoich inspirujących jogowych cytatów, kiedy jej potrzebował?

– Chcesz odłożyć na miejsce wszystkie religijne rzeczy? – zapytał.

– Nie – odpowiedziała pociągając nosem. – To nadal byłoby kłamstwo.

– Okej, w porządku. Nie potrzebujemy ich. Ale w salonie nadal stoi Snoopy. Możemy się modlić w imię Snoopy'iego, Charliego Browna i Woodstocka świętego – powiedział Joe, żegnając się.

– Przestań, to okropne.

– Albo możemy wykorzystać Kermita. Święty Kermit, matka Panny Piggy.

– Przestań. To straszne bluźnierstwa.

– Widzisz, nadal wierzysz. Nie trać wiary, skarbie.

Joe wstał, podtrzymując się o krawędź łóżka, stękając wraz z dźwiękiem jego strzelających kolan. Szeroko rozłożył ramiona, zapraszając Rosie, żeby wstała z łóżka.

– Chodź, zrobię ci herbaty.

Rosie zgodziła się. Poszli razem, kołysząc się i odbijając od ścian korytarza i siebie nawzajem. Pijana żona i mąż z HD. Tworzyli dobraną parę. Kiedy w końcu dotarli do kuchni, Joe pomyślał, że to najlepsze, co może się komukolwiek przydarzyć.

Mieć kogoś, kogo kochasz, kto chwiejnym krokiem będzie szedł z tobą przez najtrudniejsze czasy.

ROZDZIAŁ 32

Fizjoterapeutka Joego miała na imię Vivian. Joe mówił na nią Viv. Miała sprężyste blond włosy, szeroki uśmiech, ładną buzię i wysportowaną, ale kobiecą sylwetkę, które były dla Joego dodatkową zaletą zajęć. Joe zdążył się już przekonać, że nie warto dać się nabrać jej dziewczęcemu wyglądowi. Viv była twarda jak skała. Nie okazywała Joemu żadnej litości i to właśnie lubił w niej najbardziej.

Co tydzień przez godzinę pracowali nad równowagą i mięśniami posturalnymi oraz wykonywali coś, co Viv określała mianem „ćwiczeń płynności chodu". W ten sposób fizjoterapeuci nieco bardziej skomplikowaną nazwą określali chodzenie. Joemu nie mieściło się w głowie, że potrzebuje profesjonalistki, która uczyłaby go chodzić, ale niestety tak było.

Klęczał na macie i robił coś, co Katie nazwałaby pozycją stołu.

– Dobrze, teraz trzymaj pozycję, a ja będę na ciebie napierać – powiedziała Viv. – Gotowy? Stawiaj opór.

Dłonie Viv znajdowały się na ramionach Joego i pchały go, podczas gdy on próbował ją odeprzeć, zapierając się nogami, torsem, rękami – właściwie to całym sobą. Na początku stabilnie trzymał swój „stół", ale zbyt wiele razy wykonywał już to ćwiczenie z Vivian, by się cieszyć. Podczas gdy Joe dawał z siebie sto procent, Vivian jedynie dwadzieścia pięć.

– Okej, dobra robota. Usiądź na piętach i odpocznij.

Pozwoliła mu na przerwę w pozie, którą Katie nazywała pozycją dziecka.

– Ręce luźno.

Viv rozmasowała Joemu biodra, potem zaczęła ugniatać zbite mięśnie na jego karku. Jej małe, wypielęgnowane dłonie były zaskakująco silne. Następnie skupiła się na jego mięśniu czworobocznym.

Cudowna dziewczyna. Tak miło było czuć czyjś dotyk, i nie miał tu na myśli żadnego seksualnego, napastliwego podtekstu.

Rosie go unikała. Rozumiał, że przebywanie blisko niego mogło być niebezpieczne. Mógł ją uderzyć, rzucić w nią jedzeniem albo powiedzieć coś przykrego i wszystkie te rzeczy bez wątpienia trafiłyby w czuły punkt. Rozumiał, dlaczego w ciągu dnia trzymała się na dystans. Ale ostatnio też co noc sypiała u JJ'a i zajmowała się Josephem, żeby Colleen mogła się wyspać. Kochała bycie babcią, mówiła, że to dla niej największe błogosławieństwo; chciała pomóc i nasycić się każdą minutą, nawet o trzeciej nad ranem, bo malec długo nie pozostanie dzieckiem. Joe uważał jednak, że te noclegi również były wymówką, by przebywać z dala od niego. Może Rosie chciała sprawdzić, jak to będzie w przyszłości. Bez względu na to, jaki był powód, ciężko znosił tęsknotę za Rosie. Ciężej niż fizjoterapię.

– Dobrze, koniec przerwy. Wracamy na czworaki. Powtarzamy ćwiczenie.

Tym razem Viv mocniej naciskała na jego ramiona i Joe drżał z wysiłku. Najwyraźniej znała jego możliwości i wycofała się, zanim się poddał albo przewrócił. Znów kazała mu przyjąć pozycję dziecka, a Joe odzyskał spokój.

– Okej, ostatni raz. Do góry.

Tym razem go pokonała. Przynajmniej raz chciałby pozostać nieruchomo, podczas gdy ona naciskała na niego z całych sił. Nie było mu to jednak pisane. Mimo wszystkich ćwiczeń stawał się coraz mniej sprawny, coraz gorzej skoordynowany ruchowo, a z czasem coraz słabszy, nie silniejszy. Walczył z zakrywającą go falą.

– Oprzyj się Joe. No dalej. Daj z siebie wszystko. Powstrzymaj mnie, Joe.

Pchał się i naciskał z całych sił, prąc i stękając, po czym – jak było do przewidzenia – Viv posłała go z powrotem na pięty. Jeszcze raz został pokonany. Viv 52, Joe 0.

Po chwili dołączył do nich kolejny terapeuta, George, i Joe wstał. George był również młody i wysportowany, co najwyraźniej w tej pracy było wymogiem. Miał łysą głowę i kozią bródkę, przez którą wyglądał na rozgniewanego, jeśli tylko się nie uśmiechał, i miał najbardziej umięśnione przedramiona, jakie Joe kiedykolwiek widział. Gość wyglądał jak marynarz Popeye.

Viv stanęła przed Joem, a George ustawił się z tyłu. Więcej zabaw pod tytułem „Jak przewrócić Joego". Fizjoterapeuci byli sadystami. Viv miała złapać Joego, gdyby zaczął lecieć do przodu, a George, gdyby przewracał się do tyłu, a gdyby zaczął chwiać się na boki – kto pierwszy ten lepszy.

– Podnieś prawą stopę i utrzymaj nad ziemią – powiedziała Viv, rozpościerając ramiona jak skrzydła samolotu.

Joe naśladował ręce Viv i podniósł nogę pewnie zaledwie dwa centymetry nad ziemię, ale w swojej głowie był jak Karate Kid. Vivian odliczała.

– Jeden, dwa. Jeszcze raz. Jeden, dwa. Jeszcze raz. Jeden, dwa, trzy. Okej, druga strona.

Joe uniósł drugą nogę na podobną, paskudnie nieimponującą ilość sekund, zanim stracił równowagę. Od tygodni nie wytrzymał dłużej niż trzy sekundy.

– A teraz postaw opór moim rękom – powiedziała Viv, stając w wypadzie z wyciągniętymi ramionami i naciskając dłońmi na biodra Joego. – Nie pozwól, żebym wypchnęła cię z miejsca, w którym stoisz.

Już od pierwszej próby nie był dla niej żadnym przeciwnikiem w tym ćwiczeniu.

Zrobił krok do tyłu. Spróbowali jeszcze raz. Spojrzał na jej młody, jędrny biust, kiedy pchała. Zrobił krok w tył. Jeszcze raz. Stracił równowagę, ale nie cofnął się. Zaczął lecieć na plecy i nawet przestraszył się na pół sekundy, zanim pochwycił go George, jego siatka bezpieczeństwa w ludzkiej postaci.

– Dzięki, stary – powiedział Joe.

– Do usług – odparł George.

Joe popatrzył na swoje odbicie w lustrze. W tym tygodniu mijał rok, jak u Joego została zdiagnozowana choroba Huntingtona.

Poczuł zniechęcenie, widząc, jak bardzo zmieniło się jego ciało w ciągu jednego roku. Przed Huntingtonem wszystkie koszule były na niego za ciasne. Miał szeroki, muskularny tors, gruby kark, bicepsy, które rozciągały rękawy koszuli i jakieś pięć do dziesięciu zbędnych kilogramów wokół talii. Miał jedynie 175 centymetrów wzrostu, ale jak na niewysokiego mężczyznę był całkiem spory.

Stracił sadełko wokół talii, ale brzuch sterczał mu teraz jak u małego dziecka, bo nie miał żadnej mięśniowej masy, by trzymać go wciągniętym. Stracił objętość w klatce piersiowej, karku i wszędzie indziej. Był chudym, niskim i słabym facetem w średnim wieku, o krzywej posturze, którego z łatwością pokonywała dziewczyna.

Mógłby być bohaterem zdjęcia „po" w reklamie diety, ale nie do końca. Nikt nie mówił „Hej, Joe, wyglądasz świetnie!". Huntington to nie była dobra dieta. Wyglądał, jakby się skurczył, był trochę wysuszony i sflaczały – w końcu widać było po nim wyraźnie, że jest poważnie chory.

– Okej, Joe. Usiądź – powiedziała terapeutka. Viv, George i Joe usiedli na niebieskiej macie na podłodze, zwróceni do siebie twarzami jak dzieci.

– Zanim skończymy na dziś, może chcesz mi o czymś powiedzieć?

– Nie.

– Twoja żona mówiła, że zaczynasz niewyraźnie wymawiać pewne słowa.

– A tak, to prawda.

Viv skinęła głową.

– Dobrze, przejdźmy szybko przez parę ćwiczeń. Wyciągnij język i trzymaj go na zewnątrz. Tak, ale trzymaj go na zewnątrz. Nie, uciekł do środka. Na zewnątrz. Wystaw go na zewnątrz. Twój język jest bardzo nieśmiały. O właśnie, tak trzymaj. A teraz przesuń go na prawo i na lewo. Jeszcze raz na prawo. Hmm.

To było dopiero głupie ćwiczenie, a po tonie „hmm" Vivian Joe domyślił się, że oblał test języka. Fizjoterapia nie poprawiała mu poczucia wartości.

– Poczekaj – powiedziała.

Pobiegła do swojej torby z zabawkami, gdzie trzymała gumowe piłki, opaski elastyczne i pewnie swój bat i łańcuchy. Wróciła na matę z czerwonym lizakiem.

– Dobra Joe, possij lizaka.

Otworzyła usta, prosząc Joego, by zrobił to samo, po czym położyła mu lizaka na języku.

– Nie daj mi go wyciągnąć, okej?

Viv zaczęła ciągnąć za patyczek i lizak bez oporu wysunął się z ust Joego.

– Spróbujmy jeszcze raz. Pamiętaj, ma zostać w twoich ustach. Dobrze. Dobrze.

Ale znów w dłoni Vivian zobaczył czerwony lizak.

– Jeszcze raz.

Viw wsunęła lizak w usta Joego. Tym razem Joe rozgryzł cukierek zębami i połknął. Viv wyciągnęła pusty patyczek. Joe się uśmiechnął, a Viv pokręciła głową.

– I co ja mam z tobą zrobić? – zapytała.

– Jesteś jak niemiła pani, która zabiera dziecku cukierka – odparł Joe.

– Kupcie lizaki i ćwiczcie z Rosie w domu. To pomoże wzmocnić mięśnie warg i szczęki, przez co będziesz mniej bełkotać. Rozumiemy się?

– Tak jest.

– Okej. Zanim pójdziesz, myślę, że nadszedł moment, żebyś zaczął korzystać z balkonika.

– Nie, nie, mówiłem, żeby nie używać przy mnie słowa na „b". Taka młoda dama jak ty nie powinna tak brzydko mówić. – Joe wiedział, że rozmowa o słowie na „b" zbliżała się dużymi krokami. W podobny sposób Viv zakończyła poprzednie dwa spotkania. A to tylko krok od rozmowy o słowie na „w". „W" jak wózek inwalidzki. Joe nienawidził litery „w". – Chyba że chcesz porozmawiać o „b" jak Bruins – dokończył Joe.

– Musimy zadbać o twoje bezpieczeństwo. Upadki są...

– To nic takiego. Jak się upadnie, to trzeba się podnieść. Takie życie, słonko.

Viv pokręciła głową, cierpliwa, ale sfrustrowana. Dość mocno nalegała na pomysł z balkonikiem, ale jak do tej pory, był w stanie się oprzeć.

– Okej – odpuściła. – Ale nie będziesz w stanie długo jeszcze unikać słowa na „b".

Zwycięstwo dla Joego. Rozmowy ze słowem na „b": Viv 0, Joe 3. Joe uśmiechnął się, delektując swoim jedynym zwycięstwem tego dnia. Liczyło się nawet najmniejsze.

Katie weszła do lobby centrum rehabilitacyjnego Spauling i zobaczyła, jak tata siedzi już w poczekalni po skończonej fizjoterapii. Przyjechałaby na czas, ale kilka razy musiała objechać stocznię, żeby znaleźć miejsce do parkowania, a potem spędziła upokarzające dziesięć minut, próbując równolegle zaparkować auto. Tata patrzył w telewizor na ścianie i jeszcze jej nie zauważył. Przystanęła na chwilę, zanim do niego podeszła.

Co chwilę wiercił się na krześle, jak gdyby próbował się usadowić, ale mu się to nie udawało. Był w ciągłym ruchu. Głowa obracała się na tyle, na ile tylko pozwalała jej szyja, przechylała się, kiwała, bujając, jak gdyby ktoś poluzował śrubki łączące jego czaszkę z kręgosłupem. Na pierwszy rzut oka ruchy jego kończyn wydawały się przypadkowe, ale jeśli wystarczająco długo się im przyjrzeć, można w nich było zauważyć jakiś rytm. Pięty w górę, pięty w dół, palcami stóp o podłogę. Pięty w górę, pięty w dół, palcami stóp o podłogę, jeszcze raz, wzruszenie ramion, ręka w górę, uniesienie brwi, pięty w górę, pięty w dół. Podrygiwał do muzyki, której oprócz niego na tej planecie nie słyszał nikt inny.

Katie najgorzej znosiła patrzenie na spazmatyczne skurcze twarzy taty. Wyglądał przez nie jak niezrównoważony psychicznie i Katie z zawstydzeniem musiała samej sobie przypominać, że wcale nie był. Nawet kiedy pamiętała, jakie powody stoją za tymi grymasami i skurczami, uważała je za odpychające. Obcy ludzie myśleli pewnie, że jest niebezpieczny, obłąkany albo pijany.

Dlatego właśnie zaczął nosić koszulki. Facet, który w dzielnicy sprzedawał koszulki z napisem TUTEJSZY, zrobił dla taty kilkanaście na zamówienie, i to zupełnie za darmo. Ostatnio tata nie chciał nosić niczego innego. Odkąd JJ powiedział kolegom w remizie o swoim statusie genetycznym, nie było już powodu trzymać tego w tajemnicy. Więc z błogosławieństwem JJ'a tata podjął się misji, by nauczyć czegoś świat, a przynajmniej dobrych ludzi z Charlestown. Na każdej szarej koszulce na wysokości piersi niebieskimi literami napisane było:

TAK WYGLĄDA CZŁOWIEK
Z HUNTINGTONEM.

Dowiedz się więcej na HDSA.org
albo porozmawiaj ze mną.

Wymyślił dużo więcej różnych haseł i chciał mieć całą linię koszulek, ale mama zawetowała ten pomysł. Większość z tych sloganów nie była poprawna politycznie, a mama twierdziła, że pokazywanie się z tatą publicznie jest trudne nawet bez obraźliwych nadruków. Katie uważała, że niektóre z haseł były naprawdę przebojowe.

MAM HUNTINGTONA.
JAKĄ TY MASZ WYMÓWKĘ?

TAK DZIAŁA MÓJ MÓZG NA HUNTINGTONIE.
ŻYCIE JEST PIĘKNE,
A HUNTINGTON DO DUPY.

GAPISZ SIĘ NA CZŁOWIEKA
Z CHOROBĄ HUNTINGTONA.

PIERDOL SIĘ. TAK WYGLĄDA CZŁOWIEK
Z HUNTINGTONEM.

– Cześć tato. Gotowy? – zapytała, gdy podeszła bliżej.
– Tak. W drogę! – odparł, uderzając dłońmi o uda.
Katie przytrzymała mu drzwi, gdy wychodzili z budynku. Popołudnie było wyjątkowo ciepłe. Ponad piętnaście stopni w marcu w Bostonie to było coś niespotykanego. Katie wystawiła buzię do słońca i przymknęła oczy, czując, jak promienie gładzą jej nos i policzki. Uśmiechnęła się na ten ciepły dotyk. Miała już dość zimy. Wiedziała jednak, że dzisiejszy dzień to raczej okrutny przedsmak przyszłej pogody niż prawdziwa wiosna. Nikt w Bostonie nie chował jeszcze czapek, rękawic ani zimowych kurtek. Jutro mogło spaść pół metra śniegu. Różowe i białe kwiecie na drzewach, które Katie tak uwielbiała, miało nie pojawić się jeszcze przynajmniej prze miesiąc. Jeszcze chwilę potrzymała twarz w słońcu, zanim zaczęła się martwić, że się poparzy. Nie miała na sobie żadnego kremu z filtrem.

Tata zrobił głęboki wdech i uśmiechnął się.

– Co za dzień! Śpieszysz się gdzieś?

– Przespacerujemy się?

– Jasne.

Spacerowanie z tatą było stresujące. Właśnie dlatego przyjeżdżała po niego samochodem, by nie musieć z nim chodzić. Ale kto mógł się oprzeć takiemu dniu jak ten?

Chciała być wystarczająco blisko niego, by móc go złapać, gdyby się potknął, ale nie aż tak, by dostać w twarz pięścią. Ostatecznie dała mu dużo swobody.

Nie spuści z niego wzroku, kiedy będzie z nim szła, ale bała się patrzeć. Każdy staw – kostki kolana, biodra, łokcie, nadgarstki, palce i ramiona – był nadmiernie zaangażowany w to zadanie, a każdy krok przesadzony, chybotliwy, dziki, prawie brutalny. Złapała się na tym, że wstrzymuje oddech, jakby była matką, która patrzy, jak jej dziecko stawia pierwsze niepewne kroki.

Wszystko zdarzyło się zbyt szybko, by mogła zareagować. Zahaczył palcem buta o ziemię i upadł, a jego nogi śmiesznie zawisły w powietrzu, jakby był postacią z kreskówki. Leżał rozkraczony na ziemi twarzą do dołu, a ona po prostu na niego patrzyła – zaskoczona, mimo że spodziewała się czegoś takiego – nie robiąc nic.

– Tato! Nic ci się nie stało?

Przykucnęła przy nim prędko. Ojciec podniósł się do pozycji siedzącej i zaczął się otrzepywać z piasku i żwiru, które miał na rękach i ramionach.

– Tak, nic mi nie jest.

Katie zaczęła go oglądać. Żadnej krwi. Nie, jednak coś było.

– Tato, krwawisz – powiedziała, wskazując na środek czoła.

Delikatnie dotknął tego miejsca palcami, zobaczył krew, po czym wytarł twarz dolną częścią koszulki.

– To tylko mała ranka – powiedział.

To więcej niż mała ranka.

– Zaczekaj – powiedziała.

Zaczęła szperać w torebce.

– Mam plaster, ale jest z Hello Kitty – powiedziała, przekonana, że powie „nie".

– Niech będzie – odparł, wycierając koszulką kolejną ilość krwi. – I tak nie mogę już chyba wyglądać bardziej głupio.

Katie ściągnęła papierek z plastra, przyłożyła go do rany i przykleiła jego końce do czoła taty. Zaczęła go dalej oglądać. Obdarte dłonie i łokcie, plamy krwi na całej koszulce pod napisem TAK WYGLĄDA CZŁOWIEK Z HUNTINGTONEM i plaster Hello Kitty na środku czoła.

– No, teraz przebiłeś samego siebie – powiedziała z uśmiechem.

Tata roześmiał się.

– Szczerze mówiąc, kochanie, mam to w nosie. Chodźmy na tamten skwer.

Poszli do parku upamiętniającego wojnę w Korei i tata wybrał sobie ławkę. Ustawione były w okręgu, a właściwie sześciokącie, jak uświadomiła sobie Katie, widząc sześć kolumn nadających kształt tej przestrzeni. Na każdej z nich wypisane były nazwiska żołnierzy ze stanu Massachusetts, którzy zginęli podczas wojny w Korei. Na kostce brukowej wypisane były kolejne nazwiska, a jeszcze inne na marmurowych ławkach. W środku sześciokąta stał realistyczny posąg z brązu, przedstawiający żołnierza ubranego w przeciwdeszczowy płaszcz.

Katie nie zdawała sobie nawet sprawy z istnienia tego miejsca. Większość tutejszych ignoruje historyczne obiekty w mieście. Nie wchodzą na Bunker Hill, nie zwiedzają USS *Constitution*. Jej mama opowiadała, że była na Old Ironsides z wycieczką szkolną w drugiej klasie, ale nie pamięta tego. Pomnik był wysoki, statek stary. Nic więcej.

Ona i tata siedzieli obok siebie, zachowując bezpieczną odległość, i nic nie mówili.

Ciepła od promieni słonecznych marmurowa ławka miło grzała jej dłonie. Przed jej stopami mały wróbelek skakał w stronę trawnika. Słyszała głosy dzieci niosące się w ciepłym powietrzu, dochodzące pewnie z placu zabaw, będącego poza zasięgiem jej wzroku.

Zawsze, kiedy Katie miała nieco wolnego czasu, żeby pomyśleć, wyobrażała sobie wynik swojego badania genetycznego, który znajdował się w białej kopercie i czekał na nią w gabinecie Erica.

Co było napisane na tej małej karteczce? Zazwyczaj wynik był pozytywny.

Przykro mi, Katie, ale będziesz miała Huntingtona tak jak twoja babcia, ojciec, JJ i Meghan.

A potem zaczynała wierzyć w ten scenariusz. Dwudziesto-dwuletnia dziewczyna okazuje się mieć w sobie gen choroby Huntingtona.

Tragiczna historia. Umysł Katie ją uwielbiał.

Wiele razy dziennie wyobrażała sobie, że zachoruje. Tak, zachorujesz, mówił jej umysł. I choć wiedziała, że to tylko możliwość, wymysł jej głowy, strach, który wzrastał w jej wnętrzu był jak najbardziej prawdziwy. Strach, który nosiła w sobie, był ciężki, bardzo ciężki, a ona nie potrafiła się od niego uwolnić.

Nosiła ten strach ze sobą na zajęcia jogi i do łóżka z Felixem. Próbowała upchnąć go głęboko w sobie, ale w ostatnim czasie miała wrażenie, że brakuje jej miejsca. Była jak walizka wypchana do granic możliwości, a mimo to każdego dnia, kiedy myślała o pozytywnym wyniku testu, pojawiała się nowa porcja strachu, którą musiała zmieścić do środka. Musiała.

Zawsze wtedy łzy napływały jej do oczu, ale tym razem udało jej się je powstrzymać.

Wszystko trzymała w sobie. Była całkiem przekonana, że niedługo nie będzie w stanie się zapiąć. Strach wypierał ją z jej własnego ciała. Z każdym wdechem jej płuca rozszerzały się, a nazbyt tłukące się serce obijało się o strach w jej wnętrzu. Strach był w jej krwi, w każdym płytkim oddechu. Przypominał czarną masę, która rozprzestrzeniała się, miażdżyła jej serce i płuca, aż wkrótce miała sprawić, że nie będzie mogła oddychać.

Każdego poranka na ułamek sekundy zapominała o wszystkim, ale po chwili czarny ciężar powracał, a z nim świadomość. Być może ma Huntingtona.

Pokonywała więc każdy dzień, udając. Każde radosne „cześć", każde prowadzone przez nią zajęcia, na których uczyła o łasce, wdzięczności i spokoju, za każdym razem, kiedy kochała się z Felixem, była oszustem dopasowującym się do obyczajów cywilizowanego społeczeństwa, udającym, że wszystko jest w najlepszym porządku.

Cześć, Katie! Jak się masz? Dobrze. Mam się dobrze.

Nie czuła się dobrze.

Była wielkim, parszywym kłamcą. Planowała swojego Huntingtona, odtwarzała w głowie ostatnie spotkanie z konsultantem genetycznym i słyszała słowa określające jej fatalny los. *Masz w sobie gen choroby.* Trenowała też swoją odpowiedź, silną, lodowatą, nawet bezczelną. *Tak, wiedziałam.* A potem przechodziła do wyobrażania sobie pierwszych symptomów, tego, że nigdy nie wyjdzie za mąż i nie będzie miała dzieci, że będzie mieszkała w domu opieki i umrze w samotności.

Puszczanie wodzy fantazji w tworzeniu tak negatywnej narracji nie przynosiło jej niczego dobrego i Katie dobrze o tym wiedziała. Miała narzędzia, by to powstrzymać. Jeśli jej myśli potrafiły stworzyć strach, jej myśli mogły go też wyeliminować. Jednak z jakiegoś chorego powodu wolała zostawić wszystko, tak jak jest. Tarzała się w swoim strachu i w pewnym sensie czuła się z tym dobrze, jak gdyby zjadła blaszkę ciasta, będąc na oczyszczającej diecie albo skusiła się na plaster boczku, mimo że jest weganką.

– Jak się czujesz? – zapytał tata.

Już miała mu rzucić swoją standardową odpowiedź, białe kłamstewko. Miała słowo „dobrze" na końcu języka, ale nagle przestało jej smakować.

– Boję się.

Spuściła wzrok na swoje stopy, które podbiciem mocno opierały się na ziemi. Spojrzała na tatę. Pięty w górę, pięty w dół, uderzenie palcami.

– Wiem, skarbie, ja też się boję.

W przeszłości spróbowałby zamaskować jej lęk w jakiś szybki, powierzchowny sposób, jakby przyklejał plaster z Hello Kitty na krwawiące skaleczenie. Jak większość ojców, którzy chcą ochronić swoje córki, mówił cokolwiek, by przynajmniej przez chwilę mieć wrażenie, że pozbył się problemu. *Nie bój się. Nie ma się czego bać. Nie martw się. Wszystko jakoś się ułoży.* A ona i tak czułaby się przestraszona i osamotniona. Dziś jednak, ku jej całkowitemu zaskoczeniu, nie starał się jej pocieszyć.

Przysunęła się do niego bliżej, tak że stykali się biodrami, i objęła go ramieniem. On też ją objął. Banie się czegoś razem było dużo mniej straszne.

– Myślałem ostatnio o tobie i Felixie – powiedział tata. – Jeśli postanowisz, że przeniesiesz się do Portland, to masz moje błogosławieństwo. Mamy też.

– Naprawdę?

– Żyj swoim życiem, skarbie. Bez względu na to, co się stanie, życie jest za krótkie. Zrób z nim, co chcesz, i niczego nie żałuj, nie czuj się winna.

Jej ojciec zasługiwał na ogromny podziw za to, jak żyje z Huntingtonem, dając swoim dzieciom dobry przykład, ale ta zmiana była zupełnie niespodziewana. Doceniała jego błogosławieństwo, ale to czarna masa w jej wnętrzu, a nie dezaprobata rodziców powstrzymywała ją przed spakowaniem swoich rzeczy.

– Ciągle mnie zaskakujesz, tato.

– A co? Myślałaś, że oświecenia doznają tylko jogini?

Katie zaśmiała się. Jej uśmiech odbijał się w jego oczach. Wystarczyło się przyjrzeć, a dostrzegła w nich całą jego miłość.

– Chcesz mi powiedzieć, że policjanci są oświeceni? – zapytała, drocząc się.

– O tak, nie pozwalają nam włożyć munduru, jeśli nie przejdziemy szkolenia z zen.

Znowu się roześmiała.

– Chodźmy tam – powiedział tata, skinieniem głowy wskazując na alejkę.

Była ceglana, nierówna i kręta, i Katie uważnie obserwowała każdy krok taty, bojąc się, że jeśli znów upadnie, nie znajdzie już kolejnego plastra. Na szczęście doszli bezpiecznie do celu. Stanęli przed małą fontanną z płytką sadzawką otoczoną okrągłym betonowym murkiem. Za fontanną znajdowała się znajoma panorama wieżowców centrum rządowego i dzielnicy finansowej.

– Co za piękne miasto – powiedział ojciec, wpatrując się w horyzont.

– To prawda – odparła Katie, zastanawiając się, jak wygląda Portland.

– Mam coś dla ciebie – oznajmił, sięgając do kieszeni spodni. Wyciągnął z niej ćwierćdolarówkę. – Chcę, żebyś wzięła to na szczęście.

Podał jej monetę i przez chwilę trzymał dłoń córki w swojej.

– Dzięki, tato.

Zacisnęła palce na ćwierćdolarówce i zamknęła oczy. Wyobraziła sobie czarną masę strachu w piersiach, wzięła najgłębszy wdech, na jaki było ją stać, wypełniający płuca do granic możliwości, i wypuściła powietrze, wydychając truciznę ustami, uwalniając się od niej. Otworzyła oczy, zamachnęła i rzuciła monetę do fontanny.

Spojrzała na tatę. Jego twarz była zaskoczona i blada.

– Nie wierzę, że to zrobiłaś – powiedział.

– Co? Pomyślałam życzenie.

Zaśmiał się i pokręcił głową.

– A co miałam z nią zrobić?

– Nie wiem, nie spodziewałem się, że się jej pozbędziesz.

– Pomyślałam życzenie.

– Dobrze, skarbie. Mam nadzieję, że się spełni.

– Ja też.

Stali tak jeszcze przez chwilę pod ciepłym, słonecznym niebem, oboje przestraszeni, ale i pełni nadziei.

ROZDZIAŁ 33

Było wczesne popołudnie i Katie siedziała z Meghan przed domem. Meghan paliła papierosa, co robiła jedynie wtedy, gdy miała pewność, że mama tego nie zobaczy ani nie wyczuje. Ich dziadek umarł na raka płuc i ich mama dostawała szału za każdym razem, gdy przyłapała Meghan na paleniu. Patrick spał, Colleen wyszła z dzieckiem na spacer, mama i JJ byli w pracy, a tata miał fizjoterapię. Cook Street była skąpana w słońcu i cicha, po ulicy nie jeździły żadne samochody, nie było biegaczy ani osób spacerujących z psami. Wokół panował zupełny spokój.

Katie nie siedziała tak z Meghan od wieków. Mieszkały razem, więc wszyscy zakładali, że cały czas się widują. Tak naprawdę zdarzało się to rzadko, a jeśli już, to było to zaspane „dzień dobry", kiedy wypełniały kubki termiczne kawą albo herbatą, przelotne „cześć", kiedy Katie wybiegała na zajęcia, a Meghan spieszyła się na autobus do centrum miasta lub gdy biegały po mieszkaniu – Meghan pakując przed występem swoje kosmetyki do makijażu, a Katie przebierając się z ubrań do jogi w dżinsy i sweter na randkę z Felixem. Czasem zdarzył się szybki uścisk i pobieżnie rzucone „dobranoc", zanim każda poszła do swojej sypialni, zamykając za sobą drzwi, i to tylko wtedy, gdy Katie była w domu, bo ostatnio większość nocy spędzała u Felixa. Nawet kiedy dzieląca siostry bariera, którą same sobie stworzyły, zniknęła, Katie i Meghan nadal okupowały przeciwne strony starego muru. Choć nie miały już powodu, by trzymać się od siebie z daleka, nadal nie znalazły sposobu na to, by się do siebie zbliżyć.

– Jak się sprawy mają między tobą a Felixem? – zapytała Meghan, strzepując popiół z papierosa.

– W sumie nie wiem. Ostatnio dużo się kłócimy.

Meghan pokiwała głową.

– O co? – zapytała, unosząc idealnie wypielęgnowaną prawą brew.

Wiedziała, o co chodzi.

– Naciska na mnie, żebym podjęła decyzję odnośnie wyjazdu do Portland, a mnie to strasznie stresuje. Mam zbyt wiele spraw, z którymi muszę sobie poradzić.

Wyniki genetycznego badania wisiały nad głową Katie jak gilotyna, a wyszlifowane ostrze spoczywało tylko kilka centymetrów nad delikatną, nagą skórą jej karku. Może jej gen był normalny i nigdy nie dostanie Huntingtona. Może była wolna.

Próbowała wyobrazić sobie to uczucie wolności, ale siedziała koło Meghan, swojej starszej siostry, znakomitej, pięknej tancerki, która za jakiś czas zachoruje. Przy niej wolność od choroby wcale nie była wolnością. Wydawało się to niesprawiedliwe, haniebne, okropne.

– To chyba najgorsza możliwa pora – powiedziała Katie.

– Albo absolutnie idealna – odparła Meghan.

Katie spojrzała na siostrę, na jej gładkie brązowe włosy, zielone oczy o kształcie migdałów i pięć piegów na jej twarzy. Pięć. Żeby przeliczyć piegi na policzkach Katie, trzeba było całego dnia i kalkulatora. Drobna sylwetka Meghan, jej małe, delikatne stópki. Katie postawiła swoje brzydkie stopy Freda Flinstona obok stóp siostry. Sądząc po nich, nie były w najmniejszym stopniu spokrewnione.

Miały to samo poczucie humoru i gust w kwestii ubrań, muzyki i mężczyzn. Nie było na świecie nikogo, kto rozumiałby Katie lepiej niż Meghan. Ale pomijając to, że zawsze była ładniejsza, mądrzejsza i umiała tańczyć jak anioł, Meghan zawsze była dużo odważniejsza niż Katie.

W gimnazjum Katie bardzo chciała zagrać jedną z sierotek w szkolnej adaptacji *Annie*. W jej najśmielszych marzeniach nauczycielka obsadziła ją nawet w tytułowej roli. Ale Katie za bardzo się wstydziła i miała zbyt wiele kompleksów, żeby przyznać się do swoich marzeń, a co dopiero spróbować. Meghan poszła na przesłuchanie i zagrała jedną z sierot. Katie nienawidziła ją za to i nie odzywała się do siostry całymi miesiącami, zielona z zazdrości. Nigdy nie powiedziała Meghan, dlaczego.

Meghan nigdy nie wstydziła się otwarcie flirtować z chłopcem, który się jej podobał i równie zdecydowanie nie bała się go rzucić, kiedy przestał ją interesować. Wiedziała, że chce zostać baletnicą, odkąd była, mała i nie złamała się w swoim postanowieniu. Ruszyła po swoje, nie mając wątpliwości. Nie zastanawiała się, czy będzie wystarczająco dobra i nie zakładała z góry, że nie jest. Nie robiła planów na „kiedyś". Po prostu sięgała po to, czego chciała.

Tak samo było z badaniem genetycznym. Po prostu je zrobiła. Nie użalała się nad sobą na każdym ze spotkań ani nie ignorowała telefonów Erica. Nie odwlekała swojego dnia ostatecznego. Poszła do gabinetu Erica w dzień, na który przyszykowano wynik, siadła przed nim w towarzystwie koleżanki z grupy baletowej i wysłuchała, jaki będzie jej los.

Katie była za to sparaliżowana i topiła się w gęstej wegańskiej zupie strachu.

– Jak ty to robisz? – zapytała Katie. – Jesteś taka nieustraszona.

– Nieprawda. Robię w gacie ze strachu. – Meghan mocno zaciągnęła się papierosem, obróciła głowę i wypuściła dym z dala od twarzy Katie. – Ale to nie ma znaczenia, muszę iść do przodu. Jestem tancerką. Będę tańczyć tak długo, jak tylko się da.

– Zrobiłabyś to na moim miejscu? – zapytała Katie, licząc na radę, a może na to, że jej odważna siostra podejmie decyzję za nią.

– W kwestii Felixa?

– I badań.

– Dowiedz się, jaki masz wynik, i wyjedź z Felixem.

– A jeśli mam w sobie gen?

– Wyjedź z Felixem i miej w sobie gen?

Katie zamrugała powiekami, zaskoczona. Meghan nie zastanowiła się nad tym ani przez chwilę.

– No tak, ale czy to nie byłoby nie fair z mojej strony, kontynuować ten związek, wiedząc, że zachoruję na Huntingtona?

– Jezu, nie bądź taką męczennicą.

– Wcale nie jestem – powiedziała Katie, głosem cienkim jak zawodzące skrzypce. – Nie wiem tylko, czy powinnam skazywać go na taką przyszłość.

– A dlaczego to ty masz decydować o jego przyszłości?

Bo... Bo... Katie zastanawiała się, ale nie potrafiła dokończyć zdania tak, żeby nie wyszła na rozpuszczonego bachora albo zupełną kretynkę.

Przez chwilę siedziały w ciszy.

– Jak twoim zdaniem miewa się JJ? – zapytała Katie.

– Chyba dobrze.

– Zauważyłaś u niego coś niepokojącego?

– Nie, a ty?

– Też nie.

– A u mnie? – chciała wiedzieć Meghan.

– Nic. Wszystko jest z tobą w porządku.

– Przyrzekasz?

– Tak.

– Dzięki. Trochę boję się o Pata. Nie wiem, ma coś takiego w oczach. Coś podejrzanego.

– On po prostu taki jest.

Ale Katie myślała tak samo. Za każdym razem, kiedy zdawało się jej, że coś zauważyła, odsuwała od siebie tę myśl. Niemożliwe. Ale teraz miała potwierdzenie. Meghan też coś zauważyła. Patrick mógł już mieć pewne objawy. Jasna cholera.

– Powiedział Ashley, że w naszej rodzinie występuje Huntington? – zapytała Katie.

– Nie wiem.

– Myślisz, że ostatecznie się z nią ożeni?

– Nie ma szans – odparła Meghan, zdzierając martwy naskórek z dużego palca u stopy. – Tak pewnie będzie najlepiej.

– Chyba tak – zgodziła się Katie, przyznając siostrze rację w obu kwestiach. Kochała swojego brata, ale nawet bez Huntingtona Patrick nie był najlepszym materiałem na męża. – A ja? Zauważasz coś u mnie?

– Nie – odrzekła Meghan, zerkając na stopy, dłonie i oczy siostry. – Wszystko w porządku.

– Za każdym razem, kiedy na zajęciach wypadnę z pozycji, zaczynam się zastanawiać, czy to już? Czy mam HD?

– Wiem, HD pieprzy ci w głowie. Kiedyś, jeśli nie mogłam ustać na puentach albo weszłam w złym takcie, to mówiłam „cholera" i byłam na siebie zła przez kilka sekund. Ale potem myślałam, że to nic i że takie rzeczy się zdarzają. Teraz, jeśli się pomylę, to przeżywam moment obezwładniającej paniki. Jakbym za chwilę miała dostać ataku serca.

– Ja mam całe tygodnie takiej paniki – przyznała się Katie.

– Musisz sobie odpuścić, bo inaczej zwariujesz. Doszłam do wniosku, że nie ważne, ile czasu mi zostało – nie mam zamiaru pozwolić Huntingtonowi ukraść mi tych zdrowych lat. Nie wiem, kiedy to mnie dopadnie, ale nie mam zamiaru żyć tak, jakbym była chora, mimo że jeszcze nie jestem.

Katie pokiwała głową. *Albo jesteś tu i teraz, albo nigdzie.*

– A poza tym większość profesjonalnych tancerek kończy karierę w trupach baletowych około trzydziestego piątego roku życia. Nie ma więc powodu, żebym nie prowadziła udanego życia zawodowego, zanim choroba się rozwinie.

Katie pokiwała głową.

– To prawda.

– Dlatego jesienią mam zamiar zamieszkać w Londynie.

– Co?

– Zgłosiłam się na przesłuchanie do grupy baletowej Matthew Bourne'a, kiedy występowali w Bostonie, i zostałam przyjęta.

– Czyli jedziesz do Londynu? – zapytała Katie z całkowitym niedowierzaniem.

– Jadę do Londynu!

Katie zamęczała się zastanawianiem, czy przeprowadzić się z Felixem do Oregonu, czując przy tym winę i przerażenie perspektywą opuszczenia Charlestown i rodziny, a tu proszę, Meghan bez dramatyzowania nagle postanowiła wyjechać do innego kraju.

– Nie mogę uwierzyć, że będziesz mieszkać w Londynie.

– Wiem, jestem taka podekscytowana. Kompania nazywa się New Adventures i są fantastyczni. Choreografia Matthew jest bardziej nowoczesna i wyrazista, i bardzo mi się podoba, jak opowiada różne historie, łącząc taniec i grę aktorską.

Musisz zobaczyć *Edwarda Nożycorękiego*. Jest niebywały. Występują w całej Wielkiej Brytanii, a w zeszłym roku występowali w Paryżu i Moskwie.

– Meghan. To brzmi wspaniale. Jak długo tam będziesz?

– Przynajmniej trzy lata.

Katie przyglądała się siostrze i nie dostrzegała w niej ani śladu poczucia winy czy zawahania. To jasne, że Maghan powinna jechać. Więc dlaczego ona czuła się w obowiązku zostać?

– Myślisz, że rodzice bardzo się przejmą?

– Nie. Już im powiedziałam. Tata nie ma nic przeciw, a mama się stara. Wiesz, jak ona się martwi. I dlatego muszę ci coś powiedzieć – powiedziała Meghan, tonem głosu sugerując, że to będzie ważna i niedobra wiadomość.

– Co? – zapytała Katie.

– Na lato przeprowadzę się do JJ'a i Colleen, i będę u nich mieszkać za darmo, żeby zaoszczędzić pieniądze na Londyn w zamian za opiekę nad dzieckiem.

– Okej – odparła Katie, czując ulgę, że to nic wielkiego.

– Przykro mi, że to ja muszę ci przekazać tę wiadomość, ale czy pojedziesz do Portland, czy nie, ty też musisz się wyprowadzić.

– Jak to?

– Mama i tata muszą wynająć nasze mieszkanie. Czynsz przy lokalu z trzema sypialniami jest przynajmniej cztery razy wyższy niż to, co teraz płacimy, a oni naprawdę potrzebują pieniędzy.

Cholera. To rzeczywiście było coś poważnego.

– Kiedy ktoś miał zamiar mi o tym powiedzieć?

– Decyzja zapadła jakieś dwa dni temu, kiedy powiedziałam rodzicom o Londynie. Mama boi się twojej reakcji. Czuje się źle, że tata przerobił nasz dawny pokój na jadalnię i teraz wyrzucają cię, nie dając ci żadnych możliwości. Powiedziałam jej, że pewnie przeniesiesz się do Felixa, ale zachowywała się tak, jakby mnie nie słyszała.

– No, teraz właściwie zmusza mnie do tego, żebym żyła w grzechu.

– Zgadza się.

– Czuję się tak, jakby wszechświat mówił mi, żebym przeniosła się do Portland.

– Na to wygląda.

Katie poczuła nagłą, nieodpartą potrzebę, by wstać z ganku. Nie mogła już dłużej usiedzieć w bezruchu.

– Chcesz pójść pobiegać? – zapytała Katie.

– Ja? Tylko wtedy, jeśli ktoś będzie nas gonił.

– To może spacer? Muszę się poruszać.

– Nie, idź sama. Muszę się zdrzemnąć przed dzisiejszym wieczorem. – Meghan miała wystąpić w *Damie kameliowej*. Skończyła palić i zgasiła papierosa na jednym ze schodków. – Nie mów mamie. Do zobaczenia wieczorem?

– Do zobaczenia.

– Przyjdziesz z Felixem?

– Tak.

– Dobrze. A rano idziemy na jogę, prawda?

– Prawda.

– Okej. To widzimy się później. Kocham cię – dodała miękko.

– Ja ciebie też.

Katie coś się nagle przypomniało, kiedy przytulała się do siostry. Był niedzielny ranek, msza, homilia, a Katie miała około dziesięciu lat. Ksiądz Michael opowiadał historię chorej dziewczynki. Potrzebowała transfuzji, bo inaczej mogłaby umrzeć. Jej młodszy brat, jedyny członek rodziny z tą samą grupą krwi, zaoferował się, że odda krew, by ją uratować. Kiedy pielęgniarka skończyła pobieranie, chłopiec zapytał: „To kiedy umrę?". Oczywiście zaszło nieporozumienie. Chłopiec wierzył, że oddając krew, umrze zamiast siostry, ale oczywiście nic takiego nie miało się wydarzyć.

Była to piękna, inspirująca historia, ale Katie jej nie znosiła i latami czuła, jak ją prześladuje. *Nigdy nie zrobiłabym czegoś takiego dla swoich braci albo Meghan.* Robiło się jej słabo za każdym razem, gdy myślała o tym chłopcu, przytłoczona poczuciem winy i wstydu. Jej serce musiało być rozmiaru rodzynka. Gdyby była dobrym człowiekiem, przypominałaby chłopczyka. Ale nie, ona była złem w czystej postaci. Katie za bardzo się wstydziła, żeby wyznać swoje myśli księdzu podczas spowiedzi. Nie zasługiwała na odpuszczenie tego grzechu. Musiała pójść za to do piekła.

Od lat nie myślała o tej homilii. A teraz, obejmując na ganku swoją siostrę, historia chłopca i jego chorej siostry zabrała Katie w zupełnie inne miejsce. Pomyślała o Ericu, krwi pobranej pół roku temu i wyniku testu, i gdzieś na dnie serca poczuła nieustraszoną świadomość, promieniującą, bezwarunkową miłość. Gdyby mogła zachorować za Meghan, zrobiłaby to. Naprawę by to zrobiła.

W oczach Katie pojawiły się łzy i trochę mocniej uścisnęła siostrę. Może była odważniejsza niż się jej wydawało.

Katie zaczęła od wyjścia na szczyt Cook Street, potem ruszyła na prawo, na Bunker Hill i dalej w dół, w stronę Concord. Minęła dwupiętrowe domy, kwiaty w doniczkach i latarnie naftowe, flagi Irlandii i „Boston strong" wiszące w oknach. Zastanawiała się, jak wygląda Portland. Dużo tam padało. Felix mówił, że rzeka Columbia jest ogromna i piękna, otoczona górami, wodospadami i szlakami turystycznymi. Mówił, że w ogóle nie przypomina Mystic. A jeśli nic w Portland nie było takie jak tutaj?

Szła Winthrop Street, zatrzymała się przy krawężniku i spojrzała pod nogi. Dwie czerwone cegły wtopione w chodnik, ciągnące się przecinającą ulicę wstążką. Szlak Wolności.

Zatrzymała się, zastanawiając nad cegłami pod stopami, i już po chwili dała się ponieść impulsowi. Zawsze chciała to zrobić. Poszła wzdłuż czerwonej linii, czasem z cegieł, czasem namalowanej czerwoną farbą, przez City Square do granic Charlestown naprzeciw Paul Revere Park. Znów się zatrzymała, obejrzała za siebie i poszła dalej.

Cały czas opuszczała Charlestown. Razem z Felixem stale wybierali się na obiady do Cambridge i South End. Dzisiaj pójdzie do opery. Nigdy jednak nie poszła Szlakiem Wolności, swoją żółtą ścieżką z dzieciństwa, i nigdy na własnych nogach nie opuściła swojej okolicy.

Wkroczyła na Charlestown Bridge i od razu tego pożałowała. Pasaż dla pieszych, na którym znajdowała się czerwona linia, zbudowany był z metalowej kraty. Kiedy Katie spojrzała w dół, zobaczyła pod stopami rzekę Charles i poczuła ucisk w dołku. Szła dalej, widząc, że znajduje się na przerażająco dużej wysokości nad czarną, mętną wodą. Samochody i ciężarówki przejeżdżały po jej prawej stronie, jedynie kilka centymetrów od niej, przez co metal pod jej stopami wibrował, nieprzyjemnie brzęcząc jej w uszach. Katie zatrzymała się, czując chęć, by zawrócić. Obok siebie i pod sobą czuła zagrożenie, a znajome miejsca za jej plecami wołały ją do domu.

Nie. Zrobi to. Patrzyła prosto przed siebie i krok za krokiem szła do przodu.

Szybko znalazła się po drugiej stronie tego okropnego mostu. Przeszła przez ulicę, trzymając się Szlaku Wolności, i stanęła na rogu North End, bostońskiej włoskiej dzielnicy. Zrobiła to! Nie była już w Kansas.

Obejrzała się za siebie i popatrzyła na Charlestown. Nadal widziała pomnik na Bunker Hill, stocznię, most Tobin. Prawie widziała swój dom. Zaśmiała się. Jakaż była niemądra.

Pomyślała o Meghan, która żyła ze świadomością choroby, nie używając tego jako wymówki, by w jakikolwiek sposób się ograniczać. Meghan wyprowadzała się do Londynu. JJ miał dziecko. Ich ojciec trenował jogę.

Felix przeprowadzał się do Portland.

Katie uśmiechnęła się do siebie, idąc po czerwonym szlaku w głąb dzielnicy North End i oddalając się od domu. Zastanawiała się, gdzie wiedzie czerwona ścieżka. Nie miała pojęcia.

Cały czas miałaś w sobie siłę, dziewczyno. Idź spełniać swoje marzenia.

ROZDZIAŁ 34

Był rześki, chłodny, kwietniowy wieczór. Na Fenway miało się rozegrać spotkanie drugiego tygodnia sezonu, ale Joe nie stał na służbie przed stadionem na Yawkey Way. W końcu, ku swojej uciesze znalazł się w środku. Siedział z Donnym, Tommym, JJ'em i Patrickiem wzdłuż linii trzeciej bazy, czternaście rzędów od ławki drużyny gości. Bilety były prezentem od Christophera Canistraro. Gdyby Joe wiedział, że za pomoc prawnika dostaje się takie rewelacyjne miejsca na meczu Soxów, już dawno rozwiódłby się z Rosie. To nie do końca był żart.

Mecz jeszcze się nie rozpoczął. Donny i Tommy poszli po piwo i coś do jedzenia. JJ i Patrick przeglądali program, rozmawiając o zawodnikach i miotaczach, torpedując się statystykami. Joe cieszył się już na sam fakt, że siedzi na stadionie i napawa się jego pięknem i wspaniałą tradycją.

Murawa była zielona jak na polu golfowym, a ziemia czerwona jak glina z Georgii. Linie autów i płyty na bazach były białe jak z reklamy proszku do prania. Powietrze dotykające jego twarzy wydawało się chłodne i pachniało świeżością, a czasem hot dogami i pizzą. Radosna organowa muzyka przywodziła mu na myśl tory wrotkarskie i wesołe miasteczka: starą, dobrą, amerykańską rozrywkę. Cieszył się na widok czerwono-biało-niebieskiego neonu CITGO, który nie zmienił się, odkąd Joe był mały. Poczuł wzruszenie, czytając numery emerytowanych zawodników, którzy znaleźli się w Hall of Fame, wypisane na wielkim zielonym ogrodzeniu, zwanym „zielonym potworem": 9, 4, 1, 8, 27, 6, 14, 42.

Zawodnicy na boisku rozgrzewali się, ubrani w czerwone koszulki z długim rękawem, niebieskie czapki i spodnie z nogawkami do kostek. Joe tęsknił za swoim policyjnym mundurem, znakiem wizualnej spójności, bycia częścią drużyny, jednym z chłopaków, braterstwa. Tęsknił za tym wszystkim. Ogarnął go niemal dziecięcy zachwyt, kiedy zawodnicy zaczęli rzucać niskie piłki tuż pod jego nosem. Wydawali się tacy wielcy i Joe czuł się zaszczycony, że jest świadkiem tego szczególnego momentu w historii amerykańskiego sportu. Oczywiście nie była to inauguracja prezydencka ani mecz posezonowy, ale mimo to przebywanie na Fenway było czymś wyjątkowym.

Donny i Tommy wrócili z pizzą i piwami browaru Miller Lite. Donny podał zwykłe plastikowe kubki JJ'owi i Patrickowi, a Joemu wręczył kubek z pokrywką i słomką. Boisko wypełniało się zawodnikami, a tłum aż wrzał z podekscytowania.

Gromki, niosący się echem głos spikera poprosił wszystkich policjantów, strażaków i ratowników medycznych o powstanie, by wszyscy mogli im podziękować za to, co zrobili i nadal robią, by chronić Boston i służyć mu. Za tydzień wypadała druga rocznica ataku bombowego podczas maratonu i Boston na nowo przeżywał wspomnienie tamtych strasznych wydarzeń i ludzkiego heroizmu. Obrazy feralnego kwietniowego poniedziałku, które ostatnio przewijały się w mediach w nadmiernych ilościach, nadal sprawiały Joemu ból. Na szczęście teraz pojawiały się i nowe – inspirujące zdjęcia ofiar wybuchów, które dzięki protezom chodzą, biegają i tańczą, oraz biegaczy i widzów maratonu, którzy w zeszłym roku dopisali frekwencją, pokazując, że nie dadzą sobie odebrać tego dnia.

Rzeczywiście, w ubiegłym roku siły porządkowe Bostonu były w pełnej gotowości, niezwykle czujne i zdeterminowane, by cały dzień od początku do końca przebiegł spokojnie. Podczas ostatniego maratonu triumfowało dobro. Boston strong. Wygrali ci, którzy trzymali pozycję.

Na początku cały ich rząd nie miał ochoty wstać, ale Patrick zaczął ich poganiać, skupiając na nich uwagę. Donny, Tommy i JJ wstali, a przez naleganie kumpli dołączył do nich i Joe. Ten gest miał dobre intencje, ale dla Joego mieszały się one z ciężką melancholią. Wiedział, że w tym roku nie będzie na służbie z kolegami w Dzień Patriotów. Joe pierwszy z ich grupy usiadł na swoim miejscu.

Za kilka minut znowu wstali do hymnu, śpiewanego przez jakąś kobietę z Cape Cod. Nie było to brawurowe wykonanie, ale wysokie nuty zawsze sprawiały, że Joego przechodziły ciarki. A potem rzucono pierwszą piłkę i Soxi zaczęli grać.

W pierwszej zmianie każda z drużyn wyeliminowała po trzech pałkarzy. Pod koniec drugiej Joe zerknął na Patricka dokładnie w chwili, kiedy kubek z Millerem wyśliznął mu się z rąk i upadł na ziemię. Patrick spojrzał na rozlane piwo, po czym zwrócił wzrok na Joego. Ich oczy spotkały się. Twarz Patricka była biała, jakby zobaczył ducha.

– Nawet o tym nie myśl, Pat. To nic nie znaczy – powiedział Joe.

– Popatrz tylko – rzekł JJ, pokazując swoje piwo. – Te kubki są całe mokre i śliskie, a w dodatku palce mi zdrętwiały.

– Nie martw się – powiedział Joe. Ale Pat się martwił i Joe wiedział, że nic, co powie, tego nie zmieni. – Nie martw się.

Joe rozejrzał się po Fenway, zakładając się z samym sobą, że przynajmniej sto z obecnych tu osób upuści dziś swoje kubki. To niczego nie oznaczało. Może i Patricka nikt nie potrącił, nie miał w rękach zbyt wielu rzeczy ani jeszcze się nie upił. I co z tego? To niczego nie oznaczało. Tommy gestem dłoni przywołał jednego z chłopaków sprzedających piwo między rzędami i kupił Patrickowi nowe.

Patrick nadal odmawiał zrobienia testu. Twierdził, że nie mógłby znieść pewności, że zachoruje. Mówił, że pewnie poszedłby się upić i już nigdy nie wrócił. I choć zarzekał się – choć nie miał żadnego szczegółowego planu – że będzie odpowiedzialnym ojcem, żadne prośby i groźby rodziców nie były w stanie skłonić go do tego, by ożenił się z Ashley. Nie miał zamiaru tego robić. Drugi wnuk Joego miał być bękartem. Joe mógł się jedynie modlić, by ten mały bękart okazał się zdrowy.

Joe obserwował trenera trzeciej bazy, który stał niedaleko od nich. Nieustannie bujał się, przenosząc ciężar z palców na pięty. Uderzał się po kolanach. Dotykał swojej czapki, twarzy, brzucha, dając tym samym sygnały zawodnikowi na drugiej bazie.

Potem Joe spojrzał na miotacza. Schodził z pola i wchodził na nie z powrotem. Ściągnął czapkę, wytarł czoło i znów nałożył czapkę na głowę. Splunął przez ramię. Przymrużył oczy i pokręcił głową. Skinął głową i rzucił. Pałkarz nie odbił. *Strike*. Joe patrzył teraz na pałkarza. To Pedroia. Pociągnął za lewą rękawiczkę, a potem za prawą. Stanął w obszarze pałkarza. Stuknął czubkiem kija w bazę, potem raz i drugi lekko zamachnął się nim. Następnie znieruchomiał. Nadeszła piłka, Pedroia odbił. Piłka w polu!

Pedroia wyszedł ze stanowiska pałkarza. Naciągnął lewą rękawiczkę, potem prawą. Wrócił na miejsce, dotknął kijem bazy i tak dalej. Joemu zaświtało w głowie, że baseball bardzo przypomina Huntingtona.

Pedroia i miotacz byli gotowi. Miotacz rzucił. Pedroia napiął mięśnie, kumulując w sobie energię, na moment przed podjęciem decyzji, czy odbijać, czy odpuścić. Zrobił krok w tył, po czym zamachnął się i uderzył piłkę z całych sił, posyłając ją w odległe zakątki pola. Fenway eksplodowało wiwatami.

Pod koniec szóstej zmiany Soxi prowadzili trzy do dwóch. Joe zerknął na zegarek. Była prawie dziewiąta, ale jasno oświetlone boisko sprawiało wrażenie, że nadal trwa dzień. Miasto i niebo nad stadionem były czarne, pomijając znak CITGO i żółte maleńkie okienka parkingu Prudential. Poza nimi i zielonym ogrodzeniem stadionu nie istniało już nic więcej. Tylko Fenway.

Joe nagle podskoczył jak zając, stając na równe nogi, ale przy niewielkiej przestrzeni znajdującej się przed siedzeniem, która nie mogła pomieścić tak gwałtownego ruchu, Joe zaczął się chwiać i przechylać do rzędu przed sobą. Sam nie miał się jak uratować, ale na szczęście Tommy złapał go za kołnierz kurtki i posadził na miejscu.

– Dzięki, stary.

– Nie ma sprawy.

Pląsawica Joego coraz bardziej się nasilała. Zajęczy skok był ostatnio jednym z jego popisowych ruchów. Zrywał się na nogi, zwykle wszystkich strasząc, włączając w to samego siebie, po czym opadał na krzesło, czasem przewracając się na plecy. Jeśli miał coś na kolanach, to zawsze to rozbijał albo rozlewał. Czasami skakał tak całą serię, jakby wykonywał jakąś kaliste-niczną serię ćwiczeń. Nie miał nad nimi kontroli. Ta myśl nie przychodziła mu z łatwością, ale często przydałby mu się pas bezpieczeństwa.

Kilka osób zaczęło się gapić, a parę nawet wstało ze swoich miejsc. Donny utkwił wzrok w jednym z gapiów, który znaj-dował się najbliżej.

– Chcesz sobie zrobić zdjęcie? On ma Huntingtona. Od-wróć się i patrz na mecz.

Gość zrobił to, co mu kazano. Joe podejrzewał, że pew-nie teraz zastanawiał się, co to takiego Huntington i co jest z nim nie w porządku. Pewnie miał nadzieję, że bez względu na wszystko Joe niczym nie zaraża.

Rozejrzał się po rozrzuconych kolorach na siedzeniach. Wiedział, że te kolorowe plamki to ludzie, ale nie widział ich twarzy. Właściwie to poza osobami, które siedziały blisko niego, nie widział tu nikogo. Twarze zawodników rozpoznawał tylko dzięki telebimowi nad „zielonym potworem". Stadion pełen ludzi bez twarzy.

Fenway mieścił około trzydziestu siedmiu tysięcy ludzi. Mniej więcej tyle samo, ile osób w USA choruje na Huntingtona. Trzydzieści siedem tysięcy. W świecie chorób ta pozbawiona twarzy liczba okazuje się niewielka. Ponad pięć milionów ludzi w Stanach ma Alzheimera. Prawie trzy miliony kobiet w USA choruje na raka piersi. Tylko trzydzieści siedem tysięcy ma Huntingtona. Firmy farmaceutyczne nie zabijają się o to, kto pierwszy znajdzie lekarstwo dla trzydziestu siedmiu tysięcy ludzi, skoro mogą się zająć Alzheimerem albo rakiem piersi. Ryzyko i koszta opracowywania leków są wysokie. Na Huntingtonie pewnie nie da się zbić kokosów.

Joe wrócił myślami do pozbawionych twarzy ludzi na stadionie, którzy zmagają się z jakąś chorobą. Były tu kobiety z rakiem piersi, dzieci z białaczką, mężczyźni z nowotworem prostaty, ludzie z demencją, osoby, które nie dożyją do końca roku. Joe mógł być tu jedyną osobą z Huntingtonem.

Cyniczny glina tkwiący w Joem kazał mu się rozejrzeć po trzydziestu siedmiu tysiącach widzów bez twarzy. Statystycznie był wśród nich jakiś morderca, mężowie, którzy bili żony, ludzie, którzy nie płacili podatków. Ludzie, którzy popełnili najróżniejsze zbrodnie. Wtedy Joe spojrzał na prawo, za Patricka, i skupił się na twarzach ludzi, które mógł zobaczyć w pełni. Zauważył ojca z mniej więcej dziesięcioletnim synkiem. Czapkę Soxów miał założoną daszkiem do tyłu, policzki pokrywały mu piegi i wystawiał rękawicę do góry, licząc na zbłąkaną piłkę. Przed nimi Joe zauważył dwóch starszych mężczyzn, którzy pewnie znali się od sześćdziesięciu lat i równie długo tu przychodził. Otaczali go mężowie i żony, chłopaki i dziewczyny, synowie i córki, wnuki, najlepsi kumple i ludzie z uczciwą pracą i prawdziwym życiem. Ludzie z prawdziwymi twarzami.

Dwa auty, połowa ósmej zmiany. Na boisko wyszedł Big Papi. Było trzy do dwóch.

– Do boju Red Sox. – Klap. Klap. Klap, klap, klap.

Big Papi mocno odbił piłkę w środek boiska, w stronę środkowej ściany. Tłum zgodnie wstrzymał oddech. Piłka odbiła się od „zielonego potwora" i Big Papi bezpiecznie stanął na drugiej bazie. Całe Fenway wstało, oklaskując go.

Joe zerknął na Patricka, który pohukiwał i cieszył się, bez problemu trzymając w dłoniach czwarte piwo. I proszę. To nic nie znaczyło. Nic mu nie było. Jego nienarodzonemu dziecku też nie.

Na trybunach zaczęła się fala. Joe podążył za ruchem i wrzawą, która ogarnęła stadion. Fala wyglądała jak wielki organizm, jak pulsująca meduza. Widział i słyszał, jak się zbliża, aż w końcu uniósł ręce, stając się jej częścią. Fenway przeszyło go jak silny elektryczny prąd, który nie przestawał krążyć. Tylu Amerykanów miało Huntingtona. „Tylko" trzydzieści siedem tysięcy. Tu, na Fenway, ta liczba miała swój kształt. Kiedy zdał sobie z tego sprawę, przeszedł go dreszcz.

Bez skutecznego lekarstwa wszyscy z Huntingtonem umrą. Joe wyobraził sobie pusty, cichy stadion, na którym nadal trwał mecz, ale nie ma na nim kibiców, którzy mogliby go obejrzeć, i poczuł przejmujący smutek, żałując każdego pustego miejsca na Fenway. Ta myśl była przytłaczająca, nie dawała mu spokoju.

Kończyła się dziewiąta zmiana. Miotacz wyeliminował trzech pałkarzy i Soxi wygrali pięć do dwóch. JJ gwizdał. Patrick pohukiwał i klaskał.

– Dobry mecz – powiedział Tommy.

– Świetny mecz – odparł Joe.

– Nie pamiętam, żebym dostał bilety na mecz, kiedy się rozwodziłem – powiedział Donny. – Canistraro mi wisi. Niedługo to powtórzymy.

Joe zaśmiał się, mając nadzieję, że będzie się czuł na tyle dobrze, by móc jeszcze przyjść na Fenway.

– Idziemy? – zapytał Tommy.

– Sekundę – powiedział Joe.

Chciał zapamiętać tę chwilę, radość wygranej, piwo i pizzę, elektryczną energię tłumu, wieczór na Fenway ze swoimi najlepszymi przyjaciółmi i dwoma synami. Jego miejsce jeszcze nie było puste. A dziś wieczorem cieszył się każdą fantastyczną sekundą, którą tu spędził.

– Idziemy.

Poszli alejką do wyjścia, Donny i Tommy ustawili się po obu stronach Joego, a JJ pilnował go od tyłu. Joe po raz ostatni obrócił się w stronę boiska.

Dobranoc, skarbie. Czas wracać do domu.

ROZDZIAŁ 35

Wszyscy siedzieli w poczekalni kliniki poradnictwa genetycznego. Wszyscy: Katie, JJ, Colleen, Mały Joey, Patrick, Meghan, jej mama i tata oraz Felix. Przyprowadziła całą rodzinę. To się nazywało wsparcie.

Siedzieli tam od około piętnastu minut, z których każda wydawała się długa jak wieczność. Nikt nic nie mówił, nie przeglądał gazet ani nawet na nikogo nie patrzył. Niepewnie rozglądali się po ścianach albo patrzyli w podłogę. Mama pocierała w palcach koraliki różańca, szepcząc coś z zamkniętymi oczami.

Katie trzymała Felixa za rękę tak mocno, że zdrętwiały jej palce. Mimo to nie rozluźniła uścisku. Przełknęła ślinę. Miała wrażenie, że jej żołądek próbuje wykonać salto. Czuła, że w każdej chwili może zwymiotować.

Nie pomagał fakt, że wszyscy mieli strasznego kaca po wczorajszym wieczorze i mało co spali. Patrick tego dnia nie pracował i postanowił, że wigilia przed „dniem sądu ostatecznego" siostry wymaga alkoholu. Katie nie dyskutowała. JJ, Pat, Meg, Katie i Felix poszli wcześnie do Sullivana i wyszli od niego ostatni. JJ rozpoczął wieczór od kolejki tequili. Katie ledwie pamiętała, jak wiele piw później piła kolejkę jägermeistera. Wszyscy zalali się w trupa.

– Ale impreza – powiedział Patrick. – Już rozumiem, dlaczego wszyscy chcieliście to zrobić.

Nikt nie zareagował.

– Kiedy już będzie po wszystkim, powinniśmy grupowo pójść na kolonoskopię na oddziale obok.

– Chciałbyś, żeby ktoś ci wsadził w tyłek wielką rurę, co Pat? – zadrwił JJ.

– Ohyda – powiedziała Meghan.

– Chłopcy – upomniała ich mama, otwierając oczy.

– Właściwie to chce mi się kupę – powiedział Patrick.

– Właśnie dlatego nie przyprowadziłam was na moją wizytę – powiedziała Meghan.

– Jest tu gdzieś łazienka?

– Za drzwiami na lewo – powiedział JJ.

Katie obserwowała, jak jej mama się modli. *Dzięki, mamo.* Jej tata nagle podskoczył, na co wszyscy się zlękli. Odprawił szybki taniec, trochę poszurał butami, po czym opadł z impetem na krzesło. Niedługo potem Patrick wrócił do poczekalni.

Po chwili drzwi znów się otworzyły, przecinając powietrze jak wznoszące się ostrze gilotyny. Stanął przed nimi Eric Clarkson. Miał poważny wyraz twarzy, ale zauważywszy tyłu O'Brienów, uśmiechnął się. Jego twarz złagodniała. Nie uśmiechałby się tak, gdyby miał przekazać złe wiadomości. To byłby czysty sadyzm.

Nastrój i kac Katie na chwilę ją opuściły i dryfowały w powietrzu wokół niej, aż coś sobie przypomniała. Eric nie znał jeszcze wyników jej badania. Uśmiech nie miał nic wspólnego z HD, po prostu cieszył się na ich widok.

– Witam wszystkich – powiedział. – Fajna koszulka, panie O'Brien.

Tata skinął głową i uśmiechnął się. Był bardzo dumny ze swoich koszulek.

– Zapraszam – powiedział Eric, przytrzymując drzwi.

Katie wstała pierwsza. Nadal trzymając Felixa za rękę, poszła za konsultantem po korytarzu, prowadząc pochód rodziny O'Brienów, jakby byli konduktem żałobnym albo armią idącą na linię frontu. Wtłoczyli się do gabinetu Erica, za małego, by pomieścić tyle osób. Katie usiadła na jednym z krzeseł, a jej matka zajęła drugie i ostatnie krzesło. Wszyscy pozostali stali stłoczeni pod ścianą za ich plecami.

– A ja się martwiłem, że przyjdziesz sama – powiedział Eric.

Jego gabinet wyglądał tak, jak go zapamiętała, Jego dyplom, plakat z napisem NADZIEJA, orchidea. Spojrzała na białą tablicę.

Chromosomy. Geny. DNA. ATCG. CAG.

Podstawy genetyki jeszcze nie starte z tablicy po wcześniejszym spotkaniu; kolejna niewinna dusza, której formalnie wyłożono okrutną biologię HD. Wszystko wyglądało tak samo, z jedną widoczną różnicą – oprawionym zdjęciem Erica ze swoim psem i ładną dziewczyną. Wyglądała sympatycznie. Odrobinę przypominała Katie. Obok zdjęcia znajdowała się ramka, którą Katie dała Ericowi w zeszłym roku.

Nadzieja jest tym upierzonym
Stworzeniem na gałązce
Duszy – co śpiewa melodie
Bez słów i nie milknące.

Emily Dickinson

Obciągnęła dekolt koszulki i przejechała palcami po swoim nowym tatuażu tuż nad sercem na wciąż zaczerwienionej i swędzącej skórze. Białe pióro. Nadzieja. Spojrzała na zewnętrzną stronę kostki. Różowy kwiat lotosu. Jej drugi tatuaż. Kwiaty lotosu kwitły, choć ich korzenie tkwiły w błocie, co było dla niej przypomnieniem, że piękno i dobro mogą wyrosnąć na czymś brzydkim. Coś takiego jak Huntington. Planowała zrobić sobie tylko pióro, ale igła nie bolała aż tak, jak sobie wyobrażała, więc zrobiła też lotos. Jej obawy były gorsze niż samo doświadczenie. Pewnie tak jak teraz.

Myślała kiedyś, że posiadanie zmutowanego genu wszystko zmieni. Jeśli wynik będzie pozytywny, to na pewno wpłynie na jej przyszłość. Ale przyszłość to fantazja. Istnieje tylko teraźniejszość. Dziś, jeśli dowie się, że ma w sobie gen, to nic się nie zmieni. Nadal będzie kochać ludzi w tym pokoju, a oni nadal będą kochać ją. Za tydzień przeniesie się z Felixem do Portland. Była już spakowana.

Dlaczego więc musiała widzieć?

Wszyscy umierają. Jak by to powiedział jej tata, taka jest cena gry w pokera. Może zginą w wypadku albo przez jakieś śmiertelne schorzenie – raka, chorobę serca, Alzheimera.

Katie spojrzała na Erica i jego dziewczynę, którzy na zdjęciu wyglądali na szczęśliwych, i miała nadzieję, że nie przejedzie go autobus, kiedy będzie miał trzydzieści pięć lat. Ale kto mógł to wiedzieć? Kto wiedział, jaki los zapisany był w genach Erica, jej mamy, Felixa?

Kiedyś być może umrze na Huntingtona, ale przestała żyć przypuszczeniami. Postanowiła koncentrować się na powodach, dlaczego żyje teraz. Kochała swoją rodzinę. Kochała Felixa. Kochała wzbudzać w ludziach dobre samopoczucie i spokój poprzez nauczanie jogi. Kochała siebie. Miłość była powodem jej życia i to nie miało nic wspólnego z Huntingtonem.

Dlaczego więc musiała wiedzieć, czy dostanie Huntingtona w przyszłości?

Wpatrywała się w białą kopertę, która leżała na biurku Erica. Miała pięćdziesiąt procent szans, że posiada w sobie zmutowany gen HD. Jak przy rzucie monetą. Ale wszystko było ryzykiem. Przeprowadzka do Portland, otworzenie studia jogi, miłość do Felixa. Każdy oddech był ryzykiem. Pomyślała o cytacie, który napisała na ścianie swojej sypialni, zanim wczoraj wszyscy poszli do Sullivana i upili się w sztok, wiedząc, że słowa te zostaną zamalowane w ciągu najbliższego tygodnia, zanim wprowadzą się nowi lokatorzy.

Każdy oddech jest ryzykiem. Miłość jest powodem,
dla którego oddychamy.

Katie O'Brien

Spojrzała na Erica, który patrzył prosto na nią. Ich trzecie i ostatnie spotkanie. Mogła stąd uciec jak spanikowana panna młoda sprzed ołtarza w dzień swojego ślubu. Mogła grzecznie powiedzieć: „nie, dziękuję". Mogła wyjść z tego budynku niczego się nie dowiedziawszy i mimo wszystko przeprowadzić się z Felixem do Portland. Mogła być dwudziestodwuletnią dziewczyną i nie wiedzieć, jakie listy są wypisane w jej DNA.

Albo mogła się dowiedzieć.

Jeśli ta kartka pokaże ujemny wynik, będzie wolna od HD. Koniec martwienia się za każdym razem, kiedy upuści łyżkę. Koniec panikowania, kiedy zacznie się wiercić na krześle. Jej dzieci nigdy nie będą miały Huntingtona.

Myśl o tym, jak Eric mówi, że wynik jest pozytywny, kiedyś ją przerażała. Ta myśl stawała się lękiem, który zjadał ją od środka.

Ale myśl mogła być przerażająca tylko wtedy, jeśli ona na to pozwalała. Rzeczywistość zależała od tego, na co zwracała uwagę. Bez względu na wynik Katie była zdeterminowana, by przywiązywać uwagę do życia, nie umierania.

Nadal ściskając Felixa za rękę, Katie popatrzyła na tatę i spotkała się z nim wzrokiem. Jego oczy zrobiły się wielkie i okrągłe, jego brwi podskoczyły i zatrzymały się w górze. Grymas HD. Może była to jej przyszła twarz. Przeczytała napis na jego koszulce. TAK WYGLĄDA CZŁOWIEK Z HUNTINGTONEM. I wtedy jego brwi się rozluźniły, a w oczach pojawił się dodający jej otuchy błysk i bez słów wiedziała, co chce jej powiedzieć. *Jestem z tobą, skarbie.* To był jej tata.

– Mam wyniki twojego testu genetycznego, Katie. Jesteś gotowa? – zapytał Eric, podnosząc kopertę. Jej los w jego dłoniach.

Uścisnęła dłoń Felixa i spojrzała Ericowi prosto w oczy. Wzięła głęboki wdech. *So.* Wypuściła go. *Ham.* Każdy oddech jest ryzykiem. Miłość jest powodem, dla którego oddychamy.

– Jestem gotowa.

ODEZWA LISY

Drogi Czytelniku, dziękuję, że przeczytałeś *Sekret O'Brienów*. Mam nadzieję, że dzięki opowieści o tej niezwykłej rodzinie uświadomiłeś sobie, jak to jest zmagać się z chorobą Huntingtona i wzbudziło to twoje współczucie. Liczę również, że dołączysz do mnie i zamienisz tę świadomość w czyn. Dokonując małej darowizny na cel badań nad chorobą Huntingtona, możesz stać się częścią programu, który doprowadzi do odkrycia skutecznego lekarstwa na to schorzenie.

Wejdź proszę na stronę www.LisaGenova.com i kliknij odpowiedni przycisk, by dokonać wpłaty. Zostaniesz zabrany na animowaną wycieczkę po Fenway Park i przekonasz się, jak cenny jest twój udział w tym projekcie. Będziesz mógł zobaczyć bilans wpłat oraz dowiedzieć się, ilu czytelników włączyło się do akcji. Dziękuję za czas, jaki poświęciłeś, by wziąć udział w tym przedsięwzięciu i przyczynić się do zmiany. Przekonajmy się wspólnie, jak hojna i wpływowa może się okazać ta czytelnicza wspólnota!

Namaste,
Lisa Genova

PODZIĘKOWANIA

Przede wszystkim jestem niezmiernie wdzięczna rodzinom doświadczonym Huntingtonem, które otwarcie dzieliły się swoimi historiami i z pełnym zaufaniem powierzyły mi swoje najbardziej osobiste doświadczenia. Rozmawiałam z osobami, które przechodzą przez wczesne, pośrednie i zaawansowane stadium choroby, osobami, które mają w sobie zmutowany gen, ale nie wykazują objawów, z takimi, które nie mają genu chorobowego i które znajdują się w grupie ryzyka. Rozmawiałam z małżonkami, rodzicami, rodzeństwem, dziećmi i przyjaciółmi osób dotkniętych chorobą. Wielu z nich stało się moimi bliskimi – drogimi mi przyjaciółmi. Zawdzięczam im wszystko, co wiem o tym, jak złożone i trudne jest życie z tą chorobą.

Na moje podziękowania zasługują: Cheryl Sullivan Staveley, Kevin Staveley, Meghan Sullivan, Jeri Garcia, Kari Hagler Wilson, Lance Mallow, Kathy Mallow, Robin Renschen, Mary Shreiber, Elise Shreiber, Alan Arena, Lizbeth Clinton Granfield, Rosemary Adamson, Mark Wiesel, Catherine Hayes, Genevieve McCrea, Gail Lambert, dr Jeff Carroll, Matthew Ellison (założyciel HDYO.org) i Michelle Muller. Pokazaliście mi humanitaryzm, którego nie da się znaleźć w podręcznikach medycznych.

Dziękuję Karen Baker, licencjonowanej klinicznej pracownicy socjalnej, która od razu wiedziała, że powinnam poznać Cheryl Sullivan. Na jej ręce kieruję moje szczególne podziękowania. Cheryl, jestem taka wdzięczna za wszystko, czego nauczyłaś mnie o Huntingtonie, za czas, który ze mną spędziłaś, za to, że zaprosiłaś mnie do swojego domu i swojej rodziny. A pomijając strony tej książki, jestem niezmiernie wdzięczna za Twoją wspaniałomyślną, kochającą duszę i naszą przyjaźń. I jestem głęboko wdzięczna, że miałam szansę poznać Twoją piękną córkę Meghan.

Meghan zmarła z powodu młodzieńczej postaci Huntingtona wczesnym rankiem w poniedziałek, 12 maja 2014 roku w wieku dwudziestu sześciu lat. Meghan była pełną determinacji ambasadorką Huntingtona, która inspirowała swoją odwagą i pozytywnym nastawieniem i słynęła ze swojego zaraźliwego uśmiechu oraz serdecznych uścisków. Pokazała mi, że nawet w sytuacji, która wydaje się beznadziejna, istnieją miłość i wdzięczność. Meghan, dziękuję Ci, że poruszyłaś swoim życiem mnie i miliony innych osób. Myślę o Tobie codziennie.

Ogromne podziękowania kieruję do wielu osób zajmujących się zawodowo opieką zdrowotną, które chętnie poświęcały swój czas, abym zyskała dokładny obraz neurologicznych, genetycznych, naukowych i terapeutycznych aspektów życia z HD: dr Anne Young (neurolożce), dr. Stevenowi Herschowi (neurologowi), Rudy'emu Tanzi (neuronaukowcowi), dr Alicii Semaka (kanadyjskiej certyfikowanej konsultantce genetycznej, CCGC), Judy Sinsheimer (szpitalnej pracownicy socjalnej), Suzanne Inbriglio (fizjoterapeutce), Davidowi Banksowi (specjaliście behawioralnemu) i Allanowi Tobinowi (byłemu starszemu doradcy naukowemu fundacji CHDI).

Ogromne, pełne podziwu podziękowania kieruję do policjantów, którzy pomogli mi zrozumieć codzienne realia swojej pracy. Kiedy rozpoczęłam pisanie tej książki, wiedziałam, że pragnę podnieść świadomość czytelników na temat choroby Huntingtona. Po tym wszystkim, czego się dowiedziałam, mam nadzieję, że ta książka wzbudzi też uznanic i wdzięczność dla pracy policjantów. Dziękuję funkcjonariuszom Danielowi Wallace'owi, Richie'emu Vitale, Johnowi Quarranto, emerytowanemu funkcjonariuszowi Frankowi DeSario oraz detektyw Melissie Marshall.

Szczególne podziękowania kieruję do policjanta, który nie chciał mieć ze mną nic wspólnego. Dzięki niemu poznałam funkcjonariusza Danny'ego Wallace'a, który stał się moim codziennym konsultantem, moim „mobilizatorem", moją inspiracją i drogim przyjacielem. Danny, dałeś mi dużo więcej niż prosiłam i ta książka jest o niebo lepsza dzięki Twojemu wkładowi. Dziękuję, że spotkałeś się ze mną w Charlestown i Cape Cod, dziękuję za przejażdżki, wycieczki na komisariaty, za wytłumaczenie mi schematu każdego patrolu, każdego zdjęcia, każdego maila i SMS-a, za czytanie wstępnych wersji tekstu i wiele więcej. Uwielbiam Cię i podziwiam, i jestem bardzo wdzięczna, że nasze ścieżki się skrzyżowały. Jestem taka wdzięczna gwiazdom, że policjant, którego poznałam w Charlestown nie chciał ze mną rozmawiać. Nic nie dzieje się przypadkiem, prawda? Danny, to wielkie szczęście Cię znać i nazywać Cię swoim przyjacielem.

Dziękuję tutejszym: Jamie Kelly, Jackowi Sullivanowi oraz Frankowi i Carol Donlan. Po długiej walce z rakiem Carol zmarła, kiedy pracowałam nad tym tekstem. Carol, dziękuję, że podzieliłaś się ze mną swoimi wspomnieniami z dzieciństwa, że opowiedziałaś mi o tej okolicy i Twoim ukochanym mężczyźnie.

Dziękuję Allison Sloan, która mieszka w Charlestown, choć stamtąd nie pochodzi, która jest starszą bibliotekarką w Reading Public Library i poświęciła mi cały dzień, oprowadzając mnie po mieście, przedstawiając sąsiadom, dzieląc się ze mną historycznymi i bieżącymi faktami.

Aby lepiej zrozumieć Katie w roli instruktorki jogi, podczas pisania tej powieści zapisałam się do szkoły Jill Abrahams Power Yoga na Cape Cod na dwustugodzinny kurs instruktorski. Ukończyłam swoje dwieście godzin i w maju, na tydzień przed ukończeniem pierwszej wersji tej książki, otrzymałam certyfikat. Za wszystko, czym przyczynili się do postaci Katie i za niezliczone rzeczy, którymi wzbogacili moje życie, na podziękowania zasłużyli następujący jogini i nauczyciele: Jill Abraham, Leigh Alberti, Jed Armour, Katie Briody, Keveney Carroll, Rhia Cataldo, Eric Clark, Victoria Diamond, Andrea Howard, Heather Hunter, Ed Jacobs, Victor Johnson, Kristin Kaloper, Michelle Kelly, Haley King, Kadri Kurgun, Amy Latham, Alicia Mathewson, Terri McCallister, Lauren

Miller-Jones, Jessica Riley Norton, Andrea Odrzywolski, Kelley Field Pearce, Heather Pearston i John Perrone.

Dziękuję Susanne Vennerbeck, która była niegdyś tancerką Baletu Bostońskiego, Jennifer Markham, która uczy w Balecie Bostońskim, Sylvii Deaton, która jest obecnie w tamtejszym *corps de ballet* i mojej pięknej kuzynce Lizzie Green, która uczęszczała do Bostońskiej Szkoły Baletowej.

Dziękuję mojemu drogiemu przyjacielowi Gregowi O'Brienowi, który podzielił się ze mną swoją miłością do irlandzkiej kultury i wieloma książkami na ten temat. Dziękuję Rose Summers, która przekazała mi wiele wspaniałych historii o Irlandii i dorastaniu jako irlandzka katoliczka. Dziękuję Beth Schaufus Gavin, mojej wspaniałej irlandzkiej przyjaciółce od trzydziestu lat, która odpowiedziała na wiele moich pytań związanych z irlandzkimi pieśniami, protestantami i piwem. Puszczam oko i chylę czoła przed Twoim tatą, który stał się inspiracją dla postaci Michaela Murphy'ego.

Dziękuję mojej niesamowitej asystentce, Kate Racette, która jeździła ze mną do Charlestown i sprawiła, że te podróże były produktywne, gładkie i ciekawe. Która sprawdzała dla mnie fakty i statystyki i która stawała na głowie, żebym miała czas na pisanie i żeby jakość mojego życia była jak najlepsza.

Dziękuję mojemu bratu, Tomowi Genovie, który odpowiadał na wszelkie pytania dotyczące drużyn sportowych z Bostonu. Raz jeszcze dziękuję bratu i mojej wspaniałej przyjaciółce, Danyel Matteson, za osobiste historie o ich ukochanych psach.

Dziękuję Larry'emu Lucchino za to, że odpowiadał na moje liczne pytania dotyczące Boston Red Sox i Fenway, za wyjaśnienie mi różnicy między stadionem baseballowym a każdym innym. Dziękuję Stacey Lucchio za to, że z taką otwartością zaprosiła mnie na Fenway, za to, że dostrzegła znaczenie zbiórki finansowej na badania związane z Huntingtonem, a potem bez mrugnięcia okiem zakasała rękawy do pracy. Dziękuję też Dave'owi i Lynn Wallerom za to, że tak chętnie włączyli się w tę inicjatywę i użyczyli jej swoich niesamowitych talentów.

Dziękuję Ragdale za wspaniałą rezydencję literacką. Podziękowania kieruję też do każdego, kto sprawił, że czas, który tam spędziłam, był taki produktywny i magiczny. Jeffrey Meeuwsen, Regin Igloria, Jack Danch, Cynthia Quick i Linda Williams – dziękuję Wam. Wyrazy wdzięczności i miłości dla Forever Om Yoga i społeczności Lake Forest: Sandry Deromedi, Briana Florianiego, Arety Kohout i Jeanny Park.

Pełne miłości podziękowanie kieruję na ręce mojego genialnego przyjaciela, Michaela Verde, który wspaniałomyślnie ofiarował mi czas i miejsce do pisania podczas spotkań Memory Bridge (memorybridge.org) w Buddyjskim Centrum Kultury Tybetańskiej i Mongolskiej w Bloomington w stanie Indiana.

Ogromne podziękowania dla Vicky Bijur i Karen Kosztolnyik za ich uważne i cenne uwagi na temat rożnych wersji tego tekstu. Na wdzięczność za ogromne wsparcie dla tej książki zasługują także: Carolyn Reidy, Louise Burke, Jen

Bergstrom, Jean Anne Rose, Jennifer Robinson, Marcy Engelman, Liz Psaltis, Liz Perl, Michael Selleck, Wendy Sheanin, Lisa Litwack i Becky Prager.

Wyrazy wdzięczności należą się moim wczesnym Czytelnikom: Anne Carey, Mary MacGregor, Laurel Daly, Kim Howland, Kate Ractte, a także Danowi Wallace'owi i Cheryl Sullivan oraz Jeri Garcii. Dziękuję za czytanie, za dopingowanie mnie, za Wasze uwagi, miłość i wsparcie. Cheryl i Jeri – dziękuję za to, że miałyście odwagę przeczytać tę historię, za to, że mi zaufałyście i podzieliłyście się ze mną swoimi uwagami. Bardzo Was obie kocham.